KB091853

암소 아줌마,
왜 그래

암소 아줌마, 왜 그래

초판 1쇄 인쇄 2017년 03월 27일
초판 1쇄 발행 2017년 03월 31일

지은이 전금봉
펴낸이 김양수
표지 본문 디자인 곽세진   **교정교열** 표가은

펴낸곳 도서출판 맑은샘　**출판등록** 제2012-000035
주소 (우 10387) 경기도 고양시 일산서구 중앙로 1456(주엽동) 서현프라자 604호
대표전화 031.906.5006　**팩스** 031.906.5079
이메일 okbook1234@naver.com　**홈페이지** www.booksam.co.kr

ISBN 979-11-5778-202-4 (03800)

목차

서문

서문

글을 쓴다는 것은 사수가 사격장에서 총을 쏘거나 궁사가 사선에서 활시위를 당기는 것과 같다. 호흡을 멈추고 방아쇠를 당기듯, 영혼의 영감과 마음의 소리를 들으며 연필 쥔 손에 힘이 들어가지 않게 조용하고 예리한 통찰력으로 과녁을 꿰뚫어야 하리라. 일등 사수가 되려면 피가 나고 알이 배는 힘겨운 훈련을 해야 하는 것처럼, 글쓰기도 손가락에 피가 나고 알이 배는 맹훈련의 습작이 필요하다. 늦은 감이 있는 나이에 감히 피와 알이 부족한 글을 출산하여 본다.

사선에서 언제나 필요한 것은 과녁이다. 과녁을 준비하지 않은 사수는 자신의 실력을 가늠할 수가 없다. '과녁'이란 말은 처음부터 사격과는 연관이 없는 말이었다. 관혁貫革 즉, 가죽이 뚫어지도록 노력을 한다는 말이 편리에 따라 과녁으로 바뀌었다.

한 문장의 글을 작성하기 위해서는 마른 가죽을 연필로 뚫는 직관력이 있어야 한다. 야생에서 차가운 혹한의 추위와 뜨거운 태양 빛에 맞선 초식 동물의 몸통을 보호하는 질긴 가죽은 쉽게 뚫어지지는 않는다. 더욱이 수분이 모두 빠져나간 마른 가죽의 위력은 과히 돌덩이와도 견줄 만하다. 그 관혁을 약간 흉내 내 보았으나 이곳저곳에서 허물이 드러난다.

사람도 완벽한 사람에게는 가까이 다가가기가 어렵다. 마치 증류수에는 생명력이 없는 것과 같다. 완벽한 사람 앞에서는 내 약점이 드러나고 평가받게 되기 때문이다. 그러나 이웃집 아저씨나 개울가에서 펑퍼짐하게 앉아 빨래하는 아주머니에게는 누구나 부담 없이 용기 내서 지인이 되길 청할 수 있다.

'암소 아줌마, 왜 그래'가 그런 사람을 만들었으면 참 좋겠다. 완벽한 암소 같은 마음으로 출산했으나 어쩐지 펑퍼짐한 아줌마같이 보여서 첫 아들의 이름을 이렇게 지어 보았다. 탐닉해 내려가는 모든 이들에게 작은 도움이 되었으면 참 좋겠다. 기도하는 마음으로 서문을 적어본다.

끝으로 교정해주신 표가은 선생님 감사합니다.

2017년 3월 충주 금봉산 밑에서

저자 전금봉

/

"암소 아줌마, 왜 그래"

"형, 그 책 나 좀 빌려 줘."

"안 돼. 이게 얼마나 비싼 건데."

초등학교 6학년 초여름 어느 날이었다. 그 일을 잊지 못하는 이유는, 비싸다고 안 빌려주려고 했던 책을 망가뜨릴까 걱정했던 일이 어린 마음에 깊이 각인되었기 때문이다. 그 책을 변상할뻔하였으니, 생각하면 손안에서 헐떡이는 참새 심장과 같던 그때의 느낌이 지금도 가슴 한쪽에 살아 있다. 그때를 생각하면 돈줄이신 아버지의 성난 눈과 공연히 생돈을 날리는 아까운 마음이 혼란하게 내 마음을 어지럽힌다.

고향 4년 선배인 형은 중학교를 졸업하고 고등학교를 선택하지 못해, 시기를 놓쳐서 다음 해에 선택하려고 기다렸다. 당시에는 고등학교가 장래 직업을 선택해주었으니 우물쭈물 할만도 했다. 그가 아버지를 졸라 구매한 책은 색칠한 그림이 그려진 '과학 발명 이야기'란 고급 제본이 된 책이었다. 우리 형과 단짝이어서 매일 우리 집에 책을 들고 놀러 왔다. 책 든 사람은 보이지도 않고 책만 내 눈을 자극했다. 형도 참 원망스러웠다. 동생이 그런 눈치를 보였으면 형이 대신 빌려서 읽게 해줬으면 얼마나 고마워했을까. 지금 생각하면 참 야속하다. 책 자랑을 하던 그 형은 늦둥이로 아버지가 나이 쉰에 얻은 부잣집 귀염둥이였다. 무엇이고 말만 하면 해결해 주니 내심 부럽기도 했다.

책을 늘 들고 다니는 것이 싫증 날 때쯤 되었다. 빌려 달라 했더니 팔이 아파 귀여움도 싫증이 난 어린 아기 넘겨주듯 내게 안겨주었다. '이게 웬 콩떡이냐' 반갑게 받았다. 이때를 기다렸다는 듯이 찜통같이 더운 날 방문을 닫아걸고 독서삼매경에 빠졌다. 내용은 이랬다. 가시철조망을 처음으로 만든 사람은 처음부터 유명한 사람이 아니었다. 그 사람은 당시 천박한 직업이었던 목동이다. 어느 날 양들이 가시있는 곳은 피해가고 싫어한다는 것을 알았다. 목동은 가시나무로 울타리를 둘러쳐 보니 양들이 가까이 가지를 않았다. '좀 더 편한 가시는 없을까.' 연구에 몰두하여 울타리로 두르기 쉬운 철삿줄을 겹치고 그 사이에 가시를 만들어 끼운 것이 가시철조망이었다. 이렇게 여러 가지 연구한 상품에 대한 이야기를 재미있게 꾸며서 들려주고 꿈을 심어주는 책이었다. 참으로 재미있고 흥미로웠다. 기쁨도 잠시, 이를 어쩌나!

"아버지가 일이 바빠 쇠풀을 벨 수가 없으니 소 데리고 가서 뜯겨라." 들에서 돌아온 어머니의 말씀이다. 즐거움을 시샘한 그 무엇이 생각에도 없던 사건을 끌고 왔다. 그래도 고마웠던 것은 암소를 몰고 다니면 내가 땀 흘리지 않아도 누렁이가 알아서 배를 채운다. 힘든 일이 아니었다. 잘 먹는 누렁소를 보고 나는 잠시 궁리하다가 꾀를 내었다. 들고 따라가는 고삐 줄을 허리에 동여매고 소가는 데로 끌려가며 책을 읽으니 재미가 더했다. 하늘에 떠 있는 뭉게구름은 제 앞길을 정하지 않고 엔진을 돌리지 않아도 기류 위에 떠 있으면 바람이 알아서 떠밀고 간다. 이처럼 책에 탐닉하고 서 있으면 누렁소는 소년을 잘도 끌고 갔다. 그렇게 구름에 누워 독서 삼매경에 빠져 있을 때였다.

기류가 태풍을 만났다. 내 몸이 앞으로 곤두박질을 쳤다. 순간 머리에 한마디 말이 떠올랐다. '이게 얼마나 비싼 책인데.' 나는 거의 동물적인 반응으로 길 위에다 책을 던졌다. 그리고 내 몸뚱이는 모심기를 막 마친 물 논으로 내동댕이쳐졌다. 그 논은 바로 무서운 큰 외삼촌이 모를 심어 노신 논이다. '암소 아줌마, 왜 이래. 이게 무슨 일이야.' 그래도 누렁소는 아무 일이 없다는 듯 한가롭게 풀을 뜯는다. 평화롭게 풀을 뜯는 소잔등에 쇠파리들이 귀찮게 할 때는 꼬리로 파리를 날린다. 그러나 커다란 쇠파리와 꽃등에가 쇠가죽을 찔러 피를 빨 때는 소도 놀라 머리를 휘두르며 날려 보낸다. 머리를 휘두를 때 그곳에 매여 있던 고삐 줄이 나를 끌어당겨 진흙탕에 던진 것이다. 절간에 앉아있던 새색시도 박장대소하며 웃을 일이다.

진흙을 대충 씻고 길 위로 올라서 보니 그래도 걱정했던 책은 길옆 풀 속에서 숨바꼭질하잖다. 반가운 마음에 책을 들어 보니 다행히 찢어지지도 더러워지지도 않았다. 누렁소가 조금은 미웠으나 바꾸어 생각해 보니 충분히 이해할 수 있다. 내가 줄에 매여 있던 것은 전혀 알 수도 없었을 것이고 또 성가신 쇠파리와 꽃등에를 쫓느라 한 일 아닌가. 그러고 보니 나도 이해심 많고 쓸 만한 아이였다.

　그해 여름 책을 빌려줬던 형은 이웃 동네 남한강에서 조난사고로 세상을 먼저 떠났다. 얼굴은 좀 못생겼으나 공부도 잘하고 참 좋은 형이었는데……. 먼저 가버린 사람 생각하면 언제나 그립고 숙연해진다. 세상을 사노라면 누렁소와 같은 황당한 일을 종종 만난다. 나도 모르는 사이에 전혀 생각지도 못하던 곳에서 피해 볼 때가 있다. 고의가 없었음을 확인하였어도 막무가내로 생떼를 쓸 때는 참으로 원망스럽다. 원인제공 한 사람 측에서는 일단 사과해야 옳을 것이다.

　누렁이 암소 사건이 있고 나서부터 내게 이상한 습관이 생겼다. 누렁소와 연결된 줄을 찾는 버릇이다. 무슨 일을 하든지 이것과 연관된 피해자는 없는가. 살피고 생각해 본다. 지금까지도 그 버릇이 남아있어서 주위를 항상 살피게 되니 참으로 다행이다. 무슨 일이든지 소화하고 버릇들이기에 따라 삶의 질은 판가름 된다.

　지금은 내게 연결된 보이지 않는 줄로 이웃에게 사랑과 복음을 전하게 되었으니, 더욱 다행이고 감사하다. 암소 아줌마 내게 좋은 교훈을 주어서 참으로 고마워요.

누리장나무와 인간 향기

찬란하던 태양이 황금빛 긴 수채화를 자랑하며 한 뼘 남짓 서산 위에 남아 있다. 저 태양을 보내기가 아쉬운 듯 뒷간에서 나오는 아버지는 엉뚱한 곳으로 불똥을 튀기신다.

"뒷간 문 앞에 세워둔 몽둥이 누가 치웠냐."

"내가 자치기 방망이 하려고 가져왔는데요."

손때가 반질반질한 몽둥이를 마루 밑에서 꺼내며 아버지 눈치를 살핀다. 있던 곳에 갖다 놓으라는 아버지의 말씀을 이해할 수가 없어, 등잔 같은 두 눈을 껌벅껌벅한다.

'어른들도 자치기를 하나? 왜 자치기 방망이를 아버지가 둔 곳에 갖다 놓으라고 할까. 일단 갖다 놓자. 그리고 자치기 할 때만 가져다 쓰면 돼.' 알 수 없는 눈망울을 굴리며 나는 있던 곳에 다시 그것을 갖다 놓았다. 그날 밤, 잠을 자려 하였지만 영 잠이 오지 않았다. 낮에 창현이에게 억울하게 진 자치기가 나를 괴롭혔기 때문이다. 내가

진 것은 내 방망이가 가늘고 힘이 약해서인 게 분명했다. 그래서 집 안팎을 헤매고 돌다 뒷간 문 앞에 세워있던 좋은 자치기 방망이를 얻 었는데, 그것을 있던 자리에 갖다 놓으라니 아버지가 참으로 야속하 였다.

아침이 밝아오자 변소 앞마당을 서성이며 아버지의 동태를 살폈다. '아버지가 방망이를 왜 찾으셨을까.' 그때 헛기침 소리와 함께 그곳에 서 나오시던 아버지가 바로 그 몽둥이를 들고 옆에 있는 나뭇잎을 두 드린다.

"아버지, 뱀 있어요? 뭐 하는 거야!"

"와서 한번 때려 봐라."

나뭇잎을 방망이로 치니 독한 냄새가 코를 찌른다. 아기들 암죽에 타 먹이는 1)원기소를 한줌 씹어 먹는 듯하다. 그것도 상한 원기소로 말이다. 내가 코를 틀어막으니 아버지는 그래서 이곳에 몽둥이를 둔 것이란다. 냄새나는 그곳으로 들어갈 때와 나올 때 잎을 두드리면 변 소 냄새가 희석되기 때문이었다. 퇴비와 비료가 없던 그 시대에 변소 는 농사일에서 없어선 안 되는 소중한 곳이었다. 그러나 그 변소는 여 름철이면 심한 냄새 때문에 고통이었다. 그것을 해결하는 방법으로 양반이나 부잣집은 집안 뜰 곳곳마다 향나무를 심어 냄새를 줄였다. 살기 좋은 한국 땅을 침략하여 기반을 잡은 일제들은, 냄새나는 곳 에 버려진 향나무를 싸게 팔라 꼬드기고 강요하여 자기 집 정원에다 옮겨 심었다. 먹고살기 어려운 서민들은 향나무는 심을 수 없고 산과 들에서 손쉽게 구할 수 있는 누리장나무를 심었다. 콧속을 괴롭히는 변소 냄새도 희석할 만큼 유익했던 향나무와 누리장나무를 우리 조상들은 사랑했다.

측간이라고도 하고 변소라고도 했던 화장실 냄새를 식물의 향기로 변형시켜 받아들인 지혜같이, 세상 악취를 삶에 유익한 면으로 받아들이는 지혜는 매우 바람직하다. 세상 모든 사람은 저마다 삶의 방법이 다르다. 어떤 사람은 말 한마디, 손발 행동거지가 호감을 주어 향기를 풍기지만, 어떤 사람은 남이 따라 하고 싶지 않을 만큼 강한 삶의 독소를 풍긴다. 모두가 그 독소를 싫어하건만 유독 본인만은 남에게 유익을 주는 향기로 착각한다. 타인에게 피해를 주고 악습을 조장하는 독소 풍기는 사람에게는 과감하게 정체성을 밝혀 주어야 한다.

누구도 자신의 얼굴은 볼 수 없다. 사회생활에서 꼭 필요한 개인의 행동거지의 결과인 2)복거지계覆車之戒는 뒤 따라 오는 이들에게 큰 교훈을 준다. 앞서 가는 수레가 엎어지지 않았다면 어찌 뒤따르는 수레가 조심하겠는가.

갓난아기는 참으로 예쁘고 곱다. 그러나 매일 시시때때로 몸을 더럽히고 냄새를 풍긴다. 그래서 기저귀를 채우고 수시로 씻겨 주어야 한다. 아기의 엉덩이는 예쁘고 곱지만 더러움을 씻겨주는 엄마 손은 더 귀하고 예쁘다. 사회에서 악하고 피해주어 냄새 풍기는 사람들은 반드시 있지만, 저들을 옳은 길로 인도하는 손길은 참으로 값진 손이

---

1) 원기소 : 1960~70년대 어린이들이 먹던 비타민 영양제
2) 복거지계覆車之戒 : 앞의 수레가 엎어지는 것을 보고 뒤의 수레는 미리 경계하여 엎어지지 않도록 한다는 뜻으로, 남의 실패를 거울삼아 자기를 경계함을 이르는 말.

다. 누리장나무 향기도 그윽하지만, 누리장나무 잎을 때리는 몽둥이도 귀하다. 모두가 향기내기 위한 자들이니까. 저들이 들고 있는 두 손에는 이런 글이 적혀있다.

"우리는 구원 얻는 자들에게나 망하는 자들에게나, 하나님 앞에서 그리스도의 향기니"

(고린도후서 2장 15절)

지금은 누리장나무 꽃이 만개하여 온 산에 그 향기를 흩뿌리고 있다. 산 정상에 올라 깊은 계곡 쪽으로 하산하면, 밑에서 올라오는 누리장나무 꽃향기가 피로를 모두 삭혀준다. 오늘은 그 누리장나무 꽃향기 찾아 어디로 가볼까? 사람에게나 나무에서나 흘러나오는 향기는 삶의 고단함을 잠재워 준다.

누리장나무야, 내게도 그 향기를 전수하여 주지 않겠느냐?

/

고자리 먹은 인간

이런 계절을 천고마비 계절이라 했던가. 온갖 식물들은 열매를 맺는다. 맛난 과일나무도 남의 살점을 찢는 가시나무도 열매를 맺는데, 우리는 어떤 열매를 어떻게 맺고 있는가. 열매에 따라 식물도 사람도 가치를 평가한다.

'똑. 똑. 똑' 이른 아침부터 아내가 요리하는 도마 소리가 연필 잡은 나의 손가락을 혼란케 한다. 그 혼란이 온몸으로 전율 될 때쯤 고소한 기름 냄새가 코끝을 간질인다. 지난봄에 공해 없는 부식을 내 손으로 키워서 먹자고 교회 옆 빈 공터에 정성껏 심고 키운 호박이 먹음직하게 열렸다. 따가운 태양 밑에서 잡초를 뽑을 때는 투정을 하던 아내가 아침 일찍 소쿠리에 가득 채워 온 애호박에 밀가루 비단옷을 입혀 기름 냄새를 풍긴다.

어느새 턱밑에 들여 민 튀김 접시. 한 입 먹을 때 고소한 기름과 애호박의 상큼한 맛이 혀끝에 맴돈다. 그 순간을 놓치지 않으려고 생각은 20여 년 전 애송이 전도사로 있던 영월 주석교회로 막차 타고 떠나 간다. 그때도 교회 사택 옆에 호박을 심었다. 잘 자란 먹음직한 애호박을 아내에게 넘겨주었다. "어머나!" 가는 비명이 허공을 할퀸다. '칼을 잡더니 무슨 일이…' 잠시 생각을 멈추고 불길한 생각을 애써 쫓아버린다. 뛰어가 본 모습에 나도 비명을 지를 지경이다. 대략 보아도 100여 마리나 될 것 같은 왕 파리의 유충이다. 대체 어떻게 저들이 호박에 들어갔고, 또 어찌해서 호박은 구멍도 없이 깨끗하단 말인가. 밝은 대낮에 꿈을 꾸고 있는가. 의심도 해 본다.

이웃집으로 뛰어가 전쟁 무용담이나 하듯 힘을 주어 역설하자 가볍게 하는 말이 "그거요, 그 부근에는 예전부터 호박 심으면 안 돼요. 언제든지 고자리가 먹거든요." 알고 보니 그것은 파리 유충이 아니라 노린재 유충이었다. 노린재는 호박 암꽃이 피면 그곳에 알을 낳는단다. 호박이 점점 커지면 유충도 속에서 연한 살을 먹으며 자라고 다 자라면 뚫고 나온단다. 그런 애호박은 겉모습은 먹음직한 호박이지만 속에는 고자리가 가득하여 먹을 수가 없었다. 먹을 수 없는 호박은 아무리 탐스러워 보여도 버릴 수밖에 없다.

고자리 먹은 호박이 곧 나의 모습이 아닐런가. 남들에게 비춰 보이는 내 모습은 그럴듯하게 보이겠지만 쓸모없게 망가진 내면의 모습이 아닌가. 자력으로 해결할 수 없는 고자리 인생을 전능하신 자의 도움으로 속을 비우고 실속을 채워야 한다. 심은 이가 탐스러워할 아름다운 열매를 맺어야 한다. 전에는 보고도 듣고도 깨닫지 못하였는데 이제는 고자리 인생이라도 내면을 바라볼 성찰이 생긴 것일까. 이 가을에 붉은색 자랑하며 달콤한 맛을 내는 가을 과일같이 달콤한 맛을 만들어 보자. 외모는 먹음직하여도 실속 없이 유충으로 가득한 고자리 먹은 열매는 이제 포기하고, 거짓 없는 가을빛에 순응하여 빨간 껍질 벗기는 수고를 해도 달콤한 맛 전해주는 고마운 열매를 맺어야겠다. 조물주가 인간을 창조하실 때 귀한 사람과 천한 사람을 구분하여 택하시지는 않았다. 사람들이 스스로 선을 긋고 높은 돌 위로 올라서서 외치며 구별한 것이다. 근시안적인 사람들에게는 공의와 평정이 보이지 않는 것뿐이다.

옛날 어느 사형수가 형을 집행하기 직전 마지막으로 할 말을 하라는 말에, '임금님에게 할 말이 있으니 불러다 주시오.'하고 부탁하였다. 사형수의 마지막 부탁은 들어주는 예가 있어서 임금님을 모셔왔다. 죄수는 품속에서 금덩이 하나를 꺼내더니 "임금님, 이 금덩이는 임금님처럼 마음이 깨끗한 사람이 땅에 묻으면 금 열매가 달리는 신기한 것입니다. 나는 이미 죄를 지었으니 임금님이 심으십시오." 이 말을 들은 임금님은 당황하여서 신하에게 준다. 임금인 자신이 생각해 볼 때에 너무 많은 죄를 지었으니 심었다가 금 열매가 달리지 않아 망신당할 것이 두려웠기 때문이다. 금덩이를 받은 신하도 열매 달리지 않을 것이 두려워 다른 신하에게 건네주고, 다음, 또 다음…

모두가 그 귀한 황금을 가지려 하지 않는 것이다. 이것을 본 사형수는 "모두 다 죄인인데 왜 나만 죽어야 하나." 하면서 통곡을 하자, 임금님과 신하들 모두 얼굴이 빨개져서 그를 용서해 주었다고 한다.

세상 사람들은 모두 부족하다. 그 부족함을 시인하며 각자 최선을 다하여 열매를 맺어야겠다. '나는 이런저런 사람인데 당신은 나보다 이것을 못해.' 하며 재능을 자랑한들 도토리 키 재기일 뿐이다. 그러는 사이 열매는 어느 순간에 고자리가 들끓어 나도 싫고 남도 줄 수 없는 고자리 인생이 된다. 한 뼘 햇살이 아까운 가을이다. 그 햇살이 빚은 탐스러운 호박 열매 그리워하면서 먹을 수 있으려나, 고자리 먹지 않은 애 호박으로…

가을 해를 사랑하며…

/

새삼 같은 내 인생

　나는 어린 시절이 참 행복했다. 어린 시절 대 자연과 숨바꼭질하며 아름다운 경치와 거짓이 없고 정직한 산과 들을 친구 삼아 자라서, 늘 부모님께 감사함을 느낀다. 개는 생후 6개월 동안 먹어보지 않은 먹이는 절대 먹지 않고 사람에게 어린 시절에 만들어진 정서는 평생 변하지 않는다. 그 귀중한 어린 시절에 동심이 원하는 자연 속에 묻혀 살았으니 어찌 행복하지 않았겠는가. 아토피 피부병으로 고생하는 아이들이 이 병원 저 병원, 이런 약 저런 약 다 써도 안 낫아서 마지막으로 산속에 들어가 한 달을 지내자 낫았다는 방송을 수없이 접한다. 그것은 어린 동심이 원하는 것을 다시 공급하니 제 모습으로 돌아온 것이다.

　어린 시절에 공해와 생존경쟁이 치열한 곳에서 밤낮 상처투성이 모습만 보고 자랐다면, 오늘 내 모습은 일그러지고 상처투성이의 심성이 되었을 것이다. 그러면 도시에서 성장한 어린이들은 모두 비정상의 인격이란 말인가. 그렇지가 않다고 자신 있게 말할 수 있는 것은 요즘 도시 아이들은 똑똑해서 자기가 필요한 정서를 찾는다. 허나 소심하면 그것을 찾지 못한다. 나는 어린 시절에 소심하고 융통성이 없었기 때문이다. 한 번은 농촌에서 신기하기도 하고 울화가 치밀어 오르게 하는 일이 있었다. 학교에서 공부를 마치고 배고픈 배를 책 보따리로 힘껏 잡아매고 지름길인 산길로 오는데, 고구마밭이 있었다. 함께 가던 친구들이 외치기를

"야, 우리 저 밭에 가서 고구마 서리하자."

나의 마음속에는 어제 주일학교에서 선생님이 하신 말씀이 생각났다. 에덴동산에서 아담과 하와는 아무도 없는 곳에서 선악과를 따 먹었지만, 하나님은 다 아시고 "누가 너희더러 먹지 말라 한 선악과를 먹으라 하더냐?" 하셨다. "우리 학생들 아무도 없다고 나쁜 짓 하면 안 돼요. 하나님이 보고 계시니까요." "네."

그 약속이 떠올라 거절을 하였다. 그러자 옆에 있던 친구가 반가운 말을 한다.

"그래. 너는 교회 다니니까 들어오지 말고 사람이 오나 망을 잘 봐. 우리가 네 것까지 캐 가지고 올게."

"응. 그래 사람 오는 것은 걱정하지 마."

지금 생각하면 정말 웃지 않을 수가 없다. 그때까지 나는 직접 나쁜 행동을 하는 사람만 죄인이고 뒤에서 부추기고 동조하는 자는 죄가 없는 줄 알았으니, 얼마나 어리석었는가. 길옆에서 망을 보다가 신기한 모습이 눈에 들어왔다. 풀도 아닌 것이 고무줄과도 같은 넝쿨로 고구마 싹을 칭칭 감고 있었다. 색깔은 내가 제일 좋아하는 샛노란 색이다. 집에 도착하여 저녁 먹는 시간에 오늘 참 이상한 것을 보았다고 말했

다. 아버지께서 그것이 '새삼'이라는 기생풀인데 처음에는 뿌리박고 제 힘으로 자라다가, 다른 식물에 줄기를 감고 즙을 빨아 먹으면 그제야 저절로 떨어져서 완전한 기생풀이 된다고 하셨다. 그 말씀을 듣고 보니 노란 기생초가 너무 얄미웠다.

이튿날 그 밭에 가서 새삼 기생 초를 모조리 뜯어내었다. 그 후로도 그 기생 초만 보면 반드시 뜯어 버리고 짓이겼다. 그런데 이상한 일이다. 내게 예수를 믿는 그 믿음이 깊은 수준에 들어가고 싶은 어느 때부터인가, 그 기생초가 부러워지는 것은 어쩐 일일까? 내가 성경 한 말씀을 깨달은 때부터였다. 우리는 모두 돌 감람나무다. 그러나 참 감람나무인 예수 그리스도에게 접붙임을 받을 때 우리는 참 감람나무가 될 수 있다는 말씀을 깨달은 다음부터는, 내가 바로 영적 기생초가 되어야 한다는 것을 깨달았다. 예수 그리스도의 진액을 빨아 먹어 믿음이 성장하면, 나의 이론과 수단의 뿌리를 모두 잘라 버리는 새삼 줄기 같이 되겠다는 말이다.

오늘을 사는 그리스도인들은 모두 예수 그리스도의 진액만 빨아 먹고 나의 뿌리는 오물과 같이 아쉬움도 없이 내어 버려야 할 것이다. 어린 시절에 짓이겨 버린 새삼아, 너는 비록 기생 초라는 몹쓸 별명을 얻고 살았지만, 내게 귀중한 진리를 일깨워 주었으니 적어도 나에게는 생명 초가 되었구나. 우리같이 영원토록 각자의 철학대로 한 생을 살아보자꾸나.

충주 남산 과수원 옆길에 며느리 밑 심게 풀을 휘감고 오르는 기생 초인 새삼, 너를 보니 옛 생각에 젖어든다.

/

지진의 메시지

우리의 이웃이 넋을 잃고 있다.

차라리 시원하게 통곡이라도 했으면 좋으련만, 통곡 소리에 여진이라도 미칠까 두려운 것일까. 두 번 다시 생각하기도 싫은 히로시마 원폭의 250배가 넘는 피해인 강도 7.8의 강진이, 중국 쓰촨 성 일대를 눈물의 강이 피해현장을 흐릿하게 가리고 있다. 1분도 안 될 순간의 시간 속에 부모 형제를 잃고, 삶의 터전을 잃은 혈육이 밤잠을 설친다. 먼 나라 강 건너 불이 아니다. 저 땅과 내 집 터전은 이웃으로 연결되어, 생쥐들이 드나들고 같은 지열이 숨 쉬는 똑같은 땅이다. 땅은 연결되어 그렇다 하면 지표면에 분리된 나는 안전 무결하던가.

우리 한국에 한동안 서예 열풍이 불던 때가 있었다. 그때는 외모가 부족해도 반듯한 서체만 써 보이면 인품을 인정해 주었다. 그래서 습자, 서도, 서예, 등으로 크게 격상하여 불렀다. 그것이 일본에서도 예외는 아니었다. 한동안 서예교육이 호황을 이루었을 때, 히로시마 현 구마노초는 일본 전체 서예용 붓 80%를 충당하는 부유한 지방이었다. 그러나 서예도 유행 바람에 따라 시들해지자 많은 붓 생산 업체들은 빠르게 다른 곳으로 눈을 돌렸다. 그러나 유독 한 회사는 붓을 저버리지 않았다. 다만 변화의 바람을 탔다. 붓은 붓이나 화장용 붓을 만들기 시작한 것이다. 그리고 프랑스에 유명한 화장품 샤넬 회사를 찾아가 화장용 붓을 소개하여 계약을 따냈다. 세계적으로 유명한 화장품에서 붓을 함께 사용하니, 화장용 붓 회사도 빠른 속도로 세계적 기업이 되었다. 위기가 크면 클수록 성장의 기회가 많다.

인생도 지진 참사 순간처럼 1분이 채 지나기도 전에 영과 육이 뒤바뀌는 순간은 있다. 그때에 쓰촨 성 가족처럼 준비 없는 매몰자가 될 것인가. 저들은 올림픽이란 온 국민들 잔치를 알리는 오륜 깃발을 든 손이 미처 내려오지도 않았는데, 그 모습 그대로 눈물을 흘린다. 인생은 저마다 행복을 꿈꾸는 오륜 깃발이 있다. 그 깃발을 내 손에 잡았다고 행복에 겨워 말자. 음식은 먹기 전엔 내 것이 아니고, 재물은 유익하게 사용하기 전에는 내 재물이 아니다. 내 것도 아닌 것으로 목에 힘이 올라 고개 숙임을 외면치 말아야겠다. 저 발아래 밑바닥부터 기력은 빠져 오는데, 열심히 허상만 따라가지 않는가. 저 지진을 그림책 눈물로만 보지 말고, 내 뼈 무너지는 그 날로 알아서 오늘에 내 영의 정체성을 찾아야 한다. 궁하면 통하고 두드리면 열리는 것이 우리에게 주어진 천혜가 아니던가. 그 천혜는 오늘도 귓전만 울리려는가.

'갈라파고스'는 스페인어로 '거북이 섬'이란 뜻이다. 섬 전체를 거북이가 둘러싸여서 수많은 거북이가 그 섬에 살았었다. 그러나 처음 발견한 때와는 다르게 지금은 형편없게 많이 줄었단다. 특별한 이유 없이 줄어든 것이다. 그래서 지금도 무엇이 고립되었다는 말을 갈라파고스라 한다. 우리 사람은 저마다 한곳에 고립되어 살기가 쉽다. 그 고립된 삶 때문에 알게 모르게 많이도 잃고 산다. 내 아집과 사고방식에 고립되고, 잘못 인식한 상식과 지식으로 고립되어 사는 것이다. 눈을 들고 넓게 보자. 그리고 마음을 열고 건설적인 것을 찾자. 그 길만이 성장하는 길이요, 변화가 있는 길이다.

"너희는 여호와를 만날 만한 때에 찾으라. 가까이 계실 때에 그를 부르라."

(이사야 55장 6절)

오늘 밤은 달이 없어 어두운 밤이니 친구 집 찾기가 어렵겠다. 그러나 참고 기다리면 머지않아 보름달은 떠오른다. 조급하지 말고 현 상황에서 방법을 찾자. 찾으면 얻으리라. 어두운 밤에도 이점은 많다. 불편한 면을 해결하려는 방법이 곧 발명품이고 위기극복의 길이다. 어둡다 불편하다 원망만 하지 말고 해결의 길을 찾아라. 그것이 내가 살아 있다는 증거다.

어두운 밤이 깊었으면 새벽이 문 앞에 왔다는 암시를 들어라.

올곧게 대지 위에 서 있는 대나무를 흠모하며…

/

아버지 농심이 삶의 버팀목

후덥지근한 초여름 날씨다. 계절의 왕, 5월 초면 따뜻하고 생활하기 가장 좋은 때인데 웬일일까. 활짝 열어젖힌 창문으로 도둑인 양 소리 없이 들어온 바람의 기척을 느끼고 달력은, 상하좌우로 흔들며 도둑이 아니라 소리친다. 이제 곧 여름이 밀어닥칠 조짐이다. 여름이 되면 장마는 건너뛸 수 없는 순리고 억수 같은 소나기가 단골손님이다. 여름이 싫지는 않으나 공포의 소나기는 싫다. 소나기가 싫은 것은 나만이 경험한 특별한 이유가 있기 때문이다.

초등학교 저학년 시절이다. 그해 여름은 유난히도 더웠다. 부모님을 따라 먼 이웃마을에 있는 밭으로 따라 나섰다. 거기에는 충분한 이유가 있었다. 강도 큰 개울도 없는 고향 동네는 시원하게 수영할 곳이 없었다. 저수지 연못이 있기는 하지만 개흙과 흙탕물이 싫었다. 따라나선 밭 우측에는 거센 물살이 먼저 넓은 바다에 가겠다고 재촉하는 남한강이 있었다. 그리고 좌편에는 '구머이 병장'이라는 칼로 깎은 듯 웅장한 절벽이 있다. 지금의 고층 아파트 단지 같은 기암절벽이 군락을 이루며 우리 밭을 호위했다. 절벽 중턱에는 맹금류들이 산비둘기와 꿩을 사냥하여 수직 벽을 오르내리며 소리쳐 전리품을 자랑하곤 했다. 그럴 때면 나는 정신을 잃고 쳐다보면서, 이다음에 꼭 날개옷을 발명해 솔개처럼 저곳을 날아오르겠다고 다짐했다. 50년이 지난 지금까지 못 이뤘으니 그때가 언제쯤일까 생각에 젖다 보면, 태양 빛이 뜨거워 또 어머니에게 어제처럼 재촉한다.

"수영하고 올게요."

그것이 먼 곳까지 따라온 목적이라는 것을 잘 아시니 허락을 안 할 수가 없다. 어머니는 작은 샛강에서 수영할 것을 다짐받고 허락하신다. 기대에 부풀어 몇 발자국을 걷는데, 하늘이 캄캄해지면서 유리구슬 같은 빗방울이 머리를 사정없이 때린다. 미처 피할 사이도 없이 물에 빠진 생쥐가 되었다. 그때 머리에 산성비를 맞은 여파로 지금 내 머리가 벗겨진 것일까? 지나가는 소나기라 생각하고 은신처에서 그치기를 바랐지만, 소나기는 점점 무섭게 쏟아진다. 모든 것을 포기하고 집으로 돌아오는데 길은 벌써 산골짝에서 밀려오는 개울물이 삼켜버렸다. 산 밑으로 돌아가려던 아버지 눈에서 불꽃이 인다.

"저 저 저 보릿가리가!"

아버지는 모든 짐을 내동댕이치고 개울 물속으로 뛰어가신다. 조금 전까지도 개울물은 보릿단을 갈무리한 보릿가리와는 멀리 떨어져 있었는데, 실개천이 큰 여울이 되어 여름 내내 수고한 땀의 결정체인 보릿가리를 물속에 삼킨 것이었다. 아버지는 뛰어가 두 팔을 벌리고 넘어지지 않도록 버팀목을 선다. 아무 소용이 없는 일이다. 개울물은 삽시간에 허리까지 잠겼다. 그래도 포기할 생각이 없는 아버지다. 나와 어머니는 목이 터지게 외쳤다.

"안 돼요, 안 돼요, 나오세요."

개울물은 아버지 마음도 모르고 무정하게 점점 차오른다. 보릿가리도 거센 물결과 대항해 보지만 뿌리째 흔들린다. 아버지는 보릿가리를 껴안고 넓은 강엔 가지 말라 호소한다. 그러나 생명의 위협을 느낀 아버지는 그제야 모든 것을 포기하고, 도리어 무서운 물살과 짓누르는 보릿단들이 아버지를 붙들고 늘어진다. 급기야 떠내려가신다. 그러기를 한참 후 쓰러진 아카시아 나뭇가지를 겨우 잡고 나오시는 아버지는 무엇엔가 할퀴어 피가 낭자하다. 아버지의 두 눈에 흐르는 것은 눈물인지 빗물인지 알 수가 없다. 다만 눈가에 붉은 핏발만이 피눈물이라 말해 줄 뿐이다. 작은 내 가슴속에 아린 맛을 내는 이것이 무엇일까. 커다란 가슴을 가진 아버지는 아린 맛이 지나쳐서 갈기갈기 찢어짐의 맛까지 느꼈으리라. 가을이 돼야 맛볼 수 있는 햅쌀이 나오기까지는 무엇을 먹고 살아야 한단 말인가. 어린 내게도 걱정은 태산 같다. 나를 비웃으며 떠내려가던 보릿단들이 자꾸만 두 발목에 걸려 집으로 오는 길이 힘겨운 백 리 길이다. 뒤돌아본들 아무 소용없는 일인데, 뒤돌아보시는 아버지 이마에는 그새 늘어난 주름살이 펴질 줄을 모른다. 지난 일은 다 잊고 앞만 보고 길을 터야 하건만, 잃어버린 곡식과 세찬 소나기가 아득한 곳에서 내 마음을 마구 끌어당긴다.

이제는 목회를 하나 사회생활을 하나 무슨 일을 한다 해도 아버지에게서 배운 보릿단을 지키려고 했던 그 농심이면 무엇인들 두렵겠는가. 뒤돌아보니 목회와 인간생활이 힘들 때마다 삶의 마디마디에서 아버지와 보릿가리 버팀목이 되어 주셨다. 보릿가리 지탱하며 버티시는 아버지의 눈물이 삶의 십자가를 눈물겹게 만들어 주신 것이다.

이제는 좌절의 소나기도 공포의 홍수도 다 잊고 창공의 푸른 꿈만 내 아들에게 안겨주고 싶다. 그러나 아들에게 남겨줄 인생의 보릿가리를 아직도 준비하지 못했는데 마음은 자꾸만 푸른 꿈과 좋은 일만을 남기려 하는구나.

나는 아버지를 닮지 못하는 어쩔 수 없는 철부지로구나.

/

전어 맛과 인생

오늘 새벽녘에는 소리 없이 찾아온 건들마 바람이 온몸을 혼란스럽게 만들었다.

간밤에 차버린 여름 이불을 아득하고 혼미했던 잠결조차도 구애하게 만들었으니 말이다. 아침저녁으로 찾아오는 바람 손님이 제법 계절을 알려준다. 기회를 놓치지 않으려고 연일 방송 리포터들이 전어요리를 목청껏 외치며 자랑한다. 2년 동안 깊은 바다에서 노닐다 성어가된 전어들이 이때쯤이면 종족 번식을 위해 본능에 따라 얕은 수심을 찾는다. 그 호기를 방송 연출가들이 모른다면 아기 재우러 가야지, 얼마나 맛이 좋으면 가을 전어 요리할 때는 집 나간 며느리도 돌아온다할까. '집 나간 며느리가 돌아온다.' '집 나간 며느리가 돌아온다.' 연거푸 외치는 방송을 듣자하니 개운치 않다. 한쪽 귀로 들었으면 곧 흔적을 싸안고 다른 쪽 귀 문을 열고 사라져야 할 터인데, 비좁은 머릿속에서 메아리치며 붙잡아주길 원한다. 너와 나에게는 끈이 있어 그

끈을 통해 당겨 취하기도 하고 멀리 버리기도 한다. 사람은 모름지기 관계성 동물이다. 관계 속에서 인정을 받고 그곳에서 사랑을 나누고 미움도, 다툼도 벌이는데 망각을 지나치게 사모하는 우리는 이내 연기로 만들어 흩날린다.

인간관계를 원활하게 유지보존 하려면 누구나 전어 맛을 풍겨야 한다. 내 곁을 떠난 숙맥도 영악한 꾀돌이도, 그렇게 낚싯바늘같이 미웠던 자들도 모두 모두 불러들여야 전어 인간이다. 눈을 돌려보니 내 집에도 전어 맛을 원하고 직장에도 교회도, 사회 곳곳마다 전어 맛에 기갈이 들렸다. 모두가 맛내기 기술만 다를 뿐이지 풍성한 맛은 가지고 있다. 그러나 정보전쟁 때문에 꼭꼭 싸안고 흩날리기를 싫어하니 며느리들이 집 들어가길 거부한다. 함부로 들어갔다가 머리끄덩이 잡힐까 두려운 것이다. 심지어 어떤 아파트는 옆집 사람이 죽고 계절이 바뀌었어도 모르다가, 철 지난 빨래가 오랫동안 빨랫줄에 걸려있어 신고하니 죽은 지가 석 달이 지났단다. 개인주의도 이러면 너무 심하지 않은가.

순수한 우리 이름의 물고기가 있다. 다 자라도 5cm밖에 안 되는 물고기고 이름도 정겨운 '각시붕어'다. 우리나라의 민물고기를 연구하던 일본학자 '모리 디머죠 박사'가 처음으로 발견한 어류다. 이 고기의 특징은 어미가 산란할 때에는 반드시 말조개 몸속에다 낳는다. 조개 몸을 빌려서 부화하는 물고기 종류는 많다. 한국에만 열네 종이나 된다. 저수지 같은 잔잔한 민물에만 서식하는 말조개 속에다 봄에 산란하여, 30일 후면 부화 되어서 그동안 친절하게 보살펴 준 말조개에서 나온다. 그렇게 말조개가 아니면 생존할 수도 없는 물고기다. 각시붕어는 말조개에게 매년 관광여행이라도 보내어 후사해야 한다. 그런데 아직 그런다는 소식은 들어보지를 못했다. 각시붕어는 산란 철이 되면 다른 물고기보다 특별하게 아름다운 혼인색을 띠어서 각시붕어라 불렀다. 그런데 이상한 일은 말조개와 각시붕어는 전혀 다른 어종인데 어찌 그렇게 상부상조할까. 이것을 배워서 우리도 소와 말 개에게 다정한 것일까. 아니다. 저들이 우리에게 배웠을 터이다.

어제는 동료 목사가 나오라 하더니 보신탕집으로 앞서 들어간다. 지루한 장맛비와 유난히 뜨거웠던 태양, 사정없이 몰아친 불볕더위에 잃어버린 원기를 되찾으라는 바람이리라. 오랜만에 맛난 탕 덕분에 처진 어깨가 일 야드 나 올라간 듯하다. 전어 맛도 보신탕 맛도 맛으로 승부 하자면 쌍벽을 이룬다. 하지만 풍기는 향은 전어 맛만은 못하다. 융숭한 대접에 감사를 표하니 짐을 조금은 던듯하다. 내심 머릿속에서도 시쳇말로 '둘이 먹다 셋이 죽어도 모르겠다.' 한다.

이렇게 맛이 좋은데 어떤 아가씨들은 보신탕집 옆에만 가도 도망을 친다. 보신탕은 맛만 내었지 냄새는 집 나간 며느리 불러들일 냄새가 아니기 때문일 게다. 내가 잘 아는 사람과 보신탕과 염소탕을 잘하는 집으로 저녁 식사를 하러 갔다. 그 사람은 보신탕이라면 질색을 하는 사람이다. 그러나 염소탕은 좋아한다. 이것을 잘 알고 있는 나는 모두 보신탕을 시키고 염소탕이라 속였다.

"무슨 염소탕이 이렇게 맛있어요."

"이 집은 그래요."

음식점을 나온 후 사실은 다 보신탕이었다고 했다. 고정관념 때문에 그동안 못 먹은 것이다.

　나를 포함한 모든 사람이 이 땅 곳곳에서 착각 속에 빠져 산다. 내가 뿜어내는 향기는 만인이 좋아하는 전어요리 향기라고 말이다. 그것이 보신탕 맛이 되어 내게는 좋으나 코를 휘두르고 도망치는 사람도 있는데, 전어 요리 향기 되려면 내게도 좋고 남들에게도 감칠 향을 주어야 한다. 감칠 향을 생각하자니 이런 활자가 향기 되어 내 코끝을 간질인다.

　'우리는 구원 얻는 자들에게나 망하는 자들에게나, 하나님 앞에서 그리스도의 향기니…'

(고린도후서 2장 15절)

　아, 가을이 오는 길목에서 누가 전어요리 먹여 준다 해도 싫다 손사래 칠 용기는 없는데…

/

요지경 속이 된 세상

아직 이른 아침이라서일까. 평소에 그 많던 아침 운동을 즐기는 사람이 없다. 가끔 아침 공기를 가르며 오르는 등산객만 건장한 체격을 과시한다. 저들의 체격은 마치 나를 따라오면 건강이 이렇게 달라붙는다고 말하는듯하다. 나도 늦을까 염려증에서 부지런히 뒤를 따른다. 그때 참매미 한 마리가 소리 지르며 앞으로 나르더니, 내 눈에는 보이지 않는 거미줄에 날개가 걸렸다. 벗어나려 날개를 힘껏 흔들어 보지만, 그러면 그럴수록 흔드는 움직임이 느려지는 것을 보아 날개 깊숙이 붙여져 가는 것을 알 수 있다. 그런데 왜 걸렸을까 바보처럼. 옆에는 이미 다른 친구 매미가 걸려 두 날개를 펴고 날아오지 말라며 행동으로 언질을 주었는데, 그런데도 달려들다니. 이해를 못 할 일이다. 너에게는 홑눈과 겹눈이 있어서 사물을 많이 보면서 오라 암컷인 줄 알고 사랑 찾아 날아갔구나. 사랑 찾아가는 것도 다 좋은 것만은 아니라는 것을 뒤늦게 깨달았겠다.

한참을 바라보자니 이상한 일이 또 꼬리를 내민다. 저렇게 퍼덕거리는데 약삭빠른 거미는 왜 나오지 않을까. 먼저 걸린 매미도 상처 없이 흔들다 지쳐 간간이 움직이는 것을 보면, 거미가 멀리 출장을 갔나 보다. 거미도 암컷 찾으러 갔을까, 수컷을 찾으러 갔을까. 그새 벌써 마음속에서는 매미에게 응원을 보낸다.

'살인마 거미 오기 전에 빨리 도망쳐라.' 가슴 한편에서는 또 다른 방향으로 응원 박수를 보낸다. '약자 편만 들으면 우리 같은 육식 미물은 어떻게 살라고 그 야단이야.' 그것도 그렇구나. 양쪽에 모두 마음이 꺼려서 갑자기 응원 박수도 못 보내는 냉혈동물이 되었다. 우리는 때때로 어느 편도 될 수 없는 경우를 종종 만난다. 이쪽 편을 들자니 이런 문제가 걸리고 저쪽 편을 들자니 저 문제가 응원 소리를 끌어내린다. 그래서 이럴 때는 얼굴에 철판을 붙이는 것도 나쁘지는 않다.

음악의 천재 모차르트도 죽음 앞에서는 둔재였다. 죽음을 위해 아무런 재능도 발휘하지 못했다. 또 그의 무덤을 아무에게도 알려주지 못했다. 그래서 무덤을 아는 사람은 아무도 없다. 왜 그럴까? 모차르트가 유명인사라서 죽을 때나마 유명인을 떠나 혼자 조용히 가고 싶어서일까. 아프리카의 코끼리처럼 죽을 때 아무도 모르는 은밀한 곳에 가서 죽은 까닭은 더욱 아니다. 그는 훌륭한 음악을 하면서 자기 외에는 아무도 돌아보지 않았다. 심지어 아내, 가족까지도 먹든지 굶어 죽든지 상관하지 않은 냉혈동물과도 같은 사람이었다. 그래서 당시 사람들은 그의 음악은 좋아했으나 인간 모차르트는 싫어했다. 그의 장례식에는 그의 가족, 친지, 친구, 아내조차 참석을 안 했다. 그러니 무덤이 알려질 수가 없다. 지금도 그의 무덤을 알 방법은 전혀 없다. 수수께끼 같은 이야기다. 모차르트의 사랑도 음악을 닮아 천재여서 어느 쪽도 응원하지 않은 것일까. 그게 옳다면 이아침에 나도 천재가 되었구나. 약자 매미도 강자 거미도 어느 편도 들어주지 않았으니 말이다.

천재를 배우다 보니 앞에 보이던 건장한 등산객이 보이지 않는다. 종종걸음으로 앞을 재촉한다. 힘든 코스를 겨우 지나니 가쁜 숨소리가 좀 쉬어 가자며 애원을 한다. 그 부탁을 핑계 삼아 다리를 뻗고 앉았다. 우거진 잡목들도 힘겨운 듯 태양 빛을 찾아 한쪽으로 기울었다. 그중에 내 눈을 잡아끄는 나무가 있었으니 아름드리 아카시아 나무다. 비바람에 쓰러졌는데 10m 앞에 있던 참나무 고목이 받아 주었다. 마침 참나무가 Y자형으로 가지가 벌어졌는데 그 위에 정확하게 안긴 것이다. 마치 떨어지는 아기를 아버지가 뛰어가 받아 안듯이 안겼다. 사람도 하기 어려운 일을 나무가 뿌리에 얽매여 움직이지 못한 채 해내었다. 그것도 종이 다른 이웃에게 말이다. 나는 즉석에서 떡갈나무 잎에 공로를 적어 상장을 주었다. 다래 넝쿨로 금메달의 부상까지 걸어 주니 많은 잡목이 가지를 요란하게 흔들며 박수로 환영한다.

두 나무는 평생을 의지해야 할 인연이 되었다. 아카시아 나무의 일방적인 의지였지만, 평생을 미안한 마음으로 마음껏 자랄 수도 없겠다. 자라면 자랄수록 참나무한테 힘이 가중되기 때문이다. 참나무는 평생 봉사하는 나무로 살아야 한다. 그래도 저 나무는 즐거워할 것이다. 매미와 거미는 서로 먹고 먹히는 원수 관계를 맺었고, 움직이지도 못하는 나무들은 혼자 보기도 아까운 평생 동반자가 되었다.

이래서 세상은 요지경 속이라 했던가. 어릴 때 동네에 들어온 요지경 속을 들여다보았었다. 나무통을 지고 다니면서 징을 두드리고 손님을 부르는 아저씨가 정겨웠다. 아버지는 아저씨를 나무 그늘에서 세웠다. 그리고 나에게 구경하라신다. 작은 구멍으로 들여다보니 아저씨가 손잡이를 돌리는 대로 춘향이가 그네를 뛰고 심청이가 인당수에 뛰어들고 했다. 어른이 된 지금 보는 요지경 속은 한쪽에는 원수를 맺고 한쪽에는 평생 사랑으로 봉사하는 반려자로 산다. 이것이 세상 자연의 흐름이란다. 어린 그때와 어찌 이렇게 달라졌던가. 어디서 무엇이 잘못된 변질일까.

오늘 밤엔 그 고민으로 잠 못 들겠네.

/

도토리거위벌레의 모성애

말복이 지나니 아침저녁으로 제법 가을 냄새가 풍긴다. 아침 일찍 어둠을 따라 숨으려는 가을 향취를 더듬으며 산에 올랐다. 간밤에 소리 없이 나린 비 탓인가. 공기 중에 머금은 습기가 보석 방울 되어 이마와 두 볼에 마구 달라붙는다. 울다 멈춘 아이같이 찌푸린 날씨인데, 공기 중에 수분이 없어 태양만 작열한 때보다 땀방울은 더 많이 영글었다. 힘든 코스를 지나니 등줄기가 서늘하다. 이젠 계절이 흘린 땀 감당을 못해 이내 식어 버린다. 뜨거운 땀방울을 몇 달도 채 감당하지 못하면서 어찌 불볕더위라 자랑했더냐. 가마솥도 장작불을 꺼낸 지 한참을 지나야 물이 식고, 구들장은 엄동설한에 한번 대피면 밤새도록 코흘리개 단잠을 깨우지 않는다. 그에 비하면 불볕더위라 자랑하던 태양도 이제는 한풀 꺾였다.

이제 머지않아 선들바람 불고 그 바람 놓칠세라 칼바람이 따라와 벌어진 나그네 옷깃을 파고들 턴데, 땀방울이 식기 전에 그 온도 저장해 쌓아두면 요긴하리라. 나와 동업할 인사가 없으니 아이디어만 창출하고 포기해야만 할까. 오늘 밤에 떠오르는 차가운 달에 약간의 수고비 받고 넘겨주어야겠다. 달님은 차가운 겨울엔 매우 요긴하게 쓰리라. 이때 눈앞을 아른거리는 녹색 물결이 나를 어지럽힌다. 간밤에 먹은 돼지비계가 벌써 혈압을 올렸는가. 나쁜 것은 왜 이렇게 말도 잘 듣는단 말인가. 불평할라 치니 그것이 아니다.

이제 막 형태를 갖춘 도토리 두 알씩 달고 잎은 프로펠러 되어 땅으로 떨어지는 것이다. 이것은 분명 도토리거위벌레 짓이렷다. 하나 들고 살펴보니 도토리마다 구멍이 파였다. 이번엔 도토리나무를 흔들어 보았다. '갑자기 웬 태풍이야!' 소리치던 도토리거위벌레가 나뭇잎 위에 떨어져 올라앉았다. 긴 거위 목을 빼고 나를 노려본다. '역시 너였구나.' 도토리거위벌레는 연한 도토리 맺힐 때를 맞추어 산란한다. 산란할 때는 뾰족한 입으로 도토리에 구멍을 내고 그 안에 알을 붙여 놓는다. 그리고 가지를 잘라 땅으로 떨어뜨린다. 그러면 새끼가 부화 되어 안전한 땅 위에서 도토리 배젖을 먹고 자란다. 그렇게 다 자라면 어미가 그랬던 대로 나무에 올라가 산란을 하고 작은 가지를 떨어뜨린다. 이렇게 산란하는 산모가 운집한 나무를 마구 흔든 내 호기심이 도토리거위벌레 생명을 들었다 놓는다. '미안하다. 도토리거위벌레들아. 내 궁금증을 해결하려고 산모들이 때를 이루며 몸조리를 하는데, 지축이 흔들리고 산실이 요동치는 천재지변을 일으켰구나.' 아니 말을 올바르게 하려면 인재 지변인가.

'한낱 미물인 벌레도 자식 앞날을 지극한 정성으로 준비하는데 자식의 앞날 준비를 참으로 못했구나. 그리고 세월만 허송했어.' 한 걸음 더 나아가 하나님 앞에서는 준비를 더욱 못 했다. 그 앞에 서는 날은 가까이 왔는데 준비는 턱없이 부족하다. 무엇인가를 미리 준비하고 기다린다는 것은 매우 바람직하고 지혜로운 처사다. 준비를 완벽하게 마친 사람은 조급하지도 두렵지도 않다. 오히려 속히 그때가 돌아오기만을 기다려진다. 그래야 하는 줄 알면서도 준비 못 하는 것은 본인의 잘못이니 누구를 원망하고 핑계할 자격도 필요도 없다. 준비하라 외치면서 정작 내가 준비도 못 했으니 나를 용서하소서. 그리고 준비할 힘을 보태주소서.

/

감사하는 마음은 대통령 인격

세상 모든 사람의 마음가짐은 천태만상이다.

너그러운 성격, 조급한 성격, 느슨한 성격, 양보하지 못하는 사람, 어떤 성격의 소유자가 세상에서 환영받고 존경받을까? 이 질문에서 정답은 얻기 어려울 것이다. 많은 사람에게 너그러운 마음과 포용력으로 감싸주어야 할 직업과 환경에 사람은 그런 성격이 최고의 덕목일 것이지만, 너그러운 마음과 느슨한 성격으로는 일할 수 없는 직업인이라면 자연적으로 조급하고 사나운 성격이 형성되게 마련이다. 그래서 사람들은 자신에게 알맞은 성격을 선호하게 된다. 이렇게 자신의 성격만으로 판단하는 주관적 성격은 다수에게 호평 받을 수 없다. 여러 사람에게 존경받는 성품과 인격이 되려면, 여러 사람의 입장과 선호하는 모든 것을 완벽하게 갖추어야 하겠다.

어느 동네에 어머니와 아들이 생활은 어려웠으나 정답게 살고 있었다. 어머니는 아들을 위해서라면 어떤 고생도 주저 없이 기쁜 마음으로 희생했다. 그렇게 아끼고 사랑한 아들이 대학을 졸업하게 되었다. 그러나 그 기쁜 날 어머니는 큰 고민에 빠졌다. 아들 졸업식장에 가려면 거지같이 초라한 자신의 모습에 아들이 얼마나 창피할까, 여자 친구가 보고 돌아서면 어쩔까. 어머니는 아쉽지만, 졸업식 장소에 가지 않기로 하고 어금니를 깨물었다. 착실한 아들이 어머니의 그 뜻에 순응할 수가 있겠는가. 어머니를 졸업식장에 억지로 모시고 갔다. 그 아들은 자랑스럽게도 수석 졸업생이다. 금메달을 자신의 목에 걸지 않고 초라하게 옷 입은 어머니에게 바쳤다. 부끄러워하지도 않았다.

"어머니, 고맙습니다. 어머니의 은혜로 이렇게 졸업을 하게 되었습니다. 이 메달은 마땅히 어머니께서 받으셔야 합니다."

참으로 감동적인 졸업식이다. 그 후에 그는 모교 대학의 학장이 되었다. 그리고 세월이 흘러 10년 후엔 미국 제28대 대통령에 선출되었다. 우리 민족 해방에도 큰 공을 세운 민족자결주의를 제창한 윌슨 대통령이다.

미국에만 어머니를 생각하는 효자가 있는 것일까. 이런 일은 우리 주위에서도 흔하게 볼 수 있는 풍경인데 뭐 그렇게 호들갑을 떠느냐는 소리가, 활자에서 손을 떼자마자 봄날 제비같이 귓속으로 마구마구 날아온다. 누구나 감격스러울 땐 전시용으로 다 할 수 있는 말이다. 그러나 괴로워도 슬퍼도 어려워도 그 감동으로 대할 수 있던가. 그것이 변치 않는 감사라면 당신도 대통령 인격의 마음이다. 이것이 바로 객관적인 감사의 마음이다. 나 홀로 이권에 따라온 감사라면 환경이 바뀔 때면 감사한 마음도 자취를 감출 것이다.

지난밤 잠자리에서 베개 밑으로 가지런히 뻗은 두 손이 무엇을 찾느라 더듬더듬하기에 무슨 일이냐 하니, 배꼽이 시리다 소리친다며 이불을 찾는다. 단풍을 각오하는 녹색 잎들의 서글픈 노래를 들으니 가을이 문밖에 왔음을 실감한다. 풍요로운 가을이다. 들녘만 바라봐도 배가 저절로 부르다. 가을에는 누구라도 알곡을 주심에 감사한다. 풍요로운 가을에만 추수를 감사할까. 춘궁기에도 감사하는 마음이 마음속에서 우러러 나오는가. 만족한 조건과 아름다운 환경만 보고 감사하는 마음은 진정한 감사가 아니다. 악한 마음도 어린아이라도 그것을 보면 감사가 흘러나온다. 그러나 가을 곡식이 보이지 않고 새싹도 트지 않은 언 땅에 감사할 수 있는가. 여름 춘궁기 보릿고개를 감사할 수 있는가. 우리 사람은 풍요로운 가을도 만나지만, 엄동설한 추위도 겪게 된다. 어느 때나 환경을 뛰어넘는 감사, 그 감사가 대통령의 감사요, 최고의 인격이다.

올가을에는 마음도 인격도 성품도 감사도 대통령이 되어보자.

만인이 우러러보는 대통령 말이다.

/

내의를 입을 수 없는 불효

29년 전 어느 겨울 아침.

나는 그때만 생각하면 후회와 어리석음과 지극하신 아버지의 사랑 등이 뒤섞여 소용돌이치는 거센 물결 속에 휘말린다. 언젠가는 그때 느낌을 연필로 표현하리라 하면서도, 그때 감정을 다 토로하지 못할까 봐 아끼고 남겨온 생각들을 이제야 용기 내어 연필을 잡아본다.

몇 상자의 책과 조급한 마음을 실은 용달차가, 첫 목회자의 길인 덕산 오지 마을로 달려간다. 총각 전도사를 반겨주는 얼굴들을 대하니 기쁨이 하늘을 찌른다. 목회자로서의 상식과 품위를 나타내 보이려 맘 껏 힘써 보지만, 어느 구석 딱히 잡히진 않으나 왠지 어색하고 쑥스럽고, 어찌 행동해야 할지 모르는 것은 비단 첫 임지여서 만은 아닌듯하다. 어쩐 일일까? 그렇게 나와 함께 할 얼굴들을 익숙하게 익힌 어느 날이었다.

처음으로 부여받은 목회 지를 자랑이나 하려는 마음으로 고향 집을 찾았다. 무엇이 그렇게 자랑스러운 일이라고 장원급제한 이 도령이 어사화를 흔들며 고향을 찾는 마음일까? 들뜬 마음을 억제하려면 어떤 몸짓이 적절할까 그곳까지 생각이 닿자 눈에는 벌써 고향 동구 밖 느티나무 고목이 눈에 들어온다. 안방 문을 열고 들어서니 떠나기 전 모습 그대로 아버지는 병환으로 누워 계시고, 동생이 아버지를 대신하여 집안일을 챙기고 있다. 대견한 동생이다. 그때 그 성실함이 그대로 성장하여 지금은 서울 빌딩 숲 고층 아파트에서 자수성가의 꽃을 피우고 있다. 누워계시는 아버지께 인사를 드리고 동생이 하는 수고를 덜어 주려고 옷을 갈아입는데, 어찌 뒷머리가 간지럽다. 그러기를 잠시, 누워계셨던 아버지께서 일어나 앉으시더니 옷을 벗으시고 내의를 건네주신다.

"아니, 아버지 왜 그러세요."
"이거 입어라."
"저는 춥지 않아요."

아버지는 작업복을 갈아입는 내 모습을 뒤에서 보시고, 엄동설한에 내의도 입지 못하고 총각 몸으로 고생하는 아들 모습에 진한 핏빛의 부성애로 시린 가슴을 느끼신 것이었다. 아버지의 위치에 서면 누가 말하지 않아도 알 수가 있고, 보지 않아도 머릿속에 한 폭의 병풍을 펼쳐놓은 것같이 보이건만. 내 한 몸만 생각하는 총각의 머리로는 아버지의 그 깊은 마음을 헤아리지 못한 것이다. 다만 급히 오느라 내의를 입지 못한 아들에게 넘겨주시는가 보다 하여 '춥지 않아요.'하고 가볍게 대답을 할 뿐이다. 내 생각과는 다르게 강경하게 말씀하시니 내 생각도 바뀐다. 누워계시는 아버지께서 저토록 원하시는데 아픈 부성애의 마음을 몰라주는 것도 불효다. 생각이 이곳에 미치자 넉살 좋게 받아 입고는 하루해를 보냈다. 이제껏 입지 않던 내의를 입고 있으니 불편하기 그지없다. 가족의 따뜻한 마음으로 아직 내 머릿속을 따뜻하게 덥히지도 못하였는데 그림자는 길게 내 마음을 재촉한다. 내의를 돌려 드리려 벗으니 또 완강하게 거절하셔서 할 수 없이 입고 집으로 돌아올 수밖에 없었다. 그 앞에서 나의 결론은 '새 내의를 사다 드리자.' 그 마음으로 생각을 바꾸었다.

아버지의 부성애도 아들의 뻔뻔한 마음도 세월은 아는지 모르는지, 겨울은 지나고 따뜻한 봄날에 나는 다시 영월로 이사를 하였다. 그렇게 몇 년이 지나도록 한번 병석에 누우신 아버지는 다시 일어설 줄 모르시고 병이 깊어만 갔다. 어느 주일 예배를 마치고 교회 문을 나서는데 낯익은 아이가 헐레벌떡 들어온다. 이장 집 머슴아이다.

"청풍에서 전화가 왔는데요. 아버님이 돌아가셨데요."

동리에 하나밖에 없는 전화이니 알려주러 온 것이다. 예측은 하여 왔지만, 비보를 들으니 다리가 제멋대로 걸어간다. 머리에서 명령하는 대로 순종하지 않고 제멋대로 움직이는 내 다리가 마치 하나님 앞에서 그분의 뜻을 생각 않고 내 뜻에 따라 행동하는 나의 모습이었다. 생각과 팔다리가 서로 맞지 않는 엇박자에 맞춰 고향 집에 당도하니 떠오르는 것은 오직 한 가지 생각뿐이다.

'나는 지병으로 누우신 아버지 내의를 빼앗아 입은 불효 자식이다.'

천국에서 하나님 품에 안기신 아버지 모습을 떠올리면 감사한 일인데, 왜 자꾸 눈물이 나며 슬퍼질까? 몸이 불편하신 아버지의 내의를 빼앗아 입은 불효 자식, 그 불효를 조금이라도 덜어 드리려면 따뜻한 내의를 한 벌 사드려야겠다고 늘 생각하였다. 그러나 아직도 누워계신 아버지께 내의를 못 사드렸는데, 이렇게 기회를 잃게 하셨으니 그것이 매우 슬프다. 부모는 자식이 효도하기를 기다리지 않는다는 말귀가 실감이 나는 순간이다. 관 앞에서 슬퍼하며 가슴이 복받쳤는데 눈을 떠 보니 문간방이다. 어찌 된 일인가. 잠시 정신을 잃었단다. 나의 영은 천국에 가신 아버지를 기뻐하나 그 영의 하수인인 육체는 슬픔을 이기지 못한 것이다. 이것은 불효 자식이 치르는 보답치고 너무나 사치스럽고 귀족 그것이다. 정신을 다잡아 본다. '그래, 나의 어리석고 미련하였던 지난날을 지우고 잊어버리려는 나의 바람이 그 양상으로 나타난 것이야.' 마치 어린아이가 엄마에게 잘못하고서 엄마로 하여금 그 잘못을 잊게 하려고 갑자기 나타나는 열병 같은 현상 말이다. 성인이 되었어도 그 비열하고 치졸한 내 모습이 바로 이것이구나.

그 후로 나에게 이상한 버릇이 생겼다. 추운 겨울이 되어도 내의를 입지 못한다. 처음엔 아버지에 대한 죄송하고 부끄러운 마음에서 입지 못하였는데 세월이 흐르다 보니 그것이 습관이 되어 지금껏 입을 수가 없다. 아내는 지난날의 생각을 버리고 이제는 나이를 생각하여 입으라고 성화다. 기름값 폭등, 에너지 절약 등으로 정부와 매스컴에서는 내의 입기를 권장하고 있다. 지금껏 내 생각이 나를 좁디좁은 틈새로 몰아넣은 것이 아니었을까? 가만히 하늘을 보며 생각해본다. 올겨울에는 내의를 입어야 할 것 같구나. 부모는 내 육체가 추위에 떨지 않도록 옷을 입혀 주셨고, 주님은 내 영이 죄악으로 떨지 말라 보혈에 젖은 붉은 옷을 입혀 주셨다. '아, 아버지 사랑 감사합니다. 그러나 예수님 사랑은 보이지 않게 감사합니다.'

감사 속에 감사할 일들로만 뭉쳐진 아들이.

/

아내도 모르게 등에 업힌 애인

영월 한강 상류에 있는 조그마한 마을에 살 때였다. 동네 앞 작은 강에는 강폭은 넓으나 평소에는 물이 적게 흐른다. 물로 다니기에는 너무 깊고 그렇다고 든든한 다리를 만들어 놓으면 임시는 편하게 잘 다닐 수 있다. 하지만 여름철 큰물이 나가면 말끔히 떠내려가니 힘들여 든든하게 놓을 필요가 없었다. 동네 사람들은 장마철까지만 지탱할 수 있는 간이 다리를 놓는다. 이 다리가 떠내려가면 어쩔 수 없이 그냥 물로 걸어 건너갈 수밖에 없다. 돌아서 가는 길이 없으니 싫어도 선택의 여지가 없다.

어느 해였다. 소년들도 잎담배를 가득 싫은 지게를 지고 건너가기에 별것 아니라 생각되어 구두를 벗어들고 바지를 허벅지까지 둥둥 걷고 용감한 척 물에 뛰어들었다. 그런데 이게 어쩐 일인가. 물속 돌은 물때가 앉아서 한발 디디면 얼음 밟은 듯 미끄러웠다. 한번 잘못 디딘 발은 미끄럼을 해결하려고 털썩털썩 하류로 마구 떠내려간다. 후에 알고 보니 차라리 양말을 신고 걸으면 미끄럼을 덜 탄다는 것을 알았다. 한참 고생을 하고 강둑이 보여 머리를 들고 위편을 보았다. 짐을 지고 건넌 사람들보다 20~30미터는 내려왔다. 신발을 신지도 못하고 허둥지둥 사람들이 모여 있는 곳으로 뛰어갔다.

"아니, 등짐을 지고서 어떻게 그렇게 잘 건너세요."

"잘 건너는 것이 아니라, 등에 짐을 지고 건너면 미끄럼도 덜 타고 물살이 거세도 떠내려가지 않아요."

나는 그 말이 '우리는 짐을 지고도 쉽게 건너는데 빈 몸으로 그 모양이냐' 비아냥하는 소리로만 들렸다.

며칠 후 또 물을 건너야 하게 되었다. 지난번에 너무 힘겨웠으니 이제 또 어쩌나 안절부절못하다가 며칠 전 그 말이 떠올랐다.

'그래, 들고 가다가 아니다 싶으면 중간에서 내어 버리면 되지.'

나는 누가 볼까 봐 앞뒤를 살피고 커다란 돌을 구두와 함께 어깨에 멨다. 그리고 물을 건너는 데 이렇게 고마울 수가 있나, 발이 정말 미끄럼에도 헛디뎌지지 않고 물살에도 몸은 조금도 흔들림이 없었다. 어깨에 들려있는 커다란 돌이 전혀 무겁지 않고 오히려 고마웠다. 무거운 짐이 이렇게 고마운 때도 있구나, 무거운 돌이 아니라 보고도 또 보아도 더 보고 싶은 사랑하는 애인이었다. 그렇지만 다 건너고 나니 이렇게 무거운 돌을 어떻게 들고 왔던가, 하는 생각이 갑자기 든다. 사람은 간사한 동물이라더니 이런 때를 위한 말인가 보다. 무거운 돌을 물속으로 힘껏 내동댕이쳤다. 저 강돌이 생각이 있는 인격자라면 나를 얼마나 원망했을까.

우리는 언제부터인가, 입에만 좋은 단맛을 즐기는 사람이 되었다.
이것은 옛 선조들이 돌을 던져 잡은 짐승의 날고기를 뜯어먹을 때부
터 시작되었을 것이다. 피가 흐르고 질긴 고기 맛보다 어렵게 얻은 불
에 구워서 먹은 맛이 훨씬 혀끝을 놀라게 하였겠지. 그래서 이것저것,
이 나무 저 나무 맛을 보다 보니 계피나 사탕수수 줄기에서 단맛을 얻
어 내었을 것이다. 배고프고 먹을 것이 넉넉지 않던 시절에는 생각 밖
이던 건강문제가, 조금씩 여유가 생기면서 이제는 인생의 최고 꼭짓점
에 우뚝 서 있다.

건강을 연구하는 사람들을 통해 설탕의 공로는 이제 건강의 적이라
는 사실을 모르는 사람이 없다. 그 설탕과 같이 단맛을 주는 것이 우
리 생활 가운데는 너무나 많다. 들고 다니는 것보다 주머니 넣고 다니
는 것이 편하고, 머리에 이고 등에 지고 가는 것보다 택배로 부치는 것
은 더 편하고 문화인 같다. 그래서 이제는 짐을 지고 들고 다니는 모
습을 볼 수가 없다. 설탕의 단맛같이 편하고 달콤한 생활만 선호하는
우리의 삶을 이제는 바꾸자. 힘들고 고달파도 영과 육체가 건강한 하
루하루가 나를 살찌운다. 그래서 등산 애호가들은 오늘도 땀을 흠뻑
흘리고 산을 오르고 있다.

집으로 돌아오면서 생각하니 엄청난 진리를 깨달았다. 진리란 대단
한 곳에서 존재하며 위엄을 풍기는 것이 아니다. 내가 무지개를 잡으
러 뛰어다니는 소년같이 어찌 하릴없이 3)우수마발牛溲馬勃에만 정신을

빼앗겼던가. 오늘도 귀중한 진리를 터득했다고 생각하니 종일 있었던 짜증스러운 일, 힘들었던 일들이 서산에 지는 해님 따라 아득하게 멀어져만 간다. 저 붉게 물든 저녁노을처럼 내 마음속에도 말 못하는 인격체 애인을 만난 기쁨이 쌍무지개를 이루며 저녁노을처럼 빛난다.

오늘 밤도 그날 같은 단잠이 들었으면 좋겠구나.

---

3) 우수마발牛溲馬勃 : 소의 오줌과 말의 똥. 하찮고 형편없는 것.

/

고라니도 외로워서……

코끝이 싸한 초가을 싸늘한 바람을 음미하며 정상으로 향하는 등산화가 흥겨운 리듬을 탄다.

요즘 한참 유행 타는 강남 스타일은 못되어도 산행 스타일은 되겠다. 후덥지근한 여름내 느끼지 못하던 상쾌한 느낌을 안겨주는 아침에 발길 선택이 고맙게만 느껴질 뿐이다. 좋은 몸 상태로 오른다 해도 가파른 산행은 산행이다. 헉헉하는 다급한 호흡이라며 가슴속 토박이 주인이 쉬어가자 독촉을 한다. 주먹 돌 쌓인 남한강 여울같이 소리치며 빠르게 흐르는 세월 속에 볼 것 다 보고 쉴 것 다 쉬어가면, 언제 근육 만들고 언제 건강한 체형 집을 세우느냐. 안면 몰수하고 오르다 보니 정상이란 행복감이 아내처럼 가슴 깊이 안긴다. 늘 하던 대로 맨손 체조로 힘겨운 근육을 달래고 호흡을 짓누르니 싸늘한 바람과 흥겨운 리듬, 헉헉하던 호흡에 길을 찾지 못하던 주인장이 궤도에 단정히 자리를 잡았다. '떡 본 김에 제사 지낸다.' 했던가. 몸도 제 기능을 찾았으니 쉬어갈 요량으로 벤치에 앉았다. 눈앞에 보이는 나무가 한눈에 보기에도 다정스럽다. 알밤 빛깔의 도토리묵을 만드는 도토리가 탐스럽게 달린 상수리나무와 소나무가 한데 붙어서 사이좋게 자라고 있다. 이상도 하다. 수종도 전혀 다르고 사철 푸른 소나무가 어찌 활엽수와 흡착을 할 수 있을까. 가까이 다가가서 살펴보니 그동안 두 나무가 눈물겨운 세월을 많이도 보냈다. 두 나무가 키도 굵기도 같게 자라면서 바람이 심술을 부릴 때마다 둘은 서로 치고받고 싸우면서 쌍방이 모두 허물을 험상궂게 벗겨가며 인고의 세월을 보냈다. 둘이서 고통 속에 내린 결론은 서로 이해하고 덮어 주면서 싸안고 살자는 것이었다. 이제는 누가 강제로 떼어 놓기 전에는 떨어지지 않을듯하다. 참으로 장하다.

전라남도 장흥군 삼산리에 가면 명품 후박나무가 있다. 이 나무야말로 다른 어느 나무도 흉내 내지 못하는 특이한 나무다. 후박나무 세 그루가 서로 싸우지 않고 받아들이고 싸안아 서로의 몸에 파고들었다. 그러면서도 상대방의 몸을 다치지 않도록 빈자리만 찾아서 가지를 뻗고 자랐다. 누가 보아도 밑동은 세 그루인데 한 그루의 나무를 이루었다. 서로 미적 감각도 풍부해서 세 그루가 합의해서 커다란 부채꼴의 숲을 이뤄냈다. 이들은 물론 같은 수종이어서 이 같은 명품 나무를 만드는 것이 가능했으리라 생각된다.

말 못하는 식물도 이러한 일이 가능하거늘, 만물을 지배하고 다스린다는 사람이 서로 융화되지 못하는 세상이 되어가고 있다. 내 마음을 양보하지 않으려 하고 남의 것을 수용할 줄 모르는 돌연변이 휴머니즘이 되고 있다. 사람은 둘이 만나면 조금은 합의가 된다. 그러나 셋이 모이면 서로 아귀다툼 속으로 빠져들어 간다. 삼산리 후박나무는 세 그루지만 잘도 뭉치고 좋은 그림을 만들었다. 우리 만물의 영장이 나무한테 배울 일이다.

좋은 나무들을 생각하다 보니 하산 길을 많이도 내려왔다. 어느새 콧노래가 한 그루로 뭉쳐진 나무를 배우겠다며 흥얼거린다. 콧노래가 이끄는 데로 내 마음도 아름다운 마음을 나누고 포용하겠노라 합창을 한다. 발걸음은 멋도 모르고 의욕만 넘쳐서 아기 나무를 마구 밟고 간다. 그때 이상한 느낌이 뒷머리를 휘어잡는다. 돌아보니 손닿을 만한 곳에서 2개월 정도 자랐을 성싶은 새끼 고라니가 뒤돌아보는 내 눈길을 피해 고개를 돌린다. '어디서부터 나를 따라왔더냐. 말이 통해야 너를 수용하지 않겠니? 너의 눈동자와 행동을 보니 어쩌다 어미를 잃고 외로움에 떨고 있구나. 내가 어미와는 다르지만 걸어가는 모습만 보고 어미려니 하고 따라오고 보니 무엇인가 달라서 고개를 돌린 것이었구나.' 애처로워 만져 줄까, 손을 뻗고 다가서니 아직 그럴 만큼 가까운 사이가 아니란다. 그 뜻을 알고 돌아서서 걸으니 또 따라온다. 얼마나 정이 그리우면 종이 전혀 다른 나를 저리 따라오겠나 생각하니 부성애가 앞을 가린다. 너도 삼산리 후박나무처럼 어미와 함께 한 몸 되어 살고 싶었지만, 어미는 인간이 만들어 놓은 올가미에 걸렸는가, 멧돼지에게 물렸는지 알 수 없는 일로 이산가족이 되었구나.

그러기를 몇 차례 하다 민가까지 왔다. 뵈는 사람에게 나는 이 아기 데려다 키울 형편이 안 되니 키워보라 하니 아기에게 관심을 보인다.

새끼 고라니가 그랬듯이 나도 갈 길이 바빠 길 따라 내려간다. 나는 저 세상에 가면 아직은 가족들이 곁에 있으니 삼산리 후박나무처럼 서로 엉켜 서로에게 상처 주지 않고 살 수가 있다. 이것이 인간애의 시작이 아니겠는가. 인간애. 행복. 사회 공동체 모두가 후박나무 공동체부터 시작된다. 내 가정의 후박나무 내 가정의 포용력 내 가정의 사랑이 소중해서 고라니도 이별 없는 살기 좋은 세상을 만들게 되리라.

오늘 산행길에는 나무한테 사랑을 배우고 고라니에게서 그것을 익히고 학습한 바 많았으니, 가을 산은 교실 칠판 되었고 산행길이 지시봉 되었다. 이 가을이 다 지나가기 전 더 많은 것을 배우고 익혀서 서리서리 묻어 두었다가 산 까치 심장조차 얼려 놓는 매정한 겨울에 한 올 한 올 꺼내어 두툼한 방한용품으로 삼으리라.

이제는 나이가 들어가니 추위가 두려워……

/

능소화가 합창하는 집

담장에 걸친 능소화 진홍색 나팔이 오늘 아침에도 어김없이 힘찬 기상나팔을 울린다. 보일러 연통 속에서 잠자던 참새들도 선잠을 깨고 땅속까지 들렸던가, 두더지가 머리를 치켜든다. 7, 8년 전 축대 벽 담장 밑에 심어 놓은 한 포기 능소화가 이제는 온 동네를 붉게 물들인다. 아침이면 향기로 물들이고, 석양이 되면 지는 너울 빛 흠뻑 머금고 피어난 서열대로 향기를 온 동네에 차례차례 토해낸다. 그러면 온 골목이 핏빛 바다를 이룬다. 그 경치를 오늘도 놓치지 않고 꿈속에서 보려고 연통 속에서 잠자던 참새들이 기지개를 켜며 일어난 것이다. 저들 습관은 언제나 같아 제가 먼저 일어났다며 목소리 높여 짹짹짹 합창을 한다. 그 소란에 나도 새벽 기도를 끝내고 꿀맛같이 이룬 선잠을 깨었으니 능소화로 인해 입은 피해는 참새와 같다. 그러나 그 피해는 상쾌한 것이니 눈감아 주기로 참새들과 합의를 보았다.

능소화의 원산지는 중국이다. 중국산이라면 두드러기가 나는 요즈음인데 저 꽃만큼은 왠지 두드러기가 나지 않는다. 그것은 참새들의 합창 소리가 있어서일까. 선잠을 깨웠어도 눈감아줘서일까. 대답은 나의 몫이 아닌가 보다. 내가 능소화를 좋아하는 이유가 있다. 능소화 그것은 꼿꼿이 서 있는 나무줄기에서 피지 않는다. 그렇다고 가냘픈 풀 포기도 아니다. 높은 곳은 볼 수도 없는 조건을 가진 줄기 넝쿨이다. 모든 넝쿨 식물이 다 그렇듯이 넝쿨손이 있어서 잡고 휘감아 오르지도 않는다. 그러나 넝쿨손으로는 잡을 수 없고 의지할 수도 없는 반들반들한 시멘트벽에도 뿌리를 내려 기어오른다. 뿌리를 내릴 수 없는 벽에 어떻게 뿌리를 내릴까? 그것은 그들 줄기만이 가지고 있는 특별한 방법이다. 마치 문어의 빨판과도 같다. 그러나 한번 붙은 빨판 뿌리가 떨어지면 두 번 다시 사용할 수 없어 말라 버리고 만다. 마치 인생 생존경쟁에서 한번 실패하면 인정사정없이 제거하는 듯 말이다.

줄기 끝에 피는 꽃도 그렇다. 능소화는 반드시 나팔꽃같이 하루 피고 떨어진다. 아침이면 피어나고 일몰 때는 시들지도 일그러지지도 않은 싱싱한 꽃이 후배 양성을 위해 미련 없이 뚝 뚝 떨어진다. 그것을 보자면 참 아깝다.

능소화 줄기의 일생 철학은 분명하다. 어떤 악조건에도 낙심하지 않고 뿌리내려 꽃을 피울 수 있으며, 화려한 일생의 꽃을 피웠다 해도 때가 되면 후진 양성을 위해 아무 미련 없이 스스로 사라져 버린다. 이에 비해 우리 사람은 능소화와 는 모든 사고방식이 정 반대가 아닌가. 좋은 환경 조건만 치중하고 있다. 좋은 환경 조건을 논하기 이전에 반드시 선행될 것은 메마른 자갈밭도 일구어 뿌리내리고, 위를 보고 솟아오르는 능소화 같은 강인함을 보이자. 이것만이 내가 사는 길이요, 내 가족을 껴안는 울타리요, 나라를 부강하게 만드는 국력이다.

왜들 서로 물고 뜯는가. 이제 더는 오를 수도 없는 자리에 앉은 분까지 공개적인 남의 살점 뜯어먹기에 정신을 빼앗겼다. 국민들은 기름 한 방울에 짓 눌려 숨도 못 쉬고 헐떡이고 있는데 말이다. 능소화야, 능소화야, 어서 많이 펴서 삼천 리 강산을 물들여 아귀다툼하는 세인들을 선 잠자는 참새 일깨우듯 고래고래 나팔 불어 일깨워다오. 남쪽 섬나라는 우리의 역사를 왜곡하고, 위로는 머리 숫자로 몰아붙이는 큰 나라 중국이 물 귀하다고 압록강과 그 물그릇까지 빼앗아 가려 한다. 그뿐인가, 이어도까지 붉은 손을 뻗친다. 땅을 치고 통탄할 일이다. 그래도 물고 뜯는 저 양반들은 강 건너 불이라니, 여야 싸움은 필요하지만 그래도 민생부터 해결하고 싸우소. 대국이 넘보는 그 강이 황하강이라면 좋으련만 압록강이어라.

백두산이여 한라산이여 저 강물 좀 빨아 당겨주오. 이 민족 국민들은 기진맥진 탈진 상태라 여력이 없소이다.

옛적부터 능소화의 정신으로 우리가 살았다면 지금 왜 이러겠는가. 아니 이제 옛날로 거슬러 올라가 생각한들 탁월한 무슨 수가 있겠나. 지금부터 우리 모두 능소화의 철학으로 살아가자 그러면 곧 답이 오리라. 발붙일 곳이 없어 절망 상태라도 소망에 안테나를 높이 세우고 올라가자. 저기 벌써 우리에게 힘을 실어주는 메시지가 뵈지 않는가.

✝

"의인은 고난이 많으나 여호와께서 그 모든 고난에서 건지시
는 도다."

(시편 34:19)

　능소화 철학을 찾아 헤매다 늦게 이룬 단잠을 참새와 능소화가 깨
웠지만, 어여쁘고 어여쁜 너 능소화야, 오늘도 나는 너를 사랑한단다.

능소화 합창하는 집에서…

/

풍산 아줌마 애태우지 마이소

3년 전 어느 성도가 희고 복스러운 아가를 부양시켜 주었다. 사랑을 주려 했지만 그들의 생활 여건과 환경으로는 도저히 용납되지 않고, 멀리 떨어뜨리기에는 너무나 귀엽고 사랑스러워 데려왔노라 숙연히 고개를 숙였다. 저들이 힘들고 가슴 아픈 모든 짐을 함께 지고 가야 할 것이 나의 사명으로 알기에 기쁜 마음으로 허락하였다. 아쉬움과 반가움이 교차하는 야릇한 미소를 지으며 안심하는 저의 뒷모습이 너무나 인간적이다. 그 모습이 만들어놓은 나의 기쁨은 더는 바랄 것이 없다.

바람이 불면 감싸주어 감기를 쫓아주고 비가 오면 덮어주어 몸살이 범접하지 못하게 사랑하여 주었다. 부성애 사랑을 뿌려주는 이 기쁨 늦둥이를 둔 자 아니면 알지 못할 것이다. 내가 일찍이 이 맛을 알았다면 도시락 싸들고 찾아다녔을 터인데 지금인들 어찌 늦었겠는가. 지금의 행복감도 가을 하늘에 맴도는 고추잠자리 마음인 것을, 이래서 우리 내 할머니들은 노래하였나 보다.

"은자동아 금자동아, 세상천지 으뜸동아, 은을 주면 너를 사며 금을 주면 너를 살까."

내 할머니가 이 노래를 부르시며 안방에서 대청마루로 마루에서 봉당 내려와 장독대 따스한 봄볕을 쏘여 주셨을 때, 내 두 눈은 그토록 눈부셨으리라. 그때 할머니의 행복을 지금 내가 한 점이나 맛보는 것일까? 아담하고 어여쁘신 할머니 그 모습이 보고 싶어 눈앞에 어른거린다. 그리움은 마음도 급한가 보다. 세상 이치는 잠을 자야 꿈을 꾸고 꿈을 꾸어야 그 모습을 더듬을 수 있는데, 그리움에 둘러싸인 할머니 모습은 잠도 청하지 않았는데 눈 덮인 겨울 땅을 뚫고 솟아나는 에델바이스 같구나. 에델바이스의 저력이 우리 은자동이 금자동이를 끌어 올렸나 보다. 뜰 악에 서 있는 그 모습이 벌써 처녀 모습이로구나.

어느 날 깜짝 놀랄 일이 일어났다. 밤사이에 나도 몰래 입가에 묻혀놓은 마른 침을 말끔히 씻고 뜰에 나서니 은자동이 금자동이 등과 허리에 흰 거품이 뒤범벅되었다. 주위에는 아끼던 꽃 화분이 여러 개 깨어져 뒹굴고 있다. 어디서 왔는지 검고 키 작은 삽살개 모양의 스피츠 한 마리가 나의 눈치를 살핀다. 정황을 살펴보니 알만하다. 키가 작아 맞지 않아 애만 태우고 밤을 새웠구나. 그 모습이 민망해서 길 지나던 사람이 돌을 던지려 하니 돌이 없어 아끼고 아끼던 꽃 화분을 들고 던진 것이다. 그것도 큼직한 것으로 여러 개를 말이다.

내가 은자동아 금자동아 귀엽게 키운 녀석은 호랑이도 잡는다는 풍산개였다. 그 녀석이 봄바람이 난 것이다. 바람을 피우려면 은밀한 데로 가든지, 아니면 키가 맞는 수놈 친구를 사귀든 할 것이지 풍산이도 그럴 수밖에 없는 이유가 있었다. 바람난 풍산이 는 제집 앞에서 쇠사슬에 매여 있고, 풍산이 와 키가 맞는 제 또래들은 집집 마다 묶여 대문만 지키는데 풍산이가 풍기는 발정기의 음흉한 냄새가 콧잔등을 자극했으니 얼마나 속이 탔을까. 그래서 밤새도록 참기름 타는 냄새가 났나 보다. 나는 공연히 애꿎게 아내만 핀잔하였다. 요리한 그릇은 바로바로 씻으라고 말이다. 키 작은 스피츠가 냄새 따라 찾아와 밤새 고생을 했으나 애간장만 태웠다. 그래도 너는 풍산이를 안아 보기라도 했으니 대문에 매여 있는 저들보다 기름 타는 냄새는 덜 풍겼겠구나. 이 풍산 아지매야, 그렇거들랑 엉덩이는 돌려대지 말 것이지 왜 남의 애간장은 그렇게 태웠는고. 내가 이 꼴을 보려고 은자동아 금자동아 하고 사랑을 주었단 말인가. 허무한 풍산이야.

봄바람 조심해야 할 입춘 날 아침에…

/

흉측 무도한 자와 한판 대결

어린 시절에 많이 보던 민둥산이 지금은 볼 수가 없다. 참으로 다행한 일이 아닌가. 민둥산에 가면 언제나 까먹지 않고 나를 반기는 것이 있었다. 명주잠자리 애벌레가 동그랗게 웅덩이 집을 짓고 개미가 빠지기를 바라는 개미귀신이다. 개미귀신은 산사태가 나고 메마른 황토가 모래처럼 흘러내리는 곳에는 어김없이 있기 때문이다. 민둥산의 바람이 불면 흙먼지가 앞을 볼 수 없이 날리던 산, 비가 오면 저 아래 김씨 아저씨 밭이랑에 진흙을 수북하게 실어다 놓는 심술궂은 헐벗은 산. 지금은 그 모습을 찾아볼 수가 없다.

박정희 대통령의 특별 지시라며 선생님이 숙제로 내어 준 것은 아카시아 나무 씨와 싸리나무 씨 그리고 '쫑미리' 씨라고 불렀던 풀씨를 참 많이도 훑고 다녔다. 그러던 날이면 어김없이 목덜미에 기어오른 소나무 송충이가 묻혀 논 날카로운 가시 털이 가려워 긁다 보면 어느새 온

몸은 퉁퉁 부어오른다. 그런 몸으로 집으로 가면 할머니와 어머니가 양법이라며 지푸라기에 불을 붙여 벗겨놓은 맨살 위로 쓸어내렸다. 가렵고 따가워 견딜 수가 없는데 처방이 우습기만 한다. 진달래 꽃잎을 따먹고 장수잠자리 쫓아 언덕을 치달던 아득한 그 시절이 그립다.

아침 조회 때마다 땡볕 아래서 교장 선생님의 졸리는 훈화 듣기란 참으로 고역이었다. 한번은 어느 아이가 졸다가 다리가 풀려 앞으로 꼬꾸라지는 일이 벌어졌다. 그것도 모르고 앞에 서 있던 선생님은 뜨거운 빛에 오래 서 있으면 생기는 열사병이라며 호들갑을 떤다. 옆 아이에게 숙직실로 업고 가란다. 넘어진 아이는 선생님의 호들갑에 일어나면 잠자던 사실이 들통 날듯하니 누워 정신없는 척했다. 그 덕에 시원한 숙직실에서 편히 쉬었다. 그런 일이 있었던 후부터는 조회 때마다 몇 명씩 푹푹 쓰러진다. 물론 가끔은 정말 열사병이 쓰러뜨린 학생도 있었을 것이다. 초등학생들의 연기력으로 한여름에는 운동장 조회가 교실 조회로 바뀌었다. 그런 조회가 아이들을 괴롭히던 어느 날 반가운 교장 선생님의 훈화가 들려왔다. 생사를 각오하는 격전의 날이 온 것이다.

"에, 우리 학교도 국가 정책에 이바지하기 위해 중대한 결정을 내리겠다."

무슨 심각한 말씀인가. 궁금증을 머금고 대장이신 담임 선생님의 뒤를 따라간다. 대장께서 말씀하시길 모두 총검을 만들라는 지시다. 기저귀 줄로 쓰임이 탁월한 노란 고무줄을 날카롭게 깎은 막대기에 지렛목을 넣고 칭칭 감으니, 아주 훌륭한 총검이 되었다. 대장께서는 적군 포로들을 화형에 처할 요긴한 무기로 석유를 준비하고 당당히 격전에 임한다. 임전무퇴 바로 그 정신으로 전쟁터로 출병할 때, 마침 어느 병사가 아침 새벽에 사정없이 무자비하게 보리밥을 폭식한 공로로 터져 나오는 메탄가스 후폭풍 북소리에 맞춰 장대한 격전 길에 올랐다. 돌격 목표 고지는 큰 재 시영대이 넘어 비봉산 하단 부 작은 봉우리였다. 전장에 임하여 총검을 겨냥한 결과 엄청난 전승을 올리고 포획한 포로만 해도 가마니로 담아야 할 정도로 적군을 생포했다. 그 이름도 징그러운 포로들을 대장의 지시에 따라 엄청나게 큰 무덤 웅덩이를 팠다. 한 무덤에 쓸어 넣어 석유 폭탄을 던지고 불을 붙이니 말 그대로 아비규환이다. 화형을 당하면서도 적군들은 하는 말이 "비록 우리는 화형을 당하지만, 우리의 주식은 솔잎뿐이다. 비굴하게 목숨을 구걸하는 송충이는 아니다."

들리지도 않는 절규와 진저리를 곱씹어 생각하니 포로들에게 부끄럽다. 말 못하는 약자 포로들에게, 그것도 비 무장한 적군을 국제 포로협정도 어겨가며 잔혹하게 한 구덩이에 밀어 넣고, 석유 폭탄을 던지고 불을 붙이다니 부끄럽다. 그러나 어쩌랴, 나라님의 명령인 것을. 그런 일을 거듭 반복해서일까. 지금은 소나무에 송충이가 보이지 않는다. 소나무 외 활엽수에 있는 것은 송충이가 아닌 황충이다. 송충이가 없어서 잠시 기쁨을 주는듯했으나, 이젠 무시무시한 '재선충'이란 복병이 우리 곁에 왔다. 소나무의 에이즈라고 부르는 무서운 죽음을 가져다준다. 푸른 소나무는 잘도 크는데 송충이가 사라지니 재선충은 웬말인가. 송충이는 천진난만한 어린 군사들이 소탕했으나 이제는 순진한 군사들도 없으니 비행 살포를 한다. 쉽고 간편하게 살포하지만, 그 후유증은 막심하다. 추석이 다가오면 콧노래 부르며 누나와 같이 따던 송편용 솔잎도 살포지역엔 3년 동안 딸 수 없고, 비행 살포 때 미처 넣지 못한 항아리는 깨부숴야 몸이 건강하다.

가장 무서운 송충이는 따로 있었다. 그 송충이의 주식은 솔잎이 아닌 쌀밥이다. 쌀밥을 먹고 나라를 망치는 불온사상이 아닌가. 이런 송충이는 사냥도 화형도 할 수가 없으니 사라졌다는 잠시의 기쁨도 주지 못한다. 어느 것이 송충인지 사냥꾼인지 분별할 수도 없으니 참으로 답답한 일이다. 내가 송충인가 잠자는 자녀가 송충인가, 우리 서로 감시하며 송충이 되기를 결사반대합시다. 벌거숭이 민둥산이 아닌 평화롭고 청정한 이 나라 둥근 산을 만듭시다.

/

사람 길들이기

사람이라면 누구나 잘 먹고 잘 입고 좋은 집에서 살기를 원한다. 잘 사는 것이 중요하지만, 그보다 중요한 것은 어떤 마음가짐으로 닥치는 세파를 헤쳐나가는가가 더욱 중요하다. 그것이 선행되지 못할 때는 없으면 없어서 불만이고 있으면 저 색깔이 아니라서 불만이다. 그러나 마음가짐이 바로 서서 파고를 헤쳐 나갈 사람은, 없으면 노력하며 행복을 찾고 있으면 감사하며 행복을 만끽한다. 그 마음이 내리는 비처럼 누구에게나 주어지는 것은 아니다. 깊은 산 속에 제 마음껏 뛰노는 맹수에게 밭을 갈라는 것은 호랑이더러 배추만 먹고 살라는 것보다 어려울 것이다. 그러나 늙은 암소에게 긴 다리가 빠져드는 논을 갈라면 말없이 묵묵히 가는 것이 비단 초식동물이어서일까.

초등학교 저학년이 콧물 흘린 소매 끝에 반질반질한 땟물이 부끄럽게 생각되던 어느 날이다. 이웃 친구들과 학교 공부를 마치고 산길을 따라 집으로 가고 있었다. 뒤따라오던 친구가 갑자기 아무런 말이 없다. 뒤를 돌아보니 앉아서 돌을 들고 무언가 짓이기고 있다. 무엇을 하냐며 되돌아가 보니 새 검정 운동화 뒤꿈치를 돌멩이로 치고 있다. 어제 산 운동화가 뒤꿈치를 깨문다는 것이다. 내 마음속에서 보이지 않는 울화가 치밀었다. '아파도 참고 있으면 저절로 운동화는 길이 들어 깨물지 않을 터인데 비싼 운동화를 왜 일부러 헌 신발을 만들까. 잘사는 집 아이라서 물건 아까운 줄도 모르는구나.'하고 싶은 말을 꾹 참는다. 갑자기 나의 모습이 슬퍼졌다. 가난한 집에서 태어난 내가 일찍 철이 난 것일까? 아니다. 어른다운 것도 아니고 철이 난 것도 아니다. 단지 내게 가장 필요한 것을 느끼기 때문이다. 저 아이는 지금 새것이 발에 맞지 않아 망가뜨리면 또 새 운동화를 사줄 것이니 그까짓 싸구려로 보이는 철이고 필요성이고 생각 할 이유가 없는 것이다.

우리 사람은 새 운동화와 같다. 지금은 비록 힘들고 아프고 깨물려도, 마음속에 굳은 심지가 흔들리지 않으면 머지않아 익숙해지고 편한 마음으로 살 것이다. 그 심지가 무엇인가에 따라 편한 마음이 앞당겨지고 늦어지는 것이다. 어린 송아지 길들이는 것을 보았는가. 앞산 뒷산을 이름 그대로 망아지처럼 뛰어다니다가 코뚜레를 하면 견딜 수 없어 아파한다. 그 아픈 상처가 아물 때쯤 되면 밭으로 끌고 가서, 어머니는 앞에서 코를 낀 송아지를 끌고 아버지는 쟁기를 흙에 박아놓고 채찍으로 송아지 엉덩이를 때린다. 어저께만 해도 마음대로 뛰놀던 송아지는 앞으로도 가기 힘들고 뒤로 돌아갈 수도 없어서 고통스러워한다. 힘들어도 앞으로 가지 않으면 채찍이 가만히 두지 않으니 죽음

같은 고통이다. 그 일이 힘들어도 꾸준히 하는 송아지는 이른 시일에 요령을 터득하여 큰 아픔도 고통도 없이 농부의 사랑을 받는 훌륭한 가족의 일원이 된다. 우리 사람의 일생도 이와 같은 것이 아닌가. 힘들고 땀이 흘러도 버티기를 잠시 하면 고통은 친구가 되고, 땀은 행복으로 변한다.

매년 생일 때면 어김없이 후회한다. 조촐한 생일상이라도 받으면 공연히 부끄럽고 후회스러운 것은 무엇 때문일까. 케이크 빵 위에서 나풀거리는 촛불 수만큼 이전에 땀 흘리고 진통으로 훈련하신 어머니가 받으실 잔칫상인데 왜 내가 여기 앉았는가. 둘러보면 어머니는 계시지 않고 영문도 모르게 고통도 눈물도 맛보지 않은 객이 앉아 주인 행세다. 내년에는 초대하리. 내년에는 초대하리. 헛맹세가 몇 해였던가. 미련한 자식은 눈물의 고통을 맛보지 못했으니 헛맹세로 세월만 휘이휘이 날려 보냈다. 언젠가 효도할 때 그때는 또 철들자, '망령'이란 말을 애용할 것이다.

'농락'이라는 말을 요즘 신문과 방송뉴스 용어로 많이 사용하는 시대다. 성적 희롱이 무서운 죄로 달아오르기 때문이다. 농락은 원래 소나 말 등 가축을 제어하기 위한 도구다. '농'이란 대나무로 둥글게 만들어서 소에게 씌우는 멍에였다. 그리고 '락'은 가축의 코나 목에 연결하여 끌고 다니는 고삐다. 그래서 농락의 대상은 가축이다. 그것이 사람에게 쓰이면서 타인이 멋대로 끌고 다니며 놀리거나 조종하는 것으로 사용되었다. 가축과 같이 사람도 잘 훈련이 되고 농락이 되면 훌륭한 인격자가 된다는 것을 농락당할 때는 알지를 못한다.

　우리 하나님은 새 운동화처럼 송아지처럼 아픔과 시련을 통해 사
랑으로 연단하여 필요한대로 사용하신다. 아직 나는 그분이 원하시는
대로 쓰기에는 길들지 못했으니 나를 농락시키소서. 나를 길들여 주
옵소서.

/

나를 보아야 산다

지금은 단오 명절이 유명무실하게 되었지만 나 어린 시절에는 단오 명절을 매우 알차게 보냈다. 기나긴 농한기 겨울이 지나가고 고달픈 농사일만 남았으니 농한기의 마지막 명절이라고 수리취떡과 술을 마음껏 마시고 놀면서 저무는 해를 아쉬워했다. 예전 여인들은 울안에 그네를 매어두고 담장밖에 남정네 모습을 즐겨 보았다. 나 어린 시절엔 울안은 아니지만, 동네 입구 큰 느티나무에 그네를 매어두고 아주머니 누나들은 긴 한복 치마꼬리를 마음껏 휘날렸다. 어린 나도 흉내 내보려니 단옷날엔 그넷줄도 잡아 볼 차지가 오지 않는다. 명절이 지나면 바쁜 농사일로 그네가 주인을 잃게 될 때쯤 두 손으로 잡기도 벅찬 그넷줄은 우리 차지다. 어느 날 학교에서 오는 길에 책 보따리는 팽개치고 그네에 올라 구르기를 수차례 하니, 뻐꾹새가 누가 높은가 경주하잖다. 발끝은 간질간질하고 굵은 그넷줄을 감싸 쥐지도 못하는 손을 놓치고야 말았다. '펑' 소리까지는 들었으나 정신을 잃었다. 후에 왜 쉽게 떨어졌는가 생각해 보니 내가 나를 볼 줄 모르고 어른들만 보았으니 그럴 수밖에 없었다.

사람은 나를 보아야 하는데 눈이 얼굴에만 달려있으니 무슨 재간으로 나를 볼 수가 있을까. 손끝에 눈이 달려 있다면 마음껏 볼 것인데, 공연히 말장난하는 것일까. 쉽사리 나를 볼 수 있다면 목에 핏줄 세우며 힘주어 말하지 않아도 자연스럽게 본다. 이 세상 어디에나 어떤 공간이든지 산소는 무수히 무한량 쌓여 있기 때문에 산소를 마시라 말할 사람은 아무도 없다. 나를 볼 수 있는 눈은 산소같이 없으니 나를 보아야 산다고 웅변을 해본다. 볼 방법은 분명하게 있다. 나를 볼 줄 모를 때 삶에 따른 모든 질병이 생긴다. 자신의 위치를 알고 자기를 볼 줄 알아야 어느 곳에서나 부끄럽지 않은 생활을 할 수가 있기 때문이다. 정치인은 정치인으로 서민은 서민으로서 마음으로 보는 시각이 있다. 자신을 살펴보는 시력은 평범한 것 같아도 참으로 세밀하고 소중한 것이 요구된다. 만일 소가 소이기 싫어서 자기를 보지 않고 돼지가 되고자 한다면 푸줏간으로 직행하게 될 것이다.

고구려 20대 장수왕 때이었다. 승려라고는 하지만 불교도에는 관심도 없고 오직 정치에만 눈이 뜨인 '도림'이란 사람이 있었다. 승려 차림은 정치를 위한 위장일 뿐이다. 어느 날 왕의 허락을 받아 고구려에서 죄를 짓고 피신하는 척 백제에 잠입했다. 백제 21대 개로왕은 장기와 바둑을 매우 좋아했다. 그런 정보를 입수한 도림은, 대궐 수문장에게 뇌물을 주어 자신이 왕에게 바둑의 진수를 전달하겠노라 부탁하였다. 개로왕 곁으로 다가간 도림은 온갖 방법으로 왕을 요리하여 자신을 볼 줄 모르는 눈뜬장님으로 만들었다. 기회가 왔을 때 왕에게 온 나라 백성들을 동원해 대규모 공사를 하도록 하였다. 그래야 백제가 부강하여 어느 나라도 넘보지 못한다고 충성스러운 신하의 모습을 보였다. 농사철이 되었으나 남자들은 모두 대 공사에 강제 동원되어 농사를 지을 수가 없으니 나라는 흉년과 원성으로 온 나라에 가득하여 왕의 위치는 위태롭게 되었다. 그 기회에 도림은 고구려로 도망하였다. 도림에게 백제의 혼란을 전달받은 고구려 장수왕은 3만의 군사를 이끌고 백제를 점령하였다. 백제의 개로왕은 모든 사실을 깨닫고 분통을 터트렸지만 아무 소용이 없는 일이다. 할 수 없어 지금의 공주로 피란하여 공주지역만 지키는 작은 나라가 되었다.

이와 비슷한 일들이 지금 우리에게도 많이 일어난다. 매끄럽고 기름진 칭찬을 들을 때면 하늘이 낮다며 끝없이 오르려 한다. 사탕발림의 칭찬이 진실인지 착각인지 분별할 눈이 멀어서 나 있는 곳이 탄탄대로인지, 탱자나무 가시 끝인지 분별을 못 한다. 나와는 관계없는 일인 줄 알면서도 입술이 간지러워 인내하지 못하고 쏟아 낭패를 보는 일들이 많다. '입술만 함구하였다면 그리고 마음속을 살폈으면 좋았을 것인데…' 이런 생각에 잠기다 정신이 반짝하여 거울을 쳐다보니, 깊게 주름진 아저씨가 들어앉았다. 나를 바라보지 못한 채 후회스러운 세월만 보냈다는 말이다.

그래도 이내 머리와 혀가 동업하여 외치는 말은 '아직 젊은 청년이구나.' 이런 실언을 하지 말고 우리 모두 나를 살피고 살아가자. 바쁜 몸과 마음으로 시간을 내어서 동분서주로 뛰어서 살펴보자. 제일 가까운 나를 먼저 보고 이웃과 산천초목을 보아도 누가 늦었다고 목덜미 잡지 않으리다. 시간은 자꾸 흐르는데 볼 것 다 보고 언제 갈 길 가느냐고 타박한다면, 맷집 좋은 이놈을 물씬 때려 주오. 그런 매는 맞아도 하얀 피만 흐르리라.

어느새 밤은 깊어 하고 싶은 말도 다 못하였는데 이목구비가 동원하여 정신부터 흩어 놓으니, 베개 찾아 나는 가오.

/

임연수어가 좋은 이유

　나는 생선을 참 좋아한다. 모든 고기의 맛이 그렇겠으나 바다 생선은 더욱 고기마다 독특한 맛이 다르다. 바다 생선 가운데 유독 임연수어가 나는 좋다. 내가 그 생선을 맛나게 마음껏 먹어 본 때는 군대 시절이었다. 그때는 아마 그 생선이 많이 잡혔는가 보다. 매일 매식마다 나왔다. 그래도 한 번 싫증 내지 않고 맛나게 먹은 기억이 선명하다. 모든 물고기의 이름은 틀에 박힌 듯이 단조롭다. 송어, 붕어, 잉어, 멸치, 꽁치, 갈치 등 물고기들의 질서 없던 이름을 '어'와 '치'로 질서를 평정했다. 그 단조로운 이름을 따르지 않고 독특한 물고기가 있으니 바로 '임연수어'다. 임연수어가 처음 잡히던 날 어부가 아무리 보아도 난생처음 본 물고기인데 맛나게 보여 한번 요리해 먹어 보았다. 비린내도 없는 것이 맛이 좋아서 동료 어부들에게 자랑하였으나, 아무도 이름을 알지를 못했다. 결국, 그 물고기를 처음으로 잡은 어부의 이름 '임연수'에 고기 '어'를 붙여서 '임연수어'가 되었다.

남들과 어깨를 나란히 하면서 남이 하는 대로 똑같이 하는 것만 좋은 것이 아니다. 나는 나대로 너는 너대로 각자의 특성과 소질을 가지고 세상이란 화선지에 물감을 풀어 그림을 그리는 것이 아름다운 세상을 이뤄가는 길이다. 어떤 사람은 꽁치를 그리고 어떤 사람은 멸치도 그린다. 상어 그린 사람이 멸치 그린 사람보고 그것도 그림이냐 그것도 능력이냐 그것도 직업이냐 추궁한다면, 질책하는 그 사람은 바닷속 같은 세상을 모르는 사람이다. 임연수어에는 모든 생선이 가지고 있는 비린내가 없다. 물고기들은 그렇게 놀렸으리라. 비린내 나지 않는 생선도 물고기냐 그러나 저들은 자포자기하지 않고 나만의 고귀한 성품으로 당당하게 살아간다. 그것이 참 부럽다. 비린내만으로 일생을 살아가는 물고기들에게는 비린내 없는 임연수어의 냄새가 악취로 느껴질 수도 있겠으나, 그것은 저들의 관점이며 철학이다. 사람이 남들에게 큰 피해를 주지 않는다면 나의 특성대로 떳떳한 일생을 살면 그것은 귀한 일생이다. 많은 사람이 물고기를 지배한다는 고등 동물이면서 왜 그런 마음을 가지지 못할까? 남과 조금만 다르면 의기소침하고 열등의식과 체면으로 얼룩진 인생이 아닌가.

세상에는 다른 사람과 신체조건이 다르게 태어났고, 또 똑같은 조건으로 생활하다 불의의 사고로 장애를 입은 이들이 참으로 많다. 몸은 장애를 입었어도 마음만은 장애를 입지 않으면 그는 세상을 성공으로 살아가는 사람이다. 장애로 해서 뒤진 인생이라 생각하는 것은 인생의 잣대를 내게 두지 않고 상대에게 두어 남의 인생을 살기 때문에 느껴진 마음이다. 지금 가난하다고 몸이 불편하다고 얼굴이 미모가 아니라 의기소침한 자들은 임연수어와 같이 살아갑시다. 그를 닮읍시다. 세상에는 남들같이 비린내가 없다고 그늘에서 집안 깊숙이 얼굴을 묻고 숨어 살아가는 사람들이 참으로 많다. 남들과 같지 않으면 어떤가. 저들과 다르게 불편하게 살면 어떤가. 힘들어도 그들보다 몇 배 더 힘쓰고 노력하면 되는 것인데, 또 노력해서 안 되는 것이라면 그대로 살 수도 있지 않은가.

비린내도 못 내는 인생을 살아보지 않았으니 큰소리한다고 말하는 것은 매우 당연하다. 갑자기 불행한 일로 남들이 다 가진 것을 잃어버렸을 때 큰 실의에 빠지는 것은 누구나 마찬가지다. 그래서 건강할 때 그 성품을 쌓는 것이 자타에 매우 유익하다. 한국 기독교인들에게만 아니라 세계인들이 존경하는 손양원 목사님은 소록도 나병 환자 수용소에 자원하여 봉사 일생을 선택했다. 그러나 환자들은 '당신은 우리와 달라서 언젠가는 떠날 것이니 우리는 마음을 주지 않겠소.'하는 마음으로 빗장을 지르고 외면하였다. 목사님은 빗장을 열게 하는 방법으로 자신의 손에 상처를 내고 나병 환자 피고름이 묻은 상처를 문질렀다.

나병균은 공기 중에 나오면 죽는다는 것을 잘 알았기 때문이다. 그렇게 나병균이 감염된 후에야 동병상련의 모습을 보고 저들은 마음을 주었다.

흰 지팡이를 짚었어도 몸 전체를 지탱하는 휠체어 바퀴에 날카로운 돌이 버텨 있어도, 오늘 아침 태양은 저리도 힘차게 떠오르는 것을 바라보자. 흰 지팡이에 반사된 석양이 땅굴에서 세월 보내는 생쥐들에게 아름다운 광명을 되비칠 것이고, 휠체어가 못 구르게 방해한 돌을 찾아낸 사람은 돌 옆에서 자라는 산삼도 찾을 것이다. 세상은 그렇게 쉽게 낙심할 이유를 허락하지 않았다. 지금이 바로 내가 힘을 얻고 일어날 시간이다.

임연수어는 비린내 없는 물고기로 물고기 같지 않은 물고기지만 바닷속 못 가는 곳이 어디 있던가.

임연수어 인생도 타인만 보고 위축되지 말고 내 장점만 계발하자. 그래서 나는 임연수어가 좋다.

/

목사의 짝사랑

초등학교 시절 아침조회 시간은 지루한 시간의 대명사였다.

어느 날 조회시간은 전혀 지루하지가 않았다. 교장 선생님이 전근 오신 예쁘고 인상 좋은 여선생님을 소개하셨기 때문이다. 오늘부로 우리 학교에 발령이 나셨단다. 무섭기만 하던 교장 선생님이 오늘은 인자하신 할아버지 같았다. 그 이유가 예쁜 선생님 덕분인 듯하다. '저 예쁜 선생님은 우리 반 담임이 되실 것이야.'라는 생각이 기대 속에 머리를 치켜든다. 우리 반 담임 선생님은 군대에 가셨기 때문이다. 벌써 며칠째 우리 반은 자습도 하고 옆 반 친구들과 합반 수업도 하였다. 합반 수업 한다는 소식이 들리면 교실은 온통 시장 난장판이 된다. 자기 옆에 친한 친구를 앉히려고 저마다 책상 위에 올라서서 들어오는 친구 이름을 부르느라 야단법석이다.

이럴 때 벌써 인기 있게 세상 살아가는 사람이 판가름 되지 않았을까. 나처럼 인기 없는 사람은 언제나 합반 시간 때마다 부르는 친구는 정해져 있다. 한 동네 사는 친구 진경이와 창현이만 내 이름을 목청껏 부르고 있다. 생각해보면 이 사람, 저 친구 가리지 말고 재미있게 놀아주었으면 지금쯤은 인기 있는 인사가 되지 않았을까 하는 후회도 가끔 해본다. 그렇게 담임 선생님이 공석이니 당연히 우리 담임이 될 것이라고 믿었다. '그러면 나는 예쁜 선생님에게 잘 보여 이다음에 어른이 되면 선생님과 결혼해야지.' 생각이 이곳까지 머물렀는데 교장 선생님이 달콤한 나의 꿈을 산산이 깨트렸다. 3반 선생님이 우리 담임하시고 예쁜 선생님은 3반 담임을 하신단다. 아니 쉽게 여선생님이 우리 반으로 오면 될 것을 왜 복잡하고 어렵게 빙빙 돌아서 여러 학생을 혼란하게 만들까. 교장 선생님까지 되신 분이 머리가 그렇게 나쁠까. 실망이 컸다. 그렇다고 힘없는 내가 불만을 말한다고 지나가는 산들바람인들 내 말에 귀를 기울일 것인가.

그 날부터 나에게는 한 가지 버릇이 생겼다. 3반 교실 복도를 지날 때마다 창문 너머로 교실 안을 살폈다. 3반 친구들이 부러웠기 때문이다. 그 버릇은 졸업 때까지 버릴 수가 없었다. 지금 생각하니 그것이 나의 짝사랑이었다. 많은 사람이 어릴 때나 성장해서도 짝사랑을 한다. 짝사랑이란 나는 행복하지만, 그 앞에 펼쳐지는 현실은 매우 험난하고 고통스럽다. 그래서 대다수의 짝사랑은 이뤄지지 않는다. 나 외에는 누구나 바보스럽다고 말하기 때문이다. 바보에게 미치지 않고서는 그곳까지 아무도 가지 못한다.

세계적으로 험악한 오지 아프가니스탄에 봉사와 선교하러 간 젊은이들이 납치되었고 벌써 2명이 살해되었다. 살해된 1명은 목사다. 참으로 안타까운 일이었다. 저들의 납치와 살해를 놓고 말들이 많다. 말하는 사람들은 모두 시원한 에어컨 아래 놓인 컴퓨터를 악역으로 삼고 땀 한 방울 흘리지 않으면서 비방한다. 심지어는 기독교에서도 이제는 선교방법을 바꾸어야 한다. 무모한 짓이었다는 등의 말들을 한다. 저들은 선교정책, 현지정보 등이 어두워서 간 것이 아니다. 단지 저들은 그리스도의 사랑으로 현지인들을 짝사랑한 것이다. 짝사랑의 대표자는 예수님이다. 당시 예수님의 사랑을 받아들인 사람은 아무도 없었다. 비난. 모욕. 저주. 끝내 예수님을 십자가에 대못으로 박았다. 지금 내가 대못을 들고 있지 않은가. 한국의 초기 선교사들도 무지한 조선 관군들에게 목 베임을 당할 때 미국, 독일, 프랑스 등 기독교 국가에서도 고 배형규 목사 등 우리 봉사자들이 듣는 소리와 똑같은 비난을 하였다. 그래도 많은 선교사가 이 땅에 들어와서 대원군의 쇄국 정치에 희생되었다. 그 공로에 힘입어 세계 어느 나라에도 유례없는 단기간 내에 복 받은 나라 기독교 강대국이 되었다.

고인들이나 납치당한 이들을 비난하는 자들이여! 어린 시절에 우리가 했던 짝사랑을 생각하며 부끄럽게 생각합시다. 아니 지금도 짝사랑을 하면서 사는 우리 내 삶이 아닌가요.

아프가니스칸 에서 순교한 2명과 그 일행 소식을 접하면서…

/

삶을 변화시키는 기회와 용기

사람들은 때때로 기회를 놓치고 그것을 후회하며 살 때가 많다.

영국 속담에 '용기 있는 자만이 미인을 얻는다.'라는 말이 있다. 그 것은 내 마음에 맞는 결혼 상대자를 얻을 수 있을 때에 기회를 잃지 말고 잡아야 한다는 뜻이다. 우리 사람의 삶 속에서 기회란 단어는 매우 귀중한 것이다. 기회를 잘 활용하면 내 인생이 성장하지만 결단하지 못하고 머뭇거리다 기회를 잃어 후회한다면, 패배감만 곱씹다가 자기도 모르게 좌절의 늪으로 빠져 들어갈 것이고 그 일로 해서 성공은 점점 멀어만 간다. 물론 실패의 경험을 통해 좌절로 이어지지 않고 성장하는 수많은 사람이 있음도 잘 안다. 그러나 여기에서는 기회와 용기라는 제하의 설명이니 잃어버린 기회를 회복하는 말은 생략하련다. 기회의 신은 뒤통수가 대머리라 희랍의 속담은 말했던가. 지나고 나면 잡을 길이 없다. 우리에게 기회가 오면 시간이 지나가기 전에 부여잡을 수 있는 용기가 절실히 필요하다. 성경에 이러한 이야기가 있다.

다윗왕의 고향 베들레헴이 블레셋 적군에게 포위당한 일이 있었다. 다윗왕은 군사 30명으로 게릴라 작전을 감행하였는데, 후방과의 연락이 끊어지고 다윗 군사는 독 안에 든 쥐 신세가 되었다. 이것을 안타깝게 생각한 다윗의 군사들은 왕의 안부가 걱정되었다. 그래서 연락병 3명이 삼엄한 죽음의 포위망을 뚫고 왕의 곁으로 찾아왔다.

다윗왕은 너무나 반가운 마음에 모든 긴장이 풀렸다. 그래서 혼잣말로 이같이 말하였다.

"아. 누가 내 고향 베들레헴 성문 곁에 있는 맑고 시원한 냉수 한 그릇만 떠다 주었으면 좋겠구나."

중얼거리는 소리를 듣고 있던 연락병 3명이 다시 적군에 둘러싸인 죽음 같은 포위망을 뚫고 베들레헴 성 옆 우물물을 떠서 왕에게 바쳤다. 다윗왕은 세 용사의 용기에 눈물을 흘리며 감격하였다.

"내 부하가 죽기를 무릅 쓰고 이 물을 떠 왔으니 이 물은 그들의 피와 다름없다. 그러므로 나는 이 물을 마실 수가 없다."하면서 물을 하나님께 바쳤다.

목숨 연명을 위해 몸 사리지 않고 왕을 위해 기회를 외면하지 않은 병사야말로, 기회의 신이 돌아서서 뒤통수의 대머리를 보이기 전에 행동한 기회포착자였다. 자신의 목숨을 귀하게 여겨 주저할 만도 하건만, 왕을 위해 희생하는 세 병사가 다윗 왕을 얼마나 감동하게 했으면 물을 보고 생명의 피라 말했을까. 그리고 얼마나 감격하였으면 먹기에도 과분하여 하나님께 드렸을까. 얼마나 아름다운 용기이며 왕 또한 백성과 군사를 생각하는 깊은 마음인가. 훌륭한 지도자 밑에는 그를 따르는 자들도 훌륭하게 된다. 적절한 기회를 선용한다면 타인에게 물을 피로 인정받을 수 있는 용기를 만들 수 있다. 염려되는 것은 기회를 선용하려다 기회주의자 혹 운명주의자가 된다면 차라리 기회를 등한시하는 자만 못 할 것이다. 과유불급이라 했던가. 무엇이나 과하면 부족한 것만도 못하기 때문이다. 의욕만 넘쳐도 화를 부르고 절대 손해 보지 않으려는 얄팍한 마음은 너와 나의 마음에 빗장만 지른다.

몇 달 후 치러질 대통령 선거에서 당선되는 지도자는 다윗과 같이 백성들의 공로를 피와 같이 알아야 한다. 많은 사람이 손뼉을 친다고 당연히 받으려 말고 공로를 자랑하는 자가 아닌, 겸손한 대통령이 선출되기를 간절히 바란다. 오만 원 고액권 지폐에 들어갈 인물 선정이 10명으로 압축되었다. 이제 그 10명 중에서 한 분을 선정하여 고액권에 선정할 것인데, 아무리 훌륭한 사람이 돈에 인쇄된다 할지라도 그분의 숭고한 애국정신, 국민 사랑의 정신을 배우려 하지 않는다면 아무 의미가 없다. 이미 발행된 지폐의 세종대왕과 율곡, 퇴계의 정신을 내 인격으로 받아들이지도 못하였는데 또 다른 인물을 선정한다니, 기회만 허비하는 내가 아닌가 걱정이 된다. 세상 모든 만사에는 기회의 때가 있으니 그것이 지나서 되풀이하려면 세상 떠난 아들의 부끄럼을 만지는 격이다.

내게 오는 기회여 가발이나 쓰고 오시게나.

/

쓰레기여서 행복하다

사람은 누구나 착하고 유순하다 해도, 쓰레기 같은 인간이라 부르면 펄쩍 뛰고 화를 먼저 낼 것이다. 이유는 말하지 않아도 누구나 잘 알고 있다. 쓰레기는 분명 유쾌한 친구는 아닌데 왜 쓰레기여서 행복하단 말인가. 쓰레기를 즐기는 사람이라면 이젠 그 모습은 물론 용어조차 생소한 넝마주이, 아니면 폐기물 처리반이라 할지 모르겠다. 어떤 상상이라도 좋다. 쓰레기라면 모두가 쓰레기니까.

몇 년 전 서울 어느 주택가에 황당한 일이 있었다. 주인이 있는 집인데 형편상 집을 비우고 몇 년 동안 떠나있었다. 사람의 인적이 없으니 어느 한 사람이 빈집 흉가로 알고 들고 가던 쓰레기봉투를 던졌다. 그것을 시작으로 해서 이 사람 저 사람 쓰레기봉투를 버렸다. 얼마 후 그 집 마당은 쓰레기장이 되었고 쓰레기는 지붕을 훌쩍 넘게 되었다. 몇 년 만에 돌아온 집 주인은 놀라는 것은 물론 자기의 힘으로는 도저히 감당할 수 없는 형편이어서, 서울시의 도움을 어렵게 받고 나서야 집안을 정리할 수 있었다. 질문 같지 않은 질문 하나 하련다. 쓰레기와 사람과는 무엇이 어떻게 다르고 같아서는 안 되는 이유가 무엇일까?

얼마 전 쓰레기를 활용해서 연료가 되고 건설자재가 되는 TV 보도를 보았다. 이제는 쓰레기가 쓸모없는 산업공해 물만은 아니었다. 우리 생활에 없어서 안 될 한 모퉁이를 차지하는 위치가 되었다. 쓰레기는 쓰레기라는 본래의 제품으로 만들어지지는 않는다. 세상이라는 거센 파도에 밀려 찢기고 상하고 지칠 때 비로소 탄생한다. 세상에서 별 유용가치가 없는 사람을 나쁜 말로 일컬어 '인간쓰레기'라 부르고 있다. 그러나 우리는 모두 인간쓰레기다. 쓰레기를 어찌 망가진 정도에 따라서 쓰레기라 정하는가. 본래의 모습을 떠난 집단이 함께 섞여 있으면 완제품도 쓰레기다. 한 번도 사용한 적이 없는 유명 업체의 제품이라 뽐내도 저들과 함께 있으면 쓰레기이니 어쩔 수 없다.

인간은 창조된 이후로 너나 할 것 없이 얼마나 많은 세파에 밀려 몸과 마음이 병들고 상했는가. 그러다 보니 자타에 의해 쓰레기 같은 행동을 한다. 문제는 쓰레기로 비관 속에 젖어 있으면 쓰레기장을 만들어 냄새를 풍길 수밖에 없지만, 그곳에서 재활용의 돌파구를 찾으면 요긴한 인재가 된다. 이 땅에 어떤 인물이 쓰레기 과정 없이 세상에 우뚝 설 수가 있었던가. 그래서 나는 쓰레기가 좋다. 매일 매일 나오는 가정 쓰레기통 처리는 내 몫이다. 가득 채워진 통속에 맨손으로 가득 움켜쥐고 쓰레기봉투로 옮겨 담는다. 옮겨가지 않겠다며 발버둥 치는 자들도 있고 탈출을 시도하는 맹랑한 자들도 있다. 쓰레기 고집이 아닌가. 옮겨짐이 유익할 때는 눈감고 옮겨짐이 세상을 옳게 사는 길이다. 어떤 때는 심술궂은 아이들이 진득한 껌을 휴지에 싸지도 않고 처리하여 손가락이 움찔할 때도 있으나, 손은 물에 씻으면 다시 깨끗해지지 않는가. 쓰레기는 더러움만 주는 것이 아니다. 말끔히 처리하고 나면 행복을 안겨주는 쓰레기는 착한 존재다. 그래서 나는 청소하기를 좋아하고 설거지하는 것도 즐겁다. 내 손에서 더러움이 말끔히 사라져 버리는 것을 보면 인생철학 같은 수확물을 얻는다. 색다른 쓰레기도 있다. 외모는 깔끔한 신사 숙녀이나, 보이지 않는 구석진 곳에서는 본래의 모습을 보여 제 활용해야 할 죄가 그것이다.

영국의 총리 '처칠'이 훌륭한 사람이라는 것을 모르는 사람은 아무도 없다. 그러나 그의 젊은 시절에는 피나는 아픔의 세월이 있었다. 가장 큰 고통은 말을 더듬는 것이었다. 영어를 제대로 발음할 줄 모르는 사람으로 모든 이들에게 쓰레기 취급을 받았다. 쓰레기 취급에서 벗어나기 위해 피나는 노력을 하였다. 총리가 된 후 옛일을 회상하며 "나는 피와 수고와 눈물, 그리고 땀 밖에 드린 것이 없다." 하여 국민들의 마음을 움직였다.

웅변의 달인 '데모스테네스'도 말더듬이였으나, 입에 자갈을 물고 발음 연습을 하여서 웅변의 대가가 되었다.

기독교의 유명 인사 중에도 많은 분이 젊은 시절에 교도소를 안방처럼 드나들며 인간쓰레기 취급을 받았으나, 진리를 깊이 깨닫고 훌륭한 전도자가 되었다. 인간쓰레기 취급을 받았던 이들은 그 수를 헤아릴 수가 없다.

아침저녁 마음에 묻어오는 많은 쓰레기를 기도로 처리하면 마음은 더욱 행복하다. 마음속에 쓰레기를 재활용하면 구원을 가져다준다. 그래서 산업 쓰레기도 인간쓰레기도 버려질 것은 하나도 없다. 말끔히 씻으면 위대함이 뚝뚝 떨어지는데 왜 멀리하겠는가.

오늘도 행복을 만드는 쓰레기는 나를 부른다. 쓰레기는 나의 모습 같으니 어찌 더럽다 하리오.

/

안 벗으려는 여걸을 내동댕이쳤소

조용한 시간 난데없는 생소한 소리가 적막을 깨뜨리고 방해를 한다.

"뻐꾹, 뻐꾹, 뻐꾹"

봄은 벌써 지났는데 내 주머니 속에서는 뻐꾹새 소리가 요란하다. 오는 여름 질겁하고 주머니 속으로 더위 피해 피서 왔는가. 아들이 휴대폰 신호음을 바꿔 처음으로 듣는 호출음이었다. '여보세요.' 뻐꾹새 소리 흔적을 열어젖히자 낭랑한 여인의 목소리가 들린다. 오가는 자동차 엔진 소리 소음에 목소리 주인을 분별할 수가 없다. 그렇다고 모르는 척 퉁명스럽게 대답할 수도 없어서 반가운 척하였다.

이런 경우에는 신의와 양심 둘 사이를 어찌 접수해야 좋을지 모르겠다. 상대방을 위한 아름다운 배려일까 아니면 이중인격의 표출일까. 머리카락이 희어지고 더 나아가 민둥산을 만드는 동네로 오기까지 모르는 것이 많고 이토록 복잡했던가. 교육과 배움에는 끝이 없다는 사실을 터득하려고 평생 배워도 끝이 없다는 중국 문자까지 수고하지 않아도 이미 내 머릿속에는 안착하였다.

"오늘 오후 7시에 공업고등학교 앞 해물탕집에서 만나."

이제야 알만한 목소리 주인이다. 그러고 얼마나 지났을까, 문득 약속 시각이 생각나 시계를 보니 20분 전이다. 운동할 요량으로 부지런히 걸어서 도착하니 벌써 4명이 맛난 해물을 포식 중이다.

고향에서 배꼽까지 흐르는 콧물 길이를 자랑하던 배꼽 친구 모임이다. 해물탕 간판 아래 현관을 들어설 때 반갑게 맞이하는 주인아저씨를 보니 몇 년 전 일이 생각나 절로 웃음이 난다. 성도 가정에서 예배를 마치고 돌아오려니 붙잡는 방법으로 보신탕 다섯 그릇을 예약한다. 잠시 후 보신탕집 문을 열고 들어설 때 주인아저씨가 전화하신 분이냐 한다. 그렇다고 하니 주방을 향해 고함을 친다.

"보신탕 다섯 분 오셨다."

웃어야 할까 울어야 할까, 마음 정리가 안 된다. 사람을 메뉴로 보는 경박함에 웃어야 할까, 아니면 내가 얼마나 못났으면 보신탕으로 보일까, 그것도 못난 사람을 보면 그것 뭐라고 하지 않나.

모임을 수년 전에 7명이 모여 시작하였는데 몇 해가 흘러 지금은 6명이다. 먼저 간 그 친구는 성질 급한 갈치처럼 천국에 가기가 그렇게도 급하였나 보다. 반갑게 수인사를 하고 아무도 손대지 않은 탕 앞에 자리를 잡았다. 보리타작하던 갈증 난 농부가 얼음 냉수 들이켜듯, 깊은 바다 소금물을 얼마나 마셨기에 터질 듯이 살이 오른 새우를 집어 들었다.

"아주머니 이 새우 암컷인가요, 수컷인가요."

"예, 암컷이어서 맛이 참 좋아요."

그런데 이 새우 아주머니는 왜 이렇게도 매끄러운 거야. 한참 동안 치마를 벗기려고, 벗기려고 애를 써 보았지만 붉은 양손으로 감싸 안은 치마를 영영 벗으려 하지 않는다. 갑자기 속에서 울화가 치밀었다. 기회는 이때다. 화내는 내 모습을 보는 저 친구들의 표정이 궁금했다. 큰 것을 그냥 메치면 파편이 많이 튈 것 같아 가위로 절반을 자른 후 상위에다 내동댕이쳤다.

"에이, 왜 이렇게 안 벗는 거야."

"야, 야, 야, 너 악수할 때부터 달랐어. 교회서 무슨 일이 있었으면 그 사람하고 해결해야지."

모두 당황하는 빛이 역력하다. 그러고 보니 들어오면서 평소와는 다르게 아무런 말도 하지를 않았다. 그러니 오기 전에 크게 다투고 온 줄로 아는 게 당연하다. 속으로 손뼉 치며 재미를 만끽한다. 이래서 사람들은 외형에 그렇게도 치중하나 보다. 즐거운 마음으로 보이지 않는 장미 한 다발을 안고 기뻐한다 해도 가시 돋친 도끼눈으로 바라보면 장미 다발은 어느새 난도질을 당한다. 누구나 시야에 들어오는 형상에 중독증을 일으켰던가. 형상을 넘어서지 못하는 연약한 우리네 인간이다. 따스한 사랑에 가스 불로 열기를 불어넣으니 새우 아줌마가 속살까지 보이며 훌훌 잘도 벗어 버린다. 남 보기 민망하여 한입에 포식했다.

오랜만에 만났으니 장소를 바꾸어 2차로 갈아타자는 말을 뒤로하고 잰걸음을 따라 나섰다. 내 모습이 보이지 않을 때쯤 터덜터덜 내딛는 구두 굽 소리는 왜 이렇게 힘이 없을까? 구두 굽 소리가 힘이 없는 것은 새우 아줌마가 둘러싼 치마 탓일까. 아니면 휘영청 밝지 못한 초승달 탓일까. 어느 한 곳에서 힘을 잃으면 그 기운은 파장되어 멋대로 흐르는 세상이니, 치마도 구두 굽도, 초승달도 파장돼서 오늘 밤 가로등이 그토록 힘을 잃었었구나. 내 이제부터 심히 좋은 파장만 만들어 보리라.

새우 아지매여, 초승달이여, 가로등이여 눈에 힘주고 살피기를 잘하소. 응원하는 자 없으면 제풀에 죽을지 모르니까.

/

잡초에 부끄러운 사람

    먼 산은 갈색 얼굴로 무언가 말하고 싶은 말을 참는 입이고, 가까운 산은 알록달록 색동옷으로 치장한 명절 밑 소녀 얼굴이다. 어딘가로 훌훌 털고 떠나고 싶은 마음이 가슴 한편에 도사리고 있다. 그러니 딱히 정한 바 없어 마음만 혼미하다. 그때 주머니 속 전화 신호음이 기다렸다는 듯 요란하게 주인을 부른다.

    "형님. 우리 제비봉으로 등산가는 중이니 빨리 오세요."

    반가움에 차를 돌려 단양 방향으로 향했다. 가로수는 물론이거니와 길옆 양쪽 산들이 등산객에게 배웠는지 온통 원색으로 물들었다. 저 물결들이 내 마음을 그렇게 잡아끌었더란 말인가. 자동차도 저들의 응원을 받은 양 미끄러지듯 가쁜 숨소리 없이 잘도 달린다. 오히려 가을 색에 취하여 운전하는 내가 호흡은 빠르고, 가을 향기에 빠져 방향을 잃을까 걱정하는 눈빛이 따갑다. 그럴수록 정신 가다듬으라고 속에선 응원 소리가 요란하다.

길옆 밭에서 노인 두 내외분이 무언가 우거진 잡초 속에서 열심히 끌어낸다. 자세히 보니 한 해 동안 콩밭에 잡초를 제거하지 않아 잡초가 산을 이루었고, 그들은 누렇게 물든 가을 색을 그냥 보내질 않는다. 마른 잡초 속에서 가냘픈 콩꼬투리를 잡아 꺼내는 손이 가늘게 떨고 있다.

가냘프게 야윈 두 촌로와 같이 콩꼬투리도 가냘픈 모습으로 제 주인에게 반항한다. '왜 다른 콩밭 주인 같은 열심을 헌신짝처럼 버리고 무슨 면목으로 수확하는 거요.' 고함이 차 안까지 들리는 듯하다. 많은 등산객은 가을을 뿌듯한 마음으로 즐기는데 저 촌로들은 앙상한 콩 꼬투리에 치도곤을 당하고 있다. 하도 딱해서 하차하여 한마디 거들었다. '목소리 높이는 잡초님의 문책도 일리는 있소 만은 형편을 살펴보게나. 젊은 농사꾼들은 모두 도시로 떠나가고 힘없는 노부부만 집을 지키려니 콩님들에게는 마음뿐이고 손발이 말을 듣지 않소이다. 늙은 농부들은 몸조차 가누지 못하는데 어찌하오, 콩님의 몸매같이 둥글둥글 삽시다.' 내 마음의 소리를 알아들었는가. 그제야 콩꼬투리가 노부부의 결박을 풀어주고 허리 펼 여유를 준다.

약속한 장소에 도착하여 조금 기다리니 일행이 온다. 낯익은 얼굴들과 수인사를 나누고 돌산을 오른다. 울긋불긋 색동옷으로 가을이란 명절옷을 갈아입은 풍광이 돌산과 충주 댐 호수에 어우러진 모습에 탄성이 절로 난다. 다람쥐가 된 듯 미끄럼도 타지 않고 잘도 오르는 내가 내심 대견하다. 건강을 자랑하려다 문득 발밑을 내려다보니 며칠 전에 새로 구매한 등산화 덕분임을 비로소 깨달았다. 교만하지 말고 언제나 남의 공로를 생각하고, 타인의 입장에서 사물을 보아야 겠다.

　미국 어느 지방에 혼자 사는 할머니가 있었다. 혼자 사는 할머니가 어디는 없을까 만은 혼자 산다는 이유로 해서 유명해진 할머니다. 할머니는 혼자 사는데도 큰 저택에서 살았다. 옆집에 사는 아저씨가 할머니를 찾아와서 진지하게 약속의 말을 했다.

　"할머니. 제가 할머니 돌아가실 때까지 매달 오만 달러씩 생활비로 드릴 터이니 돌아가실 때 저에게 할머니 집을 상속해 주세요. 그러면 돌아가실 때까지 어머니처럼 모시겠어요."

　할머니는 흔쾌하게 승낙을 하였다. 할머니 나이 80세이니 몇 년 살지 못할 거라고 생각을 해서 약속을 했는데 5년이 되어도 10년, 20년이 되어도 돌아가시지 않는다. 할머니는 123세에 사망했다. 그러나 이를 어쩌나, 옆집 아저씨가 할머니와 약속한 그때의 할머니 나이가 되자 먼저 세상을 떠나고 말았다.

　세상일은 내 생각과 내 뜻대로 만 되는 것은 아니다. 많은 이들이 할머니와 약속한 이웃집 아저씨같이 약속하며 살아간다. 자기 자신과 약속하고 타인과 약속한다. 약속이 잘못이라는 것은 절대로 아니다. 그 약속이 윤리 도덕의 이치와 순리를 떠난 순전한 내 욕심으로 뭉쳐진 약속이 될 때는 엄청나게 변질하고 부끄러운 약속이 된다. 등산을 약속한 것도 약속이고 갑부 할머니와의 약속도, 빈약한 콩을 수확한 농부도 콩과의 약속이다. 다 같은 약속이나 결과에 따른 기쁨과 실망의 차이는 매우 크다. 실망이 없어지려면 약속을 지키면 될 것이다. 나와의 약속을 지키고 각자 다른 모양의 콩과 약속을 지키고 만물을 운전하시는 조물주와 약속을 지킬 때, 잡초 속에서 때 늦은 땀을 흘리는 노부부와 같은 치도곤은 없으리라.

"그가 우리에게 약속하신 약속이 이것이니, 곧 영원한 생명이니라."

(요한일서 2장 25절)

내 욕심을 버리고 감사한 마음으로 상대방을 배려한 약속일 때, 참 좋은 일은 곰비임비 되어 꼬리를 물고 달려온다. 내일은 또 어떤 약속을 할까.

/

세상을 드는 괴력 쌓기

오늘도 우리는 힘이 있어서 꿈을 먹고 산다.

사람이 세상을 산다는 말은 다른 말로 말하면 힘이 있다는 말이다. 생명체가 힘이 없다면 살아 있어도 죽음과 다름없으니 힘이 반드시 필요하다. 생명체에게 필요한 힘의 원천은 어디서 올까? 그것은 사물의 종류에 따라 각각 다를 것이다. 나무는 수분이고 그것이 오는 통로는 뿌리요, 사람과 동물은 피와 힘줄이 힘을 발산할 것이고, 그 힘을 얻을 수 있는 것은 음식물이 아니겠는가. 어린아이들도 알만한 상식을 듣기 거북한 잔소리 같이 흩뿌려보았다. 하지만 잔소리에도 철학은 있다. 꼭 필요한 말인데 듣지 않으려 마음 문을 닫으면 듣기 싫은 잔소리가 된다. 힘을 받고 들으면 그것은 잔소리가 아닌 좋은 교훈이다.

미국 캘리포니아 주에는 세계에서 가장 큰 삼나무가 있다. 높이가 무려 130m나 된다. 높이와는 다르게 뿌리가 얕게 퍼져 있다. 그런 뿌리로서 높은 키를 어떻게 지탱할 것이며 거센 바람을 어떻게 이길 수가 있을까? 그 비밀은 뿌리에 있었다. 비록 얕은 곳에 뿌리를 내렸지만, 그 뿌리들은 그물망같이 촘촘히 뒤엉켜서 거친 바람이 불어도 지탱할 힘을 나무한테 공급한다. 반대로 4)'메스키트'라는 식물은 수많은 뿌리가 있으나 서로 엉킬 줄은 모르고, 지하 30m까지 뿌리를 내려 힘을 지탱하고 수분을 전달한다. 사람은 키가 크면 싱겁다고 하는데 자연 만물은 크면 클수록 그만한 가치를 충분히 한다. 그렇다고 키 큰 사람이 쓸모없다는 말은 절대로 아니다.

내가 어릴 때 어머니는 꿀단지를 높은 선반 위에 올려 노시고 인삼 재배를 하는 오촌 당숙 댁에서 가져온 인삼과 함께 자주 먹여 주셨다. 그 달콤한 꿀이 언제나 내 마음을 포로로 삼고 끌고 갔다. 몸에 좋다는 인삼은 꿀을 먹기 위해 받아먹었을 뿐 쓰고 서걱서걱하여 싫었다. 인삼은 싫지만 단 꿀을 먹기 위해서 맛난 척하였다. 그 맛 난 꿀을 키 큰 형은 작은 나무 상자만 놓고 올라서서 내려다 먹는 것을 몰래 보았다. 어느 날 나도 한번 따라 해 보았으나 상자 위에 올라서도 턱없이 작은 내 키였다. 머리를 써서 이불을 놓고 베개를 쌓아 놓았다. 그만하면 내릴 수 있을 것 같았다. 올라서니 손이 닿는다. 그러나 이것을 어쩌랴, 상자 위에 솜이불과 또 베개를 놓고 올라섰으니

---

4) 메스키트Mesquite : 멕시코 북부와 미국 일부 지역에서 흔한 콩과 식물

꿀단지를 잡자마자 발은 미끄러지면서 꿀단지와 함께 방바닥에 넘어졌다. 부정한 삼각관계를 견디지 못한 방바닥 아가씨가 꿀단지를 깨버린다. 이것을 어찌하면 좋으랴, 뒷수습하려는데 어머니가 들어오셨다. 화나신 어머니는 뒷수습하는지 치도곤을 주시는지 분간을 못 하겠다.

꿀단지를 깬 그때부터 키 큰 사람이 어찌나 부러웠는지 모르겠다. 이렇게 큰 사람을 존경하는 내가 어찌 키 큰 사람이 실속 없다 비아냥하겠는가. 우리 모두에게 위에서 말한 삼나무나 메스키트와 같은 뿌리가 있으면, 사람과 사람 사이에 촘촘히 엉기고 깊은 사귐이 있는 인간관계가 될 것이다. 그 뿌리 같은 인간관계로 사람을 사귀면 그들에게서 많은 것을 공급받을 수가 있다. 그렇지를 못하니 이용만 당하고 사기를 당하게 되는 것이다. 물론 깊고 촘촘한 뿌리 관계를 이용하려는 몹쓸 사람이 있다는 것을 모르는 바는 아니다. 그래도 세상에는 진실을 알아주는 사람이 더욱더 많다. 아직 세상은 사람 살기 좋은 세상이지 않은가.

영적 관계를 생각 아니 할 수 없다. 나와 하나님 관계도 위에서 말한 두 가지 뿌리로 맺으면 사람으로서 상상할 수 없는 괴력을 발휘한다. 이것이 믿음의 힘이다. 믿음이란 아기가 부모를 의지하는 그런 마음이다. 다만 영적 믿음은 대상만이 부모에게서 하나님으로 발전한 것뿐이다. 우리 인생은 어린아이가 살얼음판 강 걸어가는 것 같지 않은가. 살얼음판 같은 곳에서 세상을 드는 괴력은 그분을 의지하는 믿음에서만 나온다고 꿀단지에 쓰여 있는 것을 어릴 때는 몰랐었다. 이곳에도 쓰여 있지 않은가.

✝

"가라사대 너희 믿음이 적은 연고니라. 진실로 너희에게 이르노니 너희가 만일 믿음이 한 겨자씨만큼만 있으면, 이 산을 명하여 여기서 저기로 옮기라 하여도 옮길 것이요. 또 너희가 못할 것이 없으리라."

(마태복음 17장 20절)

이것이 세상을 드는 괴력이고 안전이다. 어떻게 하면 안전하고 기쁜 마음으로 무사히 강을 건너갈까? 너와 나 우리가 모두 깊이 고민하고 정답을 찾아야 할 숙제다. 어린 시절 초등학교 다닐 때 종일 놀이에 빠져, 숙제가 낮에는 구슬 뒤에 숨어 있고 밤에는 베개 속에 숨어 있었으니 손바닥에 선생님 회초리 자욱이 선명했다.

지금 괴력 쌓을 숙제를 못 하면 그분의 심판 채찍이 우리를 기다린다. 지금이 괴력을 쌓을 때가 아니겠는가.

/

똥 싼 꿈의 비밀

새벽 4시 30분이로구나.

자동차 자동 변속기어와 같이 자동으로 벌떡 깨어나는 습관도 진행된 지 이미 오래되었으니 또 그렇게 일어났다. 이런 습관과 전혀 관계없는 친구들은 만날 때마다 그런다. '새벽마다 어떻게 일어 나냐, 나는 죽인다 해도 그것만은 못하겠다.' 우리는 그것이 일상이 되어서 전혀 문제가 없다 말하면 이해를 못 한단다. 그렇게 일어나서 모든 순서를 마치고 홀로 기도하려 눈을 감고 있으니, 평소에는 없던 새벽잠이 스르르 나를 데리고 어디론가 안갯속으로 찾아간다. 그러는가 했더니 이내 어느 세미나 장소에서 강의를 경청하고 있다. 내용은 기억도 안 나는 강의에 심취하더니 차마 말하기도 부끄러운 일이 터졌다. 옷을 입고 있는데도 방바닥에다 똥을 많이도 쌌다. 꿈속에서도 부끄러워 옷에 묻지 않도록 조심하여 양반다리를 벌려 앉으면서 감춘다. 전전긍긍하고 있을 때 아내가 나타났다. 아내에게 처리하라 비켜 않았다. 순식간에 깔끔한 모습이다. 깨끗한 모습을 보자 곧 잠이 깬다. 참 이상하다. 더 이상한 것은 생시에 일어난 일 같이 정확하게 떠올라 강단 주위를 둘러보아도 오물은 흔적도 없다.

신기한 꿈이었다고 아내에게 말하니 "오늘 조심하세요." 한마디를 던진다. 아침을 먹고 선약에 따라 충주시 'S 기관'을 찾았다. 몇 달 전에 S 기관에서 주관한 '대통령기 제31회 국민독서 경진 대회' 예선에 최우수상에 선정되었다는 공문을 받았다. 충청북도에서 2차를 통과하면 전국대회 결승에 도달할 수 있단다. 최우수상은 나와 또 한 사람으로 2명이다. 뒷걸음질하는 황소가 쥐를 밟은 것이다. 또 눈 감고 던진 돌에 날아가던 참새가 맞은 것이다. 확인차 현장에 가서 보니 초, 중, 고 학생 부문도 포함되어 있었다.

사회 진행자가 나름대로 예행연습도 시킨다. 시간이 되어 식순에 따라 국민의례 등 순서대로 진행했다. 핵심 순서가 되었다. 제일 먼저 충주시장 상인 최우수상 시상자를 부른다. 그런데 어찌 한 사람만 부를까. 예행연습 때는 두 사람이라 말하고서 한 사람만 시상하고 퇴장한다. 나는 장르별로 시상하려나. 하고 기다렸다. 그런데 그것이 아니다. 사회자가 실수하였음을 알고서야 여직원을 불러 수상자가 왔는데 왜 이름을 부르지 않느냐고 항의하니, 사회 단상으로 달려가 밝힌다. 자신의 실수임을 알고 당황한다 했더니 여직원이 상장 두 개를 들고 달려와 극구 사죄하면서 순서를 번복 할 수 없으니 그냥 받아 달란다. 여직원이 무슨 잘못이라고 잘못을 호소할까. 잘못은 사회 담당자인데, 그 날 나만 두 가지 상을 받게 되어 있었다. 그렇지만 모두 뒷거래로 받아야 했으니 속에서 울화가 치민다. 그때 머리에 갑자기 떠오르는 생생한 모습이 있었다. 어느 교실에서 똥을 싸던 그 모습이다. 오호라. 그분이 내게 항변하면 똥을 싸듯 망신을 당한다고 보여 주셨구나. 나는 꿈을 생각하면서 한마디 말도 하지 못했다.

순서는 끝이 나고 식당을 소개하며 식사하고 가란다. 나는 식사할 생각이 전혀 없다. 그렇다고 그냥 가려니 나의 신상을 아는 사람들이 많이 있는데, 그냥 가면 누가 삐쳐서 식사도 안 하고 갔다 떠들 것만 같다. 결정할 방향은 한 곳뿐이다. 나는 그날에야 갈비탕 맛이 형편없는 줄을 처음 알았다. 맛없는 점심을 먹고 집으로 오니 아내가 시장에 볼일이 있다며 운전사 노릇을 해달란다. 가고 싶지 않았지만 아내 말 잘 듣기로 전국에 소문 난 사람인지라, 키를 들고 차에 올랐다. 막 집 앞을 나서는데 1m 앞으로 어느 여자가 가로질러 뛴다. 깜짝 놀라서 급정거했다. 옆자리에도 아내가 앉아 있으니 나쁜 말을 하지 못하는 순둥이가 아니겠나, 마음을 추스르고 삼거리 길을 달렸다. 앞에 승용차가 좌회전하려고 지나가기를 기다린다. 의도를 알아차리고 속력을 내자 이제껏 서 있던 차가 2m 전방에서 갑자기 좌회전으로 파고든다. 등줄기가 오싹하며 발은 자동으로 제동장치를 있는 힘껏 밟았다. '끽!' 그런데 앞에서 숨 막히게 한 여자 운전자는 조롱하듯 손만 들고 가버린다. 나는 십 년을 감수했는데 그녀는 가볍게 손만 들고 사라지다니, 십년감수 비는 어디 가서 찾아야 하나, 이래도 목적지를 가야 할까 망설여진다. 하지만 중도에 내려놓고 돌아가기는 정말 싫었다. 기막힌 일들이 또 꼬리를 문다. 목적지 가까이 왔다고 안심하려니 이번에는 건널목에서 신호를 어긴 할머니가 차 앞으로 쩔뚝이면서 뛰어간다. 또 급정거다. 간이 오그라지고 쪼그라지고 갈비뼈에 붙어 숨바꼭질하잔다. 나는 이제 숨바꼭질 할 기력도 없는데 너마저 나를 조롱하느냐.

아내를 내려놓고 생각에 잠겼다. 아침부터 지금까지 이어진 일들을 생각하면 꿈같은 일들의 연속이었다. 그래서 그 같은 계시였구나 생각하니 감사한 마음이 저절로 나온다. 아내가 일을 마치고 차에 오르면서 하는 말이, 집에 갈 때는 꿈을 생각하면서 천천히 가라고 성화다. 그러지 않아도 내가 당신보다 더 놀랐으니 아주 천천히 갈 것이라고 못을 박아둔다. 초보 운전자처럼 앞뒤 옆을 살피며 조심조심 가속기를 아꼈다. 이러다 보니 내 신경을 자극하기는 올 때보다 더 심하다. 뒤에서는 빨리 가라 빵빵거리고, 옆으로 앞질러 가는 승용차마다 힐끔힐끔 쳐다보며 차마 욕은 못한다. 빈약한 머리숱 덕분이다. 저들은 그러거나 말거나 내가 안전하고 타인에게 고통 주지 않으려면 이 방법밖에 없다. 올 때는 내 신경이 피곤하였으니 집으로 돌아가는 시간엔 당신들이 피곤해라 는 내 속내 심산인가 보다. 꿈에 아내가 말끔히 치워 주듯이 아무런 변고도 없이 집 앞에 도착하였다.

"아이고 오늘은 참으로 심신이 피곤한 하루였네."

"그것 봐요. 보여주신 대로 조심하랬지요."

아내는 모든 공로를 빼앗아 볶은 참깨 인양 한입에 털어 넣는다.

개만도 못한 자

사람이 개를 키우기 시작한 때는 언제부터 일까?

역사상 가장 오래된 개는 200만 년 전에 살았던 '토마쿠터스'라는 원시 견으로 이 개는 150만 년 후에 나타난 이리, 늑대, 적색 이리, 들개의 조상이란다. 인간이 사육했다는 기록은 BC 9,500년경 페르시아의 '베르트 동굴'에 남아 있다고 한다. 본래 육식성인 개는 사육되면서 잡식성으로 변하였다. 나와 같은 식성을 찾아 하수 견으로 삼았을 터인데 위 제목에 의하면 사람이 개만 못해서 상식의 순서가 바뀌었다는 것은 무슨 말일까. 잠시 미궁으로 남겨 두자. 개는 새를 잡는 조렵견, 사냥하는 수렵견, 일하는 사역견과 먹기 위한 식용견, 애완견 등이 있다. 이렇게 개는 인간과 다방면으로 친숙하고 사랑스러운 동물인데, 사람들은 마음을 누가 아프게 긁거나 인간의 인격 이하 행동을 하면 반드시 그 동물과 연관 지어 들먹인다. 개가 들으면 울화가 치밀 일이다. 그 소리를 알아듣지 못하니 천만다행이다. 사람이 개에게 사랑을 주고 아껴주어 친숙한 사이가 되었을 때 어느 날 갑자기 배신하고 깨문다 해서 '못된 사람 같은 개'라는 말은 세상엔 없다. 그러나 '개 같은 뭐' 라고 쉽게 들먹이니 내가 개가 된다 해도 못 참을 일이다. 그럼에도 그 말이 오랫동안 애용되니 대단한 명언인가 봐. 개는 참 양보심도 많다.

충주 탄금대 옆 강변 마을에서 목회하던 어느 해의 사건이다. 그때 생각만 하면 개를 집에서 보아도 밖에서 보아도 개에게 미안하고 죄스러워, '개님'이라 부르고 싶은 심정이다. 어느 날 교회 집사를 앞세우고 동네 사람들이 방문 노크를 했다. 몸보신 한다고 개를 달라는 것이다. 남을 주어 처분하려 하던 참이라 잘되었다 생각은 했지만, 생명을 죽이겠다니 마음이 허락되지 않는다. 키우려면 모르지만, 생명을 빼앗는다니 망설여진다고 거절했다. 다음 날 또 찾아와 간청한다. 한참이나 망설이다 눈을 감고 허락을 하였다. 끌려가면서 나를 보며 애원하는 눈망울과 깽깽하는 소리가 나를 괴롭혔다. 그러나 얼굴을 돌리면서 애써 마음을 억눌렀다. 참으로 못할 일이다. 그러나 이것이 세상사는 법칙이려니 하며 억지로 자위를 한다.

그리고 이틀이 지났다. 해는 뉘엿뉘엿 석양에 걸렸는데 황금빛을 받으며 멀리서 꼬리 치고 반갑게 오는 모습이 우리 누렁이다. '어쩐 일인가, 죽지 않았네. 밥은 먹었을까…' 온갖 짧은 문장이 머리를 어지럽힌다. 가까이서 배를 보니 이틀 동안 안 먹은 것이 분명하다. 둥근 곡선이란 전혀 없고 탈진한 모습이다. 그래도 제 주인이라고 배신한 주인을 찾아와 꼬리를 흔들다니, 미안하기도 하고 측은하다. 먹던 밥에 맛난 반찬을 비벼 평소에 먹던 양보다 갑절을 주었더니 순식간에 청소까지 해버린다. 미운 주인에게 설거지까지 해 주면서 격멸하려는 것일까. 아니나 다를까 끌고 간 그 사람이 헐레벌떡 뛰어온다.

"목사님, 개를 잡다가 놓쳤는데 뒷산 위로 올라갔어요. 혹시 여기 안 왔나요."

하면서 개집을 살핀다. 누렁이는 벌써 알고 그 사람의 눈치를 살피며 끙끙거리고 있으니 이를 어쩌나, 그간 이틀 정황을 알만하다. 누렁이를 끌고 가서 해치우려다 빗맞아 구사일생으로 살아난 누렁이가 죽을힘을 다해 줄을 끊고 산으로 도망을 쳤고, 무서워 이틀 동안 동네를 찾지 못하다가 배가 고프니 정든 주인을 찾아온 것이다. 그동안 있었던 일을 생각하니 눈물이 핑 돈다. 그러면서도 사정사정하는 그 사람이 측은하여 나는 또 건네주고 말았다.

그때 왜 다시 데려가라 허락을 했던가. 배신한 옛 주인을 찾아 사랑해 주리라고 날 찾아왔는데, 개만도 못한 나는 두 번 또 배신했다. 그때 결심하였다. 다시는 정 많은 짐승은 키우지 않겠다고.

수년이 흐른 지금 아담한 집까지 장만하여 정을 주고받는 저 풍산이는 장차 어떻게 할까. 태산 같은 걱정이다. 족보 있는 명견이라고 데려온 것이 2년 차다. 제집에서 내 마음도 모르는 풍산 견을 어찌하면 좋단 말인가. 근심이 천 냥이다.

사람은 세상 만물을 주관하는 만물의 영장이니 동식물을 음식으로 섭취할 수 있는 자격이 있고, 희생당하는 저들을 마음 아파할 필요가 없다고 어떤 사람이 위로 아닌 위로를 해 준 적이 있었다. 그러나 열에 아홉 사람은 모두가 내가 사랑해 주고 예쁘게 키운 것을 냉정하게 돌아서지 못한단다. 결론은 분명하다. 사람처럼 자연사로 헤어질 때까지 데리고 있을 힘이 없으면 가까이 대할 필요가 없다는 것이다. 폭을 넓히고 주위를 둘러보면 세상사는 그렇게 정답대로만 살아갈 수만은 없는 곳이다. 우리는 로봇이 아닌 사랑의 동물이기 때문이다.

아픔 없이 저들에게 사랑할 방법을 알려 줄 위인은 어디 없나요.

개만도 못한 나를 누가 도와주구려.

/

청풍 장엔 '빈대개'가 왕인가

저잣거리, 장마당, 5일 장. 요즘 흔하디흔한 여러 마트보다 너털웃음 짓는 농익은 농부의 표정 같아서 좋다.

수줍은 촌색시가 미소 지으며 다정하게 오라 손짓하는 것만 같다. 1학년의 부푼 꿈이 가물가물 잊혀가던 때이니 아홉 살 때다. 언제나 공부를 마치고 친구와 금남루 학교 정문을 나서면 시장에서 왁자지껄 고추 장사들 소리가 우렁차게 우리를 반긴다. 그 날은 친구와 교문을 나서면서 보니 5)청풍장인데 늘 금남루 앞에 있던 빈대개가 보이지 않는다. 이상하다 싶어서 나는 큰소리로 외쳤다.

"야, 오늘 장인데 빈대개가 안 보인다. 어디가 아프나."

빈대개는 당시 유명한 고추장사의 별명인데, 눈이 왕방울처럼 크고 번들번들하며 목청이 커서 고추를 파는 농부들의 입에서 입으로 자연

---

5) **청풍장** : 충북 제천에서 활성화되었던 역사 깊은 시장

스럽게 만들어진 별명이다. 차마 별명 그대로 말할 수 없어서 별명을 바꾸어 쓰련다.

"요, 쥐방울만 한 새끼가 뭐가 어째, 너 누구 아들이냐. 네 아버지한테 가자. 이놈!"

하면서 뒤 목덜미를 잡고 번쩍 드는 것이 아닌가. 하늘이 노랗고 호랑이에게 잡힌 것이 이런 것이구나 하는 생각에 와들와들 떨고 있었다. 그 때 이게 무슨 천사의 소리란 말인가.

"이보시오. 고추 안 살 거요!" 돌아보니 옆집 아저씨가 고함을 친다. 고추 장사라 함은 농민들에게 고추를 싸게 구매하여 많은 양을 모아 대량으로 도매하는 상인들이다.

"너, 이놈 그 자리에 가만히 있어." 하면서 내려놓는다.

나는 순진하게 손안에 잡힌 참새같이 와들와들 떨며 빈대개가 오기만을 기다렸다. 그리고 천사 소리를 해준 옆집 아저씨를 쳐다보는데 빨리 도망치라고 손짓을 한다. 그제야 이 아둔한 놈이 상황을 판단했다. 옆집 아저씨가 농사지어 가지고 온 고추를 옆에서 팔려다 빈대개의 고함에 돌아보니 내가 봉변을 당하고 있으니, 나를 구해 주려 한 소리였다. 머릿속 우뇌가 명령하는 감각을 놓칠세라 나는 정신없이 뛰었다. 다행히 장 바닥에 사람이 많은 것이 돌아가신 할아버지가 살아오신 것보다 훨씬 고마웠다. 그런데 이게 무엇일까. 적삼 주머니에 돌 같은 것이 이리저리 흔들리며 뜀박질을 방해한다. 그것은 친구와 나눠 먹던 찐 고구마였다. 교실을 나서며 먹다가 목이 메어 다음에 먹으려고 넣어 둔 것이다. 찐 고구마가 덮개 없는 적삼 주머니 입을 활짝 열어젖히고 누워 있으니, 창피하기도 하고 이리저리 흔들려서 잡고 뛰는데 이것은 또 무슨 일이란 말인가. 난데없이 나타난 심상치 않은 모습이 다급한 나를 더욱 조급증을 부채질한다. 톱날같이 날카로운 눈매를 곤두세우고 나를 향해 달려오는 50대 아주머니가 내 눈을 의심하게 한다. 자세히 보니 그이는 나와 아무런 상관이 없는 언덕 집 주인아주머니가 아닌가. 그 아주머니는 내가 평소에 아주 미워하던 유명한 술집 여주인이다.

장날이면 언제나 친구들과 학교 공부를 마치고 장 바닥을 누볐다. 요행이 아버지를 만나면 찐빵이나 만두를 사 주시기 때문이다. 공부하는 것보다 그것이 훨씬 좋았다. 그렇게 장 바닥을 헤맬 때마다 높은 집 마루에는 어김없이 큰아버지가 노랗게 술에 젖은 얼굴로 주전자를 기울이고 계셨다. 큰아버지는 참 이상하다. 다른 어른들은 술 취하면 얼굴이 빨개지는데 큰아버지는 왜 노래지는지 모르겠다. 같은 형제인데 아버지는 술을 전혀 못 드신다. 그것도 나를 이상하게 했다. 노란 큰아버지의 얼굴을 높은 집 그 아주머니가 만들어 놓은 것 같아서 그 아주머니가 아주 싫었다. 그렇게 싫은 아주머니가 왜 나를 따라올까? 지금 나는 빈대개가 무서워 뛰는데 왜 쫓아오는지 궁금하다. '내가 송아지처럼 뛰어다니다가 언덕 집 물건을 못 쓰게 만들었을까? 아니야, 내게 부딪친 물건은 없었어. 그것도 아니면 빈대개가 언덕 집 단골손님이어서 나를 잡아 주려나?' 그것이 맞을 것 같다. '그러면 더 뛰어야지.' 하고 온 힘을 다해 뛰었다. 그때 반 친구들이 나를 보았다면 이번 운동회 때 100m 달리기는 금봉이 에게 졌다 생각했을 것이다.

언덕 집 아주머니는 끈질기기도 하다. 장터를 다 지나 팔영루 앞까지 따라온다. 반드시 잡으려고 작정을 하였다. 팔영루는 청풍에서 유명한 고적 한벽루, 팔영루, 금남루 3개 누각 중 하나다. 팔영루는 옛 청풍을 지키는 서쪽 성문이다. 팔영루, 한벽루, 금남루, 골 원님이 기거하던 응청각, 어린 우리가 죄수들을 가두던 감옥이라 불렀던 건물 등 여러 고적이 참으로 웅장하였는데 그 건물들이 1970년대 홍수 때 모조리 떠내려갔다. 현판이라도 찾을까 해서 엄청난 현상금을 걸었으나 지금껏 찾지 못하였다. 국가적으로 얼마나 큰 손실인가.

지금 청풍 문화재 단지에 있는 건물은 사진을 보고 복원하여 본래 건물에 비하면 너무나 볼품이 없다. '아니. 내가 지금 무슨 생각을 하는 거야, 매에게 쫓기는 참새가 지상 경치 감상할 때냐.' 금남루 에서 팔영루까지 죽을힘을 다해 뛰었으니 이젠 지쳤다. 쫓기는 사람은 언제나 초조하고 지치고 피곤하다. 언덕 집 아주머니 보다는 잘 뛰지만, 심신은 더 피곤하다. 조물주께서 내 머리를 위로 달아주신 것은 내 마음과 양심에 부끄럽지 않게 창조자를 바라보며 살라 지으셨는데, 그 마음이 요동치는 상황을 겪는데 어찌 심신인들 편할 것인가.

저 아주머니도 힘들 터인데 잘도 달려온다. 막걸리는 순 쌀로 만든다는데, 나는 보리밥만 먹지만 저 아주머니는 쌀 막걸리를 많이 마셔서 그런가 보다. '술 마신 사람은 갑절의 힘이 난다잖아.' 헐레벌떡 뛰는 힘든 꼬마가 생각도 많이 한다. 아뿔싸, 많은 생각에 맴돈 덕분이었던가.

"이놈, 네가 도망치면 어디까지 갈 거냐?"

뒤 목덜미를 잡고 흔든다. "뭐를 훔쳤느냐?" 아주머니는 적삼주머니를 움켜잡은 내 손을 뿌리친다.

"아니 이게 뭐야, 아니잖아." 한다.

뭐가 잘못되어도 한참 잘못된 것 같다.

"뭐예요, 그럼! 내가 도둑놈이란 말이에요? 그래서 날 따라왔어요?"

고함지를 수 있는 데로 목청껏 소리쳤다. 그 소리에 모든 사람이 응원하는 양 일제히 나를 쳐다본다. 그 여파에 힘이 실려 의기양양하게 언덕 집 아주머니를 노려보니, 미안해서일까. 겸연쩍은 얼굴로 언덕 집 방향을 향해 쏜살같이 치닫는다. 장터에서 무엇인가 훔쳐 주머니를 움켜쥐고 달음박질하는 줄 알았나 보다. 술집 아주머니는 다 그런가, 미안하단 사과도 하지 않고 꽁무니를 빼는구나. 참 오늘은 재수 옴 붙었다. 혼자 중얼거려 보지만 누구 하나 나를 보듬어 주는 사람이 없다. 사람은 자기 할 일과 책임을 알고 살아야지 남의 눈치만 보고 요행만 노리며 즉흥적으로 살면 누구나 저 언덕 집 아주머니 꼴이 된다. 어느 사이에 그런 생각이 머리까지 쏠려 왔을까. 그러면 언덕 집 아주머니가 깨우침을 준 스승일까? 머릿속에서 언덕 집 아주머니와 김종기 담임 선생님이 자리다툼을 한다. 세상은 참 요지경 속이야.

이제 언덕 집 아주머니 혹은 떼어 놓았지만 빈대개는 아직도 나를 기다리고 있을 터인데 어쩌나. 빈대개가 있던 곳으로 가면 또 잡힐 것이니 집으로 가는 방향을 바꿔 다른 길로 택했다. 오늘 있었던 일을 생각하니 작은 머릿속에 떠오르는 생각이 너절하게도 많다. 하늘에는 아직 중천에 떠 있는 해님이 나를 놀리는 양 구름 사이에서 웃고 있다. 그리고 5일 장 전날마다 암소를 잡는 으스스한 도살장 위에서 나를 보며 조용히 말한다.

"너도 오늘 조금만 더 잘못했으면 이 집으로 들어올 뻔했구나."

청풍 장에는 빈대개가 왕인가, 날 도살장에 처넣으려 하게…….

/

인생 가시를 복침으로 승화

사람은 누구나 가시를 싫어한다. 손톱 밑을 찌르는 가시도 싫지만, 인생길의 고통을 주는 가시는 더욱 싫어한다.

지금은 고인이 되었지만, 한국에서 유명하고 존경받는 '이상근 성서 박사'가 있었다. 목사님이 16살 때 발에 병이 생겼다. 다리 병을 고치려고 어린 그는 대구 달성공원 부근에서 40일 동안 특별 기도까지 하였다. 그러나 병은 낫지 않고 점점 심해졌다. 어머니가 붙여준 민간요법 약이 독이 되어 평생을 고생하는 인생길에 가시가 되었다. 그래도 절망하지 않고 집에 누워서 공부하여 대학 입학자격 검정고시에 합격했다. 그리고 누워서 성경을 거의 암송할 정도로 많이 읽게 되었다. 그것이 계기가 되어 목사가 되고 유명한 성서 대 학자가 되었다. 60년 동안 괴롭힌 그의 다리 병은 은퇴도 없는지 1993년 목사 은퇴를 하여도 떠날 줄을 몰랐다. 어느 날 외과 의사가 목사님에게 어렵게 말을 하였다.

"목사님, 이제 은퇴하셔서 바쁘지 않으니 다리 수술 한 번 해봅시다."

평생을 앓은 병인데 그만두라고 사양했으나 너무나 강경하게 권하니 수술에 들어갔다. 이게 어쩐 일인가. 다리 속에서 1.5㎝의 작은 철사가 나왔다. 어려서 뛰어다니다 들어간 작은 철사가 병을 일으킨 것이다. 철사 제거 후 목사님은 돌아가실 때까지 철사를 들고 다니면서 외치셨다.

"이 철사가 가시가 되어 60년 동안 나를 찔렀으나, 그것은 나로 하여금 성서학자가 되게 한 하나님 은혜의 도구였습니다."

이분이 연동교회 이성희 목사님의 부친이다.

우리가 세상을 살다 보면 좋은 것은 물론 많지만 싫은 것도 많다. 그것은 인생길의 혹과 같은 존재다. 이 혹을 어떻게 떼어 낼까? 사실은 절대로 어렵고 힘든 것이 아니다. 그 가시를 내 것으로 만들면 간단히 해결된다. 지금 나를 찌르고 있는 가시는 무엇인가. 가시를 원망의 도구라 생각 말고 내 인격과 육체 그리고 영이 성장하는 기회로 승화시키자. 가시는 잘난 사람 못난 사람 빈부귀천을 가리지 않고 누구에게나 아프고 고통스럽게 찌른다. 괴롭게 찌를 때는 백해무익한 고통을 왜 나에게 주셨나, 머리에는 그런 생각뿐이다. 그러나 가시는 고통만을 위한 가시가 아님을 알게 한다. 성경에서 인물을 들어 예로 보면 사울이라 했던 바울이 찌르는 가시가 없었다면, 예수 그리스도 안에서 변화를 받았다 하여도, 그의 학식과 똑똑함과 교만으로 인해 원만한 인간관계를 맺고 살지 못했으리라. 바울을 평생 찌른 가시는 일평생 동거한 고질병이었다. 그가 기도하여 고친 병자들은 셀 수 없이 많았으나 자신의 질병은 고칠 수가 없었다. 그것은 인간 이상근을 성서박사로 만들어 준 가시와 같은 것이기 때문이었다.

수년 전 목회에 도움이 되기를 바라서 목회자들을 상대로 하는 침술 세미나에 참석하였었다. 간단한 침구를 구매하여 시침을 경험해 보니 신기하기도 하고 건강상으로 많은 도움이 되기도 했다. 그러나 재미가 붙으려 할 때쯤 이것은 내가 할 일이 아님을 느꼈다. 물론 그러한 방법으로 복음전파에 큰 도움을 얻는 분들도 있다. 각각 사명이 다름을 생각한 것이다. 침은 사람을 찌르는 따가운 가시지만, 피부에 들어가서 신경 혈을 자극하여 질병을 치료한다. 이 침술이 이제는 선진국에서도 많은 인정을 받고 있다. 그것 역시 따가운 가시를 통해서 얻은 유익이 아니겠는가.

초등학교 저학년 시절이었다. 저학년은 언제나 오전 중으로 수업이 끝났다. 학교생활에 익숙하지 않은 어린 나이에 오후까지 수업하면, 지루함을 참지 못해 자칫 학교에 흥미를 잃을까 해서 내린 문교부의 교육정책인 듯했다. 수업을 일찍 마치고 6학년 형과 같이 하교하려 운동장에서 끝나기만 기다렸다. 형은 창밖으로 내다보니 동생이 지루하게 기다리는 모습이 안타까웠는지, 휴식시간에 나와서 잠깐 놀아주었다. 형은 철봉에 매달려 두 다리로 나를 감싸고 나는 벗어나는 놀이를 하던 중 벗어나려는 내 몸을 당할 다리 힘이 부족했나 보다. 형 다리는 풀리고 뒤로 힘껏 넘어지면서 머리를 돌에 부딪쳤다. 그 순간 나는 기절을 하였고 어찌 되었는지 알 수가 없었다. 나중에 들은 소리로는 마침 장날이어서 동네 어른들의 도움으로 6㎞ 집까지 업혀 갔고, 하루

동안 깨어나지 않아 용하다는 침술 의원이 발바닥 용천을 동침으로 시침하여 깨어났단다. 의학계에서 허가하지 않은 돌팔이 의원이었지만 침술의 도움으로 소생한 것은 사실이다.

일찍부터 도움받은 침술은 이제는 단계를 높여, 절망의 가시밭에서 꿈과 포부가 헤엄치고 행복이 날개를 달고 비상하는 곳으로 훨훨 날아간다. 삶의 장벽이 눈앞을 가로막을 때마다 행복의 복침을 생각한다. 나의 생명을 살린 복침으로 말이다. 나의 가시는 오늘도 친구 삼기를 기다리고 있구나.

/

늦게 핀 꽃이 영웅 되는 길

건강을 위해 산에 오른 지가 벌써 9년이 되었다.

산을 오르지 않으면 견딜 수 없는 중병 앓는 것 같아 핑계 대며 지나칠 수가 없다. 달포 전부터는 작은 생각 하나를 바꿨는데, 산을 오를 때는 공사장 인부들이 즐겨 신는 안전화를 택했다. 안전화는 발가락 부분과 바닥에 쇠가 들어 있어서 약간 무겁긴 하지만 발을 보호해 준다. 그래서 발목에 모래주머니를 찬 듯 묵직하다. 그것이 다리 근육을 더 강화해주리라. 또한, 매일 이른 새벽에 산을 오르려고 등산화를 신으면 몇 달 신지 못해서 바닥에 잔돌이 사돈 하자며 비집고 올라온다. 겉보기에는 신을만하건만 바닥이 닳았으니 아까워도 버릴 수밖에 없다 해서 바닥과 앞이 단단한 그것을 선택했다. 마치 군 시절 군화를 신고, 산을 누비는 기분이다. 마음은 20대 군 시절로 돌아간다. 그때는 군화 신은 것이 신기하여서 애꿎게 다복하게 올라오는 소나무를 밟아도 보았고 독사도 밟아 보았었다. 그때는 호랑이 중대장 눈동자가 무서워서 그 감흥을 몰랐는데, 지금 그 소나무와 독사가 망령이 되어 내 귀에 들려온다. '내 팔 돌려주어라, 내 꼬리 돌려주어라.' 그래 본들 40년이 지난 지금 어디서 너희 유골을 찾는단 말이냐.

가을 하면 가장 먼저 떠오르는 것이 단풍잎이다. 단풍은 과연 잎일까 꽃일까 구별할 수 없을 정도로 아름답다. 그러나 아무리 아름다워도 잎이지 절대 꽃은 아니다. 제아무리 꽃 가까이 다가가 있어도, 봄철에 눈이 틀 때부터 잎으로 태어났으니 꽃이 되고 싶어 발버둥 쳐도 아무 소용이 없다. 원초부터 꽃과는 거리가 먼 잎이 그렇게도 꽃향기가 부러웠던가. 그것은 더욱더 거리가 먼 이야기 아니겠는가.

나뭇잎에는 붉은색을 띠는 '안토시안 색소'와 노란색을 띠는 '카로티노이드'란 색소가 있다. 여름에는 우리 눈에 푸르게 보이는 엽록소에 가려 안보이지만 가을이 되면 보인다. 가을이면 나무들이 겨울 준비를 하기 때문인데, 추운 겨울에 수분이 많으면 동사를 한다. 겨울에 생명을 이어갈 만한 수분만 겨우 유지하려면 푸른빛의 엽록소는 줄어든다. 엽록소를 줄이는 아픔도 있는데 낮과 밤의 기온 차이가 심해지니 나뭇잎은 날씨에 적응을 못 해서 더욱 고통스럽다. 낮에는 따뜻하고 밤에 추운 날씨가 이어지면 그해에는 어느 해 보다도 단풍색이 아름다워진다. 그래서 미국의 코넬대학 식물과 피터 데이비스 교수는 나무의 단풍을 보고 안타까운 마음을 이렇게 표현하였다.

"나무는 고통을 많이 받을수록 단풍은 더욱 선명해진다."

고통 받고 괴로우면 괴로울수록 자신을 보는 인간에게는 즐거움을 더하다니, 이 얼마나 잔인하고 가슴 아픈 일생인가. 구순에 연로하신 어머니에 대한 이 아들의 마지막 소원이 있다. 말년에 단풍이 만들어지기까지의 과정을 모두 잊은 단풍 되어 낙엽같이 순간적으로 떠나셨으면 좋겠다. 그런 종말이 되기 위해서 새벽과 저녁으로 단풍 어머니 되시라고 기도를 한다.

집 나설 때는 꾸중 들은 악동처럼 잔뜩 부어있던 날씨가 간간이 나리는 가랑비가 옷깃을 적신다. 혹시나 해서 접이 우산을 갈무리했건만, 남들이 보면 유난 떠는 것 같을까 염려되어 나지막한 봉우리만 오르고 하산하리라. 아니 그런데 저것이 무엇이야, 이 봉우리는 한여름이던가, 저만치에 소복한 세 꽃 무더기가 온 산을 빛나게 밝히고 있다. 모든 들풀이 단풍들고 생을 마감하는데, 들국화도 아닌 것이 어쩌자고 이 가을에 탐스럽게 피었더냐. 물봉숭아처럼 여름부터 가을 서리 내리도록 끈질기게 한 송이씩 피는 것도 아니고 꽃이삭이 싹수부터 머리끝 정수리까지 빈틈없이 다정하게 피어난 꽃방망이 삼 형제가 나를 어서 오란다. 반가움에 손안에 전화기로 한 컷 인증하고 '가을에 핀 꽃'이라 이름 지었다. 느림보 꽃은 정말 이름이 무엇일까? 궁금증을 머리 한편에 갈무리하고 하산하였다.

가끔 타인들은 이해할 수 없이 느지막하게 일을 벌이는 사람이 있다. 앞을 보아도 뒤를 보아도 현실은 절벽인데 일을 터트린다. 아흔 노인이 과일나무를 심는 격에 맞지 않는 전경 말이다. 노인은 열매를 따먹지 못하지만, 누군가는 아주 맛나게 그 열매를 먹을 것이다. 그래서 누가 과일나무를 심었는가는 중요하지 않다. 맛있게 먹어주면 노인으

124

로서는 만족한 일이다. 가을에 핀 저 꽃도 그런 꽃이던가. 그러고 보니 느림보 꽃이라고 비난한 내가 부끄럽다. 저 가을에 핀 느림보 꽃도 과일나무 심는 노인처럼 여러 사람에게 큰 기쁨을 주지 않겠는가. 이미 나에게 큰 기쁨을 주었다. 아름다운 세상에 쓸모없어 버릴 것은 아무것도 없다.

이름 모를 가을꽃아, 외로워도 말고 소외당하지도 말고 너의 소신껏 오늘을 열심히 살면 늦게 외로이 피었어도 영웅이 된단다.

/

"아들이 먼저 갔어!"

가여운 낙엽이 아우성치는 소리가 집 안에 앉아있는 내 귀까지 애잔하게 들려온다.

가는 세월 막을 장사 없기에 누구도 애타는 저 소리를 기쁜 함성으로 바꿔 줄자 없건만, 그래도 남자인데 못들은 채 버틸 수가 없었다. 물병을 허리춤에 꽂고 저혈압 방지용 겨울 모자를 눌러쓰고 채 가시지도 않은 새벽 공기를 가르며 집을 나섰다. 길옆 김장용 배추가 아직은 견딜만한 추위라고 싱싱한 위용을 자랑하고 있다. 나 역시 생각한다. 올해 추위는 제발 지난해처럼 강추위는 오지 말고, 너희 배추들이 견딜 만큼만 추워 달라고 나도 간절하게 바라는 바이다. 그러면 또 한 가지 문제가 있겠다. 겨울이 겨울답지 않게 춥지 않으면 겨우내 해충들이 생명을 유지해서 내년도 농사를 망칠 것이야, 그러면 빈대 잡으려다 초가삼간 태우는 꼴이 되겠다. 그러나 궁하면 통한다고 하늘이 무너져도 생각은 이럴 때를 위해 있는 것이 아닌가. 삼한사온도 무시

126

하고 연이어 일주일만 강추위로 몰아치고 겨우내 따뜻하면 될 것이야. 각본은 요즘 인기가 하늘을 찌르는 대하드라마 사극 같다마는 세상 이치가 내 각본대로 되는가. 생각을 몰두하다 보니 충주 금봉 산 깔딱 고개가 눈앞이다.

산 오르기에 편리한 계단이 어서어서 오라며 고개를 숙이고 있다. 오르기에 편리해서 힘 안 들기는 하다만은, 집 앞 육교처럼 오르기에 수월하면 이미 산은 아니다. 험하고 힘들다 해서 산 오르기 편하려면 집 앞 인도를 걷는 것이 나을 것이다. 애써 돈을 들여 등산객을 불렀건만 산행의 묘미를 느끼는 사람의 마음은 저만큼 비껴갔다. 등정과 운동을 오가는 사이에 정상은 올랐는데 무엇인가 허전하다. 전처럼 반기는 이 없는 길손이 된 허전함이다. 원인을 찾다 보니 어느새 물들었던 단풍이 곤두박질치며 비명을 지른다. 그 애잔함이 마음속까지 전달된 것이다. 환경에 따라 시시각각 변하는 마음으론 산행을 못 한다는 것은 예전부터 알았다만, 우수수 떨어지는 속절없는 세월이 울적하게 한다. 사람은 누구나 약해지면 병이 들게 되고 병이 깊으면 세상을 떠나게 된다. 그것이 자연적인 철칙이다. 그러나 반길 수 없는 불청객은 병과 죽음이 아니겠는가. 단풍과 낙엽이 저 질병과 죽음을 닮았다.

유명한 의사 '칼 구스타프 융'이 있었다. 그는 목사의 아들로 태어나 30세에 의사가 되었고 86세에 세상을 떠났다. 그는 이상한 의사다. 의사라면 당연히 청진기와 주사는 필수다. 그러나 그는 환자를 청진기와 주사나 약으로 치료하지 않는다. 그의 주장은 환자의 마음속에 하나님의 자리가 있는데 하나님의 자리를 잃게 되면 병이 들게 된다. 그 자리에 하나님을 되찾아주어서 영의 문제가 해결되고 정신도 몸도 치유함을 얻게 된다는 신비한 의사였다. 그가 이러한 처방을 내릴 수 있는 것은 목사의 아들로 성장했기에 가능한 것이었다. 혹자들은 엉터리 의사라고 치부할지 모르지만, 그를 통해 영과 정신과 육체의 질병을 치료받은 사람은 헤아릴 수 없이 많았다. 그가 84세 때 영국 국영방송인 BBC 방송국에 출연해 대담하였다.

"내가 50년 동안 환자를 치료했는데 전부 영이 흔들리어서 병이 왔더라."

"아니, 한 사람도 예외가 아닌가요."

"나는 한 사람도 못 봤다. 영의 문제를 해결해 주면 모두 건강하더라."

나는 '임상 목회'를 배우는 과정에서 그 말을 접하고 목사로서 무척 부끄러웠다. 그것은 의사인 칼 융이 할 일이 아니라 목사인 우리가 할 일인데, 그 일을 올바르게 하지 못하는 자신이 한없이 부끄러웠다. 칼 융은 지금까지도 심리학, 의학, 윤리학 등 어느 면에서나 빠지지 않는 위대한 인물이다.

낙엽을 보며 생각하다 보니 인생의 병과 죽음까지 진전되었구나. 어느새 민가가 있는 곳까지 내려왔다. 길옆 정원 옆에서 90대 새하얀 머리의 할머니가 낙엽을 쓸며 청소를 하고 있었다. 마치 집에 계시는 90세 어머니와 같은 체구의 뒷모습이시다.

"할머니, 무슨 일을 열심히 하고 계세요." 그러자 돌아보며 "글쎄, 아들이 먼저 갔어." 하시며 눈물을 주르륵 흘리신다. 안쓰러운 마음에서 "아드님이 우환이 있었나요?" 하니 갑자기 풍을 맞아 입원한 지 이틀 만에 숨졌단다.

할머니의 쓰라린 마음이 나에게 '쏴'하고 전염이 된다. 전염된 마음이 작은 행동으로 바뀌었다. 빗자루를 달라 해서 낙엽을 긁어모아 쓰레기통에 넣으니 또 가슴 아픈 소리를 하신다.

"고마워유, 내 아들이 있었으면 지가 다했을 텐데."

하얀 할머니의 안타까운 말을 그곳에 두고 오려니 내 가슴이 내내 아리다.

내 어머니도 저 아픔을 느끼게 할까 봐 발걸음에 힘이 실린다.

어느 가을에…

/

진심을 피로 농락하는 앵무새

수줍어 붉게 물든 홍조 띤 얼굴에 그 모습을 숨기려 성경 읽는척하는 애송이 교회학교 교사가 있었다.

중고등학생들 앞에서 가쁜 호흡조차 감추려고 애꿎은 목청만 높이는 그 마음을 학생들은 이미 눈치를 챘다. 여기저기서 웅성거리는 소동을 보면 충분히 알 수 있다. 그런 애송이 교사들이 호기심과 설익은 사명감으로 한자리에 모였다. 누군가의 입술을 탈출한 '선지 동산'이라는 울타리 안으로 모였다. 그들은 그 이름을 되뇌며 뜨거운 마음에 기름을 부었다. 거친 인격과 설익은 사명감으로 목회자의 인격을 다듬어가던 어느 날, 누군가의 제안으로 열 사람이 '샤론 기도회'를 결성했다.

사람을 6)욥바로 보내어 베드로를 청하여 말씀을 듣듯이, 하나둘 뜨거운 가슴에 붙은 불길을 토할 강단이 그들을 찾았다. 붉은 단풍 걸린 강산이 세 번 바뀌는 사이에 열한 명이 되었고 그들의 위치를 알리는 소리는 성큼 높아졌다. 애송이 티를 벗으니 어느새 머리에 희끗 희끗한 무서리가 내렸다. 이래서 철들자 망령이라 했던가. 그들은 수년 동안 시간을 모아서 싱가포르와 말레이시아를 탐방할 기회를 얻었다. 열한 명이 아니 무촌이 딸린 이십여 명이다. 싱가포르는 제주도 같은 면적이면서 2011년 GDP 3만 5천 불의 부유한 국가다. 이 나라를 분리 독립시킨 1만 7천5백4개의 섬나라 말레이시아는 7천 불에 머무르고 있으니, 분리 독립시킨 잘못을 땅을 치며 통곡하고 있다. 싱가포르는 홍콩과 함께 영국의 식민지로 100여 년 동안 발전의 기틀을 충분히 다져온 터라 작은 섬나라라고, 누구도 얕볼 수 없는 선진국이 되었다. 말레이시아는 작은 섬 싱가포르를 통해 발전의 기회를 놓쳤으니, 이제는 발전하려 해도 등 비벼 가려움 해소할 언덕이 없다. 그런 형편이니 낙후를 면할 길이 없다. 유일한 방책으로 싱가포르의 인력으로 상부상조하지만, 그것은 코끼리 코에 비스킷 격이다.

피곤한 일행은 바탐 호텔에 여장을 풀었다. 호텔 로비 앞 해수욕장을 향해 문을 박차고 나오니 한편에 앵무새가 "안녕하세요." 하며 우리를 부른다. 반가운 목소리에 놀라 달려가니 한국어로 우리를 기쁘게 한다. 일행 중 김 목사가 반가움에 겨워 손을 넣어 머리를 쓰다듬는데, 이때를 놓칠세라 앵무새가 김 목사의 손가락을 꽉 물었다. "아아악" 고함을 쳐도 놔주지를 않는다. 동맥을 물었을까 피가 줄줄 흘

---

6) 욥바Joppa : 이스라엘 예루살렘 북서쪽에 있는 지중해 연안의 바위 많은 항구.

러 손바닥 가득히 낭자하게 흐른다. 그래도 독수리 부리 같은 앵무새의 입이 벌어질 줄을 모른다. 붉은 피는 손바닥을 붉게 물들이고, 땅 아래로 뚝뚝 떨어진다. 김 목사는 아픔을 견디지 못하여 통사정했다. "야, 야 제발 놔주라." 그제야 새는 입을 벌려 준다. 그리고는 "아하하." 박장대소의 소리를 친다. 이미 여러 번 해 보았고 박장대소하는 웃음소리도 여러 차례 들어 배우고 익혔다. 김 목사는 새가 정말 귀여워 머리를 쓰다듬었는데 무정한 앵무새는 진심을 몰라준다. 김 목사는 아픔을 해결하기 위해 직원에게 보이고 치료를 요청했다. 치료라는 것이 어린 시절 칼에 베였을 때 어머니의 치료 방법과 똑같다. 피를 닦은 다음 붕대를 둘둘 감은 것이 마치 바느질 하는 어머니 손가락 위에 헝겊 골무를 끼운 모습이다.

앵무새에게 물린 당사자는 고통이었지만, 그것을 보는 우리는 재미있고 웃음이 절로 나오는 일이었다. 사람이 얼마나 시원찮으면 새까지 무시하겠느냐고 웃고 넘겼으나, 마음 한편에선 아린 아픔이 밀려온다. 타인의 장점을 발견하면 저 앵무새처럼 모방할 줄은 모르고 단점만 찾아 비방과 질투로 얼룩진 뒤틀린 마음이 우리네 마음이 아닌가. 선한 자라 자처하는 자도 보잘것없는 질투심이 가름 막 되어 타인의 장점을 보지 못한다. 그리고 피를 보고 비웃는 앵무새처럼 비웃기만 하지 않았는가. '아니야, 모두 그렇지 않은데 내 마음이 굴절되었으니 나만 그렇게 보이는 것이야.' 앵무새 한 마리가 내 마음을 온통 뒤흔들어 놓았다 해서, 소재가 아까워 현장에서 이미 김 목사에게 실제 이름을 거론하여 기행문을 써도 되겠느냐며 양해를 구한 바 있다.

떠나오기 전 염려했던 동남아 지역 홍수와는 아무 연관이 없어 안심은 되었으나, 간간이 나리는 빗줄기는 추억거리를 만들어 주기에 충분했다. 싱가포르 야경이 소문난 경관인지라 눈을 행복하게 하려고 배에 올랐다. 예상대로 눈과 입의 외마디 소리에 전신이 정신을 잃어 갈피조차 못 잡는다. 이때를 위해 축적해둔 올바른 이성 판단을 하나하나 끌어내어 마음을 진정시켰다. 그리고 자전거에 부착한 인력거에 일행이 올랐다. 이것은 싱가포르 정부에서 특별조치로 허가한 일자리 창출이란다. 고국이 분리 독립 할 때부터 나라 정책에 휘말렸던 교도소 전과 경험자들에게 일터를 마련한 것이다. 특별혜택은 말뿐이 아니다. 인력거 줄이 지나가면 지나가는 차들이 일제히 서는 것이다. 비록 일회용 우의를 덮어 입고 두 사람씩 타고 있지만, 황제가 된 기분이다. 시내 일주를 마치고 열대 과일 가게 앞에서 우의를 입고 둘러서서 잘 익은 망고와 두리안을 정신없이 먹고 있는데, 지나가던 아낙네들이 박장대소를 한다. 어디서 들어본 웃음인가, 멍하니 아낙네의 얼굴을 보며 생각하니 호텔에서 앵무새가 웃던 그 웃음소리였다. 동물원 원숭이처럼 웃음거리가 되어도 즐겁고 맛나다. 몇 년 전 태국에서 먹던 그 맛과는 비교가 안 된다. 두리안을 그곳에서 처음 접했을 때는 냄새를 진하게 느꼈는데, 말 그대로 두 번째 대하니 냄새를 모르겠다.

하루의 일정을 피곤하게 보내고도 늦은 오후에 호텔로 돌아와 두 편으로 나누어 족구로 승부를 건다. 오후뿐이랴 새벽 일찍 가이드를 독촉하여 볼을 공수하여 또 한판 대결했다. 가이드가 혀를 내 두른다. 이런 팀은 난생처음 보았단다. 가족 모두가 건강하니 참 보기가 좋다.

싱가포르를 30년 동안 장기 집권하는 리콴유 총리는 싱가포르의 아버지로 추앙받는 인물이다. 장기 집권하면서도 국민들이 불만이 없는 이유는 청렴결백하게 살면서 나라를 깨끗하고 범죄 없는 선진국으로 이끌어가기 때문이다. 그의 정치기반은 이미 20대 때 주지사를 했지만, 40대였던 때 우리나라의 박정희 전 대통령과 형 동생 하고 새마을 운동을 배우면서부터 시작되었다. 그는 이제 아흔 살의 고령이지만 그의 건강을 백성들이 지키고 있다니 얼마나 자랑스러울까. 우리 한국에는 이런 인물이 왜 없는 것일까. 아니, 나는 왜 리콴유 같은 인물이 되지 못하는 거야…

인물의 필요성을 느끼면서도 인물을 닮으려 앵무새처럼 흉내도 못 내는 나는 참으로 어리석다.

입이 사납고 매서운 앵무새야. 참으로 고맙고 감사하다. 너를 선생님 삼을 줄 누가 알았겠냐.

/

영자 누나의 분노

참 좋은 내 친구였는데, 친구가 무시무시하고 날카로운 톱날 형틀에 무자비하게 동강동강 토막시체가 되어야 하는 끔찍한 광경을 보는 나의 마음은 가슴속 한 부분을 예리한 면도날로 난도질당한 느낌이다.

꼭 이래야만 했던가. 이제는 목 놓아 울어 보아도 아무 소용없는 일이다. 대한민국 역사상 가장 큰 기대와 발전의 도약을 위해 과감하게 투자한 충주 댐이 건설되기 직전에 사건이었다. 동이 트고 날이 밝아오기만 하면 제일 먼저 찾는 일이 그 친구였다. 학교 수업을 마치고 집에 돌아와 부엌 바닥에서 보리밥과 고추장으로 주린 창자를 채우고 나면 어김없이 나의 발걸음은 그 친구를 찾아 등에 올라타고 어깨에 오르고 넓은 품에 안겨 잠도 자고 그렇게 다정한 친구이자 안식처였다. 부모님께 야단맞고 눈물이 흐를 때 그를 찾으면 눈물을 닦아주고, 외로울 때 찾으면 재미있게 놀아준 참 좋은 친구였다.

내가 제법 늠름한 사나이 면모를 갖춰가던 몸으로 고향을 찾았을 때, 고향 모습은 폭격을 맞은 전장 그것이었다. 집집이 빈집들이 허다하고, 빈집 벽에는 둥근 구멍이 뻥뻥 뚫려 있었다. 이제 몇 개월 후면 충주 댐이 착공되어 수몰지역 주민들은 모두 떠난다는 것이다. 주인 잃은 집은 관청에서 동원한 중장비가 흉한 몰골로 만들어 놓으니, 미처 보금자리를 마련하지 못한 주민만 남아 사라져 갈 정든 고향 산천을 바라본다. 조금이라도 더 많이 기억에 새겨 두려고 매일 매일 마음 깊이 음각하듯 바라본다. 집 앞마당 끝에 꽈배기 모습으로 서 있던 나의 오랜 친구 대추나무 고목도 그런 연유에서 토막시체가 된 것이다. 참으로 많은 정이 든 친구여서 흉한 토막토막을 볼 때 내 눈에선 눈물이 핑 돌았다.

토막시체가 된 고목이 나와 친구 되어 뜨겁게 사귀던 어느 날이었다. 그 시절은 들녘 한복판에서 누렇게 익은 지 오래돼서 수확시기를 놓쳐 애처롭게 달린 옥수수 알갱이 수만큼이나 가물가물하다. 온 식구가 모여 오순도순 저녁 식사를 하고 있을 때, 어머니가 아버지께 다정하게 말씀하신다.

"오늘 낮에 아랫말에 갔더니 영자하고 상호가 서로 좋아한다. 그러데요."

"그걸 이제 알아, 내년 봄에 결혼 약속도 했다던데."

그런데 왜 이럴까. 내 두 귀가 쫑긋 서는 것을 느낀다. 두 귀가 말 없이 차렷 자세로 키를 높이는 이유를 생각해 본다. 영자 누나는 평소 마음씨 착해서 나를 많이 예뻐해 주었던 예배당이 있는 언덕 아래 사는 누나다. 학교 가는 길옆에 살면서 내가 갈 때 올 때 만나면 맛난 사탕도 주고, 땅콩도 주고 했던 친한 누나다. 그 누나가 상호 형과 결혼을 한다니 미워졌다. 그 형은 삼촌 친구로 나보다 무려 열 살 위다. 둘이 좋아한다는 소식이 머리에 입력되었다.

어느 날 사랑하는 내 친구 대추나무 위에서 가지를 흔들며 놀고 있을 때, 저만치 영자 누나가 올라오고 있다. 영자 누나가 올라오는 길은 대추나무 밑으로만 지나갈 수밖에 없는 외길이다. 왠지 심술이 나서 골려주고 싶었다. 이윽고 발아래로 지나가고 있다. 목청껏 소리 높여 꿈틀거리는 불만을 토로했다.

"얼라리 꼴라리. 영자하고 상호하고 시집간다네. 장가간다네. 얼라리 꼴라리."

노랫소리를 들은 영자 누나는 뛰어와 돌을 던져 보지만, 돌이 자기 머리 위에서 맴돌다 머리 위로 떨어지니 더욱 화가 난다. 울화를 더 높여 줄 마음에서 나뭇가지 사이에 숨어 내 국보 1호를 꺼내 뜨뜻한 물을 발사하였다. 난데없이 뜨거운 소나기를 맞은 영자 누나의 모습이 처절하다. 옷자락에 묻은 냄새로 그의 얼굴은 붉으락푸르락 바뀌며 혼란에 빠진다. 내가 너무하였다는 생각이 불현듯 뇌리를 자극한다. 기왕에 쏟은 물을 어찌하리오. 누나는 잠시 무슨 생각을 하더니, 길옆 재래식 화장실로 달려가 긴 장대로 암모니아 냄새 닮은 것을 찍어 내 친구 허리춤에 팽 돌아가며 바른다.

"내가 그것을 무서워할까 봐. 내려갈 때 묻혀 있는 곳에서 뛰어내리면 되지."

소용없다는 것을 알고 "내려오기만 해 봐라, 이놈." 하면서 요즘 흔한 압력 밥솥 소리를 낸다. 그런 모습을 보니 사탕 얻어먹던 일이 떠올라 미안하다. 나는 미안한 표현으로 내 친구 대추나무 가지를 힘껏 흔들었다. '후드드득, 후드드득.' 빨간 대추가 마구 떨어진다.

"영자 누나야, 그것 주워 먹고 화 풀어"

화가 좀 풀렸는지 아니면 나를 맞출 돌 대신 쓰려는지 모두 주어 주머니에 넣는다. 가끔 달콤한 대추를 먹으면서도 화는 풀리지 않았다. 내려올 때를 언제까지나 기다리고 있을 모양이다. 그러기를 한참이나 버틴다. 이집 저집에서 저녁 밥하는 연기가 나니 불안해진 저 모습, 연로하신 부모님 저녁밥을 지어야 하기 때문이다. 안절부절못하는 모습을 보니 정말 미안한 생각이 든다. 그렇다고 사나이 꼬투리가 머리 숙여 잘못을 빌기 싫었다. 지금 나의 쓸모없는 자존심이 그때 형성되었을까, 잘못되었다면 솔직하게 머리 숙여야지 마음 한편에 간직하여 두었다가 무엇에 쓰려는 걸까. 영자 누나가 내 친구 허리에 발라 놓은 그 것은 내 친구 허리가 아니라 내 마음 한가운데 발라 놓은 것이라고 깨달았을 때는, 나풀나풀 흔들리는 영자 누나 치마가 호랑나비만큼 작아 보였을 때였다.

내일부터 다정하던 누나의 얼굴을 어떻게 볼까나. 사탕도 땅콩도 이제는 손안에 잡혔던 말매미가 저만치 날아간 격이다.

그날 이후로 매일 아침 등굣길에서 만나던 활짝 웃는 그 모습을 볼 수가 없었다. 나를 의도적으로 비키는 것이 분명하다. 영자 누나가 대추나무 밑에서 안절부절못하던 그 모습이 무서운 옴 병처럼 나에게로 옮아 버렸다. 아하, 이래서 예배당 주일학교 선생님이 그러셨구나.

✝

"그러므로 무엇이든지 남에게 대접을 받고자 하는 대로 너희
도 남을 대접하라. 이것이 율법이요, 선지자니라"

(마태복음 7장 12절)

내 잘못을 깨닫기는 하였지만, 너무너무 미안해서 나는 영자 누나
얼굴을 똑바로 바라보지도 못하고, 영자 누나는 내가 미워 외면만 하
고 둘 사이는 점점 아득하고 먼 거리만 생긴다. 지금 같으면 두둑한 축
의금 들고 결혼을 축하해 주었으련만 그때는 얼굴 들고 국수 먹으러나
갔을까. 기억도 없다.

그 영자 누나 내외는 지금 고향교회를 지탱하는 대들보와 기둥이다.

영자 누나야,

이제는 다 잊고 언제까지나 예뻐해 주이소. 예?

/

충주인의 심성 철학

사람의 마음은 갈대 같아서 그 마음은 조석 간에 변한다.

비록 남을 해하려는 미움을 품은 마음이라 할지라도 창조자가 택한 마음이 있는 것만으로 귀하다. 나무는 뿌리가 뽑힐 때 나무로서 귀중 성을 잃어간다. 우리의 마음도 뽑히지 않고 뿌리 깊이 박힌 것만으로 고맙고 감사한 일이다. 마음은 지역 환경과 생활 문화에 따라 많이 좌우되는 것, 안정을 찾고 다리 뻗어 쉬고 있는 충주인의 마음을 짚어 본다.

충주 지역은 예로부터 철광석이 많이 출토되었다. 지금도 달천. 중앙탑면, 대소원면, 노은면 등 여러 지역에는 안전사고를 막기 위해 입구를 막은 굴이나 인공으로 판 깊은 웅덩이가 여기저기에 산재 되어 있다. 그 주위 흩어진 돌에 자석을 붙이면 신기하게도 쇠같이 달라붙는다. 돌에 자석이 붙는다는 소리 듣지도 보지도 못한 일인데 충주에서는 경험한다.

일본 강점기에 침략자들은 충주에 충북선 선로를 놓고 양질의 철광석을 캐어 제 나라로 싣고 갔다. 그 철광석을 채취하기 위해 우리 아버지 할아버지들은 비참하게 노동력을 착취당하다가 야생동물 목숨같이 버려져야 했다. 일본 보물인 칼이 중앙탑면에서 만들어진 것으로도 충분히 알 수가 있다. 충주에는 신라 문성왕 때 세워진 중앙 탑과 고구려 비, 덕주산성 등 옛 국가 경계지역 흔적을 볼 수 있다. 삼국시대 이전부터 충주지역은 철광산이 많이 번창했다.

과거 전쟁의 승패는 칼과 창 방패 갑옷이 좌우했으니, 충주 지역을 여러 나라가 눈독 들이지 않을 수가 없었다. 여러 나라라고 해 봐야 모두 우리의 민족이지만 말이다. 여러 국가 경계와 철광이 맞물려 있는 충주는 밤이 가고 날이 새면 신라 땅이 되고, 날이 새면 백제 고구려 심지어 당나라와 몽골까지 점령하였다.

몽골의 5차 점령 때에는 칠십여 명의 미천한 관노들을 동원한 김윤후 장군은 충주 대림산성에서 몽골군을 크게 격파하여, 더는 남쪽으로 점령하지 못하고 제 나라로 쫓겨 갔다. 지금도 충주 시내에서 약 1㎞ 거리인 대림산성 지역을 보면, 절벽으로 병풍처럼 둘러쳐 있고 입구가 좁아 천하의 요새다. 불행하게도 몽골군이 5차 점령에 패하고 이듬해 더 큰 전력을 보강하여 6차 침범으로 내려온 몽골군은 충주를 점령하고 말았다.

전쟁 경험이 많은 충주지역에서 말 한마디 잘못하면 쥐도 새도 모르게 죽었으니, 살기 위해서는 속마음을 털어놓고 말할 수가 없었다. 이것이 오랫동안 지속하다 보니 충주 사람들의 마음으로 고착되어 지금도 말 한마디 듣고는 속마음을 다 읽을 수가 없다. 이런 마음이 매우 바람직한 생활을 만들게 되었다. 어떤 일을 할지라도 여러 번 생각하고 결정하는 습관을 만든 것이다. 그 덕에 충주 사람들은 사기당하는 일이 별로 없다.

물은 100도가 되기를 기다렸다가 끓듯이, 충주인은 완전하다고 믿기까지는 헤픈 마음으로 결정하지 않는다. 신중하게 내리는 마음의 결정, 조심성 있는 발걸음, 이러한 충주 사람들의 마음과 언행 심사를 꼬집어 다른 지역 사람들은 여러 말을 하지만, 나는 충주인이 좋고 그 마음이 정겹다.

인류 최초의 근원지였던 에덴동산에 만약 충주인이 살았다면 쉽게 선악과를 선택하지는 않았을 것이다. 우리가 세상을 아름답게 살기 원한다면 내 앞에 나타나는 환경과 여러 사건 속에서 부딪히는 감정, 울화, 분노를 즉각 폭발하지 말고, 접해오는 환경과 말을 마음속 깊게 삼키고 다시 되새김질하여 표현하여도 늦지는 않는다. 그러한 성품이 될 때 언제나 기쁘고 행복하다. 그 마음을 충주는 잘 가르쳐주는 지방이다. 그래서 나는 충주가 좋다.

충주에서 언제까지나 살고 싶어라. 그것은 충주의 대표적인 산인 남산의 옛 이름이 내 이름같이 금봉산이기 때문만은 아니다. 수년 전부터 금봉산 이름으로 부르고 있다. 덕분에 충주 시내 곳곳마다 길 이름이 금봉대로, 금봉1길, 금봉2길, 금봉3길……. 등 이름이 태어났다. 내 이름은 명함 한 장 돌리지 않고서 충주 곳곳마다 둥지를 틀었다. 그래서 충주가 더욱 좋아진 것일까?

충주인들의 마음이 자석이 되어 나를 끌어당기는데 내가 무슨 화강암이라고 충주에 안 붙을 것인가.

충주인의 심성 철학이 먼저 나를 잡아 끌은 것이야.

돌은 돌이나 자석 받는 충주 돌이 좋아라.
신중한 충주인이 좋아라.
잠잠히 들던 충주호에 몸과 마음 씻으라며
길손 부르라 채근을 한다.
돌 좋고 사람 좋고 물 좋은
충주 땅에 곤한 발 펴리라

/

가시고기 새끼의 수학여행

참으로 오랜만이다. 기차 타고 여행한 때가 언제이던가. 기차 하면 누구나 헤어져야 하는 이별의 슬픔이 있다. 그러나 희망과 꿈을 심어 주는 아련한 어린 시절의 추억도 누구나 간직하고 있다. 어제는 새벽 6시 열차를 타고 대전을 여행하였다. 어린 시절에 부푼 그 마음은 아니었지만, 그 시절 마음을 향해 손짓하는 가슴을 만들어 주었다. 음성을 지나니 울긋불긋 단풍이 어둠을 몰아내고 가로등 존재도 무색하게 한다. 창밖으로 뛰어가는 단풍들이 아스라한 그때의 추억들을 새끼줄 기차놀이 되어 줄줄이 끌고 온다.

내가 처음으로 장거리 기차 여행하던 초등학교 가을 수학여행 길. 오늘처럼 새벽 땅거미가 제집 찾아 사라지기 전, 부푼 꿈이 풍선 되어 하늘 향해 발버둥 칠 때쯤 정든 학교에서 출발했다. 목적지는 신라의 옛 도읍지 경주다. 제천역을 출발한 완행열차는 수많은 역을 한 번쯤

144

뛰어넘어 지나가지도 못하고 역마다 한참을 쉬어가지만 조금도 지루하지 않았다. 완행열차도 학교와 정이든 나를 닮아 역마다 정을 나누며 쉬어 가는데 왜 내가 지루하게 생각하랴. 그러나 찬란한 서라벌 문화가 살아있는 경주를 생각하면 마음은 어느새 길잡이 곤충처럼 저 멀리 앞서간다. 우주인이 나를 닮지 않듯이 열차도 나를 닮지 않았겠지만, 적어도 그날만이라도 빨리 달려야 했었다. 마음은 찬란하던 옛 신라 한복판을 달리고 있는데 그것을 닮은 내 마음도 수백 년을 넘나들고 있었다. 이놈의 열차는 펑크도 나지 않았는데 제 발 뒤 굽만 살피고 서 있단 말인가. 역시 생명력 없는 친구는 친구도 아니다. 아침에 사귄 열차 바퀴 친구가 한나절도 안 되어 벌써 싫증이 난다. 지루함을 잊으려 하는가, 짝꿍 수년 이는 그 많은 역 이름을 빠짐없이 메모하고 있다. 그것을 본 내 마음이 감탄한다. 지독한 탐구욕이구나. 바로 그때였다.

"아이고 내 모자!"

비명에 앞좌석을 보니 한 친구가 모자를 날렸다는 것이다. 차창 옆 옷걸이에 걸어둔 모자가 아무렇지도 않다가, 열차가 굴속에 들어가자 열차 안으로 몰려온 바람이 친구 하자며 밖으로 끌고 갔다는 것이다. 생명력 없는 친구는 친구가 아니라고 조금 전에 내 마음속으로 한 말을 큰소리로 외쳤더라면, 친구 모자는 잃지 않았을 것을 나는 왜 이 모양일까? 바람한테 모자 빼앗긴 친구이름을 밝히지 못하겠다. 두 이름이 내 머릿속에서 힘자랑하고 있으니까. 그때 가버린 모자도 지금 내 기억력만큼이나 흔적도 없이 부패하였으리라. 세상 모든 물체는 이같이 장수하지 못하고 쉬 사라지는 것인데, 나 너 할 것 없이 모두가 움켜쥐고 있으니 그 손아귀는 머지않아 신생아의 빈주먹이 될 뿐인데, 인간 지능이 한 수만 높아도 천재라 떠들고 요란을 떨지만, 몇 날이 못 되어서 태어나던 그 날도 알지 못해 다시 어린 아기가 되는 것은 조물주의 메시지 아니던가.

나는 저 친구처럼 역 이름도 세지 못하였는데 벌써 경주역 간판이 보인다. 교과서가 요란하게 떠드는 불국사를 보고 다섯 개의 능을 위시한 왕릉을 관람한 후 피곤한 다리를 잠재웠다. 이른 새벽, 다시 동해안 해돋이와 석굴암을 보려고 새벽같이 토함산에 오른다. 경주의 문화는 새벽 문화인가 보다. 오는 날부터 새벽으로만 뛴다. 앞서 가는 친구 뒤꿈치 걷어차며 올라갔건만, 가는 날이 장날이라 구름이 껴서 일출 태양도 못 보았다. 아쉬움을 보상하려 석굴암에 들렸는데, 너무나 기가 막혀 윗니 아랫니가 만날 기미조차 안 보인다. 일제는 그렇게 돌부처 엉덩이 속이 궁금했나, 어쩌자고 엉덩이를 깨어서 고귀하신 몸에 시멘트 신세를 지게 하였던가. 시멘트로 보기 싫게 대략 모양만 내었다. 어린 내가 보아도 너무했다. 지금은 흉한 시멘트 누더기 부처는 아닐 것이여……. 저 이마에 둥글게 박힌 보석을 뽑아가는 솜씨에 비하면 엉덩이에 시멘트 바른 솜씨는 어린아이 장난이다 생각하니, 마찰하던 두 잇몸이 아예 틀니를 부른다. 그 시절에 혹사한 연고로 지금 내 치아가 홍역을 치른다. 일제는 지금도 내 몸체 속속들이 괴롭히고 있구나. 내가 이러하거늘 내 부모 조부모는 어찌 사셨을까.

모든 일정을 마치고 자질구레한 선물 보따리를 들고 여관 아주머니와 작별하니 그동안에 정이 들었다고 눈시울이 온도계 수은주를 높인

146

다. 아버지가 군것질하라 주신 돈으로 그동안 등하굣길에서 들고 다니고 싶던 책가방을 사 들고 오니, 이번에는 어머니가 기특하다고 머리를 쓰다듬어 주신다. 그 어머니의 손길이 너무나 부드럽고 매끄러워 지금도 잊히지 않아 다시 한 번 경험하고 싶구나. 그 경험을 느끼려 어머니를 찾아 다정하게 안아보니 팔순이 지난 몸이라 반 아름에 안기신다. 이 못난 자식은 건장한 몸으로 효도할 날 기다려 주실 줄만 알고 지금껏 살아왔는데 그동안 가시고기 새끼가 되어 제 어미 살만 파먹었구나. 그래도 힘없는 목소리로 어머니는 외치신다.

'가시고기 새끼라도 좋다. 건강하게만 살아다오.'

나도 저 가시고기 어미 되고 아비가 될 수 있을까.

아니야, 나는 내가 잘 알아, 절대로 어머니 같은 가시고기 부모는 되지 못한다.

/

약삭빠른 말은 감추고 몸을 날려라

스산한 바람이 저만치서 날 따라오라 재촉한다. 그 냉기 따라 오르다 보니 친구 잃고 외로운 소나무 고목이 어서 오라 반긴다. 며칠 전까지도 앞사람 발목 밟을까 조심스럽더니, 날씨가 차다고 정상에 올라서도록 사람 구경을 못 하겠다. 이것이 사람의 마음일까. 사랑 많은 사람을 그리 매도하지 말라며 구름을 헤집고 나서서 태양이 활짝 웃는다. 함부로 생각한 내가 참으로 부끄럽다. 나도 사람이니 사람을 디디고 일어서려 했나 보다. 태양아, 용서해다오.

옛 중국 청나라의 침입으로 조선의 인조 왕은 치욕스러운 모습을 보여야만 했다. 당당하게 맞서 싸워도 어려운 형편에 자신의 안위를 위해 도망하기에 바빴다. 죽지 못해 싸워야 하는 병사들의 사기는 생각도 못 하고 남한산성으로 도망해야 하는 왕의 심정도 이해할 만하지만, 청나라 10만 병력과 맞설만한 국력을 키울 힘이 없었다면 외교라도 해야 했다. 성안에서 40일을 버텨 보았으나 딸린 식솔들이 많은 지라 식량이 남을 리가 없다. 하는 수없이 당태종에게 세 번 절하고 아홉 번 머리를 조아리는 삼전도를 행하는 치욕을 견뎌야 했다.

병자호란의 후유증으로 임경업 장군은 적장의 나라 청나라를 위해 명나라와 싸우러 가야 한다. 청나라로 가던 중 연평도에 들러 물과 식량을 보충해 실어야 했다. 당시 작은 배로는 군량미를 적재하는 것은 한도가 있기 때문이다. 연평도 섬에 정박하여보니 바닷속 조기떼에 임 장군은 놀라지 않을 수가 없었다. 그러나 주민들은 조기떼를 보고도 잡을 도구가 없으니 눈요기만 할 뿐이다. 장군은 얕은 바다를 선택하여 가시나무를 빼곡히 꽂아 놓았다가, 아침에 걸려든 조기를 거두어 많은 고기를 잡아들였다. 주민들이 몹시 놀란다. 이제껏 한 번도 해보지 않은 방법에 많은 고기가 걸려드니 놀랐다. 이것이 최초의 어살 법이다. 장군에게 어살 법을 배운 연평도 주민들도 많은 물고기를 잡을 수가 있었다. 이것이 조기잡이의 시초가 되었다. 그 후 연평도 주변 사람들은 지금까지 임경업 장군에게 풍어제를 올린다.

전쟁터에서 뼈가 굵은 임경업 장군이 어살 법까지 생각하게 한 조기 떼를 중국 어민들은 그 옛날부터 안방 문 드나들듯 하면서 잡아갔으니, 가로막는 한국 해경들이 어찌 곱게 보였겠는가. 흉기로 찔러 해경 목숨까지 빼앗고도 당당하게 머리를 들고 있다. 그 옛날 남의 나라에 쳐들어와 왕에게 삼전도를 요구하고 조공을 바치라는 배짱과 무엇이 다르겠는가. 지금도 이 나라는 조선 시대 왕과 같이 대국의 기세가 무서워 남한산성 소나무 숲에 숨어 머리만 감추고 있다. 내년에 총선과 대통령을 선출할 대선이 연평도 조기처럼 줄줄이 엮여있다. 표 한 장 얻기 위해 대한민국을 위해서라면 분골쇄신하겠단다. 저들이 외치는 소리가 내겐 7)연목구어緣木求魚로 들리는 것은 어쩐 일일까. 내 정신상태가 썩어빠진 연고일까. 그것만은 아닌듯하다. 평화롭고 안정할 때는 어린아이라도 나라에 충신이 된다. 그러나 계유정난 같은 위기 앞에서도 사육신 되는 용감한 사람만이 8)분골쇄신粉骨碎身은 어울린다. 물론 죽는 것이 능사만은 아니다.

어저께 사회장을 치른 포항제철의 영웅이자 대한민국의 철강 왕 고 박태준 명예 회장은, 떠나면서 집 한 칸 남기지 않았다. 그가 집도 없이 청빈하게 사는 것을 보고 주위 지인들은 말했을 것이다. '오죽이나 못났으면 포항제철 주인장까지 했으면서 집 한 칸 마련 못 했을까.' 무능해서 무주택자인가. 중국의 덩사오핑(등소평)이 일본에 '중국에도 포항제철과 같은 제철소 하나만 지어 주오.' 하니 중국에는 박태준이 없지 않으냐며 면박만 당했다. 나는 중년을 맞기까지 교회 마당에서만 살아서 내 집이 사무치게 필요하지는 않았다. 집 없는 것이 박태준 덕에 자랑스러운 것은 아니지만, 고인의 삶을 보니 내 눈동자가 소리 내어 구른다. 임경업 장군도 고 박태준 명예 회장도 말보다 몸을 먼저 현장에 날리는 사람이다. 그 보답으로 그 이름이 빛을 발한다. 오늘의 인사들은 몸은 금 사슬에 묶어두고 말만 약삭빠르게 먼저 던진다. 그것이 출세의 지름길인가 보다. 말을 빨리 던지고 출세하는 많은 인사는 마지막 열매가 애절하도록 처량하다.

비난의 전주곡에 맞추어 저 하늘의 별을 부러워하는 것은 예고된 결과였나 보다.

박찬호가 집 찾아온다는데 그를 찾아가 몸 던지는 투수나 배워 볼까.

---

7) **연목구어**緣木求魚 : 나무에 올라가서 물고기를 구한다는 뜻으로. 불가능한 일을 굳이 하려 함을 비유하는 말.
8) **분골쇄신**粉骨碎身 : 뼈가 가루가 되고 몸이 으스러질 만큼 온 힘을 다한다는 뜻의 사자성어

/

굴비 되어 살리라

초등학교 시절 교과서에 실린 글에 부엌 찬장에 모여 있는 생선들이 자기고향 이야기를 들려주면서, 해양 어족자원을 학생들에게 은연중 주입하는 내용이 실려 있었다.

그중에 조기가 하는 말이 인상깊이 내 머리에 각인되었다. 조기의 고향은 연평도였는데, 어느 날 갑자기 어부들에 의해 납치되어 경매장, 도매시장, 소매시장을 거치는 동안에 이 집 아주머니의 눈에 잘 보여 이곳까지 왔노라고 자신을 소개한다. 나는 그때부터 조기는 연평도에서만 나는 어종인 줄 알았다. 지금은 조기보다 굴비라는 이름이 우리에게 더 친숙해졌다. 그런데 조기와 굴비는 좀 다르다. 많은 사람이 조기와 굴비 구분을 잘 못 한다. 나도 그랬으니까. 꼭 구분해서 불러야 할 이유는 없다. 조기는 생고기를 소금에 절인 것이고 소금에 절인 조기를 해풍에 말린 것이 굴비다. 굴비는 우리나라에서 영광굴비가 가장 유명하다. 전남 영광군 법성면 법성포라는 포구가 있다. 그곳에서는 노란 노끈에 한 가닥의 볏짚을 넣어 다발로 엮는다. 그 굴비는 언제부터 조기가 아닌 굴비라는 이름이 되었을까. 굴비의 족보를 뒤져 보기로 하자.

족보의 출발은 고려 17대 왕 인종 재위 때 일어난 이자겸의 난으로 거슬러 올라간다. 정치에 눈이 어두워진 이자겸은 딸이 낳은 외손자 인종 왕에게 두 딸을 또 출가시킨다. 외할아버지의 세도정치로 두 이모와 사는 꼴이 되었다. 그런 비도덕적인 일도 부족해서 인종 왕을 죽이려다 실패한다. 이것이 이자겸의 난이다. 인종 왕은 차마 외할아버지이자 장인인 이자겸을 죽이지는 못하고 법성포로 유배를 보냈다. 그래도 이자겸은 정신을 차리지 못하고 오히려 왕에게 불만이 가득하였다. 그 불만의 표로 당시에도 유명한 조기를 말려 왕에게 이름을 굴비(屈非)라 써서 진상하였다. 자신에 뜻을 굽히지 않겠다는 말이다. 아무리 왕이 사위라고는 하지만 어찌 그렇게 굽힐 줄을 몰랐을까. 남들은 임금과 사돈이라도 걸쳐 보기를 소원한들 감히 용안이나 쳐다볼 수나 있었겠는가. 외할아버지에다 장인까지 되었으니 훌륭한 인재가 아닐 수 없다. 후대 사람들은 그래도 이자겸을 욕하고 싶지 않은 아름다운 성품이 있었는가, 고기 이름만 굴비라 불렀다. 역사적인 진의나 정치적인 문제는 역사가와 정치가들에게 판단을 넘기고, 다만 맛있는 고기의 이름을 작명한 훌륭하신 어른이 아니겠는가.

사람들은 종종 유명한 인기인이 되기 위해 개명하는 경우가 있다. 연예인이라면 새 이름으로 개명하는 것이 필수인 듯 인식되어 있다.

이름 그것은 창세 초기부터 생겨났는데 창조주는 아담에게 세상 각색 동식물에 이름 붙이기를 명하셨다. 그 이후 세상 모든 존재물은 이름 없는 것이 하나도 없다. 이름도 중요나 그 이름에 걸맞게 살아가는 것이 더욱 중요할 것이다. 굴비는 비록 타의에 의해 굴비가 되었지만, 자신의 몸을 말려서 더 좋은 맛을 내는 깊은 묘미가 있다. 그에 비해 세상 모든 사람은 배를 채우고 또 기름 살을 찌우려 애를 쓴다. 어느 누가 굴비처럼 배를 주리고 욕심에 기름진 살을 빼는 자 있던가.

얼마 전 아내가 남편 보신하겠다며 사온 굴비를 바라보니 예쁘기만 하다. 나는 어릴 적부터 치아가 약한 것을 알았다. 친구들이 호두를 입으로 깨 먹는 것을 보고 나도 따라 흉내를 내었다가, 이가 아파 혼이 났다. 그 약하던 것이 결국 50대가 되니 힘을 쓰지 못하고 아프기까지 하여 어금니 몇 개를 뽑았다. 인공 이를 의존해도 신통치 않아 그것마저 뽑았다. 불편해도 그냥 버티며 살던 중 어머니를 찾아뵙는데, '어찌 그리 여위었냐? 어디 아프냐?' 안절부절못하신다. 굴비같이 배를 비우고 볼을 말려 좋은 맛을 내려 하거늘, 내 마음을 멀리 떨어져 사시는 모정은 이해하실 리가 없다. 모든 어머니의 마음은 고혈압, 성인병, 욕심, 심술보 그런 말들은 등 뒤로 밀치고 내 자식 얼굴에 기름기 감돌기만을 원하신다. 그것이 모정일 것이다. 굴비는 마를수록 감칠맛을 내건만 사람은 마르면 허약함과 질병으로 연결하니, 허허 참. 계절도 마른 계절이다.

그윽한 사과 향 머금은 과일나무도 겨울을 나려면 제 몸을 말려야 하고, 내년에 풍년을 가져오려면 저 들판도 허전함을 맛보아야 하고,

멸치, 오징어, 굴비도 내일의 풍어를 위해 해풍에 눈물을 말려야 했다. 내 어머니는 욕심이 과하셨나, 살찌기만 바라시네. 장작도 말려야 화력이 좋건만 사람은 말리면 빈궁해 보이고 허약해 보이니 이 일을 어이 할까나. 만물이 몸을 말리는 계절인데 사람만 몸을 불리고 있다. 그래서 굴비보다 삼겹살이 하늘 높은 줄 모르고 거만하구나.

그래도 나는 굴비 되어 살리라.

/

앞 뒤 다투다 끝나는 인생인데···

산속 마을에 짐승들이 오순도순 평화롭게 살고 있었다.

그 마을에는 사나운 맹수도 없고 특별히 잘난 짐승도 없다. 단 한 가지 병폐가 있었으니, 무서워해야 할 짐승이 없어서 모이면 자기가 제일 똑똑하다고 도토리 키 재기를 한다. 어느 날 허약한 토끼가 혼자 있다가 도토리 떨어지는 소리에 놀라 뛰기 시작했다. 잠시 후에 만난 노루가 무섭게 뛰어오는 토끼가 심상치 않아 뒤를 따라 뛰었다. 사슴, 기린, 고라니, 양, 염소 등이 줄을 이어 뛴다. 절벽 끝까지 달려왔다. 이제는 더 뛰어갈 수가 없다. 헐떡이면서 모두 한 자리에 섰다. 마지막에 달려온 염소가 묻기를 "도대체, 왜 뛰었어." "몰라," "몰라," "몰라," 하나같이 이유를 모르고 뛰었다. 사람들도 이같이 아무런 영문도 모르면서 말과 행동에 옮기기를 좋아한다. 내 말이 아닌 이솝우화다.

중학교 2학년 때인 듯하다. 그날은 토요일이어서 HR을 마치고 친구들과 집을 향해 6㎞의 거리를 걷고 있었다. 때는 늦은 봄, 일제가 일본군 제복과 같이 만든 검은 교복은 사십여 년이 지나도 바뀌지 않아, 작렬한 태양 아래 사람을 더욱 지치게 한다. 식사 때를 어기고도 뱃속에 아무것도 들여 보내주지 않는다고 농성하는 주린 창자가 더욱 힘들게 하는 오전 시간이다. 그 시절 친구들은 누구나 다 느꼈을 것이다. 6~7시간 하는 평일보다 오전 수업만 하는 토요일은 더 지치고 힘들게 만드는 날이라는 것을. 반공일이라고 어른들은 도시락도 싸주지를 않는다. 그렇다고 어른들께 항변할 줄도 모르는 순진한 아이들이었다.

지친 몸으로 도살장을 지나 좁은 협곡으로 이어지는 지름길로 힘겹게 올라가다가, 무심코 뒤를 돌아보았다. 내 눈이 휘둥그레지면서 과녁에 적중한 화살, 무엇인가 말할 수 없는 것이 머릿속까지 박혔다. '어디에서 많이 본 듯한 얼굴인데.' 하는 말은 생각을 지우기 위한 핑계일 뿐이다. 평소에 많이 보아온 풍경인데 왜 그럴까? 같은 반 여학생이 어른 같이 점심밥 광주리를 머리에 이고 뒤따라오는 것이다. 저 아이는 어느새 집에 돌아와 들에 일하는 어른들을 위해 처녀 흉내를 낸단 말인가. 그 여학생을 얼굴 붉히며 말 더듬어야 할 만큼 마음속으로 생각한 그러한 이유에서는 아니었다. 너무 의아해서 쳐다보고 있는데, 또다시 처녀 흉내를 낸 듯한 모습이 머리를 경직하게 한다. 나를 보더니 옷매무새를 매만지며 무언가 의식했다는 어른 같은 모습이다.

어려서부터 생각하기를 좋아했고, 무엇인가 심취해서 생각하면 해결의 시원한 해방감을 느끼기 전에는 그 무엇도 내 머리에 들어오지 못하게 하는, 그 병이 또 나를 괴롭히는 것이다. 연모하던 여학생도 아니라면서 무엇 때문에 생각을 석고상으로 만든단 말인가. 오고 가며 많이 보는 농촌의 여인네들 모습이 아닌가, 하고 함께 가는 친구들이 내 생각을 들여다보았다면 그렇게 말하였을 것이다. 지금까지 머리를 어지럽힌 생각들을 모아 일렬횡대로 세워 보자.

'나를 포함한 남자들은 아직 장난꾸러기 철부지인데, 왜 여자아이들은 저렇게 먼저 성숙하고 조숙해서 우리의 생각과 행실을 뛰어넘을까?'

이 생각으로 꽉 찬 머리를 안고 집으로 오면서 친구들이 불러도 대답은 건성이고, 이마에 땀이 흘러도 닦을 줄도 모르고, 배가 언제 고팠는지 온통 머리에는 여학생이 머리에 인 짐과 앞섶을 매만지는 어른다운 행실이었다. 그런데 나는 고삐 풀린 망아지가 아닌가. 그런 생각은 머리가 크면서도 시원스러운 답이 안 나온다. 그러다가 늦게야 겨우 알 수 있었던 것은 사람은 연령 따라 발달 주기가 있는데, 여자는 고3까지 남자보다 훨씬 빠르다는 사실을 알았다. 의문의 꼬리는 알면 알수록 쫓아간다. 늦게 철이든 남자들은 고3 이후 상 곡선을 이루다가, 늙어지면 할머니들에게 추월당하다 못해 세 살 어린 아기 취급을 받아야 한다. 그것 역시 늦게 배출되는 여성 호르몬 덕이다. 그런 기초적인 발달심리학 정도는 일반적인 상식이 아닌가. 그러나 어른을 흉내내는 그 친구로 인해서 많은 것을 생각하게 했던 어린 시절이 지금 돌아보니 대견스럽게 느껴진다.

내가 늙어 다시 어린아이로 돌아가는 그때를 생각해서 아내에게 미리미리 점수를 따야겠다. 때가 되면 맘마도 먹여주고 쉬도 봐줄 것이 아닌가. 내가 이렇게 철이 난 것도 따지고 보면 도살장 협곡에서 여학생을 만난 덕이다. 꼬마 아가씨, 고맙소이다. 우리 인간은 앞서거니 뒤서거니 추월 경쟁을 하지만, 우리 백 미터 앞에는 죽음이 있다. 이제 그 준비를 마치고 두려움을 떨친 자들만이 행복과 기쁨이 우리를 반긴다. 인간 추월 경쟁은 부자나 빈궁한 자, 지식인, 무식자도 틀에 박힌 학교 운동장 돌기와 같은 것이다. 하루하루 마무리하는 인생길을 많이 사랑하며 철저히 준비하기를 두 손 모아 권면한다. 그때 점심 광주리를 이고 오던 소녀가 지금은 강원도 깊은 곳에서 살던데 지금 내 생각보다 앞섰을까 뒤처졌을까. 그것이 알고 싶다.

/

나를 건축하는 지혜

아침에 눈을 뜨니 배아래 동네에서 화장실에 가보라 소리를 친다.

밤새 감옥살이하던 치아도 칫솔을 찾고 있다. 그 사이에 벌써 의좋은 두 손 형제는 새벽기도 가자며 성경을 들고, 몽롱한 머리는 누구를 따를까 지원군까지 요청하고 있다. 이른 아침부터 나는 이렇게 혹사가 아닌 바쁘고 즐거운 일정이 시작된다. 바쁘다 하여 어느 한 가지쯤 건성으로 살다간 영락없이 정신병원행이다. 그러면 누가 제일 고생할 것인가.

어느 유명한 건축 기술자가 있었다. 그의 기술과 재능은 뛰어나서 큰 건축회사에 특별 채용되어, 오랫동안 몸담아 살면서 많은 사람에게 경제적 도움을 주었다. 그러나 흘러가는 세월은 막을 수 없는 일, 은퇴할 나이가 된 것이다. 사장은 그에게 마지막으로 집 한 채를 잘 지어 선물하려 한다. 그 집을 본인이 직접 짓도록 했다. 이젠 이 건축일도 마지막이라는 것을 느낀 기술자는, 자재를 최대한 줄이고 청구서에는 정상 금액을 청구하였다. 건축이 모두 끝나는 날 사장은 새집 문 앞으로 그를 부르더니 이런 말을 한다.

"그동안 회사를 위해 많은 수고를 했소. 내가 선물로 이 집을 당신께 선물 하리다."

하며 열쇠를 넘겨주는 것이다. 건축 기술자는 크게 후회를 하였다. 일평생 건축 재료를 속이지 않고 양심껏 일해 왔는데, 정작 자기 집 짓는 일에는 한순간 잘못 생각함으로 부실 공사를 하였다니 기가 막히다.

우리 사람들은 모두 세상에서 건축하면서 산다. 건축가이든 아니든 모두 건축을 한다. 어떤 사람은 지식으로 건축하고, 어떤 이는 재물, 정치, 인기, 명예, 기술, 종교 등 모든 사람의 건축물은 조금씩 다르다. 그 가운데 가장 훌륭한 건축은 나를 건축하는 것이다. 내 인격을 건축하고 종교의 믿음을 건축한다. 그것은 사람들에게 가장 중요하다. 다른 건축물은 이 땅에서 필요한 건축물이지만, 인격이나 종교의 믿음은 이 땅에서도 유용하거니와 내세에서 큰 열매를 얻을 수 있기 때문이다. 정말 구미가 당기고 바람직한 건축물이 아닌가.

나무는 춥고 어려운 겨울이 닥치기 전 미리미리 잎을 떨어뜨리고 줄기에 수분을 줄인다. 잎이 푸르고 수분이 흠뻑 머금은 상태로 겨울을 맞으면, 수분이 얼어붙어 나무는 죽고 말 것이다. 잎을 떨어뜨리고 수분을 최대한 줄여, 생명만 겨우 연명할 때 다음 해에도 무럭무럭 자랄 수가 있다. 말 못하는 나무도 자기 건축을 이렇게 잘하거늘 만물의 영장인 우리 사람이 저 식물만도 못해서야 되겠는가. 이 땅에서 죽음의 겨울이 오기 전, 필요한 잎들은 하나둘 떨어뜨려 버리고 새로운 세상에서 필요한 믿음의 수분만 준비하면, 천국에서 새로운 계절을 만나 아름다운 열매를 맺을 것이다. 대 자연 만물 보다 우리는 지혜롭고 똑똑한 만물의 영장이요, 사람이다. 저 식물들한테 부끄럽지 않고 지혜롭고 성실한 인간이다. 주저할 시간이 없다. 더는 푸른 잎을 달고 겨울을 맞이하려는 오류를 범하지 말자. 단풍을 보고 즐거워하기만 했던 우리였으나, 단풍같이 나무 등걸을 위해 희생하고 버림받을 줄 아는 이치를 배우자. 겨울은 특정한 사람만을 위한 것이 아니다. 그래서 모든 나무는 단풍이 들고 수분을 줄여서 준비한다.

인생 겨울은 특정인을 위한 전유물이 아니다. 나도 아내도 부모도 자녀도 맞이해야 할 추위다. 오늘 가까운 지인의 임종 부음을 들었다. 분명 이것은 먼발치 사람만을 위한 것이 아니었다. 아침에는 차가운 바람을 애처롭게 매만지며 서릿발을 밟고 산길을 걸었다. 소나무, 단풍나무, 낙엽송, 때죽나무 어느 하나 녹색 잎 피우며 한가롭게 봄철 맞을 준비는 하지 않았다. 하나같이 북풍한설과 한판 대결로 결정할 병사들 모습이더라. 저들도 한가롭게 시간을 보내지 않거늘, 마음껏 뿌리 옮겨 다니는 인생이 때를 모르면 되겠는가. 이제 우리 모두 머리를 냉철하게 하여 이 땅에서 많은 눈물과 슬픔을 곱씹었으니, 평화로 채색한 그 세계를 힘써 준비함이 필요하다.

/

안개꽃 인생

어깨에 무거운 중압감을 느끼며 일상처럼 새벽 4시 30분에 일어나기는 했으나, 무겁고 싸한 한기가 느껴져 현관문을 열어보니 화단에 화초들이 초주검이 되었다. 화초들이 당하는 고통을 밤새 나눠서 지느라 내 어깨가 이렇게 무거운가 보다. 어제 황혼 때 예견한 추위라 놀라지는 않았지만, 꽃과 풀들이 늘어진 모습을 보니 서운한 마음 감출 길이 없다.

꽃의 계절, 풀들의 향연을 이제는 볼 수 없다 생각하니 아쉬움이 버럭 내 마음을 움켜잡는다.

싸움에 진 아이처럼 멱살 잡힌 마음을 진정시키고, 다시는 피어나지 못할 것 같은 폭격 맞은 쓸쓸한 화단을 주섬주섬 정돈해 본다. 이 화단에서 피어날 수 있는 꽃들은 손으로 헤아릴 수 없이 많은데, 화분을 채우려는 꽃은 일정하고 그 수가 한정된 듯하다. 모두가 화려하고 우아한 꽃만 선호하기 때문이리라. 화려하기가 왕비 같은 장미도 필요하지만, 시력 나쁜 코뿔소 눈 닮은 자는 보이지도 않을 안개꽃도 없어서는 안 되는 것이 꽃다발이다. 볼품없는 안개꽃은 아무도 키우려 하지 않는다. 그러나 남들이 외면하는 꽃들만 키우면, 꽃을 보는 눈도 마음도 일그러졌다고 말들을 할 것이다. 그렇다고 타인 시선만 의식해서 가꾸는 것은 아니지만 나만 좋으면 무엇 하나, 남들 눈에도 기쁨을 주어야지.

이제 그런저런 생각할 때는 이미 때늦은 세월이다. 인생 시간도 지나면 이같이 아쉬움과 후회로 몸부림치겠지. 그때에 아쉬워할 마음은 지금 만들지 말아야 할 터인데, 모래벌판 위를 제아무리 야윈 사람이 걸어가도 발자국은 남는다. 후회 없는 삶이라 해도 그때는 그러할 것이다. 예쁘고 행복한 꽃을 놓고 내 어찌 어두운 이야기를 할까. 마치 마신 물에 오물을 넣었다 말하듯이 말이다. 화려한 장미같이 우아한 꽃들은 저마다 주인이 있고 너도나도 꺾으려 쌍수를 펴고 있으니 내 몫은 아니다. 나는 화사하지는 않으나 우아함을 받쳐주고, 화려한 꽃 배경 삼는 안개꽃도 좋더라. 비록 한 송이로는 미미하지만, 진실한 마음들이 모이고 모인 안개꽃은 진실과 순수함이 절정을 이룬다. 누구는 꽃이 좋아 산에서 산다고 하지만, 나는야 순수함의 절정이 좋아 안갯속에 묻히고 싶다.

운동선수들이 외로워 싫다 하는 마라톤 경기는, 출발선 앞에서 뛰어나게 앞서는 선수보다 처음부터 자기 호흡을 조절하며 자기 페이스로 뛰는 선수는 결승선에서 두 손을 높이 쳐든다. 우리도 뛰어나게 앞서지 말고, 화려하게 양귀비가 되려고 하지도 말고, 내 몫에 주어진 일생 사명 찾아 호흡을 조절하면 반드시 좋은 영광 있으리라.

어제는 고향 친구들과 서울 시청 앞에서 모임이 있었다. 오랜만에 보는 반가운 얼굴들과 함께 마음은 고향 뒷동산을 올랐다. 잠자리 매미 쫓으며 목청껏 부르던 동요가 생각나 밥상 앞에서 나지막하게 불러 보아도, 추억은 따라오질 않는다. 오지 않는 추억이 아쉬워 남산에 올라가자는 내 제안에 모두 함께 케이블카에 몸을 실었다. 빼곡히 서서 키 높이 경주하는 잡목을 내려다보니, 옛 추억들이 못 이기는 척 느림보 되어 뒤따라온다. 기왕에 올 것이거든 시간 빼앗기기 전에 올 것이지, 이것이 우리 인간 너와 나의 어리석은 생각이리라. 힘 있고 억센 팔 치켜들 때 부모의 정, 인간 도리를 좀 더 알았더라면 더 많이 봉양하고 영성 깊이 기도하고, 봉사하고 보람 있게 살았으련만 뒤늦게 난 철을 귀하게 생각하자니 두 손에 잡히는 힘은 그때가 아니다. 저 밑에 수많은 이들은 저마다 화려한 장미가 되려고 바삐들 뛰고 있다. 이 사람들아, 천천히 앞뒤 돌아보며 쉬엄쉬엄 일하게나, 바삐 뛰면 좌우에 황급히 지나치는 경치와 하늘도 보지 못하네. 모두 다 지나가 버리면 보고 싶은 경치가 없어 아쉬움에 한전이 날것이다. 이래서 느림의 미학도 유익하구나.

눈 크게 열고 옆과 뒤를 보면 화려하진 않아도 안개꽃이 만발할 것이다. 그것으로 밑받침하여 화려한 장미도 꽃 피우자. 화려함을 꽃피우려면 그것 받쳐 주는 안개꽃 먼저 되자. 화려한 직함 되기 이전에 먼저 사람이 되어라. 모두가 먼저 화려한 장미만 되려 하네.

/

투병하는 친구에게

질병과 힘 겨루는 친구야, 사람은 누구나 평안하고 걱정 없는 단란 속에 살기를 원한다. 그러나 세상은 내 입맛만 맞추려 하지 않는다. 가시밭이 있어서 우아한 꽃송이도 자태를 자랑한다. 가시와 꽃송이는 세상 모든 사람에게 공평하게 지분을 주었다. 그러나 얼마나 적재적소에 기회를 잡았는가는 매우 중요하다. 원하였든 원치 않았든 때 늦으면 모두가 아쉬움에 젖을 뿐이다. 세상은 내 의사와 관계없이 불행을 주지만 그것을 삭히며 소화하자. 그중에 병마와 싸우는 고통은 얼마나 힘들겠나. 지금 이 순간 힘들고 아픈 고통을 덜어주지 못하고 바라보기만 하는 무능을 용서하오.

한 지붕 밑 같은 이불 속에서 잠결에 돋아난 실밥을 발가락으로 함께 뜯어내는 동반자라도 그 고통을 다 알지는 못한다. 가까운 이도 그렇거늘 타인들이야 말하면 말장난뿐이겠지. 세상 살아가는 사람이라면 누구나 당하고 겪는 아픔이 있다. 다만 정도 차이고 먼저 겪고 나

166

중 당한다는 차이만 있을 뿐이다. 아픈 정도가 진하면 진할수록 더 생각하기 쉬운 것은 왜 나만 당해야 하느냐는 생각뿐이다. 실상은 다 같이 지금 당하고 있는데 강도가 높아야만 병인 줄 알고 있는 그것이 더 큰 아픔이요, 질병이다. 현실적으로 고통스러운 친구에게 이러한 글을 올리면 행복한 자들의 투정과 말장난만 될 뿐이다. 질병과 아픔은 누구나 있는 것이다.

어느 유명한 목사 부인인 사모님이 아파서 병원을 찾았는데 위암 말기 판정을 받았다. 수술이라도 하려 개복을 하고 보니, 소화기관 전체에 암세포가 전이되어 손을 쓸 수 없어 다시 봉합하였다. 완전 포기 상태였다. 사모님은 그날부터 절망과 낙망 속에 깊이 빠지게 되고, 그 모든 원인은 목사님이라는 결론에 이르렀다. 결혼을 잘못하여 신혼 초부터 남편 따라 개척교회를 하면서 받은 스트레스, 큰 교회면 더 많은 성도에게서 받은 스트레스 이것들이 나에게 병을 만들었다고 생각하니, 목사 남편이 꼴도 보기 싫고 말하기조차 싫어서 아무 말 없이 살기를 수십일 이 되었다. 이런 일을 고민하던 목사님이 지금은 돌아가신 은사인 감리교 신학대학장 윤성범 학장을 만나 고민을 털어놓았다. 차분히 듣고 있던 윤 학장은 "목사님, 노트 한 권을 사서 사모님에게 주세요. 그 노트에다 다른 것은 쓰지 말고 감사한 일만 적어 달라 해 보세요." 목사님은 사모님에게 가서 당신이 감사한 일만 적어 보라 했다.

"내가 이 형편에 무슨 감사한 일이 있다고 그래요."

쌀쌀하게 말 한마디로 돌팔매질을 하였을 뿐이다.

"나는 미워도 그래도 당신을 낳고 키워주신 부모님과 자녀들도 있지 않소."

사모님이 처음에는 쓸데없는 말장난 친다고 더욱 미웠으나, 곰곰이 생각하니 기왕 죽을 것이라면 자녀들에게 좋은 모습과 글을 남기자 생각하고, 감사한 일들을 떠올리며 써 내려갔다. 부모님, 자녀는 물론이고 미워만 생각했던 목사님이 목회한 교회 집사님들에게 받은 사랑 등등 노트 한두 장으로는 감사를 다 쓸 수 없을 정도이다. 사모님은 감사한 일을 다 쓴 다음에 그래도 죽기 전에 감사한 사람들을 찾아가 인사를 해야 한다, 결심하고 어렵게 걸어 다니면서 모두에게 인사를 하였다. 그런데 이상한 일은 인사하며 다니면 다닐수록 다리와 손발에 힘이 생기는 것이었다. 이것은 어디에서 나오는 힘이란 말인가. 힘을 얻으면 얻을수록 감사는 넘쳐난다.

남편이 노트를 전해줄 때 몇 날 살지 못한다는 시한부 인생이 날이 갈수록 건강이 회복되자 신기하여서 병원을 찾았다. 의사는 깜짝 놀라며 그간 어떤 일이 있었느냐 물으니 사실대로 말할 수밖에 없다. 그분이 지금은 건강하게 남편을 도와가며 목회에 열중하고 있다. 그 사람은 하나님이 특별히 도운 사람이라 일축하지 말고, 감사한 일을 찾는 일로 시작해서 소망의 마음으로 억지로라도 즐겁게 마음을 바꾸어, 병을 미워하는 마음을 버리고 친구로 삼아 함께 걸어가 보시라. 어려울 줄 알지만 큰 도움이 있을 것이다.

✝

"범사에 감사하라. 이는 그리스도 예수 안에서 너희를 향하신
하나님의 뜻이니라."

(데살로니가전서 5장 18절)

육체와 마음이 건강하고 감사한 마음이 샘솟기를 바라네.

어렵고 힘든 병마와 싸우는 친구에게…

/

메시지 건네주는 건장한 그녀

나이가 한 살 두 살씩 늘어가면서 운동에 관한 생각이 바뀌게 된다. 이삼십 대에는 특별한 운동에 대한 기술도 취미도 없으니 외면하면 그만인 줄 알았고, 40대 들어서는 운동에 필요성을 느끼면서 젊어서 익히지 못한 것을 뒤늦게 배우고 익혀 무엇 하랴 했다. 오십 대가 되니 운동이라는 친구가 소중한 것임을 절실히 느낀다. 가까이 해보려니 그간 멀리했던 친구가 어찌 내 몸과 마음에 익숙할 것인가. 그 친구의 이모저모를 찾다 보니 걷기와 등산은 나에게 맘과 뜻이 잘 맞는다. 나만 그런가. 했더니 나보다 일찍 터득한 선배들은 친숙한지가 이미 오래되었나 보다. 산에 오르면 원색 복장으로 땀을 씻고, 곧게 뻗은 대로변과 운동장 공원엔 눈 찌르도록 치켜드는 억센 손이 친숙했음을 말해준다.

어느새 나도 산에 가면 등산친구가 반겨주고 길 위를 보행하면 정강이가 웃어준다. 그 미소를 잊지 못해 따르다 보니 어느새 남산 길을 오른다. 얼굴에 함박꽃웃음 지으며 인사말 하는 앞사람 눈을 보니, 청순하기가 나의 표현력 부족이 원망스럽다. 청순한 눈은 산에서 운동친구에게 선물로 받은 가보다. 나도 어서 빨리 올라 청순한 눈매를 갖고 싶다. 오르다 보니 어느새 숨이 턱에 닿는 깔딱 고개에 이르렀다. 앞에 가는 젊은이도, 뒤따라오는 아주머니도 오뉴월 태양 아래 달구지 끌고 가는 황소 숨결을 닮아간다. 거친 입김으로 발밑에 쌓인 흙먼지 날리다 보면 하늘빛이 나를 반긴다. 정상에 올라 커다란 소나무 등걸에 못 박힌 듯 기대어 다리를 펴니 발아래 바쁜 세상이 한눈에 들어와 품어 달라 손짓한다.

모든 산에는 정상을 눈앞에 두고 턱에 닿는 숨결을 선물하는 깔딱 고개가 있다. 정상이 가까웠으니 겸손하지 않으면 건강을 해친다는 조물주의 경고다. 경고하심에 순응하려 하여도 언제나 내 마음은 또 다른 경치가 궁금하여 발걸음을 재촉한다. 정상에 우뚝 서면 천천히 올라야 하는데 늘 뉘우친다. 발밑 정경과 뿌듯한 성취감, 그리고 솔솔 불어 이마에 땀을 씻어주는 정겨운 바람결 그 사랑이 그리워 산에 오른다. 우리 인생길은 깔딱 고개 넘는 등정 길이다. 왕성한 의욕으로 평탄하고 안일하게 성공 가도를 달려가다 어느 곳에선가 꼭 한두 번씩 힘겨운 깔딱 고개의 거친 숨결을 느낀다. 많은 사람이 거친 숨결을 이기지 못하고 다리 뻗고 쉬어가려다 가쁜 호흡이 싫다 포기하며 쉽게 살기를 바란다. 요행히도 실패의 고난을 이기고 정상에 성취감을 느껴 우뚝 서면, 발아래 보이는 세상을 향해 교만도 따라서 우뚝 서니 어김없이 쓰러져 안전하게 하산하지 못한다. 깔딱 고개를 오르며 훤히 보이는 정상에 도취 되어 자신의 숨소리도 듣지 못하다가 저항도 못 하고 쓰러지는 이들은 또 얼마나 많은가. 아직 만족하지 못해 숨이 가빠도 정상에 올라 부러움이 없어도, 산을 보고 겸허하게 배우고 익히자. 겸손한 자만이 건강한 마음과 몸으로 아름다운 세상을 채우는 일원이 되리라는 진리를 익히면서 말이다.

산은 도토리를 만들었지만, 도토리 키 재기는 절대로 하지 않는다. 사람은 도토리 만들 줄도 모르면서 도토리 키 재기만 일삼는다. 라는 매력 있는 문구를 어느 책에선가 읽은 적이 있다. 우리 사람은 본연의 자세도 모르면서 남의 떡 넘실거리는 철부지 아이 같다. 많은 생각을 심어주는 산이 좋아 올랐더니, 오늘도 너는 나를 속이지 않고 한 아름 안겨 주었구나. 너만 찾으면 다정한 연인처럼 새로운 기쁨을 안겨주니 나로 중독자를 만드는구나. 집 나설 때는 혼자 무슨 재미로 청승인가, 마음에 회초리를 날렸지만, 전리품 한 아름 얻고 보니 내일이 또 기다려진다.

나와 같은 알곡 얻고 싶은 이들이여, 다시 내려올 산 무엇 때문에 오르는가, 원망 서린 핑계 말고 올라만 오이소.

건강 챙겨 보낼 작정하고 산은 기다리고 있소. 메시지만 건네주는 건장한 그녀인 줄 알았더니 고이 길러 시집보낸 딸 바리바리 싸주는 친정어머니 성품일세.

재래 화장실과 말의 상처

초등학생의 어린 몸으로 내 일생에 딱 한 번 잊을 수 없는 이상한 도움을 준 적이 있었다.

그것과는 달리, 어린 새싹이 당한 위기를 징그러운 벌레 깔아뭉개 듯 매몰차게 대했던 못난 스승을 만천하에 고발하노라. 허리 굽은 할머니가 따스한 아지랑이 숲에서 떠오르지 않는 기억을 생각하려 고심하다 고개조차 구부러진 할미꽃 같이 지난 수십 년 전을 헤매다가 기억의 영상이 떠올라 소리쳐 외쳐 본다.

최고의 고학년이라고 어깨에 힘이 오르던 6학년 어느 봄날이다. 강성목 담임선생님이 일장 훈시를 하신다.

"에, 이제 최고 학년이 되었으니 너희가 동생들을 돌보아야 한다. 해서 오늘부터 저 뒤에 앉은 큰 학생 순으로 다섯 명은 매일 1학년 1반 화장실 청소를 한다."

그중에 나도 포함되었다. 냄새나는 재래식 화장실을 청소하는 고통보다 어쩐 일인지 마음이 더 뿌듯하다. 어린 동생들을 돌본다는 선생님의 보약 처방이 그새 약효를 본 것이다. 오랜 후 뒤돌아 생각해 보니 그것은 선생님이 작업시키는 방법이었다. 성인이 되어서 나도 사람을 쓰기 전에는 반드시 보약 처방을 쓰고 있다는 것을 뒤늦게야 알았다. 칭찬, 식사 접대, 선물 등을 써가며 선생님이 쓰신 그 방법대로 말이다.

빗자루와 양동이를 들고 양어깨에 빵빵하게 들어있는 바람 찬 풍선을 흔들며, 룰루랄라 콧노래를 부르며 화장실을 향해 힘차게 걸어간다. 저학년 동생들을 만날 때면 어깨에 든 풍선에는 정체 모를 바람이 또 힘차게 잘도 들어간다. 화장실 앞에 이르렀을 그때다. "으아악! 으아악!" 어린 여자아이 비명이 사이렌 소리같이 화장실 안에서 들려왔다. 그러나 'O학년 O반'이라는 문패만 붙어있는 똑같은 화장실이 스무여 개 줄줄이 나열해 있으니, 어느 곳에서 구조를 요청하는지 알 수가 있는가. 달리 방법은 없다. 1학년 때부터 귀에 못 박히도록 들어온 노크는 생각할 여유도 없이, 뛰어가면서 화장실 문을 열어젖히며 확인했다. 다급하게 뛰는 나를 느리다고 원망이라도 하듯 고함은 나를 더욱 재촉한다. 스무 개의 칸을 확인했을 무렵, 열어젖힌 화장실 안에서 1학년으로 보이는 여자아이가 눈을 의심하게 한다. 네모진 용변 구멍에 빠져 머리와 양손만 걸쳐 있다. 생각할 여유도 없이 뒷덜미를 잡고 끌어 올리니 무릎 위까지 오물이 뒤범벅되었다. 문밖에 내려놓고 보니 이것을 어찌해야 좋을지 머릿속이 정리가 안 된다. 화장실 밖으로 데려가니 금세 아이들이 스크랩을 짜듯 둘러선다. 1학년 같은 반 아이가 담임 선생님을 모시고 왔다. 남자 선생님이었다. 그분은 느닷없이 고함치며 다그친다.

"야 이놈의 자식아, 나이가 몇인데 화장실도 제대로 못 가냐. 그러니까 친구들에게 따돌림당하지. 야, 너, 너, 너. 너희는 친구니까 강물에 데려가 씻겨."

두려움과 부끄러움, 거기에다 선생님의 욕설로 오들오들 떨고 있는 1학년 어린아이가 불쌍하다 못해 처절하였다. 친구들을 따라 남한강으로 내려가는 뒷모습이 내 친동생같이 측은하다.

어린 제자는 지금 막 바위틈에서 살아가려 몸부림치는 소나무가 뿌리째 뽑힐 위기를 막 모면했는데, 무슨 독설을 어린 새싹에 쏟아 붓는가. 어린 제자에게 위로하고 부끄러움을 씻어 주었으면 일평생 잊을 수 없는 스승으로 자리 잡았을 터인데, 사랑하는 제자를 건져다 준 내 손이 부끄러웠다. 다행스럽게 그 선생님의 이름을 내가 기억하지 못함이 내게 큰 복이다. 만일 이름과 얼굴을 지금까지 기억했다면 또 얼마나 미워하며 두고두고 악담을 퍼뜨렸을까.

약 20년이 지난 어느 날, 고향 집을 찾았을 때 여섯 살 적은 여동생 친구들과 제천 어느 마을 동생 친구들이 방안에 가득 모였다. 예전 화장실 사건을 이야기했더니, 제천 아가씨들이 배꼽이 빠질 듯이 웃는다. 이야기 소재가 웃음을 자아낸 줄만 알았더니 그것이 아니다.

"오빠, 저 아이가 바로 그 친구예요." 어느 아가씨가 그렇게 말하자 얼굴을 감싸고 뛰쳐나가는 친구가 있다. 나도 그도 얼굴을 기억할 수가 없었다. 그 길로 쫓겨 간 후 지금껏 만나보지 못했다. 세상은 참 좁고도 위험스러운 것이다. 나도 그때 1학년 담임 선생님같이 동생 친구들 앞에서 화장실에 빠진 아이 욕을 했다면, 나의 인격은 마루 밑을 눈치 보며 드나드는 생쥐 꼴이 되었으리라. 이래서 그분은 내게 이렇게 교육을 하셨나 보다.

✝

"말이 많으면 허물을 면키 어려우나, 그 입술을 제어하는 자는 지혜가 있느니라."

(잠언 10:19)

미국에 있는 '킴 웍스'는 한국인이다.

한국 전쟁 때 비행기 폭격으로 실명했다. 앞이 보이지 않은 그도 부모를 따라 피난을 갔는데, 어느 벼랑에서 앞이 보이지 않는 그는 발을 헛디뎌 벼랑에서 떨어졌다. 야속하게도 부모들은 그를 버리고 갔단다. 피난길에 방해가 되었기 때문이다. 부모를 원망하며 울고 있는 그를 미군이 부대로 데려가 키웠다. 전쟁이 끝나자 미국인을 따라가 10살 때 입양되었다. 그러나 아이는 친부모에 대한 증오심으로 폐쇄적인 아이가 되었다. 누구에게도 마음을 열지 않고 미움과 증오심으로 똘똘 뭉친 아이다. 그러나 양부모들은 날마다 성경을 읽어주고 기도해 주었

다. 가장 많이 읽어준 성경은

✝

"너희는 이전 일을 기억하지 말며 옛적 일을 생각하지 말라. 보라 새 일을 행하리니… 이 백성은 나를 위해 지었나니…"

(이사야 44장 18절)

인내하며 사랑한 결과, 그는 마음을 열었다. 양부모는 그에게서 재능을 발견하여 음악공부를 시켰고 오스트리아 빈으로 유학하여 유명한 소프라노 성악가가 되었다. 그가 한국에 와서 말하길

"어려서 나는 절망의 터널을 가야 했지만, 하나님은 나에게 어둠을 밝히는 빛이 되라 하셨습니다."

라고 절망의 터널을 가는 사람에게 꿈을 심어주었다.

그때 1학년 동생이 선생님에게 받은 상처로 폐쇄적이지 않기를 바란다. 지금은 이미 성장하여 중년 어머니가 되어 있겠으나, 우리는 작은 아이에게라도 상처를 주지 말아야겠다.

어두운 터널과 말의 상처는 잊고 밝은 모습으로 다시 한 번 만나보고 싶구나. 공포의 화장실이 아닌 생명의 말씀이 있는 하나님 성전에서 말이다.

/

풍류 총각의 마음도 모르는 소녀

유독 산을 좋아하는 별다른 소년이 있었다.

아마도 소년은 산 친구로 태어났고 산이 소년의 장래를 만들었나 보
다. 남들은 무섭고 외롭고 쓸쓸하여 싫다 하는데 무엇이 소년을 그렇
게 만들었을까? 전설에 따르면 거미머리 같이 생겨서 처음으로 '거미
재'라고 불렀다는 마을이다. 거미 머리같이 생긴 가마바위산을 등으로
삼아 배꼽 같은 위치에 사는 소년이다. 그 동네는 해발이 높아, 병풍
처럼 두른 산 뒤편에 면소를 지나 북쪽으로 이웃 면에 이르도록 훤하
게 트인 풍광을 보노라면, 해묵은 체증이 내려가듯 시원스럽게 멀리까
지 보인다. 소년이 사는 곳 뒤편에 있는 높은 재 언덕은 없다. 높은 산
들이 많지만 그렇게 보일 뿐이다. 남쪽으로도 그렇다. 높은 산이 막히
지 않아 가마바위산에 오르면 남과 북으로 이웃 면 턱밑까지 보인다.
밤이면 아득한 산 위로 흐릿하게 비치는 10만 명이 상주하는 제천 시
내 불빛으로 도시를 꿈꿀 수도 있었다. 가마바위산 산등성에 올라 단

178

숨에 삼 개 면을 뛰어넘어 귀 기울이면, 들릴 듯한 화려한 도시냄새가 있었다. 자연스럽게 소년이 산을 친구로 삼는 좋은 원인이 되었다.

화려한 꿈 자락에서 복음의 생명력이 심어진 소년은, 밤마다 언덕 위에 십자가가 우뚝한 하얀 집 교회 마루에 꿇어앉아 소리쳐 기도하고 교회 뒷길을 따라 가마바위산에 오른다. 소년을 돕겠다고 길을 밝히며 비춰주는 달빛은 소년의 뒷주머니에 무엇인가를 반짝이며 반사한다. 그것은 어김없이 꽂혀있는 퉁소와 하모니카 피리다. 소년은 산사람인가, 소리꾼인가. 가마바위산 정수리에 앉아 악기 부는 양 볼이 찢어지는 통증을 수차례 거듭해야 일어나는 별난 아이다. 그것을 하루도 빠짐없이 반복하니 배꼽 같은 마을에 모여 사는 사람들도 악기 음률 가락이 고요함으로 길들어졌으리라. 친숙한 배꼽 때 같은 사람들은 오늘까지도 그때 그 소년을 만나면 말한다.

"퉁소 총각 또 가마바위 장등에 올랐네."

어느새 소년 이름은 '퉁소 총각'이 되었다. 소년이 사는 건너편 마을에는 문밖을 나오고 싶어도 나올 수가 없는 가엾은 소녀가 살고 있다. 그도 한동안 퉁소 총각과 같은 또래 소녀들과 하얀 옷깃에 풀 먹인 교복을 입고 청순함을 자랑하던 예쁜 공주였다. 어느 날 하굣길에서 높이를 자랑하던 시영대이 고갯마루에 서 있는 느티나무 그늘 밑에 눕더니 힘없이 소년에게 말했다.

"애, 나는 너무 아파서 못 가겠어."

소년은 애가 탔다. 또래 아이를 업고 갈 힘도 없거니와, 남녀가 손 잡는 것만 보아도 동네방네 입소문이 그냥 두지 않을 것이니 이를 어찌하면 좋단 말인가. 발을 동동 구르던 소년은 소녀의 책가방을 들고 소녀의 집을 향해 힘차게 뛰었다. 무거운 책가방을 두 개나 들었으니 힘겨울 것이나 한가롭게 그것을 논할 때가 아니다. 따가운 햇볕이 고통스러운 힘을 보태어 소년은 땀과 먼지로 뒤범벅이 되었다. 대문을 들어서는 소년을 보고 소녀의 아버지는 화들짝 놀랐다. 딸의 책가방과 땀 흙먼지로 얼룩진 얼굴을 번갈아 보면서 심각한 정황을 느낀다. 소녀의 아버지는 자세한 내용을 들을 결의도 없이, 소년처럼 소년이 달려온 방향으로 뛰기 시작했다.

오늘같이 급한 날은 태양이 못 본 척 숨어주면 좋으련만, 이글이글 익어버린 붉은 얼굴을 자랑하며 유난히도 많은 사람을 괴롭히고 있다. 소녀는 그날로 누워서 집 밖을 나오지 못했다. 왕진 온 청풍 보건소 공의 말이 급성뇌염이 깊어 생명이 위독하단다.

어느 아침 소년은 급하게 학교에 가는데 소녀의 어머니는 대문 앞에 기다렸다가 소년을 붙잡고 눈물을 글썽인다.

"어머니, 친구는 좀 어때요."

그래도 그냥 눈물만 흘린다. 한참 후에 어렵게 하는 말이

"이봐요, 학생. 우리 애가 글쎄 하모니카 퉁소 소리 들릴 때쯤 되면 문을 열어놓고 그 소리만 기다려. 그 소리 들으면 아픈데 잊어버린다고"

엄마는 유리구슬 같은 눈물을 주르륵 흘린다. 그 눈물이 태산 같은 아픔을 잘 설명해 주었다. 새로운 이유가 소년을 산에 안 오를 수 없게 만들었다. 소녀의 기다림을 생각하면 밥을 굶어도 칠흑같이 어두워도 무서울 까닭이 전혀 없다. 소년은 하루도 거르지 않고 기도하는 마음으로 산 위에서 가락을 날려 보냈다. 어서 빨리 일어나 웃으면서

학교에 가자 간절한 마음을 실어서 흩날린다. 그러나 소녀는 아픔을 잊으려고 하늘나라로 등교하였다.

그날 밤, 퉁소와 하모니카 피리 소리는 아픈 소년의 마음을 싣고 구슬프게 소녀의 창문을 밤새 두드렸다. 퉁소 가락은 눈물방울이 되어 소녀의 방문을 두드렸지만, 눈물방울은 돌쩌귀만 적시었다. 가락은 되돌아오고 또 되돌아온다. 그날 이후 그 문은 영영 열리지 않았다.

가락이 창문으로 들어가지 못하고 되돌아오는 것을 아리게 느낀 소년은, 오늘 밤도 내일 밤도 아니 가마바위산이 허물어지는 그 날까지라도 가락을 날려 보내겠다 다짐을 해 본다. 그러면 하늘나라까지 이어지리라 믿으면서, 소년은 칠흑같이 어두운 밤에도 힘없는 발길은 가마바위 산등성을 배회하며 거닐고 있다.

그때 그 소년이 피리 하모니카는 어찌하고 언제부터 여기 천광교회에 와있는가. 참으로 얄궂데이, 허나 퉁소보다 다급한 나팔을 불어야 하였기에 여기까지 온 것이다. 그 나팔 이름은 '복음의 나팔'이라오.

/

태안 앞바다 기름 덩이의 외침

태안 앞바다 기름 제거하러 가기 위해 이른 새벽부터 마음이 부산하다.

충주 시청의 대형버스 2대 지원을 받고 승합차 5대로 분승한 134명이 새벽 6시에 출발하였다. 1월 하고도 31일이란 날짜만 기억하고 있는 흐릿한 머리로 늦잠을 자고 싶어 모르는 척 눈 감고 있는데, 둥글고 네발 달린 용감한 버스 맹장을 앞세우고 눈감은 화상을 밀어붙인다. 보이지 않는 창밖 풍경을 보려고 얼어붙은 차창의 성애와 눈꺼풀을 번갈아 비비는 사이에, 벌써 서해대교 아래 행남도 휴게소에 도착했다. 준비한 도시락을 차 안에서 말끔히 청소하고 휴게소에는 체내 부산물 유출이란 부담만 잔뜩 안겨주고 대교로 오른다.

지난해 오십 중 충돌로 개통식 축포가 검은 기름보다 진한 오물을 흠뻑 뒤집어쓴 악명 높은 다리다. 3시간 30여 분을 경과 하여 도착하니 9시 반이다. 물때를 맞추려면 11시에 점심을 먹고 12시부터 시작해야 한단다. 새벽 공기 속에 눈 비비며 부산 떨 때와는 또 다른 얼굴로 나타난 시간이다. 시간을 보내는 쓸데없는 말은 이런 시간에 쓰도록 만든 말인가 보다. 역시 세상엔 버릴 것이 하나도 없다. 우리만 아닌 많은 사람과 함께 로봇 복장을 하고 펭귄 걸음으로 해변으로 들어간다. 보아도 기름은 없고 말끔하다. 가까운 곳은 이미 닦아서 먼 곳으로 가려나 했는데, 그 자리에서 작업하란다. 바위는 검은색이지만 문질러도 묻어나지 않는 흰 보자기들이다. 가슴속에서는 벌써 이렇게 외친다. '이렇게 닦을 것 없는 곳이라면 인력과 시간 낭비 아닌가.'하고 불평을 끄집어낸다. 불평은 가져오지 않았는데 말이다. 한 사람의 수고로 나눠주는 나무젓가락을 찔러 묻혀내니 조금은 검은 천으로 변했다. 그래도 성에 차지 않는다. 그 생각은 잠시뿐 유전을 발견했다. 모래를 들치니 뭉쳐진 기름이 그 속에 다 숨어있다. 수건으로 묻혀내도 한이 없다. 뱃속에서는 역겨운 냄새를 거부한다.

저만치에서 삽으로 파고 바닷물을 퍼 올려 씻고 기름을 제거하는 종이로 묻혀낸다. 그것은 큰 공사였다. 표면에는 다 닦았지만, 땅굴에 숨어있는 공비토벌이다. 이렇게 소중한 작업인데 성급하게 불평이 올라왔으니, 어리석은 나는 사물의 전후 하나님의 섭리 한 치 앞도 모르면서 불평 속에 살아왔던 나를 자책하며 꾸짖는다. 그때 가슴 저 밑바닥에서 고함치는 소리가 파도조차 놀라 소리치게 한다.

"네 겉모습은 그리스도인으로 포장되었지만 한 뼘 가슴 헤치면 검은 기름 덩이가 있음을 알지 못하느냐"

그렇게 파헤치고 닦고 마음속을 돌아보는 사이에 집으로 돌아가야 할 시간이 되었다. 돌아가는 버스를 타고 오는 내내, 검은 기름 덩이가 소리쳐 외치는 소리는 5분을 달려야 끝이 보이는 서해대교 위에서도 떨어질 줄을 모른다.

그때 옆구리를 치는 괴물체가 내 손가락을 부른다. 잡고 보니 해안에서 들고 온 돌이다. 주위에 있는 모든 돌은 기름 뒤집어쓴 검은 돌로 변했는데, 유독 이 돌만은 어릴 때 굴리며 놀던 깨끗한 사기 구슬 빛을 발했다. 너는 용케도 검은 광풍 위기를 잘도 넘겼구나. 장화 옆구리에 찔러놓았다가 인생 본보기 삼고자 납치해 왔다. 우리도 서해안 태안반도가 기름띠로 덮인 것 같이 많은 위기를 종종 당한다. 그때마다 내 운명으로만 체념하지 말고, 진흙과 오염된 폐수 속에서 꽃피우는 연꽃이 되어 내가 선 공간을 아름답게 장식해 보자. 그러면 인류의 가슴속에 기쁨은 보름달 되어 안기리라. 인생 본보기가 되는 작은 보석 돌이, 피곤함에 잠들려는 나에게 인생 위기를 극복하라고 사정없이 다그친다. 지금은 비록 앞이 안 보이는 캄캄한 터널이 있어도 거센 파도 타고 일어나자.

두더지는 캄캄한 땅속 진흙을 뒤집어쓰고 일어서도, 탈탈 털어내고 태양 빛을 모으는 소망의 굴만 만든다.

/

앉은뱅이네 궁전 낙성식은 했으나…

의학의 발달 덕인가, 문명의 혜택일까.

지금은 앉아서 걸어야 하는 안타까운 사람을 거의 볼 수가 없다. 건강하다는 사람도 잠시만 쪼그려 앉았으면 온갖 관절들이 아프다 소리치는데, 평생을 앉아 사는 그들은 얼마나 고통스러울까.

지금으로부터 45여 년 전이다. 14살 때 중학교 1학년 서선주 담임 선생님이 철부지를 이끌어 주시던 그 시절이다. 등교 시간이면 어김없이, 팔영루 처마 밑에서 구슬 같은 돌기가 덕지덕지 붙어있는 얼굴과 키 큰 마누라와 서너 명 똑같은 아이들이 옹기종기 모여앉아 얻어 온 아침밥을 먹고 있었다. 그들이 어쩌다 보이지 않으면 간밤에 톱날같이 예리한 추위에 얼어 죽었나 궁금증을 만들어내던 궁금증 공장이었다. 그래도 앉은뱅이는 더는 바라지 않는 욕심 없는 눈빛이었다. 그 평화로운 앉은뱅이 가족들의 사랑스러운 눈동자를 오늘에는 찾아볼 수가 없다. 내가 그런 눈빛으로 세상을 보지 못하여 생긴 현대인의 눈을 어찌 탓할 수가 있겠는가. 냉정한 눈빛을 보는 내 마음은 언제나 가슴 한편에 중압감을 느낀다.

어느 날, 수업을 마치는 종례시간에 서선주 선생님은 사랑이 담긴 눈을 뜨고 이렇게 말씀하셨다.

"우리가 십시일반 하여 앉은뱅이에게 움집을 지어 주자."

집 가까운 친구들은 볏짚을 몇 단씩 가져오고, 남자 선생님들도 동조하여 기둥과 석가래 새끼줄을 구해왔다. 농업 선생님은 이엉을 엮고 우리는 운동장 오른쪽 끝 측백나무 울타리 밑에 한두 평쯤 되는 네모난 웅덩이를 팠다. 어느 친구는 삽에는 손도 안 대고 입으로만 잘도 판다. 그가 파는 웅덩이는 돌도 나오지 않는 푹신한 모래땅인가 보다. 땀 흘려 구덩이를 파는 실제 땅 역시 자갈 없는 모래땅이다. 모래땅을 파면서 불길한 생각이 섬광처럼 머리를 스쳐 간다. 며칠 전 교회서 목사님 설교시간에 하신 말씀이 기억났기 때문이다.

"나의 이 말을 듣고 행치 아니하는 자는 그 집을 모래 위에 지은 어리석은 사람 같으니…"

(마태복음 7장 26절)

이렇게 선한 마음으로 힘을 합해 지은 집이 홍수 소나기에 수고한 값을 빼앗기면 어쩔까, 겁이 덜컥 났다. 공연한 염려를 한다며 운동장 곁에 줄줄이 심겨있는 늙은 수양버들나무 가지를 꺾어 내 마음을 채찍질하여도 아프지가 않다. 좋은 일을 하면서 마음이 기쁜데 아플 턱이 있겠는가.

어릴 때 떡이나 별식을 하면 어머니는 내게 온 동네 집집이 떡을 돌리라 하셨다. 유독 말 잘 듣는 내게 시키셨다. 다리 아픈 줄도 모르고 신이나 뛰어다녔다. 떡 그릇을 받으며 기뻐하는 아주머니들의 모습이 내게는 그렇게 좋을 수가 없었다. 그러는 사이에 번개같이 집 한 채가 우뚝 섰다. 문패는 누가 달아주랴. 그것은 앉은뱅이 가슴에 달도록 못을 남겨주어야 할 것이야. 앉아서 기뻐하며 낙성식을 하는 모습이 측은하고도 보기가 좋았다. 우리는 집을 지어주고 돌보는 일까지 도맡았다. 점심시간이면 반 학생 65명 모두 밥 한 숟가락과 반찬 조금씩 모아서 앉은뱅이 집으로 주번이 가져갔다. 그렇게 보살폈건만 어느 날 모두 수포로 돌아갔다. 말 두면 종 두고 싶다 했던가. 집 없이 팔영루 밑에서 잠자던 때를 생각하고 좀 추워도 참아야지, 불씨를 움집 안으로 가져갔다가 불이 난 것이다. 그렇게도 좋아하더니 한해 겨울도 나지 못하고 태워버렸는가. 조심성 없는 행동이 이제는 미워졌다. 저들은 다시 팔영루 밑에서 추위와 싸워야 했다.

실망하고 낙심한 저들은 그렇게 떠돌다 빈부귀천 구별 없이 마지막에 가야 할 그곳으로 떠났다. 숨이 저서도 편하게 눕지 못했다. 평생 앉아서 산 그는 남한강 변 뽕나무가 많은 밭 뜨락 밑에 대충 모래로 무덤을 만들어 주었으니, 사나운 빗줄기가 그것을 그냥 두었겠는가. 어느 날 아침 교실에 들어서니 반 친구들이 책상 위에 둘러앉아 무용담으로 열을 올린다. 강변 뽕나무밭에서 검붉은 오디를 따먹다가 앉은뱅이 시체를 보았다며, 교실 안은 웅성웅성 말 그대로 야단법석이다. 평생을 팔영루 밑에서 수많은 사람에게 화젯거리를 만들더니, 죽어서도 그 버릇을 버리지 못했구나. 많은 사람의 수고를 값없이 잿더미로 만들더니, 이제는 앉아 걸어야 할 이유도 없고 밥 얻어 올 필요가 없는 곳으로 잘 간 것일까, 못 간 것일까. 파란만장한 일생을 뒤돌아보기나 하고 갔을까.

당신만 특별해서 앉아서 산 것이 아니요. 당신만 특별해서 뽕나무 밑으로 간 것이 아니랍니다. 우리도 인생 한 치 앞도 볼 수 없어 뛰지 못하는 앉은뱅이고, 순서도 없이 가고 있다오. 오늘이 그날일는지 내일이 그날일는지 모르고 살아가는 사람이라면 우리 모두 그날을 위해 준비하고 삽시다. 이 땅에서 앉은뱅이처럼 편치 못하게 살았으니 영원한 나라에서 복되게 살아야지 않겠소. 앉은뱅이 같이 미적거리는 삶은 이곳에서만 충분하다오.

/

누구인지 이제는 자수 하이소

까까머리 중학교 학창시절을 함께 보낸 학교 친구들이 모두 이 글을 살펴보았으면 좋겠다.

현상수배란 보는 눈이 많을수록 유익하기 때문이다. 비록 현상수배 사진은 사정상 없지만, 범죄 진행 과정을 읽고 아득한 추억을 달팽이같이 더듬이질하면 충분히 알 수 있는 사건이다. 나에게는 3년 과정을 겪는 동안 가장 온몸이 저미는 아픔이 있던 추억이다. 찾고자 하는 그 사람도 3년 동안 가장 가슴 두근거리며 두려움 속에서 숨어 보았을 것이다.

때는 여름 정확하게 말하면 서선주 선생님이 담임하시던 1학년 이른 여름이다. 아직 교복과 모자가 좀 어색하던 어느 날, 수업을 두 시간 마치고 휴식종이 울렸다. 고삐 풀린 망아지처럼 뛰어다녀야 직성이 풀리는 망나니들을 교실이라는 궤짝 속에 70명씩 가두어 놓았다. 뱃속에서 콩만 하게 부른 보리쌀 알갱이를 삭히느라 힘겨운 소장 대장 친구들은 울화통이 터졌다. 그 여파로 뿜어대는 메탄가스와 양말 속 열 형제가 화음을 맞추어 날리는 향기가 뒤섞여 질식 안 하는 친구가 이상한 여름이다. 50분 수업하는 동안 입을 막고 호흡을 아꼈다가, 현관문을 열고 뛰쳐나오면서 한꺼번에 몰아마시는 맑은 공기야 은, 금을 준다 한들 바꿀 수 있겠는가.

그러하니 고삐 풀린 망아지보다 더하다 한들 누가 귀싸대기 때릴 건가, 그래서 나도 이리저리 뛰어서 가슴속에 보이지 않는 심장이 헐떡거리며 괴롭히었다. 콩나물 교실에서 한여름에 수업은 받아보지 않은 현대 젊은이들은 이 글을 읽으면서 짐작은 할까, 아니야, 생각이 가까이에 갈라치면 선풍기, 에어컨 바람에 기절하고 한 바람에 날려 보냈으리라. 그런 덕에 나 같은 사람도 과거 무용담에 이렇게 열변을 토할 수 있지 않은가. 그것도 감사한 일이다.

아뿔싸, 심술궂은 수업 시작 종소리가 또 내 귀를 괴롭힌다. 교실로 들어가기 전 그 메탄가스 마실 것을 생각하니 괴롭다. 그래서 가스 희석에 좋다는 두레박 샘물을 퍼 올려 벌컥벌컥 들이켰다. 그리고 검은 모자를 머리 위로 벗어 올리는 순간, 난데없이 날아온 돌이 오른쪽 이마를 강타하였다. 머리통이 두 동강 났는가 하고 머리를 만져만 보고 어찌 되었는지 지금도 그때를 생각하면 통증이 밀려온다. 돌 크기는 때리는 느낌으로 보아 잘 익은 한 톨 박이 알밤보다 조금 컸다. 장소는 우물과 농기구 창고 중간 지점이고 돌 날아온 방향은 지서 뒤쪽이다. 하늘이 노랗고 현기증이 나를 우물물이 흘러가는 하수구에 내동댕이쳤다. 그래도 어느 두 발 달린 개미 한 마리도 부축하는 이 없더라. 교실로 뛰어가기 바쁜 것은 핑계일 뿐이다. 사람이 거반 죽어 가는데 선한 사마리아인이 우리 학교에는 아무도 없었단 말인가. 그렇게 인정이 메마른 학교는 아닌데 웬일일까. 아마 메탄가스 마실 일이 너무나 엄청나서 매일 아침 교장 선생님이 훈시하는 선한 사마리아인 정신은 잊은 것이리라. 몽롱한 의식 속에 야속함을 느끼며 메탄가스를 찾아가려고 억지로 일어났다.

지금도 돌 던진 괴물은 그 일을 생생하게 알고 있으리라. 분명히 내가 죽지나 않을까, 눈동자는 다치지 않았을까, 마음 졸이며 숨어 보고 있었으리라. 내가 그것을 살펴보아야 했는데, 너무 아픈 몸이 곤두박질 속에서 무아지경이었으니 황우 장군인들 버틸 것인가. 이런 경우를 가지고 '청천 하늘에 날벼락'이라 했던가. 돌 맞은 일로만 친다면 선배인 골리앗도 다윗의 돌에는 맥을 못 추었는데 나인들 다를 것인가. 골리앗을 나의 선배로 만들기에는 꿈에도 싫다. 그래서 '돌 맞은 일로만.'이라는 단서를 앞에 달아 둔 것이다. 글 읽을 때 정신 바짝 차리고 읽어야 할 것이야, 그렇지 않으면 '누구누구는 골리앗 후배래.'하고 헛소문 내는 발원 자가 되니까.

내가 가장 사랑하는 조물주께 지금까지도 감사드리는 것은 그때 두 눈을 피하여서 넓적한 이마를 강타하게 하였다는 것이다. 2㎝ 밑 눈동자를 맞았다면, 지금 이런 글을 남겨 현상수배 할 수도 없고 자수한다 해도 눈으로 보고 확인하여 용서할 길이 없지 않은가.

현상수배도 하기 전에 자수할 것을 염두에 두었으니 나는 역시 선한 사마리아 사람을 기다릴 자격이 있는 것 같다. 이만하면 누구라도 현장 감식 없이 범인 체포 할 만할 것이다. 자수하는 범인이 없으면 이 글 읽는 독자가 자원해서 육모 방망이 들고 뛰어보소. 그런다면 내 고향 청풍에 가서 생수 한 사발 떠서 대접하리다. 그 시절에 마시던 우물은 충주댐에 잠겼지만, 이주한 곳도 청풍이니 가져오리다. 기대하겠소.

날벼락 같은 돌에 맞은 사람이…

/

연못의 비밀

바다가 없는 충북에 사는 나의 어린 시절은 간이 수영장을 위한 전쟁터의 연속이었다.

바다가 없으면 집 앞으로 흘러가는 강물이라도 있었으면 얼마나 좋았을까? 여름이면 뜨거운 태양의 열기와 땀을 씻기 위해서는, 동네 앞 높은 언덕을 올라 멀리 보이는 이웃 동네에 있는 강을 향해 뛰어야 했다. 언덕에 올라서면 보이는 강이지만 2㎞를 뛰어가야 수영할 남한강에 이른다. 시원한 강물에 몸을 담그면 달려오면서 쌓인 피로감은 한순간에 지나간다. 달려온 노력이 아까워 싫증이 나도록 수영을 하다 따뜻하게 달아오른 강돌에 앉아 "때때 말라라. 꼬치꼬치 말라라" 하고 놀다 보면, 어느덧 집이 그리워 급하게 옷을 주워 입고 이번엔 집을 향해 뛰어간다.

고갯마루는 절반도 못 올랐는데 이번엔 허기가 나를 지치게 한다.

강으로 뛸 때는 물에 들어가는 시원한 기대감이 피곤함도 느껴지지 않더니, 고갯마루를 보며 뛰어가자니 절망에 허기까지 가세하여 올라서면 녹초가 된다. 그러기를 거듭하던 우리는 힘든 경주를 해결할 방법이 없을까, 머리를 맞댄 결론이 앞산 밑에 작은 개울을 막자는 의견에 일치하여 곧 착수하였다. 삽과 괭이 낫을 각각 나눠 들고, 새마을운동 노래로 합창하며 걸어가는 새마을 역군들이다. 발목에는 이제껏 보이지 않던 힘이 들어갔다. 무거운 돌을 베어온 풀잎에 싸서 누르고 그 위에 흙과 잔디로 덮으니, 훌륭한 수영장이 완성되었다.

만세! 이렇게 좋은 수영장이 있는데 땀을 흘리며 허기진 배를 움켜잡고 뛰었던 날들이 억울했다. 개장 기념으로 시원한 목욕을 즐기고 돌아오는데 외삼촌이 우리가 온 곳으로 가시는 발길이 수상하다. 그러고 보니 연장을 어깨에 메고 새마을 행진할 때, 대문 앞에서 바라보시던 외삼촌 모습이 자꾸 머리를 어지럽힌다. 몸을 숨기고 산에 올라 내려다보니 아니나 다를까 힘써 완성한 수영장을 철거하신다. 고인 물에 토사가 흘러내려 산이 깎인다는 고함과 함께 '쏴―' 소리치며 흘러가는 해방된 물소리는 우리에겐 손가락 끝에서 뚝뚝 떨어지는 핏방울 소리로 들려오는 것은 메아리 법칙일까. 그 같은 일을 여러 차례 외삼촌과 반복했다. 궁리 끝에 다시 찾아간 곳은 아랫마을에 있는 농사용 연못이다. 그곳 아이들은 벌써 나체로 뛰어다닌다. 그러나 그 연못은 정말 들어가기 싫은 곳이다. 수영에 서투른 우리는 물속에 서서 쉬어야 하는데, 서기만 하면 발목이 깊게 빠지는 개흙이다. 그 기분이 싫어서 힘겹게 개헤엄을 하다가 진흙탕 물을 마음껏 먹었었다. 그래서 가지 않으려 한 것인데 가야만 하는가. 고민이 되었다.

집으로 돌아오면서 깊은 생각에 잠겼다. 이다음에 커서 내 집을 지으면 아들딸을 위해 집안에 수영장 같은 연못을 파고 바닥에는 돌을 깔 것이다. 이렇게 설계와 공사를 하다 보니 벌써 내 집 대문 앞이다. 무엇인가 몰두하다 보면 현실을 잃어버리고, 그것이 남들에게 비춰 보일 때 바보 멍청이로 보인다는 사실을 그때 알았다. 에디슨과 아인슈타인이 왜 학교에서 쫓겨나야 했는지 말이다. 그 비밀 같은 사실을 알았고 멍청이가 되었어도 내가 에디슨이 못된 것은 에디슨이 겪었던 그 나이가 아니기 때문일까. 그래도 현실은 현실. 학교는 가야 했다. 수업을 마치고 돌아오는데, 상근이 와 시한이 집 앞 남청 못에는 죽은 개가 떠 있는 까만 폐수인데도 연꽃은 자랑스럽게 피었다. 더욱 이상한 것은 왜 작은 연못인데 가운데 섬을 만들어 나무를 심었을까? 여기서 또 에디슨 흉내를 내보았지만 나는 나인가보다. 무시할 수밖에 없다.

후일에 깨달은 것이지만 연은 뿌리와 줄기에 있는 구멍을 통해 산소를 충분히 공급하여, 오염된 물에서도 잘살고 물도 정화한다는 것을 알았다. 그것이 풀리자, 연못 가운데 섬은 하나의 신앙심이라는 것도 알았다. 실타래 같이 풀리는데 에디슨이 아니어서 할 수 없다는 비관만 했구나. 옛 선조들은 지구가 네모난 것이라 믿었다. 그래서 네모난 연못을 팠으며 가운데 섬을 만들고 나무를 심어서, 세상 사람은 하늘을 섬겨야 한다는 신앙심을 표현했다. 지금도 창경궁이나 고궁 연못은 모두 그렇게 조성된 것을 볼 수 있다.

✝

"일의 결국을 다 들었으니 하나님을 경외하고 그 명령을 지킬지어다. 이것이 사람의 본분이니라."

(전도서 12장 13절)

이렇게 성경에 기록되어 있는데 나는 내가 터득한 척 에디슨이 된 척하였구나. 나는 별수 없는 나다.

그러기에 아직 아들딸을 위해 연못도 만들지 못한 못난 아비다.

/

춤추는 분필

고삐 풀린 망아지 시절을 돌아본다. 내가 철없던 중학교 3년 과정에서 2년 동안 담임하며, 나의 인격을 이끌어 주신 어머니 같은 서선주 선생님. 모든 선생님과 같이 평범한 분이었으나, 내게는 인생길의 반석이 되어 가슴속 저 밑바닥에 자리 잡고 계신 분이다.

사람은 누구에게나 '멘토mentor'가 있다. 학교 공부를 하였어도 못하였어도, 고아로 자라 부모의 얼굴을 알든지 모르든지, 누구나 은혜를 입고 살았으니 인생 스승이 있다. 학교 공부를 못했다고 부모 얼굴을 알지 못한다고, 산속에서 홀로 살아오지는 않았다. 누군가가 기저귀를 채워주었고 우유를 먹여주었다. 부모 사랑받고 자란 아이들은 부모이니 싫어도 하였겠지만, 저들은 혈연관계가 아니어도 하였으니 부모 사랑보다 더 큰 사랑을 받고 자랐다. 그렇게 자란 이이들은 지금껏 살아오면서 인생길의 길잡이가 되어준 분이 있었으니 그가 좋은 멘토다. 사회경험이 풍부한 멘토가 사회 초년생의 '멘티mentee'를 만나서 인격과 능력을 닦아 간다면 좋은 '멘토링mentoring'이 이루어진 것이다. 우리는 여러 멘토들이 나이와 환경에 따라 차곡차곡 벽돌이 되어 주었다. 아무리 좋은 멘토가 많다 할지라도 반석이 된 멘토가 잘못되었다면 공중누각이 되고 말 것이다.

식사 때마다 어머니 요리가 아닌 또 하나의 나의 주요 메뉴는 "어머니같이 자상하고 좋은 선생님이셔요."라는 말이었다. 그 요리로 별식을 포식하니, 3년 동안 부모님은 '사랑하는 아들도 늘 그분만 같았으면' 하고 생각하셨다. 어느 날 점심시간이 끝날 무렵 갑자기 교실 안으로 들이닥친 멘토는, 책상 옆을 뛰어가며 책상 모서리에 분필로 'X표'를 치며 달려간다. 남녀 학생들은 정신을 못 차린다. 무슨 영문인 줄 알아야 바로잡을 텐데 모두가 안절부절못한다. 007 영화 암호와 같은 뜻을 알았을 때는 이미 소동이 거의 끝났을 무렵이다. 왜 아니 그러랴, 부모들은 쌀알 한 알 때문에 수고의 손길이 팔백 번이나 간 것인데. 지금도 이 밥알이 없어서 굶어 죽어가는 사람 수는 또 몇만 명이던가.

요즘 들어 우리 교회에 젊은이들이 부쩍 나를 찾는다. 예배를 위해 찾는다면 아린 가슴은 없을 터이다. 아들과 같은 젊은이들이 배가 고프니 밥 좀 달란다. 처음에는 입맛에 맞는 일만 찾지 말고 아무 일이나 해서 돈 벌어 살라 꾸짖고 밥을 차려 주었다. 몇 번 반복하다 보니 직업의식이었음을 깨달았다. 밥 한 그릇 주고 또 설교하는 입이 참으로 부끄럽다. 작고하신 아버지가 아들이 자랑하는 멘토를 뵙고자 하시던 중 아버지가 탄 버스가 학교 앞에 멈출 때, 여학생들의 인사를 받으며 오르는 승객이 아들의 밥상머리 별식 메뉴임을 직감하고 나란히 앉아 이야기하셨다. 그때 아들의 신앙심을 떠올렸나 보다 그날 이후로 멘토의 눈빛은 나를 목사 떡잎으로 대했다. "그것은 목사가 생각해선 안 될 일이야."라고 종종 말씀하셨다. 좋은 멘토의 눈에는 예견하는 시력이 있나 보다.

지금 나에게도 그 안목은 있는가. 없다면 나는 좋은 멘토가 아니다.

"지혜자의 말씀은 찌르는 채찍 같고 회중의 스승의 말씀은 잘 박힌 못 같으니, 다 한 목자의 주신 바니라."

(전도서 12장 11절)

그때는 이 성경내용이 멘토와 일치하는 것을 생각도 못 하였다. 그 멘토가 나도 될 수 있다, 생각하니 모든 사람에게 던지는 말 한마디가 유리창에 못 박는 것만큼이나 두렵다.

그가 나의 멘토 기초 석이었음을 알았을 때는 이미 나와 같이 하늘을 우러러보지 못하는 시기였다.

헤밍웨이의 큰 바위 얼굴 어니스트처럼 우리는 훌륭한 멘토이고 예견하는 눈을 소유하였다.

암호문 같이 춤추는 분필로 지금 내 앞에 있는 사람에게 해야 할 말은 무엇인가.

멘토가 되고 싶은 마음에서⋯ 2008년 2월 24일

/

인간아, 네가 먼저 꽃이 되어라

　어제는 생각 없이 지난가을에 분갈이 한 볼품없는 화분만 쳐다보았다. 지난 1년 동안 온 동네를 밝은 꽃향기로 나팔 불었던 엔젤 트럼펫(천사 나팔)을 온 동네 사람에게 나누어 주고, 몇 그루만 화분에 옮겨 심어 북풍한설을 피해 교회 안으로 피신시켰다. 그 화분들은 1월 초순까지 맺힌 꽃망울을 햇살 없는 공간에서 꽃피우느라 진통을 하였다. 제아무리 활기차게 자라던 몸이라도, 태양 빛없는 공간에서 봄까지 버틸 여력은 봄이 되면 거의 쇠진한다. 앙상한 가지가 민망하여 깔끔하게 전지하였으나, 유독 나를 반기는 독불장군이 내 눈길을 끌었다. 희미한 북향 빛이나마 보이는 창 앞에 자리 잡은 녀석은 전지가위를 매몰차게 몰아친다. 그 투지력이 가상하다 직접 접하지는 못할지라도, 햇살에 목말라 일제히 밖으로 고개를 돌리고 있다. 잔인한 마음은 또 심술이 발동하여 기울어진 고개 바로잡을 요량에 화분을 반원으로 돌려놓았다. 그렇게 반복하는 사이에 나를 놀리는 투사인가, 나팔 같은 입을 열고 나를 부른다. 몹쓸 짓 한 것 아니라고 뒤늦게 깨달았나 보다 꽃향기로 화답하는 것을 보니 알만하구나. 식물은 햇빛이 없으면 못산다고 저렇게 몸부림치는데, 나는 무엇 때문에 몸부림쳐 본 적이 없으니 무의미하게 살아온 것은 아닌가, 애꿎은 속내를 꾸짖는다. 꽃을 보니 내 마음이 살며시 부끄럽다.

이제 봄이 돌아왔으니 나도 너처럼 햇살 듬뿍 머금고 꽃피워보리라. 세상 변함이 나를 가둬도, 세상 거센 인심이 나를 조롱하여도 향기 나는 인생을 꽃피워보리라. 나는 너를 겨우내 외면했건만 너는 오늘도 바위 같은 배움을 내게 주는구나. 고맙다, 꽃송이야. 미안함이 북받쳐 화분에 냉수 듬뿍 부어 내 마음을 삭여본다. 조금만 참아라. 아지랑이 등에 업은 따스한 햇볕이 북향 창문 두드리면, 내 너를 넓은 세상으로 이사시켜 주리라. 아직 창밖에 있는 국화는 고개를 감추고 있으니 너를 보냈다가는 영영 이별한단다. 철부지 꼬마가 엄마 마음 헤아리지 못하듯, 연한 순이 또다시 창밖으로 고개 돌려 나를 재촉한다. 저 새순 같던 희망이 부푼 시절엔 장성한 세상 어서 오라 손꼽으며 기다렸지만, 뒷덜미에 보이는 흰머리는 흐르는 세월의 물살이 흑발을 씻어 백발이 되었구나. 그러나 말 못하는 산천은 변함도 없도다. 그래서 창조자는 오래전부터 이렇게 외치신다.

"한 세대는 가고 한 세대는 오되 땅은 영원히 있도다."

(전도서 1장 4절)

하셨는데 나는 이 꽃을 보고 이제야 깨닫는가.

전라남도에 산동면이라고 있다. 어머니 품과 같이 포근하고 다정다 감한 지리산 밑자락에 있는 마을이다. 어머니 젖내 음이 그리워 고향을 찾는 소년의 마음으로 봄철에 그곳을 가면, 벌어진 입이 닫힐 줄을 모른다. 온 마을이 노란 물감을 풀어 놓은 듯 염색한 마을을 보게 되기 때문이다. 유독 그곳에 산수유나무가 많은 이유는 무엇일까. 오랜 옛날에는 국제결혼이란 생각도 할 수 없었다. 그러나 이곳에 사는 청년이 중국 산둥성에 한 처녀와 결혼을 약속하게 되었다. 처녀는 고향 마을의 명물인 산수유 씨앗을 가지고 왔다. 꽃을 보며 고향에 대한 향수도 달랠 겸 약용으로 좋은 열매를 팔아 생계에 도움을 얻기 위해서였다. 그것이 퍼지면서 오늘에 산동면 일대 풍경을 만들었다. 꽃은 산천을 바꿔 놓지만, 사람의 마음도 변화시킨다. 그래서 꽃을 좋아하는 사람치고 악한 사람이 없단다. 나는 그 좋은 꽃 한 그루만도 못하면서 세상을 다 가진 양어깨 힘을 거세게도 세웠다. 때맞추어 천사 나팔도 소리쳐 외치고 있다.

'인간아, 작은 깨달음도 희미한 햇살 속에서 꽃피우는 식물한테 배우면서 누구를 가르치려 드느냐. 네가 먼저 꽃이 되어라.'
참으로 부끄럽다. 노란 꽃님아. 꽃이 되기를 소원하겠다…

/

벗어야 사는 자

봄날이 동장군에 휘둘려 우왕좌왕 갈팡질팡하며 고통을 겪더니, 어느 사이에 제 고향을 찾아왔다. 길가에 심은 나무 허리에 둘렀던 볏짚 옷을 벗어 던지니, 그것을 보고 종종걸음으로 지나간 행인들도 걸쳤던 무거운 코트를 던져 버린다. 시샘한 진달래도 꽃눈 감쌌던 딱딱한 비늘을 한 겹 두 겹 벗겨 흩날린다. 늦잠 자던 누룩 뱀이 기지개를 치면서 다음 주자로 허물 벗을 준비를 한다. 봄 아가씨는 참 심술쟁이다. 어찌 너는 비단 실 촘촘히 길쌈한 단벌옷을 모질게도 벗기느냐, 그것은 모두를 위한 아름다운 수고란다. 벗지 않으면 껍질 속은 감옥이 되어 너를 죽이고 말 것이니까. 벗을 때는 치욕이고 힘든 사막 길을 걷지만, 후에는 아름답게 꽃피우고 껑충하게 자란 몸을 자랑하리라.

허 허, 그러고 보니 내가 누드 예찬론자 같다. 봄날은 그렇게 오느라 칼바람의 방해꾼도 따돌리고 눈꽃 송이 유혹도 뿌리쳤는데, 나는 겨우 광야 길 누드를 들먹였다고 생각하니 미안함이 앞선다. 너를 반기려 경칩도 왔는데, 간밤에 몰래 찾아온 눈꽃 송이는 소나무 가지에 걸터앉아 너를 채찍질하고 있구나. 그도 저도 모두 내가 좋다 찾아오는데 눈꽃 송이를 맞을까, 봄날을 맞을까. 계절이 중심을 잃으니 나 또한 선택이 몽롱하다. 몽롱한 선택을 다잡아서 벗기기 선수 봄날을 택해야겠다.

17세기 네덜란드에서는 터무니없는 욕심의 옷을 나라 전체가 입고 나라 경제가 위태로운 사건이 있었다. 터키에서 들여온 튤립이 부의 상징이라는 헛소문이 온 나라에 떠돌았다. 어느 수입 장사꾼의 농간이었다. 갑자기 튤립 꽃은 물론이고 구근(알뿌리)의 값이 천정부지로 뛰었다. 사려는 사람은 많아, 싸움하면서 사재기했다. 줄무늬가 있는 '셈퍼르 아우구스투스'란 종은 한 뿌리당 목수의 20년 치 월급이고 큰 집 한 챗값이란다.

어느 식당에서는 튤립 구근을 양파인 줄 알고 먹었는데, 식당 주인이 고소하여 몇 달간 감방에서 튤립을 소화해야 했다. 언제나 비정상으로 거래되는 것은 태풍 앞의 낙엽이 되는 법이다.

갑자기 값이 폭락하자 투기꾼들은 땅을 치며 통곡해보았지만, 소용없는 일이다. 이것이 유명한 9)튤리포마니아tulipomania이다. 일생을 살면서 찾아오는 기회는 꿈과 포부요, 소망의 기회지만 그 꿈과 소망의 기회를 터무니없는 욕심의 옷으로 입으면, 사상누각이 되고 비눗방울이 된다. 봄날은 이상 난동에 속지 않으려고 모두를 훌훌 벗어 던지라고 채근한다. 겉치레의 허례허식과 고자세의 교만과 아무도 환영하지 않는 미움 다툼 원망을 모두 벗으란다. 지난겨울은 유난히도 춥더니,

나도 몰래 온기 도 주지 않는 교만의 속옷을 참으로 많이도 껴입었구나. 조물주는 오래전에 외치셨는데, 나는 겹겹으로 껴입은 속옷을 벗지 못하고 누룩뱀을 운운해야 겨우 벗으려 하고 있다.

"교만은 패망의 선봉이요 거만한 마음은 넘어짐의 앞잡이니라."

(잠언 16장 18절)

길옆에 서 있는 나무 허리에 두른 볏짚 치마도 누룩뱀의 껍질도, 봄꽃봉오리 비늘 옷과 욕심의 옷 모두 현상일 뿐, 실상은 사람들의 속옷이다. 인생이 춥다고 덕지덕지 껴입은 온기 없는 속옷 말이다.

내가 벗어야 산다. 이 봄에 모두 모두 벗어 던지자.

---

9) 튤리포마니아Tulipomania : 17세기 네덜란드에서 벌어진 과열 투기현상. 사실상 최초의 거품 경제 현상으로 인정되고 있다

/

눈 감아야 할 때

초등학교 저학년 어느 해 정월 보름날이었다. 둥근 달은 유난히도 밝은데 집안에서 곱게 얌전을 떨고 있으려니, 엉덩이가 쑤신다. 쟁반 닮은 달님의 유혹을 외면하고 화로만 껴안고 안방에 들어앉아 있을 화상이 아닌데, 어쩐 일이냐고 안방 문풍지는 소리치며 내 마음을 문 밖으로 불러낸다. 그러나 문풍지 독촉에도 따라 나서지 못하는 것은 어머니의 엄명이 있었기 때문이다. 어제도 달빛이 밝아 친구들과 깡통에 바람구멍 내어 불을 담아 돌리다 어느결에 불똥이 튀어 어렵게 장만해주신 설빔에 검은 불똥 구멍을 여러 개 만들었기 때문이다. 허름한 가격 설빔이라 해도, 7남매 자녀에게 장만해 주려면 빚을 내야 하는 부모 마음을 알 턱이 있었겠는가. 애꿎은 화롯불만 쑤시는데, 한 떼가 문밖에 몰려와 합창한다.

"금봉아! 놀자. 망월望月하자."

내 사정을 알고 있는 친구들이 시위 겸 응원하는 것이다. 문틈으로 머리 내밀고 더 큰소리 지르라며 소리 없이 붕어 입을 놀렸다. 어머니는 모르는 체하지만 내 마음을 꿰뚫고 계신다.

"나가려면 헌 옷 입고 나가." 이렇게 반가울 수가 있나.

고삐가 풀렸으니 길인지 논바닥인지 분간할 여유도 없이 망월을 돌리며 뛰어가는데, 저녁노을이 갑자기 이사를 왔는가. 등 뒤가 붉게 물들어 돌아보니 뒷산에 불이 붙었다. 이번엔 소방관 흉내를 내었다. 동무들과 함께 겨우 불길은 잡았으나 내 몰골은 어제 낸 검은 구멍 정도가 아니다. 운동화와 발목 자락이 타버렸다. 이를 어쩌나. 친구들은 기진하여 모두 집으로 가고 나만 앞마당 주위를 맴돌고 있다. 옷과 운동화를 태웠으니 집으로 들어갈 용기가 나지 않는다. 그때 멀리 친구네 집 아래 논두렁에서, 사람 형체 같은 검은 그림자가 올라왔다 내려가기를 거듭한다. 수상하게 본 나는, 후들거리는 발을 억누르며 멀리 돌아서 그 사람 뒤로 가까이 다가갔다. 논두렁에서 숨어 보는 나를 그는 모른다. 도둑이었다. 며칠 전 이웃집에 쌀 두 가마니를 도둑맞았다는 이야기가 머리를 스쳐 간다.

간신히 앞마당에 이르러 바삐 가는 큰어머니를 붙잡고 도둑 쪽을 가리키니, 큰어머니는 '아이고 무시라!' 하면서 뛰어가신다. 이번엔 아예 담 가까이 가서 낮은 걸음으로 살핀다. 이윽고 담을 넘는다. 나는 무슨 담력이 있다고 후들거리는 발을 억지로 옮겨가며, 도둑이 들어간 그 집으로 들어섰다. '악!'하고 하마터면 소리칠 뻔했다. 그 도둑이 내 앞에 우뚝 서서 "왜 나를 따라오느냐, 죽고 싶어." 나는 죽을 것만 같이 무서웠다. "오늘 나 봤다는 소리 누구에게라도 하면 죽을 줄 알아라." 그리고 가버린다. 나는 그 자리에 덥석 주저앉고 말았다. 간신히 기다시피 집을 향해 가고 있는데 이건 또 무슨 일인가.

큰어머니가 여러 사람에게 연락하여 동네 사람들이 모였다. 여러 사람이 소리치며 달려가자 그는 어느새 사라졌다. 숨어 있다가 뒤쪽 마을 사람 틈으로 튀어나와 바람잡이를 한다. "저, 저 앞산으로 올라간다."

온 동네 사람들이 그의 말을 듣고 도둑 잡겠다고 산으로 뛰어 올라간다. 순식간에 모여든 마을 사람들은 앞산 꼭대기로 모두 올라갔다. 그 사람은 바람잡이를 하고 도망을 쳤다. 그는 지난해에 머슴도 살던 사람이었다. 그러나 죽인다는 소리가 무서워 아무에게도 입도 뻥끗할 수 없다. 마치 임금님 귀는 당나귀 귀다. 소리치고 싶듯이 말이다.

그 후 이십여 일이 지난 어느 새벽이다. 떠들썩한 소리에 눈을 비비고 일어났다. 간밤에 도둑이 들어 든든히 잠가둔 광이라 부르는 쌀 곳간 돌쩌귀에 소리 나지 않게 물을 붓고 쌀 두 가마니가 담긴 쌀독을 모두 비웠단다. 순간 나의 머릿속에 적중하여 박히는 화살이 있었다. 며칠 전에 쫓던 그 도둑이 보복한 것이다. 그러나 심증은 확실한데 물증이 있어야 어른들께 보고할 수 있지 않겠나. 잘못 말하면 아버지와 그 사람은 평생 원수가 되고, 또 그 사람은 나를 정말 죽이면 어쩌는가. 그날 이후로 나는 고민에 빠졌다. 집에서 말 수도 부쩍 줄었다. 즐겁게 이야기하려면 그 도둑이 머릿속으로 쏙 들어온다. 정말 신기하기도 하다. 어떻게 그 도둑은 즐겁게 말할 때를 놓치지 않고 찾아들까. 그런 비밀이 내 머리를 떠나지 않으면서 고민하던 차에, 어느 날 내게 커다란 선물을 안겨주었다. '그래, 그것이야. 사람에게는 때에 따라 말하고 싶어도 말하지 말아야 할 때가 있다.' 못 본체해 달라고 부정한

208

뇌물 먹은 일이 없는 한, 입을 벌려 발설해서 도움이 없는 비밀은 내 가슴에 묻어두는 것이 유익하다. 그때 내 가슴에 심어 준 그 교훈이 힘이 되어 목사가 된 지금 많은 사람의 비밀을 지금껏 지킬 수가 있었나 보다. 목사라면 비밀을 지켜 주는 것은 순리적으로 터득하게 되지만, 어릴 때부터 그것을 맛볼 수 있었던 일이 감사한 과거의 사건이다. 그때는 쌀 두 가마니를 잃은 것이 무척 속상했지만, 그런 경험에 대해 미리 하나님은 말씀하셨다.

✝

"너는 하나님 앞에서 함부로 입을 열지 말며 급한 마음으로 말을 내지 말라. 하나님은 하늘에
계시고 너는 땅에 있음이니라. 그런즉 마땅히 말을 적게 할 것이라."

(전도서 5장 2절)

지금 내게 꼭 필요한 말은 무엇인가. 그리고 함구해야 하는데 입술을 간질이는 것은 또 무엇인가. 아무 유익이 없는 말을 하고 싶을 때는, 눈을 감고 입을 감아야 할 때야!

/

여자 팬티의 유혹

　나도 대한민국의 남자이니 혈기가 용광로처럼 뜨겁게 넘치는 20대 중간시기에 군대생활을 보냈다. 요즘 군 생활은 20개월 인가보다. 내가 34개월 국방색 제복을 입어야 할 때에 비하면 이해 못 할 군대다. 지금은 신병이라서 열외하고 선임이니 열외 한다면 중책은 누가 해야 하는가. 1974~1975년 두 해 동안 함께 생활한 1년 선임은 이상한 취미와 마음을 소유한 사람이다. 군 병영 생활이란 남자들만 생활하는 곳이니 그럴 수도 있겠다고 생각했다가도 다시금 그의 얼굴이 내 머리를 어지럽힌다. 40년이 지난 지금도 그의 이름을 정확하게 말할 수 있으나, 실명은 거론하지 않는 것이 좋을 듯해서 '김 상병'이라 하겠다. 김 상병은 사회에서 이발관을 운영하다 왔단다. 그래서 중대 병사들 이발을 맡은 이발병이다. 그는 유난히도 나에게 친절하게 대해주었다. 교회는 다니지 않았으나 믿음을 가진 나를 아껴주었다. 다른 후임자들에게 욕설하다가도, 내게는 순한 양처럼 대하는 모습이 동기들에게 미안하기도 했다. 그러니 내가 어찌 김 상병이 싫을 수가 있겠는가.

어느 날 이발하려고 그를 찾았을 때, 10)갈참의 머리 손질을 하고 있었다. 그 갈참은 양복점을 운영하다 왔다. 그래서 병사들에 의복손질을 맡은 정비병이다. 비대한 몸 때문에 구보할 때면 여지없이 거품을 물고 기절하는 중대내의 유명한 인사다. 선임이 되자 그는 구보할 때마다 정비하러 간다며 열외를 했다. 그런 한참 선임병의 머리를 다듬고 있으니 나는 절에 간 처녀가 될 수밖에 없다. 옆에서 기다리고 있는데 "으악!"하는 비명에 놀라 이발 병 모습을 확인하고는 소스라치게 놀랐다. 갈참 이 병장의 볼에는 붉은 피가 줄줄 흐르고 김 상병은 이발가위를 들고 어쩔 줄을 모른다. 살인극인가. 이것을 보고 누가 살인극이라 놀라지 않을 사람이 있겠는가. 두 사람은 그렇게 험악한 이들은 아니었다. 그런데 무슨 일일까. 이발하던 김 상병이 한눈을 팔다 가위에 무엇인가 잡혀 머리카락이려니 생각하여 손가락에 힘을 주었단다. 악 소리에 놀라 쳐다보니 때는 이미 늦었다. 며칠 후 고향으로 가는 갈참 귀를 3㎝가량 종이 자르듯 잘라놓았다. 이발하러 갔다가 이십여년 해보지도 않은 간호사 노릇만 하고 돌아왔다. 나이팅게일 선서도 못 한 간호사이니 쩔쩔매는 것은 당연하다.

우리는 때때로 맡은 소임을 다하면서 일과는 관계없는 상상에 한눈

10) 갈참 : 제대가 얼마 남지 아니한 고참을 이르는 은어.

을 팔다 일을 그르치고 사고를 낸다. 생각이 너무 많기 때문이다. 생각이 단순한 정신 장애인들에게 기술을 가르쳐주면 일 할 때는 아무 잡념 없이 열심을 다 한다. 좋은 제품이 나오지 않을 수가 없다. 예쁜 여자 얼굴같이 생긴 김 상병은 귀 자르는 특징만 있는 것이 아니었다. 김 상병과 내가 있는 부대는 파견을 나와 있는 터라 민가와 항상 접하면서 산다. 김 상병은 내무반을 나갔다 들어오면 항상 내게 자랑하는 것이 있었다. 굶주린 늑대가 토끼 그림을 품고 다니는 격이랄까. 이해할만도 하지만 내게는 너무도 생소하다. "오늘도 한 건 했다." 그럴 때면 나는 알 수 없는 묘한 미소로 입 주위에 수를 놓는다.

"김 상병님 대체 언제까지 그러실 겁니까."

"착한 너는 이 기분을 몰라."

그와 나만이 알고 있는 비밀 창고에는 언제나 그의 보물이 반짝였다. 알록달록한 꽃무늬 여자 팬티가 웃고 있다. 대체 왜 그러느냐는 내 질문에 보드라운 감촉이 좋아서 그런단다. 국방색이나 흰 순면의 군대 팬티를 입는 것이 지겨워서 그렇다고 이해할 만도 하다. 그렇다고 남에 빨랫줄에 널린 여자 팬티를 모두 내 것으로 알고 걷어 오는 것은 너무 하다. 어느 날 나에게 입어보라는 김 상병의 제의에 영 용기가 나지 않아 사양하였다. 부드러운 감촉을 한번 경험해 보고 싶은 유혹도 있었으나, 무엇인가가 내 마음을 마구 끌고 달음박질한다.

그때 한 번의 유혹을 뿌리치지 못했다면 지금쯤 여자 팬티를 찾아 헤매는 여자 팬티 치한이 되었을지도 모른다. 악의 유혹은 언제나 여자 팬티같이 화려하고 부드럽고 달콤한 향기가 있다. 그러나 한번 빠지면, 그 생각에 젖어 귀와 머리카락도 분간 못 하는 자가 될 수 있다.

나도 타인도 아프게 하는 인생 이발사 말이다. 그 유혹은 지금도 나를 쫓아다니고 있다. 김 상병이 아닌 세상 향락의 이름으로, 그것을 창조주는 오늘도 나에게 귀띔하여 주신다.

✝

'여러 가지 고운 말로 혹하게 하며 입술의 호리는 말로 꾀므로 소년이 곧 그를 따랐으니 소가 푸주로 가는 것 같고 미련한 자가 벌을 받으려고 쇠사슬에 매이러 가는 것과 일반이라.'

(잠언 7장 21절)

조용히 귀띔하여 주시지만 내게는 장엄한 천둥소리가 되어 내 가슴을 때린다.

나는 이 밤에 또 한 번 감사한 보물을 찾았노라.

/

군대 영창을 자원한 간 큰 남자

1974년, 그해 겨울은 유난히도 추웠다. 그때 같은 육체적 훈련을 받아 본 적이 없기 때문이다. 내게 군대 3년의 기간은 처음부터 자원한 선택이다. 방위병 제도가 막 생겨난 초창기여서 방위병 자원이 부족한 때인지라, 군청 병적 담당관이 서류 제출만 하면 어렵지 않게 집에서 출퇴근하는 군대 아닌 군 생활을 할 수 있었다. 그것은 불법도 비겁한 것도 아니다. 군청 병사 계 과장과 친구였던 가까운 친척 형님이 아버지에게 제의하기를 나를 방위병으로 선정해 주겠다는 것이다. 나는 한마디로 거절했다.

"내가 팔이 없나 다리가 없나 왜 군대에 안 갑니까."

단호한 내 말에 형님도 양친 부모님도 할 말을 잊으신다. 그리고 어려운 남자들만의 길을 선택했다. 기왕이면 멋진 세라 복의 해군을 지원했다. 진해 군항제가 열리는 3월에 진해 해군 훈련소에 입소했다. 머리를 깎고 6일째 제식훈련을 하는데, 조교가 행정반에서 부르니 빨리

가보란다. 중대장이 하는 말은, 아버지의 동생이 한국전쟁 때 포로 되어 북으로 끌려갔다는 사실이 신원조회에 걸렸으니 귀향하란다. 당시에는 신원조회 하려면 수많은 우체국 교환을 통해 전화하는 불편으로 여러 날이 걸렸다.

그렇게 무거운 발걸음으로 고향을 찾아 귀향 신고한 이유로, 친구들보다 1년 늦게 육군 훈련소에 입소했다. 그 덕에 고향 지역 친구들은 전혀 없고 보은, 논산, 청원, 조치원 등 생소한 친구들과 시작된 육군생활은, 내게 더없이 강인한 정신력의 남자로 만들어 주었다. 같은 지역 친구들과 입대했다면 서로 의지하는 마음에서 큰 위안이 되었을 것이다. 그러나 전혀 알지 못하는 장정들과 시작되는 군 생활은 허허벌판에 서 있는 마음이었다. 추운 겨울에 팬티만 입고 밖에서 찬물 한 컵씩 맞으며 수차례 샤워도 해 보았고, 겨울밤 산속에서 밤을 새우며 말뚝 보초도 서 보았다. 그러다 2년 후 군종 사병으로 선정되면서 조금은 편해졌다. 군 생활 중 가장 추운 겨울 이야기를 하여 보련다.

어느 날 시베리아 칼바람이 예고되던 추운 날이다. 중대장 호출을 받고 달려갔다.

"전 일병, 사제 편지 썼나."

파견부대이니 민가 구멍가게 주소로 편지 쓰는 것은 평범한 일이었다. 선임들도 다 그랬으니 나도 그럴 수밖에 없었다. 헌병대에서 우체국으로 파견 나간 병사가 군사우편 번호로 '7자' 쓴 것을 집어냈단다. 민간 편지로 하려면 민간 우편번호를 써야 하는데, 그것을 깜박 잊었다. 꼼짝없이 사단 영창을 가게 된 것이다. 중대장은 주저 없이 해결

방법을 말해주었다.

"헌병 대장에게 10만 원만 쓰면 무마시켜 줄듯하다. 어떤가."

"중대장님 사회에서 경험할 수 없는 이곳에서 정신력을 키워보겠습니다. 그리고 사단 영창에서 며칠 만에 출소하는 것은 호적에 표기도 안 하는 줄 압니다. 가겠습니다."

내 결심을 들은 중대장은 어깨를 두드리며 '그런 정신이라면 되었다. 고생 좀 해봐' 한다. 그 결정을 하기까지 먼저 고향 부모님께 마음 걱정 끼치기 싫었고, 다음으로 내 정신력을 시험해 보기 위함이었다. 어려운 고통을 극복할 만한 정신력이 못 된다면 사회인들이 알지 못하는 군대에서 기르고 싶었다. 내 마음이 좀 유약한 사실을 잘 알았기 때문이다. 그러나 막상 군인들이 가장 무서워하는 영창에 간다 생각하니, 과연 내 결정이 잘한 것일까 걱정도 되었다.

중대장의 격려를 뒤로하고 사단 헌병대에 들어섰다. 생각한 대로 살벌한 기운이 감돌았다. 이미 작정한 결정이니 애써 평정을 찾으려 노력하였다. 헌병대 행정반을 노크하고 중사계급의 헌병에게 경례하고 찾아온 용건을 보고했다. 진술서를 쓰라며 양식을 내놓는다. 그리고 쓰기에 앞서 한 번 더 생각을 해보란다. 도의적 범죄가 아니니 무마할 방법은 있다면서 넌지시 의사를 타진한다. 그의 의도는 바로 돈을 요구하는 것이 분명했다. 이곳까지 와서 흔들릴 수는 없다. 좀 떨렸지만 나는 단호하게 말했다.

"잘못을 저질러 호출받았으니 방침에 따라 따르겠습니다."

나의 결단에 시간 끌어야 소용없다는 것을 직감하고 진술서에 답하란다. 진술서 작성을 마쳤다. 헌병 일등병의 안내로 말로만 듣던 사단 영창 문으로 들어섰다. 계급장과 명찰 등 모든 부착물을 뗀 병사들이 빙 둘러앉아 있다. 신고식이라고 돌아가며 큰절을 하란다. 빙 돌며 큰절을 하였다. 방장이라는 자가 무슨 죄로 왔느냐고 묻는다.

"부대가 마을에 파견되어 있어서 사제 편지를 썼습니다."

"그래, 3일 후 출소 할 놈이 다른 사람 마음만 싱숭생숭하게 왜 기어들어 왔어. 인마."

철썩하고 따귀부터 때린다. 볼이 찢어지는 듯하다. 새로운 식구에 대한 궁금증을 다 들은 방장은 다시는 이곳에 들어오지 못하게 한다며 기합을 시작한다. 그 종류는 수를 헤아릴 수 없었다. 방장이 소리치면 머리만 땅에 박고 배는 벽에 붙이고, 두 손은 열중쉬어 자세를 하란다. 매미가 손도 잡지 않고 거꾸로 나무에 붙은 자세다. 한 사람이 옆으로 쓰러지면 그 여파로 일제히 넘어진다. 그러면 방장은 사정없어 발로 차면, 1초 만에 머리로만 땅에 딛고 일렬로 곧게 섰다.

피가 머리로 다 쏟아질 때쯤 되면, 새로운 명령에 따라 다른 고통으로 몸을 바꾼다. 일사불란하게 임해야 했다. 사람이 이렇게 빠르고 불가능한 행동을 할 수 있는지를 처음으로 알았다. 가장 참기 힘든 것은 '창살 타기'였다. 창살 타기란 명령을 외치면 2층 높이만 한 창살에 한쪽 팔은 창살에 걸어 끼우고, 다른 한쪽 팔과 한 다리는 들고 왼쪽 엄지발가락만으로 창살 틈을 딛고 선다. 처음에는 별것 아닌 듯하지만, 1분만 되면 팔다리가 아파지고 5분이면 온몸은 가을바람에 사시나무 잎 흔들리듯 상하로 저절로 흔들어 댄다. 그런 고문을 밤이 깊도록 바꿔가며 반복했다. 밖에서 인기척이 나면 즉시 반성하는 자세로 무릎을 꿇고 앉아야 했다. 밤낮으로 그 같은 일만 반복하니 특수부대인들 이보다 훈련이 강하겠는가.

그렇게 3일째 되던 날 발소리가 뚜벅뚜벅 들려왔다. 나를 데리러 오는 발소리다. '수인번호 00번.' 부르는 소리에 힘차게 대답하고 일어서니 방장이 또 한마디 한다.

"그것 살고 나갈걸, 왜 들어 왔냐! 인마, 마음만 산란하게." 들어올 때 하던 소리를 또 한다. 저들은 모두 6개월 후에 재판받고 남한산성으로 장기 투숙할 자들이기 때문에, 내가 몹시 부러운 것이다. 문을 나서려니 방장 말대로 모두에게 미안했다. 누가 시키지 않았으나 나는 한 사람 한 사람에게 큰절하고 나섰다. 방장 말같이 마음만 흔들어 놓고 가는 내가 몹쓸 짓 한 것 같아서였다. 시간상으로는 고생은 하였지만 내가 이곳을 선택한 것이 참으로 잘했구나 싶었다. 나 자신이 대견스럽기도 하여 마음으로 머리를 쓰다듬었다.

군대 영창이라는 특수한 모임도 자원하는 내게 머리를 숙이고 눈물을 만들어 주고 감동을 준 것이다.

이곳을 들어오기 전 누구든지 열 명 중에 아홉은 수단 방법을 총동원해서라도 영창에는 들어가지 않는 방법을 선택했을 것이다. 도의적 현장 범인도 아니고 군 비밀문서도 아닌 안부편지를 군사우편으로 발송 안 한 가벼운 죄이니 나는 내게 선택권을 주었다. 그 편지의 수신자는 누구인지 지금도 알 수가 있다. 이 경우 모두가 어찌 편한 길을 선택하지 않겠는가. 정신력을 강건하게 하려고 피하지 않은 것이 자랑스럽다. '별을 달았으니 자랑스럽다.'는 속된말이 아니다. 유약한 내 마음을 치유하려고 사회에서 할 수 없는 훈련을 쌓은 내가 자랑스러운 것이다. 독립운동이나 의를 위해 싸우다 옥고 치른 이들의 마음이 이럴까?

보이는 현상은 나를 힘들게 하였어도 마음속 사고는 나를 몰라보게 성장시켜 주었다. 이 마음으로 일생을 살면 후회스럽게 살지는 않으리라. 그래서 이렇게 외치고 싶다.

아무 생각 없는 화려한 현상은 무덤뿐이나, 견고한 마음으로 당한 고통은 일생 교훈이 된다.

✝

"형제들아, 너희가 여러 가지 시험을 만나거든 온전히 기쁘게 여기라. 이는 너희 믿음의 시련이 인내를 만들어 내는 줄 너희가 앎이라 인내를 온전히 이루라. 이는 너희로 온전하고 구비하여 조금도 부족함이 없게 함이라."

(야고보서 1장 2~4절)

/

인생고통 앞에 물결 되어 춤추리라

오래전 일이었다.

내가 처음으로 만난 공포요, 내가 저지른 대가를 혹독하게 치른 날이어서 지금껏 잊지 못하고 있다. 공포로 대가를 내야 하는 가슴 아린 일이었지만 장래를 꿈꾸며, 처음으로 파랑새 날개를 펼쳐 본 쾌감의 날이었다. 초등학교 시절에는 매일 등교하면서 문뜩문뜩 내 가슴에 찾아오는 작은 소원 하나가 있었다. 신작로 길로 교복 입은 멋진 중학생 형들의 발자국을 뒤따라가노라면 내 머릿속으로 뛰어드는 소원은, '나도 빨리 자라서 경찰 제복 같은 교복을 입고 거수경례를 해야지.'하는 것이었다.

그렇게 달콤한 꿈을 빨다 보면 어느새 커다란 느티나무 그늘이 신작로를 막고 서 있는 시영대이 재에 왔다. 부끄러운 줄도 모르고 엉덩이 뿌리를 덩그러니 내놓고 서 있는 느티나무 고목이, 등굣길에서는 참으로 얄미웠다. 하굣길 때에는 배고프고 지친 나에게 쉬어가라 손짓하여 참 고마웠으나, 등교하는 아침에는 형들에게서 얻은 달콤한 꿈을 갈라지는 샛길이 함께 빼앗아갔기 때문이다. 나는 언제쯤이면 저 길로 내려갈까, 생각하며 멍하니 뒷모습만 바라본다. 저만큼 앞서간 친구들을 보고서야 달그락달그락 필통소리를 내며 뛰어갔다.

고대하던 그 날이 가까이 왔다. 그런 데 이제껏 없던 문턱이 생겼다. 작년까지도 없던 입학시험이 생긴 것이다. 한국전쟁이 끝나가던 그 해 출생한 친구들이 우리 동네와 우리 학교뿐 아니라 관내 모든 학교에도 많았다. 예비 신입생이 많으니 해결책으로 개교 이래 처음으로 입학시험을 보았다. 중학교 문턱은 나의 마음을 알았을까. 나를 차버리지 않았다. 그렇게 부럽던 경찰모자 같은 교모를 쓰고 등교하던 어느 날, 주번이라서 새벽같이 어머니를 독촉하여 안개를 쫓으며 등굣길에 나섰다. 학교 길에서 무서움의 최고 정점에 자리한 도살장 앞에 당도했다. 도살된 황소 넋이 희뿌연 안개가 되어 도살장 주위를 빙빙 돈다. 무서움에도 덤이 있었는가, 바로 그 앞 몇백 년 된 느티나무 고목에서 도깨비불이 타오른다. 순간 머리카락이 젓가락같이 머리 위에 우뚝 섰다. 마치 노발 총관과 같은 일이다.

'노발대발'은 원래 처음부터 생겨난 말이 아니다. 원어는 '노발총관'이다. 중국 전국시대 때 조나라의 혜문왕이 있었다. 그가 어쩌다 귀한 옥구슬을 손에 넣었다. 이 소식을 들은 진나라의 소양 왕이 혜문왕에게 제의하기를 "내가 이 나라 15개 성을 줄 터이니 옥구슬과 바꾸자." 그 말에 혹한 왕은 명재상 인상여를 통해서 진나라로 옥구슬을 들려 보냈다. 옥구슬을 손에 넣은 진나라 소양 왕은 약속을 지키지 않고,

인상여를 보고되려 협박을 했다. 화가 머리끝까지 난 인상여는 크게 분노하였다. 그 분노로 머리카락이 곤두서면서 갓이 뒤흔들렸다고 한다. 그것을 노발총관이라 했다. 그 후 노발총관이 부르기 편하게 노발대발로 변했다.

나는 궁금한 것은 확인해보아야 직성이 풀리는 성미가 발동했다. 고목나무 가까이 다가가 보니,

어제 짓궂은 3학년 형이 속이 썩어 비어있는 느티나무 뱃속에 휴지에 불을 댕겨 넣은 것이 썩은 나무에 붙어 아직도 타고 있었다. 머리 꼭짓점까지 올라간 젓가락은 어느새 슬그머니 내려와 제자리를 찾는다. 그때 아주 재미있을 것 같은 정경이 내 시선을 사로잡았다. 한 해 쌀농사를 시작하는 볍씨가 자라고 있는 못자리에 물 공급을 위해 봇도랑에 물이 강물같이 흘러간다. 물줄기는 논 방향에 따라 또 여러 개의 물줄기가 되어 흐른다. 가장 큰 수로에는 수문이 있어서 물량을 조절한다. 그것이 내게 큰 즐거움을 줄 것 같았다. 커다란 수문을 열었다가 놓으니 수로 가득하게 물결을 이루며 흘러간다. 그것을 빠르게 반복하니 낙타 등처럼 굽이굽이 춤추는 모습이 정말 아름답다. 이것도 못 보고 아직 늦잠 자는 친구들이 참으로 불쌍하다.

길옆 도살장에는 생명을 빼앗는 무시무시한 죽음의 그림자가 서려 있는데, 이곳엔 날개를 활짝 편 거대한 행복의 파랑새가 온 세상을 훨훨 날아가고 있다. 그래 장차 내 앞길이 도살장같이 살벌해도 내 마음은 소망과 기쁨으로 저 물결처럼 춤추며 살아가리라. 이번에는 더 큰 낙타 등을 만들어 보고 싶었다. 연곡리로 내려가는 큰 수로를 막아놓

고 바닷물 춤추는 광경을 보리라. 나는 먼저 작은 수문을 활짝 열어놓은 다음, 직선으로 흐르는 큰 수문을 꽉 막았다. 생각대로 물줄기는 홍수를 만난 강이 되어 달려간다. 기쁨도 잠깐, 이 일을 어쩌랴. 너무 많은 물이 흘러가서 물량을 줄이려 큰 수문을 열었으나 꽉 잠겨 꼼짝도 않는다. 수문을 고정한 돌이 굴러 들어가 박혀서 닫힌 문이 꼼짝을 않는 것이다. 큰일이다. 춤추는 낙타가 아닌 성난 바닷물이 되어 온 들판을 휩쓸고 있다. 못자리마다 한강을 이룬다. 저 멀리서 검은 수염 아저씨가 '너 이놈 거기서 무슨 짓을 하느냐!'며 소리치고 달려온다. 이런 경우엔 나도 어쩔 수 없다. 복구하려 해도 안 되는 일 도망칠 수밖에 해결책은 없었다.

어느새 하나둘 학생들이 보이고 황소 몰고 여기저기서 농부들이 농촌풍경화를 수놓는다. 검은 수염 아저씨는 나 붙잡는 일보다 물길 막는 것이 더 시급하여 수문 쪽으로 치닫는다. 도망쳐 달려온 교문 가까운 수로에도 벌써 둑이 넘칠 지경이다. 걱정이다. 검은 수염 아저씨도 수문 열기는 힘들 터인데 걱정이 되어 교문에 들어설 수가 없다. 그때 반갑지도 않은 소식을 전하는 친구가 있었다. 수염 난 아저씨는 팬티 바람으로 목까지 넘치는 물속에 들어가 수문을 밀어 올리고, 한 사람은 위에서 힘껏 잡아당겨도 수문이 안 올라온단다. 학교로 찾아온다고 하는데 학교로 찾아오면 담임 선생님께 매를 맞을 것이고, 내일 부모님 모시고 오라면 그때는 어쩔까.

이제는 수문 걱정보다 팬티만 입은 수염 아저씨가 학교에 찾아올까 큰 걱정이다. 교문을 들어가자니 수염 아저씨를 막지 못할 것이고, 주번이니 안 들어갈 수도 없는 일, 양 갈림길에서 내 가슴은 타들어 간다. 그때 타버린 가슴으로 인해 지금도 내 가슴은 누님처럼 풍만하지가 못한가 보다. 내가 검은 수염 아저씨를 따돌리고 도망을 치면 어디까지 갈 수 있단 말인가. 뛰어봐야 벼룩이다. 지난 토요일 학생 예배 때 읽은 성경이 떠오른다.

"갈멜산 꼭대기에 숨을지라도 내가 거기서 찾아낼 것이요. 내 눈을 피하여 바다 밑에 숨을지라도 내가 거기서 뱀을 명하여 물게 할 것이라."

(아모스 9장 3절)

교실 책상 밑에 숨어도 내 잘못은 드러날 것이고 팔영루 지붕 위에 숨어도 이제는 아무 소용이 없다. 비겁하게 도망치다 잡힐 바에야 차라리 자수하는 쪽이 좋겠다. 수로에 걸터앉아 흘러가는 물결을 보며 내 실수의 흔적을 내려다보니 나를 비웃으며 넘실거리는 물결소리가 조물주의 호령으로 들린다. '잘못했습니다.' 잔꾀 부리던 머리를 저절로 숙인다. 아무리 기다려도 팬티 입은 검은 수염 아저씨는 보이지 않는다. 팬티 아저씨도 내가 사죄하는 소리를 들은 것일까. 교문 안을 쳐다보니 벌써 아침 청소하느라 분주하다. 청소가 끝나면 첫 수업이 시작될 터인데 주번의 책임을 다하지 못했으니 담임 선생님의 꾸지람은 펼쳐 놓은 도시락같이 내 몫은 당연하다. 그래도 이제는 들어가야지, 도둑고양이처럼 살금살금 교실로 들어섰다.

"야, 이제 오냐. 내가 아침 일은 다 했어. 걱정 말아."

짝꿍인 성주가 혼자 주번 일을 다 했단다. 고맙구나, 내 짝꿍 성주야. 오늘은 안개 뚫은 새벽부터 여러 사람 사랑을 듬뿍 받았으니 참으로 행복한 날이다. 언제나 나는 이렇게 여러 사람의 사랑만 받고 사는구나. 내 짝꿍 성주가 그때는 내가 교회 다닌다고 그렇게 비웃더니 지금은 괴산군 청천면에서 훌륭한 장로님이고 지역 유지다. 성주야, 보고 싶구나.

그날 받은 사랑을 보답하고 싶은 어느 날 밤에…

/

타인의 아픔을 내 아픔으로

지난 2011년 3월 11일, 일본 지진의 큰 피해를 보고 느낀 바가 참으로 많다. 엄청난 재해를 당하면서 어려움을 극복하는 과정을 보면 세계인들의 존경을 받을만하였다. 천안함 사건이나 몇몇 사건을 겪은 우리와는 대조적이었다. 지금 일본의 원자력발전소에서 누출되는 방사능이 매우 심각하다. 하루속히 재난이 잘 해결되었으면 좋겠다. 이제는 세계 어느 구석진 나라의 문제가 그 나라만의 문제가 아니다. 그 나라의 문제가 내 나라의 문제고, 저 국민 개인의 문제가 나의 문제로 가까이 왔다.

일본 미야기 현 남부 미나미산리쿠 마을의 동사무소에 말단 공무원인 '엔도 마키'라는 청년이 있었다. 그는 쓰나미가 몰려올 때 "빨리 도망가세요. 아파트 높이의 파도가 몰려오고 있습니다." 하고 쉴 새 없이 대피 방송을 했다. 그러나 안타깝게 쓰나미에 목숨을 잃었다. 그 비통함을 무엇으로 표현할 것인가. 25살이라는 젊은 나이에 그는 주민 한 사람이라도 살리려는 공직자의 책임감에서 애를 쓰다가 순직한 것이다. 자기 목숨 잃은 다음에야 무슨 소용이 있느냐, 말할 것이 아니라, 검은 마수의 기회를 찾아 세금을 포탈하려는 공직자들에 비해 얼마나 훌륭한 젊은이인가. 내가 맡은 주민들의 생명을 한 사람이라도 구하려는 책임의식이야말로 우러러볼 만하다.

우리의 과거 역사를 돌아보면 치가 떨리고 분함이 가시지 않을 나라지만, 지금의 우리와 동등한 처지에서 생각할 때에 저들에게서 배워야 할 점은, 우리가 빨리 내 것으로 만들어야 과거와 같은 치욕을 반복하지 않는다. 엔도 마키는 일개 동사무소 직원이 아니라 주민의 안위를 우선으로 생각한 최고의 공직자였다. 우리나라에도 이런 공직자가 없는 것은 아니다. 지난 한우 구제역 방지 과로로 숨진 공무원이 8명이나 있었다. 또한, 보이지 않는 곳에서 은밀하게 선행을 실천하는 사람은 또 얼마나 많은가. 별과 같이 빛나는 이들을 열거하려면 한이 없다. 문제는 우리 모두의 마음가짐을 올바른 정도에 세우는 것이다.

어느 농촌에 마음씨가 착하고 순진하기만 한 농부가 있었다. 마음씨도 착하고 심성이 온순하여 한 번도 화를 내거나 불평불만을 하지 않는다. 어느 누가 그의 앞을 가로막아도 웃으면서 비켜가는 착한 사람이다. 그런 그를 늘 괴롭히는 것이 있었으니 밭 한가운데 놓여있는 큰 바윗덩이다. 그를 괴롭혔지만, 바위를 피해서 농사만 지었다. 이 바위로 인하여 쟁기와 괭이 삽 등 여러 연장을 많이 부러뜨렸다. 고통을 주는 바위가 땅을 차지하고 있어서 농부는 어느 날 결심을 했다.

"오늘은 무슨 대가를 치르더라도 내가 저 바위를 꼭 캐내리라."

농부는 바위 밑을 파기 시작했다. '열흘이 되더라도 바위와 싸워 이길 것이다.' 라는 일념뿐이었다. 그런데 놀라운 것은 바위가 늘 생각했던 것처럼 땅속 깊은 바위가 아니라, 두께는 두 뼘도 안 되는 바위가 자리만 넓게 차지한 것이다. 농부는 바위를 아주 쉽게 제거하면서 하는 말이,

"별것도 아닌 것을 대단한 바위로 알고 고생을 했구나. 그동안 손해 본 것이 아깝다."

당신이 대단한 것으로 알고 있는 그 일은 항상 부담스럽고 고통스럽다. 그 일을 지금 곧 착수해 보시라. 별것이 아닐 것이다.

세상 대부분의 일은 내 생각의 감옥에 가두어 두었기 때문에 일을 그르친다. 나 외에는 누구도 귀한 존재가 아니라는 생각의 감옥 때문에 엔도 마키와 같은 사람이 되지 못했고, '저 바위는 너무 무겁고 힘들어.'라는 고정관념이 숱한 농기구를 망쳐도 참고 당했다. 그리고 당하는 것을 좋은 일로 착각도 했다. 참고 당해서 좋은 일이 있지만, 또 바꾸고 변해야 좋은 일도 세상에는 많이 있다. 지금이 그 생각을 과감하게 바꾸어 생각해 볼 때이다. 그러나 고정관념을 모두 개혁하고 뜯어고쳐야 하는 것은 아닐 것이다.

마음속에 있는 창살 없는 감옥은 무엇이고, 납덩이보다 무거운 돌은 또 무엇인가. 지금 바로 절단기와 정, 그리고 망치를 들고 석수장이가 되어보자. 그렇게 결심하는 순간, 모든 장애물의 바위는 가을바람

앞의 사시나무가 될 것이다. 나를 가로막고 있는 장애를 극복하려는 투지가 없으니 두렵고 떨리고 의기가 상실되는 것 아니겠는가. 자, 지금 용기를 내고 일어나세요. 기회는 지금입니다.

기회의 신이 돌아서면 잡을 수가 없어요. 용기를 내세요.

지금 곧…

/

새로운 스승을 만나다

다산 정약용 선생은 조선 정조 왕 시대에 뛰어난 학문과 인격으로 신임을 받던 선생이었다.

그러나 남인 북인, 11)노론·소론의 사색 당파싸움의 희생자가 되었다. 전라남도 강진으로 18년의 장기간 유배를 떠나고, 그의 가족은 폐족이라는 굴레를 씌워 자녀들이 과거 시험에 접하지도 못하게 하였다. 선생의 능력을 시샘한 반대파들의 지나친 욕심이 조선의 보물을 매장한 것이다. 그는 자녀들이 절망에 빠져 방탕한 인생길을 허송할까 해서, 자녀들에게 늘 편지로 앞길을 이끌어 주었다.

'아들아, 폐족은 과거에 응시하고 벼슬하는 것만 기피될 뿐, 성인이나 문장가는 세상 이치에 통달하는 선비가 되는 길은 기피되지 않는

---

11) 노론·소론 : 조선 후기에 서인으로부터 나누어진 당파

다.'하고 학문에 전념하여 훌륭한 선비가 되도록 늘 이끌었다. 세상에는 벼슬만이 전부가 아니라는 것을 강조하였다. 정말 훌륭한 아버지이자 스승이 아니었는가.

'쩍쩍, 지지배배, 지지배배.' 늦도록 새벽 기도하려니, 빨리 나와 보라는 참새들의 조잘거림이 야단법석이다. 웬일인가 하고 기도를 깨어 달려가 보니, 어젯밤 풍산이가 남긴 저녁밥을 생쥐 두 마리가 번갈아 물어 나른단다. 밤새 허기진 산새 들새가 조반 먹으려니 얄미운 생쥐가 우리 것 다 가져간다며 혼내주란다. 애절한 호소를 외면할 수 없어 풍산이 밥그릇 비우는 생쥐 곁으로 발길 옮기려니, 내 속에서 안식하던 쓸개즙이 요동을 친다. '그나 너나 풍산이 진수성찬 도적질하긴 마찬가진걸 무엇 잘한다고 소리치느냐.' 울화가 치밀어 돌 들고 쫓아 보내려니 풍산이가 꼬리 흔들며 쫓지 말란다. 긴긴밤 잠 못 이룰 때 친구 해 주었으니 훈훈한 정 나누고 싶단다.

새벽 내내 기도한 것이 풍산이 애틋한 사랑을 통해 내 가슴에 영글었구나. 눈치 빠른 생쥐야, 이제 쓸개즙도 잦아들고 혼낼 마음 없는데 어찌 뜰 밑 땅굴에서 내 눈치만 보느냐. 캄캄한 굴속 검은 눈의 모습이 개울 위에 맴도는 뱅뱅 돌이 같구나. 풍산이 사랑 때문에 만물이 평안한 평정을 되찾았다. 나는 너만도 못하였구나. 내 곁에 있는 모두에게 사랑을 주지 못하였고 평안을 안겨주지 못하였으니 말이다. 이아침에 너는 내게 좋은 스승이 되었단다.

세상 모든 사람이 이제 나를 공박할 것 같다. 개만도 못한 인간이라고 타인들 시선이 부끄러워 진리를 외면하니, 너만도 못하다는 말 들어도 싸다.

모든 것을 보상하려는 마음에서 풍산이 영양 죽을 끓이는데, 내가 먹어도 흡족할 만큼 미각은 코끝을 간질인다. 고맙다고 포식하며 꼬리 흔들고 진한 사랑 뿜어내는 네가 오늘처럼 부러운 적은 일찍이 없었다. 너와 나는 영원히 함께할 수 없고 언젠가 닥칠 헤어져야 할 사태를 어떻게 맛볼까. 걱정스러운 사건이 눈앞에서 현기증을 만든다. 요리 집에 보낼 수는 없고, 병사는 생각하기도 싫고, 그 생각에 미치니 차라리 키우지 말 것이란 결론뿐이다. 너는 내 마음을 알기나 하고 사랑을 주었느냐? 배신당할 그 날을 알기나 하고 꼬리를 흔드는가. 새벽에 읽은 말씀이 넌지시 해답을 전해준다.

✝

"오직 너희는 원수를 사랑하고 선대하며 아무것도 바라지 말고 빌리라. 그리하면 너희 상이 클 것이요 또 지극히 높으신 이의 아들이 되리니…"

(누가복음 6장 35절)

풍산아, 너에게서 생각도 못 한 참사랑을 배우는구나. 참된 사랑은 대가를 원치 않는다고 말이다.

오늘이 스승의 날이다. 네가 참 좋은 나의 스승이로구나.

/

나를 잡아주는 손길

"딩동 댕댕 딩동 댕댕."

아침부터 누군가가 부르는 전화 연결 음이 궁금증 안테나를 뒤흔든다. 하늘 같은 상전의 호출인양 만사를 뒤로 물리치고 휴대폰을 열어보니 들어본 목소리다.

"나여, 내가 누군지 알겠어."

"그럼 알지, 왜 모르겠나. ○○이구나." "어떻게 알았어."

낭랑한 여자 목소리가 알만한 음색이다. 목소리를 기억해주니, 고마워하는 향취가 전선도 없는 휴대폰 수화기에서 뚝뚝 떨어진다. 고향학교 동창인 그가 충주로 산나물 채취하러 온다며 산척 산 밑으로 오란다. 산행이라면 아무런 조건 없이 좋아하는 마음이 어찌 거절할 것인가. 산 밑에 차를 세우고 보니, '정○○, 현○○' 또 다른 남녀가 있다. 내 고향 이웃인 금성이 고향이란다. 그 남자도 알 만한 사람이다. 아무런 준비도 하지 못하고 왔으니 비닐봉지 얻어 들고 산을 오른다. 산돼지 나오면 책임지라며 큰 낫을 건네주어 나는 뒤 허리춤에 꽂았다.

나물을 뜯는 내 손보다 앞서서 먼저 달려가는 추억이 손짓한다. 아득한 시절, 어머니와 아주머니 들 뒤따를 때 벗겨주며 먹으라 하시던 잔대 잎을 찾으려니 볼 수가 없다. 이곳에는 없나 보다. 보드라운 산나물 찾아 헤매다 보니, 어느새 휴대폰이 12시라며 친절을 베푼다. 평평하게 낙엽 쌓인 곳으로 잠시 둥지를 튼 우리는, 굽었던 허리를 펴고 앉는다. 건달같이 따라온 객은 펼쳐 놓은 점심을 사양할 여유도 없이 포식한다. 잘 먹었다는 인사 할 사이도 없이 커피까지 빼앗아 마시고 나니, 이제야 무엇을 하러 왔는지 정신이 돌아왔다. 발길은 또다시 무엇을 찾아 헤맨다. 등산을 목적하는 산행과는 달리 허리 운동을 자연스럽게 할 수 있는 산행이 또 다른 재미가 있다.

누가 아무 강요 한 일이 없어도 두 무리로 갈라진 발길은 무언가 열심히 주워 담는다. 무엇에 유혹된 듯 헤매다 보니 아득한 곳에서 나를 부른다. 산돼지 책임지라며 무기까지 넘겼는데, 눈에 보이지 않으니 불안한 것이다. 찾아오라 소리치기에 접근하여 보니, 저만치에 두 여인이 아름답게 보인다. 나비도 꽃을 보면 날아가는 것이 자연의 순리인지라 나비 체면에 꽃을 오라 할 수는 없다. 아뿔싸, 저만치에 꽃은 보이나 중간에 오작교가 필요하니 어찌할까. 검은 바위 절벽이 만남을 방해하는 것이다. 살펴보니 바위틈 사이로 내려가면 내려 갈듯하다. 시도하려니 아래서 ○○이 소리를 지른다. "안 돼, 안 돼, 안 돼." 손사래가 멈출 줄을 모른다. 위험하기는 한가보다. 그러나 이미 결정한 일 포기할 수는 없었다.

몇 발을 내려가는 데 30㎝쯤 쌓인 낙엽에 한 발 미끄러지니, 내 몸은 가속도를 낸다. 3~4m 를 밀려서 뛰어 내려가는 몸이, 절벽을 1m 앞두고 갑자기 왼쪽으로 방향이 바뀌더니 어느결에 나무 위에 말 탄 듯이 올라 앉아있다. 처음부터 보지 못한 수평으로 누워있는 소나무였다. 참으로 이상하다. 내가 올라타고 있는 이 나무는 앉아있기 전까지는 눈을 감은 듯 전혀 보지 못한 나무였다. 직선으로 미끄러져 내려가다가, 원인도 모르게 좌측으로 틀리면서 수평으로 누운 나무 위에 말 탄 듯이 올라앉았으니 이상했다. 누워있는 소나무를 눈여겨보려 했어도 볼 수가 없는 지점이었다.

"하나님, 감사합니다." 속에서 감사 기도가 저절로 흘러나온다.

○○이 눈 아래 절벽 밑에서 우습다고 박장대소하며 웃음을 멈출 줄 모른다. 그 순간 깜짝 놀라 뒤꽁무니를 만져보니 날카로운 낫은 여전히 꽂혀있다. 다시 "감사합니다. 감사합니다." 연발로 터져 나온다. 외간 여인을 찾아가다 성불구자가 될 뻔하였다. 나무에 걸쳐 앉혀질 때 허리띠에 꽂힌 낫의 방향이 조금만 바뀌어서 깔고 앉았으면, 나는 성불구자가 되었으리라. 순간 평소에 즐겨 읽던 성경 구절이 떠오른다.

"네가 물 가운데로 지날 때에 내가 함께할 것이라 강을 건널 때에 물이 너를 침몰치 못할 것이며, 네가 불 가운데로 행할 때에 타지도 아니할 것이요. 불꽃이 너를 사르지도 못하리니 대저 나는 여호와 네 하나님이요." (이사야 43장 2절)

정신을 가다듬고 내려오니 ○○도 놀랐는지, 산돼지 잡으라고 주던 무기를 회수하여 배낭에 꽂는다. 내심 여자의 모성애가 발동한 보호 본능이 엿보인다. 나이가 많아도 남자는 여자 보호를 받아야 정상 인격을 유지하는가 보다. 잡아주시는 손길로 보호하심을 받았지만, 조심성이 부족했던 것은 부인할 수 없는 일 아닌가. 갑자기 무엇인가 잊은 듯하여 멍하니 서서 생각하고 있는데, 낮을 달라더니 이번에는 '바쁜 일이 있으면 먼저 가.' 한다. 그것 역시 보호본능이었다. 4시에 교회학생들이 차를 기다리고 있다는 것을 깜박 잊고 있었다. 먼저 가겠노라고 황급히 달려가 보니, 4시 직전에 도착할 수가 있었다. 여자의 직감 덕분에 약속도 못 지킨다는 오명은 쓰지 않게 되었다.

저녁 반찬이 호화롭다. "여보, 이게 무슨 나물인데 이렇게 맛이 있어요." 그럼, 그럼, 맛이 안 날 수가 없지. 성불구자도 각오하며 꺾은 나물인데, 그 말이 막 나오려 입술이 근질근질하다. '하지만 참아야 해. 말했다가는 청주를 한걸음에 달려가 들꽃을 꺾어 올지도 몰라. 그러면 나는 성불구자가 된 것보다 더 고통스러울 것이야. 이런 상상을 하니 간지럽던 입술이 통증으로 뒤바뀐다. 이 말을 언제까지 비밀에 부쳐질지 모르겠다. 그것은 입술, 너에게 달려있다. 제발 계속 아파주고 근질근질하지 말아다오. 이렇게 하여 두루두루 감사와 기적이 넘쳐 흐르는 참 좋은 하루를 보냈다. 감사, 감사, 감사가 몇 번이나 연발하게 된 하루였던가.

오늘 같은 날이 다시 내일도 모래도 나를 기다리고 있겠지.

감사, 감사, 감사. 감사 당신은 나와 영원히 함께 하소서.

/

흔한 너는 귀한 보배야

세상 사람들에게는 누구나 값진 보화, 보물, 귀중품이 있다. 보화, 보물, 귀중품 등 모두 값지고 요긴한 것의 표현이다. 그런데 그것들이 있어야 할 자리에 있지 않고 언제부터인가 자리가 뒤바뀌어 있다. 자력의 힘으로는 자리바꿈을 할 수 없을 터인데, 분명히 제삼자가 옮겨 놓은 것이 분명하다. 왜 본래 물체의 의사도 묻지 않고 함부로 무례한 짓거리를 하느냐? 가혹하리만큼 훈계할만하다.

지난 월요일 오랜만에 교회 승합차를 타고 나들이를 하였다. 후배들과 함께 태백 연탄박물관을 다녀왔다. 개인 사정으로 사전에 생각하던 이들이 참가하지 못하여 미안한 마음으로 떠났다. 차는 상동을 지나고 태백으로 미끄러지듯 고개를 내려가니, 길 양옆으로 펼쳐지는 아홉 폭 병풍을 연결한 풍광이 내 마음을 훔쳐간다. 이 좋은 자연을 외면하고 살아온 지난날들이 원망스럽다고 할만하다.

이윽고 연탄 박물관 주위에 승합차가 서니 벌써 마음에 점만 찍는다는 점심때가 되었다. 돌아보려면 1시간 이상 지속한다니, 태백지방 후배들을 불러내어 함께 맛난 식사를 하였다. 밥맛 당기는 것을 보니 몇 시간 동안 차에 흔들려, 몸이 나도 몰래 피곤하였나 보다. 생각에도 없던 일이 벌어진다. 태백 후배가 대접하겠단다. 공연히 불러내었다 하는 죄송한 짐을 안고 걷다 보니, 진귀한 광물들과 화석들이 나그네를 맞이한다. 입을 다물지 못하게 만드는 저 돌들이 타관 객지 나그네들을 알아보는가 보다. 비늘과 지느러미가 선명한 저 물고기 화석들이 형성될 때, 지금 이곳에 서 있는 나그네를 어떻게 놀라게 해 줄까, 궁리하고 고심하며 만든 흔적이 엿보인다.

7전시관을 지나 8전시관에 이르니 지하로 내려간다. 지하 1,000m의 수직갱이다. 뜨거운 지열과 부족한 산소로 가만히 있어도 숨 막히는 지하인데, 답답한 마스크를 쓰고 새까만 연탄먼지 마시며 힘겹게 일하는 아저씨들의 땀방울이 내 머릿속에서 뚝뚝 떨어진다. 그 땀방울의 꼬리를 물고 지난날 만수와 그 아버지가 내 앞에 우뚝 선다. 만수와 그 동생들은 아버지가 강원도 탄광에 취직해서 함께 따라간다고 자랑스러워하더니, 그 아버지도 이와 같았고 만수도 아버지를 따라 그 길을 걸어갔을 것이다. 저 앞에 서 있는 광부 인형 모델이 만수는 아니런가.

영월에 살 때다. 태백선 열차를 늘 타고 다녔는데, 그 열차 안에는 언제나 연탄 광부와 그 가족들이 언제나 열차가 졸지 않도록 시끄럽게 해 주었다. 육중한 강철 짱구 머리가 졸며 달리다 민가라도 받으면 피해가 클 것이다. 그래서 시끄러운 사람도 필요하다. 그럼에도 불과하고 언제나 지나치리만큼 시끄럽기는 하였다. 그때 열차 안에서 어느 아저씨가 내게 이런 말을 했었다.

"우리 광부들은 오래간만에 외출하려고 목욕탕에 들어가 때를 붉혀 씻어도, 땀구멍에 들어있는 까만 연탄 가루는 아무리 씻어도 지워지지 않는다오." 그래서 광부들의 얼굴을 금방 알아볼 수 있었구나. 행여나 광부 아저씨가 열등감을 느낄까 싶어 내 마음만 주고받았다. 그때 광부 아저씨가 한 말이 귓전에 맴돈다. 저 광부들이 지하 1,000m에서 마시는 산소, 그것이 바로 보화요, 보석이요, 다이아몬드보다 값진 것이다. 갱 속에서는 다이아몬드보다 값지고 감사한 것이 굴 밖에 나오는 그 순간에, 물질, 향락, 문명과 자리바꿈을 한다. 이것이 광부의 인생이요, 또 우리 인간의 삶이다.

믿음, 공기, 산소, 물, 햇빛, 사랑, 은혜, 감사… 등과 같이 정말로 값지고 귀중한 보배는 보이지 않으나, 눈에 보이는 것은 흔하고 볼품없는 것들이다.

귀중한 보배를 어느 곳에서나 쉽게 얻을 수 있다고 해서 천하게 보았고, 당연한 것으로 여긴다. 어느 한순간에는 얻으려 발버둥 처도 얻을 수 없다는 것을 까맣게 잊고서 말이다. 이 귀중한 보배들을 모두가 잘 간직하자. 얻을 수 없는 그때를 생각해서 말이다.

흔하고 맘껏 얻을 때에 저장하여 오래 간직할 저장탱크를 만들어 보자.

/

악어 위장을 닮은 사람

나는 동물과 식물을 참 좋아한다. 우리가 사는 사계절이 뚜렷한 온대지방에서는 동식물의 종류가 다양하지 못하다. 열대지방에서 서식하는 동식물을 보려면 동물원에나 가야 볼 수가 있다. 열대지방에 서식하는 많은 동물 중에 악어는 우리가 볼 때 부러운 점이 한두 개가 아니다. 사람은 몸의 모든 지체와 기관은 일생에 단 한 번밖에 기회가 없다. 다만 이빨은 두 번의 기회가 있다. 그러나 젖니는 너무 약해서 그 기능을 발휘하기보다는 조금 더 튼튼한 이빨을 얻기 위한 준비 과정이라 해도 틀린 말은 아닐 것이다.

이렇게 빈약한 사람에 비해서 악어는 사람이 흉내도 낼 수 없는 여러 가지 이점이 있다. 악어는 위 속에 많은 양의 염산을 함유하고 있기 때문에 삼킨 쇠붙이도 녹여서 소화 시킬 수가 있다. 그래서 사슴 같은 짐승도 통째로 삼켜 버린다. 그러니 짐승의 뿔을 소화하는 일쯤은 아무런 장애가 될 수 없다. 이빨도 든든하여 수차례 올라온다. 톱

날과도 같은 이빨로 자기 몸에 몇 배나 되는 큰 짐승을 이빨만 가지고 마음대로 자른다. 참으로 놀라운 일이 아닌가. 또 쇠붙이도 녹이는 강력한 염산이 자기의 내장은 어찌 해를 끼치지 않을까. 그것은 사람도 그렇긴 하다. 사람에게도 위산은 있다. 다만 아주 미미한 양이기 때문에 소화 장애도 종종 일으키는 것이다. 또 과다 생산되면 신물이 올라오고 역설적으로 소화불량이 생긴다. 그렇다고 악어의 지체와 기관을 부러워만 하면 우리는 점점 나약한 사람이 될 뿐이다. 그러니 우리가 악어를 닮아 앞지르면 될 것이다. 육체적인 조건은 이미 결정되었으니 닮을 수 없을 것이고 정신적, 즉 혼으로는 충분히 따라 잡을 수가 있다. 그 방법으로 사람들의 어떤 말에도 상처를 받지 않고 소화하면 악어 같은 건강한 정신력과 마음가짐이 된다. 악어 같은 사람은 가난하면 가난한 대로, 부자면 부자대로, 또 외로우면 외로운 대로 슬프면 슬픈 대로 각각 상처받지 않고 교육의 조건으로 소화할 수가 있다. 이것은 매우 감사한 일이 아닌가.

우리는 아무런 생각도 변화도 없이 그냥 바람 부는 데로 떠밀려 갈 것인가, 아니면 인생의 소망을 간직하고 힘껏 노를 저어 갈 것인가. 그것은 순전히 내 의지력에 달렸다. 아무리 악어와 같은 소화력과 용맹함을 지녔다 할지라도, 자기관리를 하지 못한다면 12)사상누각沙上樓閣 밖에 되지 못할 것이다. 모래 위에서는 손쉽게 재능대로 마음대로 파고 누각을 지을 수는 있다. 그러나 파도치고 비바람 앞에서는 모든 수

---

12) 사상누각沙上樓閣 : 기초가 약하여 오래가지 못하는 것을 뜻하는 고사성어

고가 물거품으로 돌아갈 것이다.

중국은 워낙 자전거를 많이 타고 다니니 주차 공간이 적을 수밖에 없다. 장사하는 집 앞의 담벼락에도 자전거를 주차하는데 그게 너무 심하다. 자전거 때문에 몸살을 앓던 집 주인이 자신의 담벼락에 자전거를 주차하지 말라고 온갖 경고문을 다 써 봤으나 헛된 일이었다. 고민하다 이런 경고를 써 붙였다.

"자전거를 공짜로 드립니다. 누구나 가져가십시오."

그날 이후로 아무도 그곳에 자전거를 주차하지 않았단다. 이것 참 기발한 발상이 아닌가. 별다르고 특별한 아이디어도 아닌데 말이다.

사람은 자신의 것을 잃거나 손해 보지 않으려는 마음이 있다. 그러면서도 인간관계에서는 절대 손해 보지 않으려는 사람은 가까이하려 하지 않는다. 마치 악어를 보고 슬슬 피하듯이 한다. 내 것은 물론 귀하고 중요하다. 그러나 상대방이 귀한 것을 지키려 할 때 내 것을 적당히 양보할 줄 아는 미덕이 사람을 감동하게 한다. 자기방어에 능한 사람이라도 자신 품격을 지키지 못하면 아무 소용없어서 더욱 그렇다. 인간이 소유한 것은 다 귀하다. 특별히 생명은 무엇보다 귀중하다. 생명을 생명답게 유지하고 보존하는 길은 건강을 단련하여 육체는 물론 정신과 혼까지 건강해야 할 것이다. 건강을 해치는 마음가짐이 되지 않도록 아프리카 늪지대 악어를 닮자. 악어가 눈만 내놓고 먹잇감을 주시하듯, 내 몸과 마음가짐을 늘 살펴보아야겠다.

'악어야, 내 마음속으로 너를 초청하고 싶구나. 내게로 어서 오너라.'

/

검붉게 피 토한 참상

어린 시절에 코끝이 시원하고 상쾌함을 선물하는 앞산 나무그늘 밑으로 혼자 산책하기를 매우 좋아했다. 굴참나무 둥치에서 흘러나오는 수액을 빨아 먹으려 모여드는 집게벌레, 풍뎅이 등을 잡다 배가 고프면, 줄기 넝쿨에서 향긋한 냄새를 풍기는 더덕과 잔대를 캐 먹고 요기를 하였다. 중년부터 등산에 재미를 느끼고 즐기는 것이 그때 즐기던 산책을 되찾은 것이다. 앞산 중턱에는 노란 꾀꼬리의 합창 소리로 봄이 물씬 접어들었음을 확인시켜 주었다. '아-아.' 길게 소리치는 꾀꼬리 노랫소리에 화들짝 놀란 벚꽃 몽우리가 터질 때면, 산 까치 한 쌍도 나뭇가지 물어 나르며 보금자리 장만하기에 뒤돌아 볼 새도 없다. 자작나무 가지 끝에다 어느새 꾀꼬리의 멋들어진 둥지가 완성되었다. 너희는 기술도 좋구나. 천적인 뱀을 피해서 연한 가지 끝에 암컷이 집터를 잡으면, 어디서 빌려왔나 무명실을 가지에 칭칭 동여매어 둥지를 매다는 솜씨가 참으로 으뜸이다. 지혜로운 어미 덕에, 가느다란 가지

둥지 속에서 새끼들은 안심하고 자랄 수가 있었다. 아카시아 꽃 속에 숨어있는 꿀물을 말려주는 산들바람이 다정하게 밀어주는 그네를 타고, 둥지에 숨은 노란 부리가 하루가 다르게 검어진다. 어릴 때부터 내가 유난히 좋아하던 색깔은 노란색이었다. 학교를 파하고 돌아오다 친구 집 울타리에 노란 색깔의 매화꽃이 만발한 것을 보았다. 난생처음 본 꽃에 반한 나는, 주지 않겠다는 친구에게 사기 구슬 삼십 개나 주기로 약속하고 두 뿌리를 캐왔다. 담 밑에 심은 매화는 예쁘게 꽃은 피었으나, 친구에게 빚 갚느라 그 해 구슬치기로 얻은 소득은 모두 친구를 주어야 했다.

노란 저고리를 입은 꾀꼬리는 나를 항상 유혹하였다. 언젠가는 매달린 둥지를 털어 노란 꾀꼬리를 내 손 안에 넣으리라. 다짐하곤 했다. 그러나 누룩뱀도 감히 가지 못하는 그 길을 내가 어찌 가랴. 노란 꾀꼬리와 나는 그 흔한 궁합도 안 맞는가보다. 못 채운 마음을 보상이나 하듯 또 다른 나무에 오른다. 깊은 산 속 곰이 좋아한다는 벗을 따먹기 위함이다. 입술은 검붉은 피로 물들였지만 달콤한 맛이 내 손을 멈추지 못하게 한다. 꾀꼬리와 맺지 못한 사이를 벗 열매와 맺어 주셨다 생각하니 기뻐서 해가 기우는 줄도 몰랐다. 산 벗은 그렇게 맛이 좋았는데 요즘 도시 가로수로 심은 벗나무는 그렇지를 못하다.

얼마 전 가로수에서 꽃 비 내리는 것을 보았는데, 어느새 잎 사이로 어린 시절 앞산에서 본 꾀꼬리 눈동자 닮은 벗이 나를 보며 손짓한다. 살포시 잡아 입에 넣어보니 모양은 그때 그것이나 맛은 아니다. 아름답고 소담한 꽃을 개량하다 보니, 열매는 진미를 잃었나 보다. 내 입이 그새 변한 것은 아닐까. 그것만은 아닌 것 같다. 아무리 입맛이 변했다 해도 단맛과 쓴맛이 뒤바뀔 정도로 변할 리는 없다. 더구나 꽃이 탐스러운 왕 벚꽃 열매는 크기는 앵두같이 먹음직하나, 입에 넣으니 몹시 써서 토악질을 부른다.

그때 나를 섬뜩하게 하고 슬프게 했던 저것이 무엇일까? 검붉은 피를 길 위에 쏟고 참혹하게 튀어나온 하얀 둥근 뼛조각, 마음이 여린 여학생들은 눈뜨고 보지 못할 참상이라며 까치발을 세우고 요리조리 피해 보지만, 부질없는 행동이라 체념한다. 영을 위해 구령에 몸 바친 목사이니 흰 장갑은 없지만, 저 참상을 수습해야 할 것만 같았다. 가까이 다가가 수습하려니 수없이 많아 이내 포기를 했다. 나를 보고 직무유기라 욕하지들 마소, 나도 어쩔 수가 없었다오. 차라리 보지 않으니 만 못하였다. 그러나 내일 아침이면 미화 요원들이 말끔하게 치워 줄 것이다. 그들은 빗 터진 것쯤이야 일도 아니니까.

이 세상에 똑같은 사건이나 형편을 만나더라도 어떤 자는 변사체처럼 끔찍하고 절망에 찬 눈으로 보지만, 어떤 이는 아무 일도 없는 듯 소망과 꿈의 날개를 더 높이 펼쳐 오른다. 많은 이들이 무관심하고 초점을 맞추려 하지 않는 두려움과 용기 차이다. 그러면 이제껏 내가 무엇을 보고 놀랐단 말인가. 나에게 저 약속처럼 담대한 용기를 주셨는데 왜 놀란단 말이야 내게는 저렇게 힘주시는 말씀이 있는데…

✝

"너의 평생에 너를 능히 당할 자 없으리니 내가 모세와 함께
있던 것같이 너와 함께 있을 것임이라. 내가 너를 떠나지 아니
하며 버리지 아니 하리니, 마음을 강하게 하라 담대히 하라."

(여호수아 1장 5절)

내일은 내게 어떤 일로 용기를 심어줄 것인가. 그 기대에 오늘도 밤
잠을 설친다.

/

은행나무 거목의 속삭임

어린 시절 나는 숙맥과 같은 아이였다. 아니, 콩과 보리도 분간할 줄 모르는 숙맥불변은 사치스러운 말이다. 초등학교 1학년 하굣길에서 또다시 모험심은 예고 없이 노란 떡잎을 펼쳤다.

"얘들아, 우리 오늘 새로운 길로 집에 가자."

나의 제안에 친구들이 합세하며 장터를 지나 도살장이 있고 협곡이 있는 소로로 들어섰다. 중학교 형들만 다니는 길이다. 한 번도 가보지 않은 길이지만 어림짐작으로 길을 따라 걸어갔다. 느티나무 고목은 하늘을 찌를 듯 높고 웅장하다. 동화책에서나 본 그림같이 보였다. 그런 나무 네 그루를 지나니, 으스스 소름 끼치는 도살장이 비릿한 피 냄새를 풍기며 나를 쳐다본다. 갑자기 오금이 저리며 그 앞을 지나가기가 싫다. 그렇다고 친구들에게 무서운 내 마음을 이야기했다가는, 지난 일요일에 있었던 일이 들통 날 것이야. 그 죄를 감추기 위해서라도 나는 입술을 꽉 깨물어야 했다.

아랫동네에 있는 쌍 가락 보로 미역 감으러 갔을 때, 마지막 옷을 벗어놓고 물로 뛰어드는 이웃 동네 사는 친구의 팬티를 풀숲에 감추어 둔 것을 도살장은 이미 알고 있음이야. 못된 친구인 그 아이는 우리에게 미운 짓도 참으로 많이 하였다. 혼자 언짢은 일이 있으면 화풀이 대상은 언제나 우리였다. 한번은 함께 집으로 가던 길에 감기약 심부름을 해야 한다며, 함께 가잖다. 가기 싫다는 우리를 위협하며 구멍약국으로 들어갔다. 약사 아주머니가 조제실로 들어가자, 그 친구가 우리 둘을 보고 박카스 한 상자를 품속에 넣으란다. 둘은 미동도 안 했다. 들키면 우리 책임이고, 요행히 안 들킨다 해도 그가 뺏을 것은 뻔하다. 그런 짓을 왜 하겠는가. 그 친구와 갈라지는 갈림길에 이르기까지 우리 둘은 박카스 훔치지 않은 대가를 욕설과 주먹질로 혹독하게 치러야 했다. 그렇게 미운 아이라서 팬티를 감추고 찾아주지 않은 것이다. 그 친구가 포악하게 된 이유를 그가 학교를 그만두고 난 후에야 비로소 알았다. 그의 어머니는 본부인을 밀쳐내고 들어온 후처였다. 본부인이 낳은 두 형은 친구와 나이가 많이 차이 났고, 배다른 두 형은 친구를 심하게 구박하였다. 너의 어머니 때문에 우리 어머니와 우리 형제가 고생한다며 친구를 심하게 때린 것이다. 참 불쌍한 아이였는데, 화풀이 대상이 우리 둘이었다는 사실을 지금처럼 이해력이 있었다면, 미워하지 않고 다 받아주었을 터인데. 친구야, 그때는 우리가 너무 숙맥이었구나, 미안하다. 지금은 어디 있는지 보고 싶다.

도살장은 나의 그런 행실을 벌써 알고 노려보는 것이야, 미움 반 사죄 반의 마음으로 도살장 눈치를 살금살금 살펴보며 그 앞을 지나간다. 그런데 다 지나도록 아무런 일이 없다. 그제야 긴 한숨이 나를 축하해 주었다. 그러면 그렇지. 이곳 도살장에서 쌍 가락 보까지 얼마나 먼데 도살장이 볼 수가 있겠어. 내 생각 수준이 그랬으니 그것이 숙맥인지, 순진함인지 아직도 오락가락 알 수가 없다. 그래서 아직도 나는 숙맥인가 보다. 도살장도 쌍 가락 보도 아무런 일 없으니 탈탈 털어 버리고 룰루랄라 걷다 보니, 저만치 언덕 위에 요즘 아이들이 좋아하는 공룡 한 마리가 떡 버티고 서있다. 그 공룡은 내가 좋아하는 샛노란 옷을 입고, 도살장과는 전혀 다르게 다정하게 내게 손짓을 한다.

누가 먼저랄 것도 없이 필통 속 연필심이 골아 깨지는 달그락달그락 소리를 내며, 노란 치마를 향해 뛰었다. 가까이 가서야 그것이 산수책에서 본 덧셈 뺄셈 공부하는 은행나무 잎이란 것을 알았다. 저렇게 큰 나무는 지금껏 본 적이 없었다. 오면서 본 느티나무 고목은 이 은행나무의 손자뻘이다. 예쁜 잎 주워 책갈피에 넣으려 줍다 보니, 은행이 여기저기 흩어져 있다. 냄새는 심하게 났지만, 발로 문지르니 말끔하게 벗겨진다. 하나둘 줍다가 욕심이 생긴다. 한 번에 많은 은행을 주울 수 없을까. 올려다보니 고목이지만 작은 가지 잡고 오르면 오를 것 같다. 기어오르는 내 몸을 내가 보아도 '고목 나무에 붙은 매미.' 그것이 딱 맞는 표현이다. 돋아난 가지가 작은 가지지만 꽤 단단하게 붙어있다.

은행을 주워 빨간 파란 노란 물을 들여 목걸이를 만들까. 아니면 빨간 물든 은행을 자랑하던 사촌 누나에게 자랑할까 생각하는 순간,

가지가 찢어지면서 내 몸은 밑으로 곤두박질했다. 간신히 정신을 차려보니 친구들이 둘러서서 걱정스럽게 쳐다본다. 내가 정신 차린 것을 확인한 저들은 또 흩어져 은행 줍기에 바쁘다. 나는 아파 못 견디겠는데 참으로 의리도 없다. 근데 이게 무슨 냄새인가. 엎드린 얼굴 옆에서 심한 악취가 풍긴다. 더러운 오물에 엎드린 것 같아 살펴보니, 더러운 것은 없고 누군가가 나무 밑둥치 옆에 많은 은행을 주워 다가 은행잎으로 덮어 놓았다. 이것은 분명히 이 동네 사는 내 짝꿍 성주와 수년이가 학교 가기 바빠 덮어두었다가, 하굣길에 가져가려고 감춰둔 것이리라. '아니야. 나무 위에서 떨어진 것이 깊은 곳으로 모였고 그 위에 은행잎이 덮힌 것이야.' 두 의견이 마음속에서 언성을 높인다. 그래. 나는 언성 높여 싸우는 사람이 제일 싫더라. 어느 한쪽 편을 들고 책보를 풀어 책과 함께 많은 은행을 쌌다. 횡재했다며 흡족한 미소는 어느새 양 귀에 걸쳐 눕는다. 이것이 도적질인가 아니면 버려진 것을 주워가는 것인가. 또다시 내 머릿속에선 갈등이 어제 오후에 하던 구슬치기처럼 이리저리 구른다. 바로 그때, 노란 치마 두른 은행나무 할머니가 속삭여주었다.

"그것은 아픈 고통을 겪은 너의 몫이니 가져가거라."

그 속삭임은 노란 치마 할머니 모습으로 내 곁에 오신 구세주 같았다. 그런데 이상하다. 은행나무 할머니가 한소리는 어디서 많이 들은 소리인데 숙맥이 또 오락가락한다. 그렇다. 교회학교 선생님이 설교시간에 한 성경 말씀 그것이었다.

✝

"울며 씨를 뿌리러 나가는 자는 정녕 기쁨으로 그 단을 가지고 돌아오리라."

(시편 126장 6절)

웅장한 은행나무에서 날개 부러진 독수리처럼 떨어질 때는 재수 옴 붙었다고 불평했는데, 묵직한 은행 보따리가 아픈 팔다리, 허리를 한순간에 치료해 주었다. 이제부터는 위기에 은행나무를 만날지라도 기쁨의 단은 성큼성큼 다가와 원망의 입술을 막을 것이다. 바람 떡이 입 다물듯 꼭꼭 막아주는 능력을 깨달았으니, 이제부터 나는 숙맥이 아니다.

그래서 기쁨으로 만세를 부르고 또 불렀다.

/

설움은 음식문화의 대부

설움 중에 가장 큰 설움은 배고픈 설움이라 했다. 우리 귀에 농익은 말 한마디 하련다. "눈물 젖은 빵을 먹어보지 않은 자는 인생을 논하지 마라." 배고픈 설움을 얼마나 처절하게 느꼈으면, 여러 귀에 익숙하도록 사람 입에서 그네를 탔을까. 일찍부터 약소민족의 꼬리표엔 가난 대물림이 이골이 났으니 누구인들 모를 말이던가. 우리 민족은 그 설움이 뼈에 사무쳤다. 그 덕에 빨리빨리 문화로 고도의 성장을 일궈냈다. 설움이 뼈에 사무친 세대는 고도의 성장문화에 환희의 찬가가 멈출 줄 모르는데, 그것을 맛볼 혀가 없던 세대는 장송곡으로 편곡하여 생각과 영을 장례 터로 오라 손짓한다.

우리 민족뿐만 아니라 지구 상에 모든 종족은 설움과 압박이 만든 고통 속에서 음식문화라는 화려한 꽃을 피웠다. 백인에게 압박받은 브라질은 '페이조아다'란 유명한 음식문화를 만들었다. 귀족들이 흥하다고 먹지 않고 버린 돼지 꼬리, 귀, 내장 등을 천민들이 모아, 검은 콩과 함께 푹 삶아 배고픔을 면한 음식이 지금은 브라질의 대표적 음식이 되었다. 곰탕의 고향은 로마다. 로마가 망하는데 큰 공헌을 한 것이, 귀족들의 식도락이라는 것을 우리는 잘 안다. 천민과 노예들은 굶주리고 죽어갈 때, 식도락가들은 배불리 먹고 또 먹으려고 위를 줄이기 위해 손가락을 목구멍에 넣고 토했다. 굶주린 천민들은 배가 고프니 버리지는 못하고, 그것을 받아 가마솥에 넣고 풀죽이 되도록 끓였다. 이것이 곰탕의 첫 출발이다. 지금 식당에 가서 곰탕을 시켜놓고 로마 식도락가들의 행실을 생각하면, 입은 가까이 가지만 머리에서는 거부할 것이다.

중국 땅 만리장성을 넘어가 보자. 그곳에서 단연 으뜸인 음식은 '부귀토계'다. 우리 조상들이 그랬듯이, 옛 중국 백성들도 먹고살기 어려운 것은 우리와 같았다. 가정을 가진 일반 백성들도 어려운데, 얻어먹는 거지들이야 비참하기 이를 데 없었다. 한 거지가 산 닭을 잡아 오기는 했으나, 그릇도 없고 양념은 물론 조리할 조건이 아무것도 없었다. 궁리 끝에 거지 방식으로 요리했다. 털도 뽑지 않은 닭을 목숨만 끊고, 진흙을 물에 이겨 바르고 통째로 불에 넣어 굽는다. 익은 냄새가 나서 흙을 벗기니, 털은 말끔하게 타 없어지고 맛은 일품이었다. 혼자 먹기에 아까운 맛을 느껴 식당을 차려 진흙 구이 통닭을 팔았다. 손님이 몰려 거지에게 큰 부자를 만들어 주었다고 해서 '부귀토계'라는 이름이 붙었다. 지금도 중국에선 약초와 건강식품을 가미했을 뿐 옛 방식 그대로 만들고 있다.

이제 우리 식탁으로 넘어와 설움과 음식을 찾아보자. 비빔밥은 양반들이 먹고 남은 반찬을 찬밥 덩이에 적당히 섞어 부뚜막에 앉아 먹던 것이 유래되어 오늘의 전주비빔밥이 되었다. 전주비빔밥을 먹기 위해 외국인들은 몇 년 월급을 모아 한국을 찾을 정도다. 비빔밥은 보리밥이 제맛이고, 차갑게 먹어야 제맛이라 한다. 천민들이 쌀밥을 비빔밥으로 먹었을 리 없고, 양반들 식사 끝난 다음에 먹으려니 찬밥일 수밖에 없다. 보신탕은 어떤가. 지금에야 부자들도 즐겨 먹지만, 예전에 개는 어린 아기 똥 처리하는 짐승이었다. 그래서 이름도 똥개다. 똥개 고기를 양반들은 재수 없는 고기로 알아, 눈으로 보았다면 무당굿으로 풀어내야만 했다. 양반이나 부자들이 쇠고기, 돼지고기 먹는 날이면, 천민과 머슴들은 똥개를 끌고 개울로 13)철엽을 간다. 그곳에서 똥개가 변해 천하일미가 된다.

선진국들이 애완동물을 즐겨 키우는 이유에서 보신탕 먹는 우리를 비웃지만, 그 맛은 버릴 바 없으니 정부에서도 체면을 생각해서 완벽한 장려는 못 하고 시장 뒷거래로 장려 육성하고 있다. 이렇게 동양과 서양 고금을 통해, 설움과 음식은 뗄 수 없는 관계가 되고 말았다. 자석이 어찌 쇠붙이를 못 본체하겠는가. 좋은 음식문화를 만들고 웃음을 가져다주는 고난 고통이 담긴 행복이라면, 기독교가 외면할 수 없는 진리가 아니겠는가.

†

"고난당한 것이 내게 유익이라 이로 인하여 내가 주의 율례를
배우게 되었나이다."

(시편 119장 71절)

당할 때는 고통 있으나 내게 유익을 주는 고마운 이름이여.

선뜻 내키지는 않겠으나, 겪을 수록 볼수록 깊은 의미와 느낌을 주
는 이름이여…

---

13) **철엽輟僕** : 가까운 동네 뒷동산. 마을 어귀 냇가. 또는 강가에서 풍류를 즐기고 쉬며
친구들과 정을 나누는 일

/

이순신 장군 동창생

인연이란 친구가 나와 이순신 장군을 오래전에 중매하여 주었다. 어린 강아지가 풀 뜯어 먹는 소리 하느냐고 질책하지 마소. 초여름인데 벌써 더위 먹은 소리 한다며 여기저기서 웅성웅성하는 소리가 내 귀를 간질인다. 이순신 장군은 벌써 400년 전 어른인데 관계란 당치 않는 소리란다. 허나 나와는 외면하고 싶어도 외면할 수 없는 사이로 맺어진 것을 난들 어찌하란 말인가.

조선 시대 선조 왕 25년, 요즘 세상이 사용하는 서기 1592년이다. 지금 세상에서는 별로 쓰지 않는 연호로 임진년이었지. 이때 일어난 임진왜란에 대해서는 잘 알고 있지만, 난을 일으킨 '도요토미 히데요시'에 대해서는 별로 알려지지 않아 잘 모른다. 볼품없는 하인이 주인의 짚신을 들고 주인 엉덩이만 따라다니고 있었다. 그는 주인에게 얼마나 충직했는지, 주인 노부나가의 짚신을 품에 넣어 따뜻하게 하였다가 짚신을 찾을 때 내미는 영특한 하인이었다. 지금으로 말한다면 사장이 일을 마치고 나면 자가용 실내 온기를 적당히 맞추어두었다가, 시간에 맞춰 문 앞에 대기하여 사장의 출퇴근 시간이나 성격을 정확하게 읽을 줄 아는 비서라고 하면 이해가 빠르겠다.

도요토미 히데요시가 피나는 노력으로 적은 권력을 얻었을 때다. 기요스 성벽 보수공사를 명받았을 때, 다른 사람들은 한 달이 되어도 할 수 없는 일을 3일 만에 끝내는 능력을 발휘한다. 윗사람에게 신임받는 일이라면 죽음을 무릅쓰고 해내는 무서운 자다. 원숭이처럼 못생긴 그의 얼굴이지만, 사람 마음을 움직이고 내 사람으로 만들기 위해서는 어떤 일이라도 포기하지 않는다. 그리고 편지쓰기로 인간관계를 끝없이 맺는 사람이다. 자기 사람으로 만들기 위해 평생 쓴 편지는 십만 통이 넘는다. 그는 당장 눈앞에 이익보다 미래와 사람을 얻기 위해 힘썼다. 그 예로 어렵사리 얻은 성을 상관에게 바치고 부하들에게도 나눠주어, 상관은 물론 부하에게도 신임을 얻는 뛰어난 인사다. 결국, 도요토미 히데요시는 일본 열도 60주를 통일하여 야욕을 채웠다. 그래도 그것으로 만족하지 않고 조선을 삼켜 발판으로 삼아 중국 광활한 대륙을 얻으려 한다. 참으로 꿈도 야무지다.

선조 25년 임진년부터 6년 동안 조선을 공략했다. 백성들의 인기가 높은 이순신 장군은 선조 왕의 시기함을 받아 멸시를 받아야 했으나, 결국 이순신이란 이름 앞에서 도요토미 히데요시도 그의 무릎을 꿇어야 했다. 이미 조선에 상륙한 왜군의 보급로를 이순신 장군은 스물세 차례나 여지없이 격파했기 때문이다. 아무리 든든한 고목나무라 하여도 뿌리에서 줄기로 올라가는 물관을 잘라 놓으면, 여지없이 고사하고 만다. 장군이 바로 어려운 여건에서도 그 일을 감당했으니 위대하지 않은가. 배 열두 척을 가지고 삼백 척의 왜적을 물리치며, 신출귀몰한 장군과 나는 어떤 관계가 있었던가.

임진왜란이 일어난 그해 임진년이 다시 돌아오려면 60년이 지나야 한다. 그 임진년이 6번 바뀌던 임진년 어느 날, 나는 이순신 장군을 머리에 떠올리면서 작은 마을에서 태어났다. 전쟁으로 잃은 부하를 위해 우는 그 울음이나, 세상을 처음 만나 감격해서 우는 울음이나 임진년을 뒤흔든 울음은 매한가지다. 그 후 이십삼 년이 지나서 또 한 번에 연관성을 맺었다. 장군이 전승한 23 숫자와 같은 스물세 살 때, 나는 장군과 같은 해군에 지원 입대하였다. 장군의 후예들이 있는 진해 해군훈련소에서 임진년이 여섯 번 지난 숫자인 6일 동안 제식훈련만 받던 어느 날, 행정반에서 호출하였다. 그 소리에 다람쥐처럼 달려갔다. 안됐지만 집으로 귀향하란다. 순간 하늘이 노랗다는 사실을 그제야 비로소 깨달았다. 그 노란 하늘이 어느 사이엔가 슬그머니 쪽빛으로 바뀌더이다. 하늘빛이 노란 것은 충분한 이유가 있지 않겠는가. 이순신 장군도 권력의 옷을 벗고 백의종군해야만 했었다. 어찌 이렇게 나와 닮은 점이 많았을까.

해군 제복인 새하얀 세라 복에 미쳐 지원했는데, 귀향하면 그 꿈은 사라지는 것이다. 귀향해야 할 이유는 얼굴도 알지 못하는 삼촌이 한국동란 때 납북되었기 때문이란다. 이어서 중대장 설명이 해군은 바다 위에서 근무하기 때문에, 문제가 생기면 함께 몰살이란다. 6일 동안이나 귀향이 늦은 것은 그 당시 통신시설의 열악함으로 신원조회가 늦었다. 그러한 일로 인해 친구들보다 1년 늦은 이듬해 육군 훈련소에 입대하게 되었다.

뒤늦게 생각하니 진해에서 나를 고향으로 쫓아 보내신 분은 복음전파를 위해 쓰시려는 하나님이셨다. 지원한 곳은 장기복무 대상자였으니까.

이순신 장군이 유능하였기 때문에 조선 수군들의 사기는 하늘을 찔렀고, 접전하면 함께 승리의 깃발을 휘둘렀다. 수군 개개인이 유능한 것이 아니라 지휘관이 유능하여 함께 빛을 보게 된 것이다. 군사들은 지휘관을 잘 만나는 것으로 든든한 미래가 보장된다. 나는 천국을 향해 돌진하는 십자가 군병이다. 대장 되신 예수 그리스도를 따라야 승리할 수가 있다.

✝

"네가 그리스도 예수의 좋은 군사로 나와 함께 고난을 받을지니, 군사로 다니는 자는 자기 생활에 얽매이는 자가 하나도 없나니. 이는 군사로 모집한 자를 기쁘게 하려 함이라."

(디모데후서 2장 3~4절)

이순신 장군에서 왜 갑자기 예수 그리스도를 거론하느냐고 하들 마소. 처음부터 장군과 나의 연관성을 목청껏 외치다 보니 아, 글쎄 장군보다 더 밀접하게 연관되신 분이 있지 않겠나. 그래서 여기에 그분을 소개했다오. 나는 모든 영혼도 육체도 그 대장에게 중매하는 중매쟁이가 되었소. 나의 중매에 골인 한 사람들은 모두 화려한 그 천국을 보장받았다오. 영국 속담을 빌리자면 용기 있는 자만이 미인을 획득한다고 하였다. 용기를 가집시다.

/

더부살이 거미

    어느 철학자는 '사람은 세 종류의 사람이 있다.' 하고 말을 했다. 첫째, 꿀벌과 같이 남에게 유익을 주는 사람. 둘째, 개미같이 남에게 유익도 손해도 주지 않고 오직 자기만 위해 사는 사람. 셋째, 거미같이 남에게 손해만 끼치는 사람이다. 거미 같은 사람은 생각만 해도 소름이 끼친다. 이 땅에 거미의 종류가 100여 종이나 된다. 그중에 '더부살이 거미'가 있는데, 그 종은 집도 짓지 않고 먹이 그물도 치지 않는다. 그렇게 게으르고 책임감 없이 어찌 험난한 약육강식 세계를 살아갈까. 그게 다 하이에나에게 배운 공로란다. 세렝게티 초원에서 남이 잡은 먹이를 강탈하는 얄미운 짐승 말이다. 더부살이 거미는 일반 거미들이 피땀 흘려 쳐 놓은 거미줄에 먹잇감이 걸려들면, 접근하여 먹이를 강제로 훔쳐간다. 말 그대로 날강도다.

    눈뜨고 먹이를 잃어버리는 거미에게도 문제가 없는 것은 아니다. 좋은 세상이라 도둑은 없겠지 라는 혼자 생각에, 대문도 방문도 열어젖히고 모래알에 싹트랴, 하며 세월없이 시장 보는 가정주부가 사람을 믿는다고 잘하는 것은 아니다. 운전하다 보면 앞차를 추돌한 사고를 종종 본다. 책임은 안전거리를 확보하지 않은 뒤차에 있는 것은 사실이다. 그러나 갑자기 예고 없이 끼어들거나, 가속도로 달리다 예고 없이 멈춰 추돌 원인을 제공한 앞차도 큰 문제다. 이런 논리만 보아도 세상에 의인은 아무도 없다. 그렇다고 더부살이 거미 삶을 두둔할 생각은 전혀 없다. 나 어린 시절 60년대에는 문화, 취미, 여가선용, 다이어트 등은 생각할 수도 없었다. 그런 단어가 있는 줄도 모르고, 모두 정신없이 먹을 것만 찾아 등골이 빠지도록 살아야 했다. 짐승들이 주둥이를 땅에 끌고 다니며 먹이 냄새 찾아 헤매듯이 살았으니, 무슨 생각이 더 필요할까.

어느 무더운 8월이었다. 저녁노을이 붉게 물든 황혼에 사립문 앞에, 남루한 차림의 부부가 젖먹이 아들을 찢어진 포대기로 칭칭 동여매 업고 탈진해 쓰러졌다. 문간방으로 부부를 끌어들여 물을 먹이고 서늘하게 하여주니, 잠시 부부는 정신을 차린다. 어찌 된 영문이요. 아버지의 물음에 남자는 간신이 와 둘이 힘을 합해 입을 떼었다.

"남쪽 지방 어느 작은 농촌에서 왔어요. 부모에게 물려받은 재산이 없어 동네 부잣집에서 머슴으로 근근이 살았지요. 봄에 씨를 뿌려 농사가 될 만하면 남쪽 전역에 몇 달 동안 비가 오지 않아, 흉년이 들어 먹고살기 힘이 들었어요. 그래도 내년에는 풍년이 들겠지, 하는 기대로 살다 보니 매년 가뭄이 연속되었어요. 농민들이 농사를 포기하고 떠나가니 우리 같은 품꾼들은 아무도 돌아보지 않으니, 재해가 없다는 충청도로 걸어서 오다 보니 댁의 문 앞에서 실신했나 봅니다. 함께 살도록 해 주세요." 하며 통 사정을 한다.

그 시절에는 몇 달씩 비가 오지 않아 재해가 심했다. 또 비가 오면 민둥산과 댐 시설이 전혀 없었으니 홍수피해로 직결되었다. 이상하게 가뭄과 홍수의 피해가 심하게 났다는 라디오 뉴스는 어김없이 남쪽 지방이었다. 저녁밥을 다시 지어 요기를 시키고 아버지가 함께 살도록 허락하신다. '보는 바와 같이 우리도 부잣집은 아니니, 문간방에서 살림하면서 우리 집 일도 도와주고 틈틈이 품팔이하면 먹고사는 일은 해결될 것이오.' 하니 부부는 고맙다고 큰절을 한다.

이렇게 부부는 우리와 한 식구같이 살았다. 부부의 아들은 막냇동생과 나이가 같고 이름은 'S'라고 했다. 나보다 10살은 적다. 내외는 우리 집 일이 바쁠 때는 함께 도와주고, 우리 일을 안 하는 때는 품을 팔아 푼돈을 벌었다. 어느 아침이었다. S 어머니가 화려한 진수성찬 제사상을 마루 위에 올려놓는다. 갈 곳 없는 우리에게 사랑을 베풀어, 지난밤에는 집 떠난 이후 처음으로 아버지 제사를 드렸다며 부부는 감격의 눈물을 흘린다. 그때 우리 가족은 난생처음으로 오징어순대를 맛보았다. 당시 오징어순대는 바닷가 사람이 아니라면 볼 수 없었다고 나는 기억한다. 그날 어머니는 만나는 사람에게 이상한 음식 오징어순대를 자랑하셨다. S 아버지는 길 밑 어느 밭 한쪽 구석에 집터를 얻었다. 하루 일을 마치고 나면 그곳에 가서 집터를 닦고, 흙을 이겨 흙벽돌을 만들고 열심히 일하였다. 혼자 틈틈이 시간을 내어 고생한 보람으로 집은 거의 완성이 되어갔다. 이제 지붕만 덮으면 내 집 장만이라는 꿈이 실현되는 것이다. 부잣집에서 일을 배웠었는가, S 아버지는 일도 잘하고 성실하다. 여러 곳에 불려다니며 일을 하여 점차 안정을 찾아가던 어느 날이다. 호사다마가 S 집을 찾은 것일까. 지붕 덮개로 쓸 나무를 자르러 산에 갔다가, 나뭇짐을 지고 몇 바퀴 굴렀단다. 그 일로 S 아버지는 무릎뼈가 부서지고 말았다. 지금껏 그렇게 고생스럽게 살다가 안정되려 하니 저럴 수가 있나. 아버지는 S 아버지에게 위로하신다.

"지붕 덮는 것은 내가 마무리 지어줄 터이니 아무 걱정하지 말고 무릎치료나 잘 받게."

S 아버지는 눈물을 흘리며 친 형님같이 생각하며 살겠다고 한다. 며칠 후 이웃집 아주머니를 따라 장에 다녀온 S 어머니가, 저녁에 남편과 함께 안방을 찾아 아버지에게 죄송하다며 무슨 심각한 이야기를 한다. 나는 윗목에서 배를 깔고 엎드려 숙제하는 척하며 이야기를 엿들었다. 이야기는 이러했다.

우리 집 양반이 하는 일마다 풀리지 않아 장터에 사는 무당에게 물어보니 지금 짓고 있는 집터 귀신이 노하여 남편 무릎이 깨졌단다. 자기가 말하는 대로 따르지 않으면 남편은 죽는다고. 단단히 코가 뀌었다. 그래서 내일 박수 무당과 이사를 하겠노라고 한다. '어디로 가려느냐?' 는 말에 자기들도 따라가기만 하니 모른단다. 이렇게 답답할 수가 있는가. 아버지는 말려 보지만 이미 결정하였단다. 무당이 하는 말 중에 집터 귀신이 노했다는 말은, S 어머니가 흘린 말에 꼬리를 물고 덧붙여 위협하는 말인 듯했다. S 아버지가 집터 팔 때 사람 뼛조각이 나왔다. 묵은 묘다. 그 위에다 지어서 그랬단다. 그것 때문이라면 내가 다니는 교회 식구들은 피해가 더욱 심해야 했다. 교회 지은 곳은 옛 공동묘지 터다. 학교 오다가다 보니 어른들이 교회 증축을 하면서 터를 넓힐 때 사람 뼈 수습하는 것을 보았다. 그런 묵은 묘지가 많이 있었을 것이다.

청풍 장터 가기 전 찻길 옆에 콧수염이 새까맣게 난 아저씨가 있었다. 하교 때마다 아기 목소리를 내어 징소리에 맞춰 나는 무당이라 소리쳐 자랑하더니, 어느새 S 어머니 코를 꿰었을까. S 아버지, 어머니가 우리 집에 그냥 살았다면 같은 부모 형제는 아니나 친 혈족같이 살았을 터인데, 어찌 더부살이 거미에게 물려서 고생을 또 시작한단 말인가. 여자의 약한 마음에 남편과 자식이 잘못된다는 말 들으면 독사에 물린 개구리처럼 판단력을 잃는다.

내 집을 마련한다는 소망에 풍선을 높이 띄운 S 어머니는, 완성되지 않은 빈 집터에 김장독을 묻었다. 인정이 많아 여러 집에서 얻은 우거지로 가을 김장을 어찌나 많이 담가 두었던지, 이듬해 봄 늦도록 우리 집 밥상 위에는 신 김치 냄새가 진동했다. 요리 솜씨 자랑하려는 어머니에게 실망만 안겨주었다. 더부살이 거미도 독사도 정글 지대에만 사는 것이 아니다. 지금 우리 곁에도 그 더부살이 거미는 호시탐탐 기회를 엿보고 있다.

"그러나 성령이 밝히 말씀하시기를, 후일에 어떤 사람들이 믿음에서 떠나 미혹케 하는 영과 귀신의 가르침을 쫓으리라 하셨으니." (디모데전서 4장 1절)

지금 내 좌우 앞뒤 주위를 살펴보자.

/

"영철아, 미안했어. 이젠 맞아 줄게"

'싸움'이란, 인류 생성 이후 지금껏 아니 인간이 생존하는 그 날까지 멈출 줄을 모르고 달릴 것이다. 어른들은 아이들 잘못을 덮어주고 용기를 주려고, 어릴 땐 싸워야 키 큰다고 한다. 그러나 받아들이는 아이 입장에선 친구들과 싸워야 잘 자랄 수 있는 것으로 받아들이기에 십상이다. 한참 성장하는 어린 시절에 나는 싸움을 많이 하면, 싸움기술과 능력이 근육을 발달시켜 성장에 큰 도움이 되는 것으로 알았다. 틀린 말은 아니다. 문제는 근육을 발달시키는 운동엔 안중에도 없고, 친구들과 싸우는 일에 열심히 하면 걱정이다.

초등학교 저학년 때다. 어느 날 등굣길에 한 아이가 책보를 어깨에 빗겨 메고, 우리와 합류하여 학교를 향한다. 예배당 밑 상희 어머니는 자청하여 그 아이를 소개했다. 어제 전학 온 아이인데 사이좋게 잘 다니어라. 우리에게 명령 같은 당부를 하신다. 그 아이는 나와 비슷한 크기 아이인데 2학년에 들어갔단다. 그러면 나는 1년 선배가 되는 것이다. 우리는 사람 정이 그리웠던가. 곧 친숙하게 친구가 되었다. 영철인 마음 씀씀이도 나와 거의 같아 우리는 십년지기 인양 친하게 놀았다.

그해 가을 어느 날, 늦더위 태양열을 받으며 우리는 산길을 따라 집으로 가는 길을 택했다. 돌길을 따라 많은 고갯길을 넘어야 했지만, 지름길이라는 명분으로 산길을 종종 선택했다. 실상은 그보다 더 큰 뜻이 있다. 산길을 따라가다 보면, 고구마밭, 수수, 옥수수밭, 산딸기 등 먹을 것이 우리를 기다리고 있기 때문이다. 그렇지만 아버지 어머니가 겪는 농사고충을 잘 알고 있는 터라, 큰 손해는 보이지 않고 허기만 겨우 면하면 만족했다. 어느 고구마밭으로 우리는 다가갔다. 막 수확을 하고 난 흔적이 널브러져 있다. 채 마르지도 않고 시들은 넝쿨은 수확한 지 몇 시간이 지나지 않았음을, 우리는 유명한 대학교수만큼이나 잘 알고 있었다. 이런 밭을 만나면 정말 기분이 좋다. 양심에 가책을 느끼지도 않고 마구 파헤치다 보면, 잃어버려 흙으로 덮어 둔 날 고구마가 반갑게 나온다. 이때는 금광맥이나 찾은 듯 기쁘다.

금쪽같은 내 고구마는 한쪽에 모아 놓고 열심히 흙을 파헤쳤다. 호미로 파헤친 직후라, 내 사타구니 속살만큼이나 부드럽고 감촉이 좋다. 남한강에 뛰어들어 미역 감은 날이 가물가물하니, 그간 고구마를 살찌운 흙을 보드라운 내 속살이라 생각하고 열심히 때를 밀었다. 그때 이웃에 사는 친구가 다가와 귓속말을 한다. "야, 금봉아, 영철이가 네 고구마 하나 가져갔어." 울화가 벌컥 치밀었다. 어떻게 찾아낸 보물인데, 그렇게 해서 영철이 와 싸움은 시작되었다. 후에 알게 된 일이지만 친한 친구를 영철 이에게 뺏긴 것을 시기한 친구가 이간질한 것이다. 둘은 누구 키가 더 크냐는 듯 응시하다, 내가 주먹을 불끈 쥐고 영철이 콧잔등을 과격했다. 검붉은 방울이 주르륵 흐른다. 그것을 본 나는 영철이보다 먼저 두려움을 느꼈다. 저 많은 피가 멎지 않으면 어쩌지, 뜨뜻한 감촉을 느낀 영철이 는 주먹으로 코밑을 훔친다. '으앙─' 피를 본 영철이 는 다리에 힘이 풀린 듯 두 다리를 뻗고 앉아 통곡한다. 필연 저 아이는 여러 가지 설움을 앞세워 울 것이야, 우선 피의 공포감에 울 것이고, 자기편 들어줄 만한 가까운 친구가 없어서 일 것이고, 가정 형편상 홀로 친척 집에 묻어 사는 것이 서러울 것이다. 불쌍한 친구에게 피를 보인 것이 미안하기도 하고, 피가 멎지 않을까 걱정이 되어 겁이 났다. 내게 가장 중요한 책 보따리만 들고 뛰었다. 숨이 가빠오며 기진맥진할 때까지 뛰었다. 영철이가 가야 할 갈림길을 지나 언덕 밑 은밀한 곳에서 숨을 몰아쉬며 친구들을 기다렸다. 친구들을 통해 결과를 알기 전에는 불안해서 집에 갈 수가 없었기 때문이다.

'쿵쿵쿵' 소리와 함께 목 뒤로 동네 아이들이 밀려온다. "잘했어. 금봉아, 금봉이 싸움 잘한다." 더 큰 사건이 벌어지지 않았음을 직감하고, '내 고구마?' 하고 물었으나 모두 다 모른다고 발뺌이다. 주머니에 가장 많이 쑤셔 넣은 친구가 '싸움하느라 수고했으니 고구마 먹어.' 하며 하나를 건네준다. 싸움결과가 너무나 허무하다. 오랑캐와 싸워도 노획물은 있는데 나는 내 것까지 잃어가면서 싸움을 했더냐. 이것이 난생처음이자 지금까지 마지막으로 한 주먹질 싸움이었다. 그래서 잊을 수가 없다. 나보다 힘이 약한 아이는 때린 적이 없고, 힘센 아이는 힘겨루기를 아예 포기하고, 비슷한 아이는 함께 친숙하고 공존하는 방법을 택하여 싸움 한 일이 없었다. 그 이유로 어떤 친구는 내게 '촌색시'란 별명을 붙여 주었다. 자기보다 크면서 미운 아이 때려주고 자기편을 들어주었으면 좋으련만, 그렇지 않고 모두를 좋아하니 내심 미운 것이었다.

읍내 광목 포장을 친 가설극장에서 남정임이 촌색시로 등장하여, 외간 손님으로 온 신성일과 인기를 독차지하고 있었다. 그러니 촌색시 별명이 낯설지가 않다. 그런데 영철이 와 친하게 놀라고 당부한 아주머니와 그 남편을 교회에서 만날 터인데 어쩔까나, 걱정이 똥마려운 강아지 꼴이다. 주일 아침 학생예배를 끝내고 교회 문 앞을 나오는데 그분들을 정면에서 마주쳤다. 시치미를 떼고 '안녕하세요.' 인사를 해도 나와 영철이 사건을 전혀 모르는 눈치다. 참 이상하다. 서러움에 북받친 영철이가 말 안 할 턱이 없는데 말이다. 영철이 는 서러웠지만 가볍게 일러바치는 아이가 아니라는 것을 알고, 내 마음은 영철이에게 더 끌렸다. 한마을 친구들이 떼어 놓으려 한 일이 오히려 가까워지게 하였다. 영철이 는 타관 객지에서 처음으로 피를 흘리게 하고 때린 내게 쉽사리 마음 문을 열지 않았다. 그러는 사이 제대로 사과 한번 안 했는데 영철이 는 사라졌다. 가정이 원만하여 합친 것일까. 아니면 나처럼 싸움하는 친구들이 싫다고 다른 곳으로 갔을까. 내 잘못이 크다. 내 곁에 요긴하게 필요한 산소가 있었으나 내가 너를 알아보지 못하였구나. 미안하다 영철아. 이런 성경 구절은 나를 더욱 꾸짖고 부끄럽게 했다.

†

"나의 깨달은 것이 이것이라 곧 하나님이 사람을 정직하게 지으셨으나 사람은 많은 꾀를 낸 것이니라."

(전도서 7장 29절)

오랜만에 좋은 친구를 만났는데, 내 욕심은 고구마만 바라보고 친구를 알아보지 못한 것이야.

세상 모든 사람은 조그마한 욕심에 눈이 어두워 자신에게 요긴한 보화를 잊고 산다.

영철아, 어디 있니. 이제는 내가 맞아 줄게. 못난 나 좀 때려 줘.

/

짐 진 자와 벗은 자의 차이

우리 사람들은 세상을 살아가면서 착각을 참 많이 하고 산다. 어렵
고 힘든 문제만 착각하는 것이 아니다. 가볍고 하찮은 일이라도, 무관
심 속에 신중하지 못한 습관이 일을 그르치고 시행착오를 일으킨다.
타인은 사력을 다해 싸우며 버티고 있는데, 내 입장만 생각하여 별것
아닌 듯 말하는 것이 그렇다.

초등학교 때다. 학교를 마치고 집에 돌아오면 언제나 하는 놀이가
매일 틀에 박혔다. 사방치기, 비석치기, 땅뺏기, 구슬치기, 제기차기,
자치기 이것만 잘할 줄 알면 친구들과의 관계는 염려 없다. 같은 놀이
만 계속하니 싫증이나 새로운 것을 찾기 위해 아버지를 따라 깊은 산
에 갔다. 나뭇가지도 줍고 산새 울음소리도 듣고 좋을 것이다. 많은 사
람이 자주 다니는 야산과는 다르게 그곳 먼 산에는 마른 나무가 정말
많았다. 이곳저곳에 널려있는 마른 나뭇가지 줍기가, 마치 칠칠한 떡

장수가 보따리 사이로 흘린 떡을 줍는 듯 신이 나고 재미있다. 정신없이 줍다 보니 많이도 쌓였다. 아버지 지게에 한 짐 가득 싫고도 많이 남는다. 아버지는 칡넝쿨을 끊어 엮어 멜빵을 만들어 내게 지워 주셨다. 간단한 것이 마치 사회책에서 본 박물 장수 할아버지 사진과도 같다. 혼자 속으로 피식 웃었다. 큰 고통 없이 집까지 충분히 갈 것 같았는데, 집까지 거리가 멀어 집으로 갈수록 점점 무거워진다. 죽은 나뭇가지가 그 사이에 새끼를 치지는 않았을 터인데 왜 그럴까, 문제는 나였다. 내가 힘들고 지치게 되니 가만히 있는 나뭇가지까지 이상한 눈으로 본다. 그래서 만사에 원인은 나인 것을 그때는 알 턱이 없지 않은가. 내가 어려운 일을 당하고 힘들면, 주위 모든 사람이 범죄자고 그들 때문에 고생한다는 원망을 버려야 하는데 그러지를 못한다. 힘겹게 걸어가는 모습을 보신 아버지는 그곳에 내려놓으라고 하고서, 절반을 덜어 아버지 나뭇짐에 얹으신다. 내심 반가웠지만, 더욱 무거워질 아버지를 생각하니 마음이 무겁다.

"이제 가볍지? 그래. 너는 가벼워졌지만 나는 점점 무거워지는구나." 그 소리에 가슴속에서 무엇인가 덜컹하는 소리가 나는 듯도 하고, 아린 맛이 야릇한 느낌을 던지는 한마디였다.

그 한마디 말씀이 지금까지 못이 되어 내 마음을 짓누른다. '아버지, 나는 충분히 갈 수 있으니 그냥 두세요.' 그 말을 왜 못했던가. 그 말이라도 했더라면 지금껏 내 마음이 무겁지는 않았을 터인데. 힘겨워하시는 아버지의 짐을 덜어드리지는 못하고 짐을 왜 보태주었단 말인가. 후일 영혼의 짐까지 지울 수 없어서, 전도하여 구원에 확신을 얻고 평안한 마음으로 생을 마감하셨다. 사람은 한세상을 살아가면서 자기 영혼이 들어갈 하늘나라를 준비한다. 애벌레 누에가 뽕잎을 먹고 잠자고, 뽕잎을 먹고 잠자고 막 잠까지 잔 후에 자기 몸이 들어갈 집을 짓는다. 그것이 비단 실을 뽑는 누에고치다. 이것은 각자 믿음으로 노력해서 얻은 천국 집과도 같다. 누에고치같이 믿음으로 얻어지는 천국은, 나와 아버지가 나뭇짐을 덜어지신 일과 똑같다. 아버지가 지는 짐은 아버지만 무겁고, 아들이 벗은 짐은 아들만 가볍다.

"신 포도를 먹는 자마다 그이가 심같이 각기 자기 죄악으로만 죽으리라."　　　　　　　　　　　　　　　(예레미야 31장 30절)

교회 앞 언덕 위로 가끔 할아버지가 폐지를 잔뜩 실은 자전거를 힘겹게 끌고 올라가신다. 그것을 보면 언제나 뛰어가 언덕 위까지 밀어드린다. 그러면 항상 처음같이 뒤돌아보며 아들 같은 나에게 고맙습니다, 하며 인사를 정중하게 하신다. 자전거를 붙잡은 손이 위태로운 것도 잊고서 말이다. 자전거를 멈추도록 밀고 따라간 내가 미안하다. 어린 시절 아버지에게 짐을 덜어드리지는 못하고, 짐 지운 것에 관한 아픔 때문인지도 모르겠다. 세상일에는 대신할 수 있는 일들도 있다. 하지만 영의 일은 누구도 대신할 수 없기에, 높은 보좌를 버리고 죄인된 모습으로 그분이 앞서 가셨다. 그것은 짐을 대신 지는 마음을 인간에게 심어주려 함이다.

오늘 내가 대신 저줄 짐은 무엇인가. 그 일을 찾아 문을 나서본다.

/

백지 한 장 차이 인생

어느 명사의 말을 빌리지 않아도 여자는 약하다. 그러나 어머니는
강하다. 아내는 어려서 왼편 어깨뼈를 다쳤단다. 그 일로 해서 평소에
는 힘을 쓰지 못해, 늘 나의 도움을 받고서야 조금 무거운 짐을 운반
할 수가 있었다. 영월에서 살 때다. 어느 날 미끄러져 내려온 돌에 어
린 아들의 발이 끼였다. 아이는 동네가 떠나가라 소리치며 울었다. 그
때 아내는 나를 부를 여유도 없이 달려가, 아들의 다리를 짓누르는 엄
청나게 큰 돌을 번쩍 들었다. 뛰어가면서 그것을 보고 나는 몹시 놀랐
다. 약한 여자가 모성애 앞에서는 항우장사로 돌변하는 것이었다. 연
약한 아들의 발목은 다행히 찰과상만 입고 뼈는 아무 이상이 없었다.
며칠 후 그 돌을 다시 들어보라 했더니 한쪽 귀퉁이도 들지를 못한다.
사람의 능력은 도대체 어느 한도까지일까? 가끔 해외토픽으로 우리를
깜짝 놀라게 하는 인간승리 장애 우들을 종종 접한다.

273

나와 밀접한 관계는 없었으나, 어린 시절 이웃 동네 사는 괴짜 친구가 있었다. 사고로 두 손을 잃었으나, 손바닥도 손가락도 없는 그 손으로 못 하는 것이 없는 친구다. 사고를 당하고 불편을 처음 접하였을 때, 그는 삶을 포기하고 생명이 붙어있는 자신을 몸서리치게 저주했었다. 몇 번이고 자살을 시도했으나 번번이 실패한 경험이 있었다. 그러나 결국에는 인간 승리를 이루었다.

그가 초등학교 시절이다. 부모가 물고기를 잡으려고 얻어다 놓은 광산 폭약을 찾아내어, 친구들을 몰고 동네 큰 개울로 물고기 잡으러 갔다. 사용방법을 어떻게 알았을까? 폭약 점화 선에 불을 댕기고, 개울에 물고기가 많은 곳을 찾고 있었다. 불은 타들어 가고 있는데 몰려다니는 물고기를 보고 이성을 잃었다. "야야, 저기 저 고기 좀 봐라." 친구들은 도망을 치면서 빨리 던지라, 소리쳤지만 때는 늦었다. 마주 잡은 손에서 '꽝'하는 소리와 함께 피를 뒤집어쓰고 인사불성이 된 아이는, 바로 병원으로 실려 갔다. 다행히 양손 외에는 다친 곳이 없었다. 한동안 불구의 몸으로 홍역을 치르는 사춘기를 보냈으나, 몸에 잘 적응하며 성장하였다. 불구의 몸이지만 건강한 사람보다 더 익숙하게 농기계를 조작하며 손재주 발휘하는 것을 보고, 많은 사람이 벌린 입을 다물지 못했다.

예전에 나온 경운기는 '스타찡'이라는 손잡이를 걸어 돌려야 엔진이 걸렸다. 마치 60년대 트럭과 같다. 그 친구는 어려도 손바닥도 없는 손으로 경운기 시동을 건다. 손목 파인 곳에 스타찡을 끼우고 돌리며, 손가락도 없는 손으로 기계를 작동했다. 그 모습에 어른들도 혀를 내두른다. 사람의 능력은 어디가 끝일까? 사람의 능력이란 어느 한정된 수준까지는 놀라운 힘을 발휘한다. 노력과 훈련 여부에 따라 상상을 초월하는 힘을 발산하기 때문이다.

미국 알칸소에 눈이 있어도 앞을 보지 못하는 어머니가 있었다. 그 어머니에게는 15살의 '크리스토퍼'라는 아들이 있었는데, 그는 친구들과 뛰어놀기를 거부하고 날마다 어머니의 눈 노릇을 했다.

"얘야. 어머니는 됐으니 친구들과 놀아라."

"어머니, 나는 평생 어머니 눈이 되어 드릴 거예요. 그것이 하나님 앞에 내 사명이거든요."

어머니는 어린 그의 말에 눈물을 흘렸다. 어느 날 어머니를 모시고 길을 가던 크리스토퍼가 어머니 앞에서 교통사고를 당해 사망했다. 그래도 어머니는 아들의 마지막 모습을 볼 수 없었던 것이 다행일까, 불행일까. 여하튼 매우 안타까운 현장이다. 그런 어머니에게 의사가 하는 말이, "어머니 아들이 눈은 다치지 않았어요. 어머니에게 이식해 드릴게요." 이것 역시 기쁜 일인가, 비극인가. 글을 옮겨 적는 내게 혼란 속으로 어린 아들이 몰고 간다. 이렇게 눈을 뜬 어머니가 "효성스럽게 살면서 나의 눈이 되어 주더니, 죽어서까지 네 말대로 눈이 되어 주었구나." 하면서 통곡을 하였다. 그 아들은 살아서도 죽어서도 제 어미에게 눈이 되어 주었건만, 미련한 나는 살아서조차 눈이 되어 드리지 못하고 있지 않은가.

사람은 건강해야 만이 효도를 하고 건강을 잃으면 못하는 것이 아니다. 더 나아가 죽어서도 넉넉히 베풀 수 있는 것이 인간의 사랑이다.

반면에 동정심을 볼모로 삼아 폭력의 수단으로 사는 자들도 많이 있다. 걸핏하면 치욕적인 욕설과 사나운 폭력성을 앞세워 열등감을 감추려 하는 사람도 흔히 볼 수 있다.

어미에게 울부짖으며 아기가 잡은 옷고름을 매정하게 자르는 어머니와 어떤 실망이 와도 절망하지 않고 자녀를 위해 다시 일어서는 어머니의 인생 차이는, 종잇장 한 장만한 것이다. 마음만 바꾸면 달라지는 것 내 아집을 버리고 넓은 마음으로 세상을 품어보자.

내일은 씨름 천하장사 강호동을 찾아가 인생뒤집기 한판 대결을 배워 볼까?

/

송이버섯에 빼앗긴 목숨

생명이 있는 생명체라면, 사람이나 동물이나 식물까지도 생명을 소중하게 간직하려 한다. 그러나 간직하는 방법이 잘못될 경우에는 차라리 내버려두는 것만 못할 때가 있다. 그런 사람에게 격멸하는 어조로 미련퉁이라 하던가. 나는 종종 그 미련퉁이가 되어 일을 그르칠 때가 있다. 흐르는 세파 속에 결과를 맡기고 내 할 일을 하며 기다리면 쉽게 해결될 것인데, 맡기고 기다리면 무슨 큰일이 나는 양 조급해하다가, 기다리니만 못하게 일을 그르친다. 물론 인내하며 기다린다 해도 내 할 도리를 하지 않고 요행만 기다린다면 더 큰 미련이겠지만, 이래도 문제 저래도 문제. 그러면 어쩌란 말인가. 세상만사는 적당한 융통성과 순발력이 필요하니, 이것이 또한 전략과 지략을 낳는다.

영월 어느 시골에서 목회할 때였다. 젊은 전도사에게 같은 전 씨라며 항렬이 높다고 존대하는 중년 아저씨가 있었다. 읍을 오가며 버스 안에서 담소를 나눠 친숙해졌다. 그분이 사는 곳은 시원한 계곡 물이 있어, 여름이면 언제나 우리 가족들이 즐겨 찾는 곳이다. 지금은 유명해진 관광지가 되었다. 어느 해이던가, 가족 셋이 물놀이하러 계곡을 올라가는데 뒤에서 부르는 소리가 들려 돌아보니, 그 아저씨 내외가 밭에서 일하다 옥수수를 건네주신다. 시장기를 면하려 새참으로 싸온 요긴한 옥수수를 아쉬워 않고, 건네주는 손길이 고마워 사양할 수가 없었다. 고맙다며 정이 묻어난 인사를 뒤로하고 계곡 물속에 들어서니, 시원한 냉기가 식도를 지나 오장육부 끝을 막 지나려 한다. 아내와 아들이 고무신 그물로 피라미를 잡는다며 물탕 질을 하고 난리법석이다. 얼마 후 만선을 자랑하는 어부처럼 이만큼 잡았다며 빨리 와보라 등살이다. 산속에서 어부의 흉내를 내었으니 자랑할 만도 하지 않겠나. 아들아이는 그때 잡은 물고기 무용담을 두고두고 곶감 빼먹듯 자랑한다.

즐거운 이야깃거리가 채 입가를 떠나기도 전에, 추억거리의 한 토막을 잘라먹는 사건이 벌어졌다. 주일 예배 후 교회 문밖을 나오던 여 집사님이 문뜩 비보를 전한다.

"전○○ 어머니가 산속에서 죽었어요."

며칠 전에 장례를 마쳤단다. 소식을 알지 못해 찾아뵙지 못한 것이 너무 죄송스럽다. 그분이 갑자기 세상을 떠난 원인은 이러했다. 송이밭은 부자간에도 알려주지 않는다는 말을 모두가 즐겨 한다. 그분은 송이를 참 잘도 딴다. 송이를 읍내에 내어다 팔아 용돈도 많이 모았단다. 문제 발단은 그곳에서부터 시작이다. 송이 많은 곳을 남편도 아들, 며느리도 누구에게도 알려주지 않고 혼자 슬그머니 나가서 따온단다. 철저한 보안유지 때문이었다. 가족 누구에게라도 말하면 그의 입술이 간지러워, 동네 사람에게 말을 전하면 자신에게 돌아올 몫이 적어지기 때문이었을까. 그날도 평일처럼 비닐봉지를 들고 아침 일찍 나갔는데, 식사시간이 지나도 오지를 않는다. 가족들은 오늘은 막둥이 시집밑천 벌어오나 보다 농담을 하며 기다렸다. 그러나 영영 오지 않아 시간은 초조하게 흐르고, 이윽고 가족들은 뿔뿔이 흩어져 어둡도록 찾아도 찾지를 못했다. 이 일을 어찌해야 하는가.

큰아들이 얼핏 시집간 누나의 한마디가 떠올랐다. '출가한 딸인 내게는 말해주더라.'고 누나의 말을 떠올렸다. 소식을 들은 딸은 새벽같이 달려와 어머니가 자랑하던 그곳에 가보니 송이 봉지를 손에 잡고 반듯이 누워 숨져있었다. 평소 혈압이 높은 몸으로 송이 찾는데 정신을 빼앗겨 혈압 조절을 못 한 것이다. 철저한 비밀유지는 보장되었으나, 그 비밀이 화를 부른 것이다. '좋은 것 타인과 나눠 누리고 베풀며 살았다면, 꼭꼭 싸안은 돈 보따리로 인해 가슴에 땀띠는 안 났을 터인데. 이웃 동네 사람과 함께 좋은 것을 나눴으면.' 하고 생각에 잠겨 큰 성경 옆에 차고 종탑 망루에 앉아 있을 적에, 어데선가 들려오는 우렁찬 성경 소리를 못 듣고 못 본 척 지나칠 수가 없다.

✝

"나의 사랑하는 자야, 우리가 함께 들로 가서 동네에서 유숙하자."

(아가 7장 11절)

좋은 것은 함께 했으면 좋으련만, 나 혼자서 비밀리 하려는 욕심이 많은 일을 그르친다. 세상을 뒤흔든 영웅호걸도 혼자서 한 일은 아무 것도 없다. 혼자 할 것은 화장실에서 하는 일뿐이다. 한 달만 지나면 산속 곳곳마다 송이버섯을 찾아 산마다 불청객들이 문전성시를 이루리라. 불청객들은 하나같이 평소에는 모르쇠로 일관하다가, 아쉬우면 반가운 척하더라. 정치가들이 그것을 참으로 많이 닮았던가.

이런 말 한다고 내일 아침에 청와대서 벼락 호출하면 어쩔까나.

떨리는 가슴 부여안고 붓 대롱을 내려놓노라.

/

인격이 머무르는 곳

"어이야 루야, 어기 야차 뱃놀이 가잖다."

"뱃놀이 가서 좋겠네."

이웃집 아저씨가 우람한 몸을 만들려 세워 놓은 평행봉 위를 악전고투 끝에 겨우 올라앉아 정복감에 도취 되어 뱃노래를 부르고 있는데, 누군가가 고맙게도 고수 장단으로 내 노래를 받아준다. 초등학생의 내 노래를 누군가가 들어주고 장단까지 넣어 주니, 반가운 마음으로 소리 나는 쪽을 바라보았다. 새까만 박 바가지에 식은 밥을 얻어가던 걸인 아주머니가 바가지 든 손을 들어 어깨춤을 춰 보인다. 나는 고마움에 보답이나 할 요량으로 용기 내어 외쳤다.

"아주머니, 나하고 뱃놀이 갈래요."

"꼬마 총각, 뱃놀이 가고는 싶은데 토끼 새끼들이 밥을 기다리고 있어."

소리치며 들고 있던 바가지를 또 한 번 번쩍 들어 올리며 흐뭇한 미소를 짓는다. 그 미소는 어디서 많이 본 익숙한 것인데. 어디서 보았을까, 얼른 떠오르지 않아 끙끙거리고 있는데 때 묻지 않고 해맑은 머리 한쪽에서 어머니가 미소 짓고 있다. 그래그래, 우리 어머니의 그것과 너무나 똑같다. 엄마, 하고 막 입 밖으로 나오려던 소리가 문뜩 멈추었다. 발등에 감겨있는 검은 뚝 고무줄이 내 입을 막은 것이다. 가뜩이나 어려운 형편인데 중풍까지 걸려서 힘없는 발가락이 타이어 표 검정고무신을 잡아주지 못하니, 힘없는 발등 위에 동여맨 고무줄이었다. 고무줄 맨발과 바가지를 들지 않은 손은 제멋대로 흔들려 다른 사람 수족과도 같다. 어린 내 가슴이 아프다.

저 중년 아주머니는 내가 코 흘리고 기어 다니던 때부터 우리 마을에 단골로 다니는 걸인이다. 내가 알지 못할 뿐이지 훨씬 이전부터 다녔을 것이다. 나를 저 아주머니는 누구네 집 아들인 줄 잘 알 것이다. 아주머니는 몸 상태나 가정형편은 매우 어려워도 인정이 참으로 많다. 할머니가 돌아가셨을 때 온 집안 가족들이 관 앞에 모여 곡을 하며 울고 있는데 문밖에서 저 아주머니가 서 있었다. 그때도 밥을 얻으러 왔을 것이다. 보고 있던 두 눈에서 인정과 사랑이 묻어 있는 이슬방울이 떨어지는 것을 나는 보았다.

사람은 동물과 다른 것이 인정과 감정의 동질감 때문이다. 아픈 사람을 보면 함께 아파하고, 슬픈 사람을 보면 함께 슬퍼하는 것. 그것이 나도 인간이라는 외침이다. 그 외치는 함성이 없다면 메마른 솔가지처럼 솔향기도 만들지 못한다. 비록 수족은 말을 듣지 않고 얻어먹는 형편이나, 아름다운 사랑만은 마르지 않은 고마운 사람이다. 뱃놀이를 그와 함께 가고 싶은 마음은 그때 이미 생겼는지도 모르겠다. 내가 저 아주머니 같은 형편이라면 인정 어린 사랑에 눈물을 흘릴 수가 있을까. 비록 얻어먹는 걸인이고 뚝 고무줄을 의지하는 장애인이지만, 덕스러운 인격자였다. 그 마음이 밥그릇 위에 떡 얹어주듯 창조주는 내게 또 넘치도록 말씀하신다.

✝

"가난한 자를 조롱하는 자는 이를 지으신 주를 멸시하는 자요, 사람의 재앙을 기뻐하는 자는 형벌을 면치 못할 자니라."

(잠언 17장 5절)

얼마 전 TV 방송을 보다가 또 한 번 절감한 일이 있었다. 혼수 감이 빈약하다고 신혼여행지에서 계속 싸우다, 신랑은 제집으로 신부도 친정집으로 따로따로 귀가하여 끝내 이혼하였단다. 사람을 사랑하지 않았고, 사람과 결혼하지 않고 돈을 사랑하고 돈과 결혼한 것이다. 과거에는 이런 일이 별로 없었으나 요즘에는 종종 일어난다. 무엇이 더 귀중하고 무엇이 덜 중요한지를 모르고 있다. 불과 삼십 년 전만 해도 신혼의 기쁨이란 바닥에서부터 시작하여 하나하나 장만하는 것이고, 인생을 배우는 것이라며 누구나 몸소 체험하며 살았다. 단칸 월세방에서 장롱과 이불만 가지고 시작하여 살림 도구를 장만하면서, 부부 사이는 사랑으로 단단하게 뭉쳐졌다. 결혼 때 일생 쓸 것을 모두 구매하는 현실은, 그 사랑 쌓는 작업과 행복을 모르니 부부가 싸움거리만 될 것이다.

재물보다 귀한 것이 많이 있는데, 세태는 오늘도 먹을 것만 힘주어 찾고 있다. 인격이 머무르는 곳은 제한이 없으나, 재물이 갈 곳은 스스로 깊은 곳에 감금하고 있지 않은가. 재물이란 요물을 간직하기 이전에, 인격을 축적하여야 재물도 편한 여생을 보내게 된다. 물질이 좋은 것은 사실이다. 그러나 물질로 얻지 못하는 것을 더 귀하게 여길 줄 알아야 한다. 물질로 얻지 못하는 그것을 귀한 줄 알아야 돈의 노예가 되지 않기 때문이다.

이제는 인격이 담긴 구걸 쪽박이 보이지 않는 무정한 바람 앞에서, 어찌 그 많은 것을 얻을까. 지금은 뚝 고무줄로 타이어 표 검정고무신 묶고 다니는 걸인이 없으니, 인정도 따라서 메말랐다. 노랫말도 박자도 고속으로 달리는 랩이 유행하는 시대여서, 인격도 머물러 정착할 곳을 찾지 못해 고생이 심하다.

어린 나에게 인정이라는 귀한 보물을 가르쳐 준 걸인 아주머니는 지금쯤 살아 있을까, 하늘나라에서 뱃노래를 부르고 있을까. 성인이 된 지금 내 눈으로 살펴보고 싶구나.

/

지도자를 잘못 만난 인생

태양을 사랑한다고 공장 굴뚝을 시샘하며 하늘을 찌르는 낙엽송 고목을 응원하려니, 호흡이 밑바닥을 드러낸다. 오늘도 일상생활처럼 자연스럽게 산행을 한다. 앞사람 뒷머리만 뚫어지라 파다 보면, 어느새 깔딱 고개 오르막이 콧잔등과 마주치겠다. 발길은 나도 모르는 순간 여기 왔건만, 내공과 외공이 사이좋게 주고받는 삶의 증명서 같은 호흡은 천둥소리를 낸다. 나만 운동신경 부실로 숨이 턱에 차고 구슬땀으로 샤워하는가. 했더니, 젊으면 젊은 데로 늙으면 늙은 데로 남녀 구분 없이 땀방울이 풍년이다. 오랫동안 산에 올라 운동이 몸에 익숙하면 익숙한 데로, 힘차게 오르고 허약하면 허약한 대로 힘겨워 오르는 수고는 일반이다.

모든 산에는 하나같이 정상이 가까우면 깔딱 고개가 있더라. 밋밋한 민둥산이라도 정상이 가까우면 반드시 급경사나 바위산이 산행손님을 맞는다. 천만년을 과묵하게 침묵만 지켜오는 남산도 깔딱 고개가 이런 웅변을 대신한다.

'정상 가까이 왔으니 천천히 겸손하라. 교만하면 쓰러진다. 허약한 자여, 인생 고비 이와 같으니라.'

메시지를 곱씹노라니 정상에 걸린 태양이 나를 반긴다. 휴식과 정리운동을 사이좋게 나누다 보니, 요란하던 땀방울이 숨바꼭질하잖다. 숨 가쁘게 오르던 길 외면하고 능선 따라 내려갔다. 몰래 숨은 땀방울을 되찾으려 애를 써 보지만, 한번 가신님은 냉큼 돌아보지를 않는다. 한참을 내려가려니 이건 또 무슨 희귀한 요물인가. 파도 속에서 고목나무를 만났다. 산길 중턱에 어인 승합차인가. 묻기도 전에 차창을 열고 고함을 지른다.

"충주 체육관이 어디 있어요. 내비게이션을 따라오다 보니 이곳으로 안내하네요."

운전자가 먼저 허탈한 웃음을 친다. "되돌아서 큰길 나오면 우회전하여 신호등에서 물어보시오." 말해주고 나니, 뒤늦게 나도 허공을 향해 크게 실소를 짓는다. 저 운전자는 분명 내비게이션을 사이비 교주인 양 믿었으리라.

캄캄한 밤이었다. 전깃불도 없던 시절이니 밤하늘에 별빛만 불빛이라는 명분을 대신했다. 부실한 저녁밥을 먹은 악동들이 모두 모였다. 실증과 함께 먹은 까칠한 보리밥의 헛헛한 공간을 무엇으로라도 보충해야 할 터인데 묘책이 없을까. 머리를 맞댔다.

"좋은 수가 있어. 모두 옷을 벗고 중요한 부분 가릴 것만 놔둬."

우리는 한곳에 훌훌 벗어 쌓아두고 어디론가 향했다. 후처리는 어

떻게 하려고 그럴까. 옷이라도 뒤바뀌면 어쩌고, 누가 한 달 동안 갈아
입지 않은 옷에서 이가 오르면 어쩌려고 한곳에 쌓았던가. 뒷일은 안
중에도 없고 오직 목표에만 배가 고프다. 목표는 앞산 너머 장 서방네
참외 서리를 가는 것이다. 장 서방은 외지에서 몇 년 전 이사 온 사람
인데 어른들이 '장 서방'이라 부르니 아이들도 그렇게 통한다. 장 서방
이 참외 농사를 잘 지었다는 소문쯤은 우리도 귀가 있으니 잘 아는 터
였다. 그렇게 의견이 규합된 것이다. 칠흑 같은 밤이라 보이지 않으니
앞사람 어깨만 잡고 걸어간다. 이렇게 해서 언제 참외밭까지 갈 것인
가. 모두가 내심 걱정이다.

　그때 한 친구가 빨리 가는 지름길을 아는데 나만 따라오란다. 그를
선두에 세우고 오리 새끼가 어미 따라가듯 뒤뚱뒤뚱 가는데, "악!" 외
마디 소리와 함께 앞에선 친구가 넘어졌다. 어쩐 일인지 줄줄이 나동
그라진다. 누군가는 멀리 논 가운데서 첨벙첨벙 헤맨다. 뒤늦게 알고
보니 그곳은 논 봇도랑 위였다. 앞 개울로 가는 길이고 그곳엔 개울을
막아 미역도 감을 수가 있었다. 우리는 낮에도 벗고 미역을 감지만 여
자들은 어두운 밤이 되어야 온다. 그들이 밤에 넘어지라고 들풀을 묶
어 올가미를 만들어 놓았는데, 그곳에서 제작자들이 걸려든 것이다.
여자들이 보았다면 깨소금을 뿌렸을 것이다.

　"앗 따가워!" 누군가가 논 쪽에서 고래고래 소리친다.

　더듬더듬 내 앞으로 다가와 봐 달라기에, 비상용으로 운동화 속에
끼워 둔 성냥불을 그었다. 이제는 내가 놀랐다. 온몸에 거머리가 새
까맣게 달라붙은 것이다. 모두가 달려들어 성냥 알갱이가 다 타도록
손바닥으로 때려 떼어내고, 불 밝히면 또 떼어내고 한바탕 소동을 쳤

다. 그가 거머리에게 물린 것은 맨살로 논 속에 빠졌을 때 논흙을 온 몸으로 뒤집어썼으니, 흙을 씻으러 웅덩이에 들어갔다가 봉변을 당한 것이다. 웅덩이가 거머리 훈련소인 것을 친구는 다급해서 잊었다. 그 소동 덕분에 참외밭에는 가보지도 못하고, 캄캄한 밤에 체조 아닌 거머리 소탕운동만 하였다. 멀어도 안전한 길로 갔다면 거머리 소동은 없었을 터인데. 거머리 덕에 장 서방은 편히 잠들 수가 있었다. 보잘것 없는 거머리에게 큰 도움을 받으면서 말이다. 거머리는 자신보다 덕망이 형편없어도 큰 도움 줄 수 있음을 장 서방은 까맣게 모르고 코만 골았겠지.

내비게이션만 따라 산 중턱까지 온 운전자도, 목적지의 환경은 확인도 않고 친구만 따라간 우리 같았으리라. 지도자 내비게이션만 믿고 콧노래를 불렀나 보다. 남산 위로 밀려가는 뭉게구름에 이 소식을 알리려니, 그 위에 펼쳐진 성경 구절이 나를 감동하게 한다.

"그냥 두어라, 저희는 소경이 되어 소경을 인도하는 자로다. 만일 소경이 소경을 인도하면 둘이 다 구덩이에 빠지리라 하신대."

(마태복음 15장 14절)

오늘은 여러 모양으로 잔잔한 바람이 눈앞을 아롱지었다. 덕분에 산행 발걸음은 성경 구절이 걸렸던 뭉게구름처럼 가볍게 나를 인도하였다. 우리는 숱한 나날 속에서 실수를 반복하고 있다. 그냥 믿고 따라가면 좋은 결과가 있는 아름다운 결정이 있지만, 확실한 이해와 판단을 내린 후 실행해야 할 인간생활도 있다.

인생 지도자를 잘못 만나면 거머리 같은 삶의 절망이 기다리고, 캄캄한 인생길이 반긴다는 것을 참외 서리에 목말은 인생이 알 턱이 있던가.

/

훈장님에게 넙죽 절한 이유

세상에는 훌륭한 교훈이나 진리가 참으로 많다. 깊은 산에 올라가 멋지고 잘난 소나무라고 매만지려면, 나무들도 서로가 시샘하여 내가 더 잘났단다. 저마다 거북 등 닮은 껍질을 자랑하고 키를 늘린다. 진리를 자랑하는 인간세계도 저들에게 뒤지지 않는다. 저마다 일찍 접한 진리가 옳고 정당하다며 목소리를 높인다. 과연 어느 진리가 옳고 어느 진리가 천박한 함량 미달인가. 많은 혼란이 정당한 진리에 정착하지 못한 구도자들만 괴롭힌다.

초등학교 시절이었다. 한학을 가르치는 서당 집 마당에서 친구들과 구슬치기를 하고 있었다. 집안에서 들려오는 한학 암기하는 소리가 한여름 매미 소리 되어 시끄럽다. 그러나 박자가 맞는 노랫소리처럼 청아하게 들려왔다. 처음에는 학동들 전체가 자기 글 읽느라 시끄러운 소리로 들려오더니, 후에는 한 사람씩 명심보감을 훈장님의 선창에 따라 암기하고 그 뜻도 따라서 큰 소리로 입에 익히고 있었다. 시간이 지나가면서 나도 몰래 그 뜻에 귀를 기울이게 되었다. 아니, 이렇게 좋은 교훈이 있었단 말인가. 나는 그 뜻에 심취되어 구슬을 연방 잃어가면서도 명심보감 뜻 소리에 깊이 빠졌다. 한동안 듣다가 나도 몰래 벌떡 일어나 서당 문을 열고 들어섰다. 그리고 아랫목에 무릎을 포개고 앉은 훈장님에게 넙죽 절을 하였다. 영문을 모르는 훈장님도 함께 어리둥절하며 절을 받아 주었다. 뒤에서는 형 친구들과 삼촌 친구들이 킥킥거리며 웃고 있다. 그럴 만한 것이 저들은 평소에 모두 별명을 부르면서 조롱했다. 그런데 난데없이 조그만 놈이 나타나 절을 하고 있으니 웃을 수밖에 없겠다.

징그럽게 나타난 두꺼비에게 모두가 오줌을 갈기고 있는데, 떠꺼머리총각이 나타나 오줌을 닦아주며 입 맞추는 격이겠다. 웃어도 내게는 관계없다. 오직 하나의 일념 때문이다.

내가 큰절을 한 이유는 '명심보감 같은 좋은 교훈을 가르치는 선생님이라면 인격은 얼마나 훌륭할까.'하는 존경스러움이, 재미있던 구슬치기도 팽개치고 나를 끌어당긴 것이다. 말굽자석에 강철이 당겨가듯이 말이다. 그날 이후 나는 한동안 학교에서 덧셈 뺄셈을 배우면서 명심보감 뜻을 흥얼거리기를 좋아했다. 그때 내가 복잡하게 이중 과외를 해서 지금은 한 가지도 특출하게 하지 못하는 것은 아닐까? 괜스럽게 말 벌집을 건드려 우환을 만들었나, 일요일이면 교회 가서 성경 배우고 평일에는 학교로 등교하여 한글을 익히면서 명심보감도 되뇌니, 내 머리는 복잡하기 이를 때 없었겠다.

종교의 싹이 돋아나면서 갈팡질팡 혼란을 일으킨다. 이러할 때 멘토가 필요한 것인데 나는 그 뚜렷한 멘토를 만나지를 못했었다. 나는 후에 구슬도 버리고 넙죽 절한 명심보감보다 좋은 교훈을 찾았다. 그 글을 저기에다 어느 누가 써놓았다.

"내가 그리스도와 함께 십자가에 못 박혔나니 그런즉 이제는 내가 산 것이 아니요,
오직 내 안에 그리스도께 서 사신 것이라. 이제 내가 육체 가운데 사는 것은 나를 사랑하사
나를 위하여 자기 몸을 버리신 하나님의 아들을 믿는 믿음 안에서 사는 것이라."

(갈라디아 2장 20절)

내게 아름다운 인간애를 생각하게 하고 그 방법을 찾게 한 훈장님이, 다음에 찾은 영생의 진리만 전해 주었다면 평생 잊지 못할 훈장님으로 자리 잡았을 터인데. 나와 처음부터 달랐던 것일까. 후에 내가 깨달음 받음은 훈장님을 이끌라는 메시지이었건만, 미련퉁이는 생각도 못 했다. 이제라도 훈장님 권면하고 이끌어 주어야 할 터인데, 행방도 생존함도 알 수가 없다. 세상 인생사는 때와 시기가 있는 법. 기회를 잃으면 언제나 이처럼 뒷북만 두드린다.

인간아! 인간아! 언제쯤 철이 들려느냐. 언제나 후회 속에 사는 미련퉁이야…

/

"이 사과도 파세요"

"애, 일어나라, 무슨 잠을 그렇게 오래 자니."

어렴풋이 들려오는 어머니의 목소리다. 사과 먹으라는 어머니의 말씀에 눈을 떴을 때는, 온 식구들이 둘러앉아 무엇인가 맛나게 먹고 있었다. "씨, 의리 없이 나만 빼놓고 뭘 먹어." 그래서 깨우지 않느냐는 아버지의 말씀에 조금은 위로가 된다. 내가 잠자는 사이에 사과장사 아저씨가 왔다 갔단다. 먹고사는 사정이 여의치 않던 그 시절에, 장사꾼들은 등짐을 지거나 머리에 이고 이 동네 저 동네를 다니며 팔았다. 지금은 빈 몸으로 걸어 다니는 것도 싫다 하는 시대니 이해를 할 수가 없으리라. 언젠가 오십 년대 사진을 보았는데, 커다란 검은 돼지를 지게도 아닌 새끼줄 맨 방으로 지고 가는 사진이었다. 그 시대는 문명 혜택을 받아 보지 못하였으니, 어떤 어려움도 팔자소관이라고 그냥 수용하던 그 마음이 가끔 부러울 때가 있다.

사과 속살은 씹을 것도 없이 혀 위에서 잘게 부서지며 저절로 제집 찾아 잘도 넘어간다. 사과 철이 지나서 곰삭은 사과이니 그렇다. 그래도 맛이 좋았다. 그 후 성장한 다음에야, 사과는 오래된 사과라서 부석부석한 맛이 난다는 것을 알았다. 그러나 그 시절에 맛 들여진 것이어서일까, 나는 신맛의 사과보다는 차라리 어린 시절에 먹던 그런 사과가 더 좋다. 한 개를 먹고 또 하나 쥐어 든 순간, 5일 장날마다 있었던 광경이 내 머리에서 맴돈다. 청풍 장 한쪽 귀퉁이에 못생긴 아주머니가 장날마다 앉아서 사과를 팔았다. 삼십여 개를 3개씩 쌓아 놓고 장사하는 몰골로 보아, 궁색한 생활이 역력했다. 깨끗하고 잘 익은 사과를 파는 것은 한 번도 못 봤다. 검은 부스럼같이 구슬 모양으로 썩은 사과들만 팔고 있었다. 그 썩은 사과를 장날마다 나를 붙들어 놓고 깎아주며, 옆에 앉아 먹으란다. 처음에는 맛나게 먹었는데 후에는 싫었다. 못생긴 아주머니가 싫었고, 그다음엔 썩은 사과만 파는 가난한 살림을 빼앗기 싫어서였다. 싫은 생각에서 그다음부터는 못생긴 아주머니가 있는 곳 가까이 가서는 빙 돌아내려 갔다. 그런데 참 이상도 하다. 나는 알지도 못하는 아주머닌데 어찌 내게 다정하게 사과를 깎아 줄까. '혹시 나를 낳은 친어머니인가, 현재 나와 함께 계시는 부모는…….' 이곳까지 생각이 닿자 몸서리가 쳐진다. 사과를 먹으면서 그 가난한 아주머니가 생각난 것이다. 마침 내일이 5일마다 서는 장날이다. 슬그머니 방으로 들어가 성한 사과를 주머니 속에 넣어 두었다. 이튿날 학교에서 종일 하교 시간만 기다려진다. 못생긴 아주머니가 오지 않았으면 어쩔까, 하는 마음으로 가까이 가서 보니 역시 앉아있다. "아주머니, 이것도 팔아요." 한마디 던지고 나는 마구 뛰었다.

그 후 못생긴 아주머니가 아버지를 만나 이야기를 했단다. 그래서 나의 모든 궁금증은 실타래처럼 시원하게 풀렸다. 그 아주머니는 할머니와 관련이 깊었다. 할머니는 체격이 몹시 작으시다. 그러나 행동과 말씀할 때는 마른나무 가지 부러지듯, 시원스러우면서 맺음이 정확하였다. 그래서 별명이 '대추나무 방망이'였다. 그런 분을 지칭하여 경위가 분명하다고 한다. 경위의 어원은 이랬다.

중국에는 '경수'와 '위수'라는 강이 있다. 경수는 물이 항상 흐리고 위수는 언제나 맑았다. 이같이 인간 사생활의 모든 면에서 사리의 옳고 그름이 분명한 사람을 이르는 말이 되었다. 할머니는 원하는 것은 기어이 해내고 마는 성미여서, 어릴 때 본 기억으로는 '지독한 할머니'란 표현 그 자체였다. 그러니 며느리인 어머니와 백모, 숙모님들이 하릴없이 노니는 것은 절대로 못 보신다. 시집살이를 혹독하게 시키셨다. 그런 할머니가 한 가지 못한 것이 있으니, 아들은 육 형제나 낳아 키우시면서 딸을 낳아보지 못하셨다. 딸 낳을 가능성이 없어진 후에야 겨우 딸을 얻을 수 있었으니, 못생긴 아주머니를 양딸로 맞으셨단다. 그러나 살림이 궁핍한 양딸은 어머니를 자주 찾아오려 해도, 가난한 살림에 빈손으로 올 수가 없어서 오지 않은 것이다. 어린 내가 그 사실을 알 수가 있었겠는가. 못생긴 아주머니는 아버지 따라 5일 장에 다니는 나를 아들로 알아보았다. 할머니의 양딸이라고 무엇이 통하였을까. 나도 사과를 팔라며 전해 주고 싶었으니 말이다. 못생긴 아주머니는 할머니 돌아가셨을 때, 무척이나 슬피 울더니 그 후로는 발길을 끊었다.

고향 땅은 변하였다. 댐이 들어선다는 소문에 따라 동네 주민들과 친척들도 살 길 찾아 흩어지는 판에, 먼 거리의 못생긴 아주머니 행방을 알 길이 없었다. 지금도 살아 계실까? 그러면 호호 할머니가 되었으리라. 조물주의 법칙을 그분도 벗어날 길은 없으니까.

'천하에 범사가 기한이 있고 모든 목적이 이룰 때가 있나니, 날 때가 있고 죽을 때가 있으며 심을 때가 있고 심은 것을 뽑을 때가 있고.'

(전도서 3장 1~2절)

처음부터 너희 할머니가 내 어머니다, 하였으면 미운 얼굴을 예쁘게 봐주었을 텐데, 말이 꼭 필요할 때 말이 없는 것도 큰 병이야. 그지?

/

석류 알 같던 친구의 일생

"그것을 뭣에 쓰려 그러시오."

"석류 진액 내어 먹으려고요."

궁금해서 물어 본 사람은 확인조차 할 필요 없다는 듯, 아내는 쇼핑 수레에 유리병만 싣는다. 어저께 따다 준 석류를 깨끗이 닦더니 무엇인가 생각해 낸 것이 있나 보다. 수년 전 고향 친구 병희는 뜰에 심으라며, 가시 오가피 두 그루와 석류나무 한 그루를 건네주었다. 가시 오가피는 건강에 참 좋은 것이라 강조하며 넘겨준다. 건강을 당부하며 오가피나무를 주더니, 왜 자신의 건강은 챙기지 못하고 먼저 갔을까. 눈물 없는 그곳이 그렇게 급하였던가. 그때 친구의 아름다운 사랑이 고마워 돌담 밑에 정성스럽게 심었다. 그 아름다운 사랑이 열매가 되었다. 참으로 많이도 맺었다. 작년 첫해에는 석류 시늉만 내다 떨어지더니, 올해는 너무 많이 맺어 자기 몸도 지탱하지 못한다. 줄을 매어 당겨 놓아도 무거움을 감당하지 못하여, 활 같이 휘어진 가지에 스물

여섯 개가 달렸다.

석류는 겉보기에는 참 흉하다. 한여름 뜨거운 태양과 장맛비를 견디어 낸 흔적일까. 아니야, 묘목 건네주던 손길이 그리워 석류가 흘린 눈물 자국이 검게 물든 것이야. 보기에는 기름 때 묻은 듯 흉하고 볼품없으나, 익었다고 알리는 선을 따라 갈라보면 영롱한 보석이 빈틈없이 박혀서 신비스럽기까지 하다. 그 보석 알들이 모두 친구 사랑 같이 보인다. 보석 알을 모두 따 설탕과 층층이 제여 놓는다. 보석 알은 황금빛 설탕과 조화를 이루어 아름답게 유리병을 가득 채웠다. 영롱한 보석을 황금으로 감싼 듯하다. 금상첨화란 이것을 보고 지어낸 글귀가 아닐까. 나는 친구에게 준 것이라곤 눈을 맑은 이슬로 씻고 찾아봐도 없는데, 그는 내게 소중한 흔적을 남겼구나. 먼저 가야 할 그 길을 친구는 사전에 알았을까. 자기보다 건강하지 못한 내가 건강하게 오래 살라 전해준 가시 오가피는 건강에 많은 도움이 되었고, 영롱한 석류 열매로 친구 사랑 잊지 말도록 이렇게 당부한 것을 보면, 내게는 친구만큼 사랑이 없던 것이 분명하다. 태백산 높은 곳에 외롭게 서 있는 소나무 등걸에 가냘프게 매달린 메마른 가지처럼 친구를 바라볼 사랑의 여유가 내겐 없었던 것이야.

예전에 어느 한 사람이 온갖 세상 풍파에 신음하다 세상을 저주하며 바닷가를 거닐었다. 그는 발 앞에 버려진 바구니를 발견했다. 들고 보니 돌멩이만 가득 들어 있다. 심심하던 차에 잘되었다 싶어 걸어가면서 하나씩 바다에 던져 넣었다. 이제 다 던지고 마지막 남은 돌을 던지려니 아쉬운 마음이 들었다. 자신의 모습과 같은 돌을 어루만지며 자세히 살펴보았다. 아니, 이럴 수가 있나. 그것은 쓸모없는 돌이 아니라 귀한 보석이 박힌 원석이었다. 내가 보석이 박힌 돌을 알아보지 못하고 모두 바다에 던져버렸단 말인가. 땅을 치고 한탄해 보았지만 이미 버린 보석은 어쩔 수가 없었다. 그러나 아직 남아있는 보석 돌이 있지 않은가. 그것을 갈고 연마하면 귀하게 쓸 수 있을 것이다. 무엇이든지 있을 때는 귀한 줄도 모르고, 값없이 낭비해 버리고 없으면 그다음에야 가슴 조이면서 후회한다.

사람은 지혜로운 척하지만. 미련하여서 귀중한 진리를 뒤늦게야 깨닫는다.

친구야, 내 곁에 있을 때 보석을 알아보지 못해 참으로 미안하였다. 이제 가고 나서 친구의 소중함을 뒤늦게 알았구나. 나도 너처럼 이다음에 누군가가 나를 보석으로 보아 주려는가. 아니, 지금 보석으로 보여 주는 것이 없으니 바라는 내가 참으로 어리석다. 태백산에 외롭게 서 있는 소나무 가지에 매달린 마른 나뭇가지 같은 내가 친구가 전해준 석류나무로 탈바꿈하여 보석을 맺으면 좋으련만. 그러면 누구라도 바다에 던져 버리는 실수는 안 하리라. 앞뒤 사정도 모르고 가까운 내 마음으로 조급하게 결정하다 보면, 실수를 연발하는 것이다. 서투른 판단과 조급한 마음으로 결정하지 말고, 깊이 심사숙고하며 되새김질한 다음에 결정함이 보석을 만드는 삶이 되리라.

"좋은 나무가 나쁜 열매를 맺을 수 없고 못된 나무가 아름다운 열매를 맺을 수 없느니라." (마태복음 7장 18절)

다슬기도 못 먹는 할머니

"아이고, 식사 하세유?"

구수한 사투리를 앞세우고 교회 사택 방문을 들어서는 할머니는, 몇 년 전에 전도한 아랫마을 사는 경아 할머니다. 경아 할머니는 참 좋은 분이다. 언제 보아도 명랑하고 인정이 뚝뚝 떨어지는 말투가 그 것을 증명한다.

"어서 오세요. 올갱이 드세요."

"올갱이라구유. 아뇨, 아뇨 난 못 먹어유."

손을 절레절레 흔들어 손사래를 친다. 무엇이 잘못되었나 싶어 올갱이 그릇을 보며 다시 권했다.

"목사님, 지는 말여유, 원래 올갱이는 못 먹어유."

참으로 이상하다. 할머니들은 올갱이라면 옆 사람을 돌아보지도 않고 즐기는데 별난 할머니네. 마음속으로 생각하며 책상 밑으로 밀쳐 넣는다. 손님을 앉혀놓고 혼자만 즐기는 것은 예의가 아니기 때문이다.

"왜 안 잡스세유."

"다 드시면 올갱이 안 먹는 이야기 하려 했더니. 그럼 내일 이야기 할게유."

경아 할머니는 또 부지런한 발걸음을 재촉하여 잘 가시란 인사말조차도 부지런한 그를 따라가지 못한다. 시원스러운 할머니는 교회 출석하기 전부터 나와 친숙한 분이다. 교회 발을 들여놓은 후로는 하루에도 몇 번씩 아래 동네서 찾아와, 묻지 않은 말을 하며 즐거움을 주신다. 어제 일방적인 약속대로 찾아와 올갱이 안 먹는 이유를 말한다며, 진지하게 입을 열었다. 나는 큰 기대를 하는 듯이 할머니에게 힘을 실어주었다.

충주 댐과 조정지 댐이 조성되기 전 집 앞 남한강에는, 올갱이가 참으로 많았단다. 할머니는 매일 주워 충주 시장 음식점에 파는 것이 유일한 낙이고 생업이었다. 그날도 든든하게 아침 식사를 마치고 따스한 햇볕이 비춰지만 기다렸다. 오늘은 많이 잡을 것만 같은 예감이 들면서 물새 따라 물속으로 들어가 올갱이 납치, 포획, 감금을 시도했다. 봄날의 개꿈이었던가, 아니면 중년 아줌마의 꿈 많은 상상이던가. 기대한 예감과는 다르게 빈 바구니만 들고 다니려니, 물새 보기 민망하여 얼굴 붉히기 일쑤였단다. 하지만 기대하면서 싹쓸이한 아침 밥사발 대하기 민망해 물살을 헤집는데, 아니 이게 무슨 횡재이던가. 남한강 올갱이가 이곳으로 모두 집결한 것을 모르고 몇 시간을 찾아 헤맸던가. 바닥에 돌이 보이지 않도록 몸을 부비며 집결한 올갱이가 반상회를 하고 있었다. '이 집으로 모이는 반상회 모임이 있었으니, 다른 집에는 야속하게도 없었던 거야.' 바구니에 가득 채우고도 아직 포획물이 많이 남아 있다. 러닝셔츠를 벗어 자루로 만들어 그곳에도 채우니, 마음은 절로 흥에 겨워 콧노래를 부르며 기쁨에 차 있었다. 이제는 거의 포획한듯하여 돌 밑까지 소탕하려 돌을 뒤집었다. '이상하다. 무슨 돌이 이리도 가벼울까. 올갱이를 많이 잡았으니 벌써 힘이 난 것일까.' 눈을 부릅뜨고 이상한 돌을 살펴보았다.

"으. 으, 악!"

"사, 사, 사람 살려!"

올갱이 자루도 바구니도 내동댕이치고 '물새야 나 좀 살려줘, 하나님 나 좀 살려주오.' 덜덜덜 떨며 집에는 어떻게 찾아왔는지도 모른단다. 그때 사람을 만났으면 영락없이 실성한 사람 취급을 받았을 것이란다. 허겁지겁 집으로 달려와 이불을 뒤집어쓰고 누워 삼 일을 밤낮 앓았다. 그리고 밤마다 가위에 눌려 잠을 자지 못했다. 그날 물속에서 무슨 일이 있었단 말인가. 옆에서 듣고 있는 내 속이 타 이웃집 가마솥에 보리밥 타는 냄새가 절로 난다.

1974년 군대생활 할 때에 매일 아침 점호를 마치면, 분대장의 구령에 맞춰 4㎞ 아침 구보를 했다. 어느 민가를 지날 때였다. 젊은 아줌마가 선잠을 깨어 아침 밥솥에 불을 지피고 다시 잠이 들었나 보다. 아침밥 타는 냄새가 진동했다. 분대장이 구령 소리를 멈추고 '밥 타네.' '밥 타네.' 합창을 하란다.

"밥 타네. 밥 타네."

합창 소리에 아낙네들이 담 위로 얼굴을 내밀고 박장대소를 한다.

그때 밥 타는 냄새는 박장대소를 불러왔으나, 지금 내가 맡는 보리밥 타는 냄새는 경아 할머니가 무엇을 보았는지 말문을 열라는 독촉만 부른다. 경아 할머니가 본 것은 눈을 부릅뜬 커다란 사람 시체였단다. 그날 이후로 올갱이 줍는 일도 그만두고, 올갱이 먹는 것만 보아도 토악질이 나서 곁엘 못 간단다.

벌써 20년 전에 일이다. 마산으로 이사를 떠났는데 살아 계시기나 한지 궁금하다. 충주에는 예전부터 표준어로 다슬기인 '올갱이국'이 유명하다. 남한강과 달천강이 탄금대 앞에서 합류하는데 두 강에는 다슬기가 무척 많았다. 그 덕에 충주 음식점에는 다슬기가 산같이 쌓였었다. 갑자기 반가운 사람으로부터 전화가 왔다. 탄금대로 올갱이국 먹으러 가잔다. 오랜만에 먹어보는 것이 입맛을 감친다. 식사하며 경아 할머니 생각이 났다. 식사를 마치고 주인아주머니가 경청하기에 20년 전 할머니 이야기를 했더니, 행여나 손님들이 들을까 함봉해 달라 손가락을 입술에 대고 통 사정을 한다. 옆에 손님 들을까 숨죽이며 말하는 내 표정을 읽고 있으면서도 내심 걱정되는 무언가가 있기 때문이다. 그것이 두려워 떠는 것이다. 사람들은 무엇에 한번 놀라면 놀란 것을 다시는 생각하기도 싫고, 가까이하고 싶지도 않다. 심지어는 상습적으로 아프기까지 한다.

경아 할머니는 시체를 보고 놀랐지만, 올갱이로 장사하는 아주머니가 놀라는 것은 손님이 떠나갈까 그것이 두려웠다. 다 같은 것이라도 어떤 사람에게는 공포요, 어떤 사람에게는 유희가 된다. 유익하지 못한 습관일랑 공포 속에 떨쳐버리고, 유익하고 덕스러운 습관은 몸에 젖어 나를 이끌고 갔으면 참 좋겠다. 그 유익한 습관을 몸에 익히려고 오늘도 힘쓰고 애써 보지만, 그것이 힘겨울 때가 많다. 얼마 전 달천강에서 다슬기를 몇 마리 잡아 수족관에 넣었다. 수족관 물을 자주 갈아 주어도 물때가 수족관을 더럽히기 때문이었다. 그렇게 극성을 부리던 더러움을 다슬기가 깨끗하게 청소해 주었다. 참으로 고마운 생물이다. 우리도 저 다슬기처럼 세상의 더러움을 말끔히 청소하여야겠다. 그 책임을 위해 오늘도 내게 밥을 먹여 주셨는데…

서산에 기우는 태양이 이제는 다슬기도 많지 않은 남한강을, 다슬기 속살같이 발그레 물들인다.

/

땅콩은 자식농사 예행연습

농사일을 처음으로 접한 것은 초등학교 저학년 때였다.

어느 해 휘영청 달 밝은 정월 보름이었다. 깊은 단잠을 즐기고 있는데 어머니가 깨우는 것이다. 왜, 평소에 없던 일이라도 일어났나 하고 벌떡 일어나 앉았다.

"이거 깨물고 부스럼 깨물자, 하고 말을 해."

영문도 모르고 마른 땅콩을 딱 소리 나도록 깨물었다.

"옳지, 옳지, 그래야 부스럼도 안 나고 잔병이 없는 법이야."

내가 꿈을 꾸는가. 했다. 참으로 고소하다. 다 먹기가 아까워 두 개를 주머니에 넣었다. 어떤 생각이 떠올랐기 때문이다. 아직 밝히기는 부끄럽다. 아침을 먹고 무언가 의욕에 차서 집안을 뺑뺑 돌아친다. 그러다 호미를 들고 퇴비장 옆으로 달려가 퇴비장 옆 둑 위에 땅을 파려니 추위에 얼어 파지지 않는다. 다시 집안에 뛰어 들어가 호미를 던져버리고 부엌으로 달려가 부지깽이를 들고, 울타리 밑에서 커다란 돌도 들고 땅 파던 그 장소로 갔다. 호미로 파지지 않던 자리에 부지깽이를 세우고 돌로 내리쳤다. 그러기를 잠시 손가락만큼 들어간 부지깽이를 뽑아 올리고 옆에 또 그같이 구멍을 내었다. 아껴 두었던 땅콩을 까서 한 구멍에 두 알씩 넣었다. 그 위에 거름 부스러기를 넣어 채운다. '여름이 지나고 벼 이삭이 허수아비와 허락받은 사랑에 빠질 때면, 이 땅콩도 많은 자식을 낳을 것이야.' 그리고 까맣게 잊어버렸다.

따뜻한 봄이다. 언제나 열심히 일하시는 아버지가 오늘은 퇴비를 뒤집는다. 김이 모락모락 나는 퇴비 위에 한 장의 그림이 보였다. 지금 막 퍼 담은 보리밥 사발에 고구마와 검은 콩이 듬성듬성 박혀, 거름더미 위에서 김이 모락모락 피어난다. 거름더미에 웬 밥사발인가 놀라서 다시 보니 거름더미뿐이다. 저 퇴비 속에도 가마솥같이 뜨거운가 보다. 뜨거운 김이 하늘로 오르는 것을 보면 알만하다.

"예야, 저기 누가 땅콩을 심었니."

"예, 내가 보름날 어머니가 주신 것을 심었어요."

어느새 땅콩 싹이 손가락만큼 자랐다. 그런데 두 곳에 심었는데 왜 한 곳에만 났을까. 아버지께 이유를 물어보니 올라오다 죽었단다. 살펴보니 정말 허리가 구부러져 죽어 있었다. 퇴비장 부근이라서 영양분도 충분할 터인데 왜 죽었을까. 아버지에게 왜 싹이 저만큼 올라오다가 죽었는지 이유를 물으니 "그러게" 하면서 적당한 대답을 안 하신다.

그러면서도 무언가 말하고 싶어 하는 모습이다. 내가 바라는 꿈을 망칠까 염려되어 어떤 말을 할까 망설였나 보다. 더욱 나의 궁금한 것은 영영 풀리지를 않았다. 앞산 벚나무에 걸려있던 푸른 잎이, 장터에 술집 기생같이 연지곤지 찍고 춤추는 가을이 돌아왔다. 내가 지은 농사 땅콩도 수확하였다. 지난 주일에 교회 선생님이 설교하시던 대로 30배, 60배, 100배의 결실이 맺었다. 농사는 참 많이 남는 장사로구나.

나도 삼촌처럼 어른이 되어 결혼하고, 영월 한강 상류 인근 조용한 마을로 이사했다. 한강 상류 강기슭에 주민들도 신앙의 자유는 있으니, 그들에게 복음을 전하기 위해서였다. 달빛은 눈부시게 강물 위를 비추면 이에 놀란 물결이 소용돌이치며 제 갈 길을 재촉한다. 그 모습이 얄궂다고 자갈들이 뒹굴고 깔깔대며 요절복통이다. 그 소동에 놀란 물새들이 도망치니, 돌 밑에 웅크렸던 피라미가 제 세상이란다. 때를 놓칠세라 개구쟁이 꼬마들이 족대 들고 첨벙거리니, 놀란 파장은 끝이 없구나.

이렇게 평화로운 강촌에 셀마 태풍이 불청객 되어 몰려왔다. 군수의 책임으로 윗동네 탄광촌으로 통하는 도로 공사는 아직도 멀었는데, 그 많은 장비는 어디에 숨으라고 소낙비가 억수같이 퍼붓는가. 길을 높이느라 강변에 파놓은 구덩이에는 물 깊이가 강물보다 깊었다. 아이들이 위험스러워 주민들은 군청에 수차례 민원을 요청했으나, 당국은 차일피일 미루기만 한다. 그러기도 지쳐가던 어느 날, 영월군 유지 격에 속한 갑부 집 아들과 교회 전도사 아들이 비 오는 날 뛰어놀다 그곳에 들어갔다가 조난을 당했다. 두 아버지는 종일 헤매다 찾은 결과는 눈 뜨고 볼 수 없는 상황이었다. 두 아버지는 거반 실성한 상태였다. 어찌 안 그럴까. 생명의 싹이 채 떡잎도 떨어지지 않았는데 셀마 태풍이 웅덩이에 떠밀어 버리고 갔으니 돌이킬 방법이 없다. 두 아이 모두 겨우 여섯 살 귀염둥이다. 여섯 살의 덩치는 노적봉만 하지만 아버지의 작은 눈에 넣어도 아프지 않겠단다.

현장 감독은 즉시 연행되었고, 사고 난 동네에는 정적이 감돌았다. 전도사 아들 친구 아버지는, 술을 먹고 군청에 가서 온갖 기물을 다 파괴하며 군수를 괴롭힌다는 소식이다. 밤에는 집으로 불러서 방에 앉혀놓고 밤새도록 몰아친단다. 그러다 날이 밝아오고 괴롭히던 아버지가 곯아떨어지면, 군수 영감은 또 교회 전도사에게로 찾아간다.

"목사님, 죽을죄를 지었습니다."

"아니에요, 아들을 단속하지 못한 제가 잘못입니다."

두 가정이 확연히 다른 반응에 움찟 놀란다. 밤새 잠도 못 주무신 것 같은데 댁으로 돌아가십시오, 하는 말에 깊이 사죄하며 뒤돌아 가는 모습이 측은하기도 하다. 어느 단체나 장이라는 직책은 참으로 힘들고 고달프구나 하고 새삼 느낀다. 우리 교회에서 불미스러운 일이 생긴다면 나도 당장 저 모습이 될 것이 아닌가, 하고 뒷모습을 보며 한숨짓는다. 그 한숨 소리가 메아리 되어 앞산과 뒷산을 호령한다.

이웃교회 목사님이 오셔서 성도들과 아들 장례를 치르겠단다. 전도사와 그 아내는 오지 말라며 만류하니, 그것이 옳을듯하여 아내를 위로하며 마음을 가다듬는다. 이제는 잊고 남은 가족을 돌아보아야 할 것이 나의 책임 아닌가. 나보다 아내가 크게 염려된다며 전도사는 생각한다. 마음의 평정을 찾으려면 보이는 현장을 떠나야겠다는 생각과 일치하여, 충주지방의 동문 들이 새로운 임지를 마련하여 불렀다. 새로운 개척지였으나 도시 인근이니, 우울한 아내가 외로운 시골보다 목회에 전념하기가 좋을듯하여 충주로 이사하였다.

새로운 곳에서 적응하기도 전에 일은 터졌다. 아내가 심한 마음의 병을 얻은 것이다. 마음속 아픔을 발산하지 못하고 꾹꾹 참을 수밖에 없었으니, 그것이 원인이었다. 조용하다가도 갑자기 가슴에 돌덩이 같은 것이 밀어 올라오면, 숨을 쉬지 못하고 방바닥을 가슴으로 밀고 헤맨다. 이러다가는 아내조차 문제가 커지겠다는 마음에서 해결방법을 찾아야 했다. 하나님이 데려가신 아들로 인해서 생겨난 문제이니 그분과 담판을 보아야 한다. 돗자리만 들고 밤마다 산으로 올라가서 그분께 호소하였다. 그 날도 산에서 돌아와 교회 강단 밑에서 잠을 청하고 있는데 갑자기 반쯤은 잠든듯하면서도 주방에서 아내가 두들기는 칼도마 소리는 요란하게 들린다. 그리고 몸이 높은 공간으로 큰바람 소리를 들으면서 빠르게 올라간다. 그러기를 잠시 후, 덜컹하고 멈추는 동시에 넓은 잔디밭이 눈앞에 넓게 펼쳐졌다. 그곳엔 잔디 새순이 뾰족하게 침을 만들어 크게 확대되어 수백 개가 널려져 있었다. 마음을 아프게 한 아들이 물에서 건져낸 그 모습대로 발가벗고 뒹굴고 있었다. 겁이 났다. 무엇보다도 위험한 것은 날카로운 창 같은 잔디 새순에 항문이 찔릴까 겁이 덜컥 났다.

"예야, 잔디 순 가시에 찔린다, 일어나."

아들은 깔깔깔 웃으면서 나를 위로하였다.

"아버지, 이곳에는 춥지도 덥지도 않고요, 가시에 찔리지도 않아요. 아버지도 빨리 이곳에 오세요."

하는 그 말이 벌써 삼십오 년이 지난 지금까지도 내 귀에 쟁쟁하여, 방금 말하는 소리같이 선명하다. 아들의 그 말이 끝나자마자 강단 밑에 쓰러진 내가 보이고, 정신도 쾌청하게 돌아왔다. 날이 밝아오고 그

날은 예배가 있는 주일이었다. 설교 시간에 그 꿈같기도 하고 생시 같기도 한 이야기를 하였다. 아내가 그 말을 듣는 순간, 무언가 가슴에서 덜컹하고 내려앉는 소리가 들리면서 시원하더란다. 그 시간부터 지금까지 가슴에 돌덩이가 치밀고 숨 막혀서 고통 하는 모습은 볼 수가 없다. 감사합니다. 아내의 고통을 해결해 주셔서 감사합니다.

어린 아들을 데려가신 하나님의 뜻은 내가 모두 알 길이 없다. 분명한 것은 그분과 내게 꼭 필요해서 데려가셨으니 염려와 아무런 걱정할 필요가 없다는 것이다. 어린 내가심은 땅콩 두 포기 중에 한 포기는 추수했으나, 한 포기는 이유도 모르게 고사하였다. 두 아들 중 한 아들은 그분이 데려가시는 것을 하나님은 그때 이미 보여주신 것이다. 나에게나, 그분에게 유익하여 데려가셨으니 감사합니다. 한 아들은 지금 내 곁에서 건강하게 잘 자라고 있으니 머지않아 실한 땅콩 싹과 같이 아름다운 열매를 맺을 것이다. 기름진 하나님 자양분을 마음껏 섭취하면서 실한 백배의 복된 아들이 될 것이다.

하나님, 감사합니다. 이 글에는 필자의 이야기가 가감 없이 진솔하게 담겨 있다.

"좋은 땅에 뿌려졌다는 것은 말씀을 듣고 깨닫는 자니 결실하여 어떤 것은 백 배, 어떤 것은 육십 배, 어떤 것은 삼십 배가 되느니라 하시더라."

(마태복음 13장 23절)

/

어미 소의 모정

아직 이른 아침인데 무슨 일일까. 새벽부터 온 집안이 떠들썩하다. 이제껏 한 번도 보지 않았던 야단법석이다. 야단법석은 산중 절간에서 나 있는 행사인데 절간과는 거리가 먼 우리 집에 어쩐 일일까. 난데없이 외양간에 남폿불은 왜 훤히 밝혔을까. 남폿불이 나는 그것을 알고 있다는 듯 앞뒤로 흔들며 고개를 끄떡인다. 외양간 입구는 짚 멍석으로 빗장을 지르고, 무슨 비밀스러운 일이란 말인가. 어린 나는 궁금하여 참을 수가 없었다.

"어머니 아침 일찍 무슨 일인가요."

"새벽에 송아지 낳다. 황송아지라더라."

집안에 식구 한 명이 더 늘어 난 것이다. 아버지는 벌써 콩깍지와 등겨를 평소보다 두 곱이나 많이 넣고 삶아, 구수한 쇠죽을 퍼 나르신다. 구수한 냄새에 갑자기 배가 고파진다. 수증기에 묻혀 앞도 보이지 않는데, 정확하게 여물통에 쏟아 놓으신다. 오랜 세월 속에 젖은 감각이리라.

이제야 그토록 애를 태우던 궁금증은, 어머니가 부엌에서 태우는 장작불 연기 따라 굴뚝을 거쳐 멀리 하늘 높이 사라진다. '모심기에 한창 바쁜 때는 부엌의 부지깽이도 날뛴다는데, 어미 소가 출산을 했으니 산모를 데리고 논바닥에서 어찌 중노동을 시킬 것인가.'하고 어머니는 행복한 한숨을 쉰다. 그러나 아버지는 오늘 소가 일을 하지 않으면 모심기는 수일 내에 할 수 없다면서, 임산부를 끌고 나가신다. 어기적거리면서 끌려가는 어미 소의 퉁퉁 부은 엉덩이를 보니 어린 내 마음이 아프다.

"아버지 오늘은 외양간에 두어요."

그러나 아버지는 못들은 채다.

나는 재 너머에 있는 논으로 따라갔다. 아버지가 아기 낳은 어미 소에게 매질이나 하지 않을까 염려해서 따라나섰다. 내 염려를 아버지는 아셨을까. 일이 다 끝나도록 한 번도 때리지 않으신다. 참으로 다행이다. 미역국은 끓여주지 못하면서 매질을 했다면 어미 소가 얼마나 욕을 했을까. 예쁜 소를 욕쟁이로 만들지 않은 아버지가 오늘은 더욱 고맙다. 어미 소가 할 일이 끝나자 아버지는 소고삐 줄을 말아서 짧게 달아주더니, 이랴 하고 등을 가볍게 때린다. 어미 소는 기다렸다는 듯 뛰기 시작했다. 그래도 아버지는 아무 일 없다는 듯 논 일만 하고 있다. 나는 엉엉 울면서 어미 소를 따라 뛰었다.

"아버지, 소가 새끼 버리고 도망쳐요."

"괜찮아, 새끼가 걱정되어 집으로 뛰어가는 거야."

뒤에서 무슨 소리가 들리는 것 같았으나, 내 울음소리에 묻혀 무슨 소리인지 알 수가 없다. 어미 소를 붙잡아야 한다는 마음으로 힘껏 달렸다. 어미 소는 네 발로 뛰니 나보다 훨씬 빠르다. 제가 뜀박질 못 하는 것은 생각 못 하고, 남이 좋은 환경이라 잘한다고 핑계만 늘어놓는다. 핑계하는 그 생각이 내 키만큼이나 작고 어리다.

뛰어가던 어미 소가 숨이 차서일까, 이제 급하게 걸어간다. 산모가 논일하고 뛰어가려니 다리가 아프고 숨이 차나 보다. 아니면 두 다리 사이에 부풀어 오른 젖이 무거워서일까, 아니면 젖이 뜨거워지면 새끼가 빨고 설사할까 걱정되어서일까. 이런 생각하는 것을 보면 이제 나도 철이 난 것이야, 동네 어귀에 들어서서야 어미 소를 겨우 따라 잡을 수 있었다. 그러나 이를 어쩌나, 지금껏 걱정은 걱정도 아닌 더 큰 일이 벌어졌다. 어미 소가 걸어가는 곳은 삼촌 댁 뒷길이었다. 그 길옆에는 커다란 살구나무가 서 있어서 언제나 시원한 그늘이 만들어진다. 그 길 한가운데서 사촌 동생 아기가 세상 모르게 잠자고 있다. 새끼와 떨어진 어미 소가 급하게 걷고 있으니 이보다 더 걱정스러운 일이 또 무엇이란 말인가. 걱정하는 사이에 어미 소가 또 앞섰다. 산같이 큰 어미 소가 어린 동생을 밟으면 어쩔까. 간이 졸여 드는 마음으로 숨을 몰아쉬며 힘껏 달렸다. 갑자기 어미 소가 멈추어 서더니 잠시 아래를 내려다본다. 그리고 큰 걸음으로 아기를 뛰어넘었다. 네 발 모두 넉넉하게 뛰어넘는다. 그제야 안심이 되어 나도 모르게 땅에 주저앉았다. 안심을 확인하고 나니 이제는 도저히 걸어갈 기운이 없다.

잠시 후 힘을 얻어 뒤늦게 집안에 들어섰다. 어미 소는 새끼에게 젖을 빨리면서, 왕방울만 한 큰 눈을 굴린다. 나를 바라보고 무슨 생각을 할까. 어미 소는 내게 이렇게 말할 것이야.

'꼬마 주인아저씨, 왜 그렇게 애태우며 따라오는 거요. 내가 멀리 도망갈까 애타는 것 보다 나는 훨씬 더 우리 아기가 걱정되었소.'

그제야 모든 것이 안심되었다. 긴장이 풀리고 녹초가 되어 마루 위로 기여 올라가 팔다리를 벌리고 벌렁 누우니, 천장 위에서 걱정 근심 덩이가 목화송이 되어 이리저리 몰아치더니 뒤켠으로 빠져나간다. 어린 내가 걱정 근심 한다고 세상천지가 뒤바뀔 수 있겠는가. 괜스럽게 종일 걱정을 흙 구슬로 만들어 그것 들고 뛰고 땀 흘리고 마음을 졸였었구나.

전국적으로 구제역이 전쟁이다. 구제역은 발굽이 둘로 갈라진 우제류에만 생긴단다. 입과 코 발굽에 물집이 생기는 바이러스 전염병이다. 그 병이 무서워 소들이 말방울 같은 눈에서 눈물이 줄줄 흐른다. 그 아픈 마음속을 잘 아는 농부들의 눈에는 피눈물이 흐른다. 벌써 수를 헤아릴 수도 없이 많은 짐승이 생매장을 당했다. 생매장당하는 저들이 마지막으로 외치는 비명에 농부의 간장까지 말리고 있다. 음---메 ! 음---메!

/

민둥산과 뒤바뀐 처사

오늘도 새벽 아침을 먹고 비장한 마음으로 거사에 임할 준비를 했다. 바람이 침투하지 못하도록 동이고 조이고, 방패와 창으로 무장하여 결전의 시간만 기다린다. 한 발자국, 두 발자국 내딛는 발, 우직한 결단력을 뒤로하고 몸은 마음 따라가기 바쁘다. 목표하는 고지는 보이지도 않는데, 많은 무인이 벌써 좁은 길에 숨 막히게 늘어섰다. 낯익은 얼굴들이 반갑게 맞이한다. 언제나 같은 곳에서 반기는 눈길이 친절하여, 이웃 교회 성도로 인식하고 내 교회 식구처럼 반갑게 맞고 친절을 나누었다.

어느 사람이 오늘따라 알 수 없는 눈동자를 굴리며 외면하고 사라진다. 참으로 이상하다. 내가 벌써 사람을 잘못 알아보는 무식 증후군이 생겼던가. 그 생각이 스쳐 가는 머리를 어루만지자니 무엇인가 허전함을 느꼈다. 아차! 무장 한다고 하였건만 머리에 투구를 놓고 왔구나. 이웃 교회 성도인 줄 알고 대하던 그 사람이 내 민둥산 머리에 놀

315

라 외면 한 것이다. 그 일 후로 그를 만나면 말이라도 붙일까 두려운 듯 외면하며, 엄동설한 찬바람만 남기고 도망치기 바쁘다. 이웃 성도로 알고 최대한 예의를 지켜 대해 주었건만, 거짓말이나 한 것처럼 송충이 대하듯 한다. 처음으로 민둥산 머리의 비애를 느꼈다. 벌써 고령의 서글픔인가. 그 서글픔을 항변이라도 하는 것일까. 가파른 산길이 나의 잰걸음에 위협과 공포를 느낀다. 괜스레 뛰고 달리며 젊음을 외치는 나에게 말이다.

생존경쟁의 밀림 속에 사는 과부 거미는 많은 곤충에게 공포를 주는 무서운 거미다. 그는 곤충은 물론 잘 먹지만 정작 즐기는 성찬은 따로 있다. 듣기도 무시무시한 동족을 즐겨 먹는다. 식인종이 동족을 즐겨 먹었다는 이야기를 전설처럼 듣기는 하였으나, 눈으로 보고 검증한 바 없으니 무엇에도 연관시킬 자신은 없다. 수컷들은 발정기가 되면 후손 번식을 위해 군침을 삼키고 과부 거미를 미행한다. 이것은 우리 사람이 교육하지 않았어도 남자를 닮은 것 같다. 암컷도 후손을 열망하는 마음은 오히려 수컷보다 더할 것이다. 과부 거미는 사람들이 화장실 갈 때와 올 때 다른 것을 어떻게 배웠을까. 짝짓기가 끝나고 나면 하늘같이 고마워해야 할 수컷을 잡아먹는다. 이런 거꾸로 된 세상이 어디 또 있단 말인가. 이렇게 상식이 거꾸로 된 암거미의 성격을 잘 아는 수컷은 욕망을 채운 동시에 줄행랑을 치지만, 암컷보다 몸집이 형편없이 적은 수컷들은 대다수가 후손을 위한 영양소가 되고 만다.

이런 결과를 잘 아는 수컷이지만 후손을 번식하겠다는 일념에서 죽음을 불사하는 자녀 사랑은, 나를 닮았다 하면 기록하는 사람도 읽는 독자도 유쾌할까나. 과부 거미가 마음을 바꿔 거꾸로 살듯이 내가 친절을 베풀었더니, 만나면 찬바람 일으키며 도끼눈으로 보는 사람도 거꾸로 되었을까? 지금은 저들을 산행에서 찾아보려 해도 보이지 않으니 산행을 포기한듯하다. 아니면 시간대를 바꿔서 산행할까?

악한 마음으로 세상을 거꾸로 살아가면 현재는 매우 만족하고 복을 누리는듯하나, 종래는 만고에 처량하게 된다. 과부 거미같이 거꾸로 된 인생길을 살아가는 사람들이 언제부터 있었을까. 그들은 다음과 같은 진리를 생각해 봐야 할 것인데…

"함정을 파는 자는 거기 빠질 것이요 담을 허는 자는 뱀에게 물리리라."　　　　　　　　　　　　　　　(전도서 10장 8절)

어떤 수단과 방법을 써서라도 타인을 밟고 일어서려는 지나친 승리욕은, 자신은 쾌감을 느끼고 승리하는 즐거움은 있다. 그러나 서로 돕고 사는 공동체 속에서는, 상대방의 인격을 고양해 주는 일 또한 극히 필요하다. 다 함께 즐기는 기쁨을 위해서라면 질 줄도 알아야 한다. 충분히 이길 수 있는 능력과 힘이 있으면서 지는 것은, 이기는 것보다 어려운 일이다. 승부를 걸고 경기에 임해보면 그 사람의 마음가짐을 충분히 알 수가 있다. 많은 사람이 건강을 위해 땀 흘려 운동하고서 스트레스를 받아 건강을 해친다. 스트레스를 만드는 운동은 아니하니만 못하다. 승리욕을 생산하는 운동보다 서로 돕고 따르며 즐기는 운동이 건강에는 매우 좋다.

선택이 중요한 세상에는 운동까지도 선택을 바라고 있구나.

/

내가 네 마음 다 안다

참으로 반가운 어린이날이다. 이 반가운 날에 또 하나의 경사가 겹쳤다. 이십오 년 동안 아기 소리가 들리지 않던 우리 집에, 새 생명의 울음소리가 울려 퍼진 것이다. 그것도 세쌍둥이를 낳았다. 일가친지 친구 모두에게 연을 맺는다는 소식 전하는 기쁨도 누리지 못하였는데. 무엇이 그렇게 급하다고 풍만한 배를 자랑도 못 하고 숨을 죽이며 출산하기까지 고생했을까? 어떤 과정이 되어왔건 반갑고도 기쁘다. 여러 번 고생하지 않고 단 한 번에 셋을 얻었으니, 어찌 반가운 일이 아닌가.

사람이나 동물이나 곤충 풀 한 포기라도 어린 생명은 참으로 귀엽다. 마음 한쪽에 굳은살이 박인 천하에 무정한 사람이라 해도, 어린 새 생명 앞에서는 오금이 저리다. 그것은 창조자가 주신 선물이리라. 만일에 그 선물의 귀중함이 없었더라면, 이 땅에 첫선만 보이고 사라진 생명은 참으로 많을 것이다. 새 생명을 바라본 그 눈으로 원수를 바라보면 원수도 봄눈처럼 녹을 것이고, 내 어머니를 모욕하는 입을 보아도 함박꽃 봉오리 피어나는 모습으로 보일 것이다.

그런데 이상하다. 한 생명은 첫날부터 엎드려 잠만 잔다. 신생아는 잠자는 것이 크는 것이고 우는 것이 건강한 징조가 아닌가. 그 상식만으로 새 생명의 출생을 감사하며 하루를 보냈다. 출생 이틀째 되는 날 밖에서 이웃 주민과 담소를 나누고 있을 때 "왕!" 하며 놀란 소리에 뛰어가 들어서니, 어미는 이리저리 산실을 헤매며 당황하는 모습이다.

그를 보는 내 마음이 꽉 아리다. 불길한 생각에 쌍둥이 둘을 밀쳐보니, 모유를 잘 빨지도 않고 엎드려 잠만 자던 녀석이 이미 유명을 달리 한 것이다. 참으로 애석하다. 그러나 슬퍼하고 있을 수는 없다. 옆에 두면 어미의 마음이 찢어질 것은 자명한 일, 싫은 일이지만 처리해 주어야지 어떻게 하겠는가. 아린 가슴을 억누르고 두 손에 들고 나오니, 당황한 어미가 현실을 받아들이지 못하고 감정을 폭발하며 대드는 바람에 문턱에 떨어뜨렸다. 기다렸다는 듯이 어미가 안으로 끌어들인다.

그 순간 나의 머리에는 가슴 아픈 그림이 그려졌다. 숲 속에 원숭이가 제 새끼 죽은 현실을 받아들이지 못해, 몇 날 며칠이고 축 늘어진 사체를 품에 안고 뛰어다니는 그 장면이 떠오른다. 보는 나의 가슴도 미어지는데, 너의 심정이야 무슨 말로 표현 할 수 있단 말이냐. 어미가 눈을 돌리는 사이에 재빨리 들고 나왔다. 어미는 제 마음을 가누지 못하며 날뛴다. 그 모습이 참으로 가슴 아프다. 그것을 예감하여 미리 든든한 끈으로 묶어 놓았으니, 더 큰 소동은 없었다. 쏜살같이 달려가 처리하여 주고 오니, 제 새끼를 들고 갔던 방향을 향해 소리치며 몸부림을 친다. 눈에는 눈물이 그렁그렁하고 가슴에서 쿵쿵거리는 심장 소리와 가쁜 호흡이, 산모의 건강을 해칠 것만 같았다. 가슴으로 보듬어 안고 머리를 토닥거리며 위로를 하였다. 찢어지는 모정이 내게로 밀려온다.

"그래그래. 내가 너의 마음을 다 안다."

하고 위로하니, 머리를 숙이고 고동치는 호흡을 짓누르고 억지로 진정을 한다. 그 모습에 또 눈물이 났다. 건강하게 자랐어도 좀 더 잘해주지 못해 가슴 아픈 것이 어미의 마음이거늘. 겨우 이틀밖에 살지 못한 제 새끼가 얼마나 불쌍하겠는가. 그래도 마음을 다잡는 너의 모습이 참으로 대견할 뿐이다.

우리 흰둥이 풍산개는 그렇게 산고와 출산의 후유증을 혹독하게 치렀다. 우리 집에서 귀한 정을 나눈 세월이 10년이나 되었으니, 내 위로의 말을 알아듣는 것은 당연하다. 나는 본래 남을 위로할 줄 모르는 사람인데 참 이상도 했다. 어떻게 풍산이를 위로하였기에 천방지축으로 날뛰다가 잠잠해지는 것일까. 말소리 보다 안아주고 토닥거려주는 진심의 마음을 저 짐승은 알아차린 것이다. 말 못하는 짐승도 진실한 마음은 통하였다. 사람들에게 진실도 없이 대하고 마음을 몰라준다며 닦달하면, 누구의 잘못이겠는가.

오늘은 평소보다 더욱 내면의 힘이 넘쳐 남은 풍산이 덕일까? 풍산이는 자식을 잃어 피눈물을 흘리는데, 나는 한가롭게 내면의 힘 타령만 하고 있다. 번쩍하고 번개처럼 때리는 보이지 않는 망치의 충격에 내가 한심스러운 느낌이 든다.

몸만 인품이네 인격이네, 하면서 저 속에 깊은 마음을 하찮게 보아왔던 내가 풍산이만도 못하였다. 그 진실을 평소에 알지 못하고 산통으로 고통 할 때에야 눈썹만큼 느끼는 나는 너만도 못하였구나.

말도 통하지 않는 짐승에게서 인간 심리를 뒤늦게 깨달은 이 마음이 지혜로운 탐구였나, 아니면 미련퉁이로 살아온 한심하고 개만도 못한 인간이더냐. 내 머리가 뭉게구름 되어 맑은 하늘을 혼란케 한다. 그러나 내가 네 마음 다 안다.

/

부창부수 깨달은 딱정벌레

아침 일찍 완전무장을 한다. 잘 당겨지라고 바꾼 등산화 끈이 벌써 속 힘줄이 들여다보인다. 또다시 바꿔야겠다. 홀로 산행하는 것이 내겐 더 즐겁다. 많은 생각을 나 홀로 조용하게 할 수 있으며, 무엇보다 나를 돌아보는 충분한 시간을 주기 때문이다. 타인과 대화하고 웃고 즐기며 걷는 산행도 유쾌하지만, 혼자만의 사색도 나에겐 좋은 시간이 된다. 저마다 등산복장으로 완전무장을 하고, 소리 높여 부르는 사람도 없는 산속으로 무엇을 찾아갈까. 찾고 부르는 사람 있어서 오른다면, 산에 오를 등산인은 아무도 없을 것이다. 불평불만만 하늘을 찌를 뿐이다. 산행 두 시간 코스가 거의 끝나가는 곳에서 나무 벤치가 나를 유혹한다. 유혹을 핑계 삼아 잠시 앉아 땀을 훔쳤다. 산은 이렇게 땀을 흘리게 하지만 또 씻는 여유도 제공한다.

눈은 자연스레 발 옆을 내려다 바라보고 있다. 등산화 옆으로 작은 딱정벌레가 나처럼 혼자서 어디론가 바쁘게 길을 간다. 너도 등산하느냐. 아니면 집 나온 사춘기 소년이 되어 방황하고 있느냐. 이유도 없이 공연한 심술이 났다. 나뭇가지를 주워 살짝 때려 보았다. 나는 살짝 인데 너는 아프겠구나. 1㎝도 안 되는 작은 체구라서 어딘가를 다쳤나 보다. 그 많은 다리를 하늘 높이 쳐들고 벌렁 눕는다. 꼬리 부분만 까딱까딱하며, 나는 살아 있노라고 힘차게 웅변할 뿐이다. 가해자가 무서워 죽은 척하는 것일까, 생떼 쓰며 엄살을 너스레 떠는 것일까. 한참을 두고 보았다. 정말 다리를 다쳐 걸을 수 없는 딱한 사정일까, 궁금하여 등산 조끼 주머니서 돋보기를 꺼내 확대해 보았다. 그래도 딱정벌레 다리를 옳게 진단할 수가 없다.

'그것이 정답이여, 내가 딱정벌레를 진단하면 딱정벌레 의사지 사람인가.'

힘찬 외침이 가슴을 울린다. 그 소리에 위안을 얻고 기다려 보았다. 기다리기를 잠시 했을 때 같은 방향에서 종류도 크기도 같은 딱정벌레가 바삐 달려온다. 딱정벌레만 아는 그 무엇이 통하였나 보다. 그러면 산만한 덩치의 나만 몰랐단 말인가. 어떻게 찾아올 수 있었을까. 그는 잠시 지체함도 없이 곧장 옆으로 가더니 더듬이로 배와 다리를 더듬는다. 옳거니, 내가 돋보기까지 동원하여도 진단 못 한 것은 더듬이가 없기 때문이었구나. 이때껏 거추장스럽게 보이던 더듬이가 부럽다. 진단을 마친 딱정벌레는 머리를 땅에 대고 엎드려 조용히 기다린다. 누군가에게 맞아서 부러진 다리가 너의 마음을 아프게 하더냐. 아니면 짝인 줄 알았는데 네 짝이 아니더냐.

지켜보는 돌팔이 의사가 인내심의 한계를 느낄 때였다. 옆에 엎드려 있던 딱정벌레가 갑자기 배 위로 뛰어올라 배와 다리를 사정없이 깨문다. 이제껏 꼬리 외에는 미동도 않고 누워있던 아내 딱정벌레가(지금부터 '아내'로 명하겠다.) 놀라 벌떡 일어나 마구 물며 싸운다. 싸우기는 하지만 뒤늦게 찾아온 남편을 당해 내지 못한다. 혼쭐이 난 아내는 이내 앞장서서 다소곳이 길을 간다. 남편 앞에 서서 오던 길을 잘도 찾아간다. 다리 절름거림도 없이 잘도 간다. 앞서고 뒤서고 그렇게 간다. 싸움 끝에 정이 붙었나 보다. 남편 딱정벌레가 엎드려 기다림도, 뛰어올라 싸운 것도 빨리 가자는 재촉이었다. 아내는 날벼락을 맞아 가해자인 나에게 보상금이라도 받아내려 했는데, 남편은 속도 모르고 집살림하기 싫어 산속에 들어와 꾀병한다고 닦달을 하였나 보다. 이 억울하고 불쌍한 아내의 증인을 서 줄 사람은 홀로 다니는 등산객뿐인데, 그놈의 등산객은 딴소리만 하고 있다.

"싸움 끝에 부창부수를 깨달았구나. 남편 뜻을 따라 사는 길은 가정이 구순 한 법이니라."

억울한 형편을 편들어 주기 바라던 아내는 등산화 신은 증인을 얼마나 원망하고 있을까. 내가 그 마음을 진작 알아주었어야 했는데, 딱정벌레 아내에게 또 한 번 미안하구나. 용서해다오. 남의 마음을 모르는 야박한 마음이 나를 늘 홀로 다니게 하는 것은 아닌가. 앞서거니 뒤서거니 걸어가던 한 쌍은, 나뭇잎 터널을 지나고 키다리 낙엽송을 돌아서 뒤도 안 돌아보고 가버린다. 한 번쯤 돌아보면 용서를 빌고 들고 온 매실 효소를 주려 했는데, 돌아보길 바라서 떡갈나무 낙엽 접시까지 들고 있건만 무심하게 그냥 가는구나. 벤치에서 일어나 내려가는 나의 두 발이 힘을 잃었다. 갑자기 마음 깊은 곳에서 무슨 소리가 들린다.

'어찌하던지 남들에게 미움 사지 말고 작은 도움이라도 덕을 끼치어라.' 어릴 적에 일러 주시던 어머니 말씀이 아직도 두 귀에 쟁쟁하건만, 내 어찌 이리도 못나게 굴었더냐. 후회막급이로다. 진작 나를 유혹하던 벤치를 처음부터 알아봤어야 했는데, 나는 어찌 이렇데 아둔하단 말인가. 나는 생각에도 없는데 어떤 유혹이 밀려오면, 거기에는 반드시 함정이 있다는 것을 알았어야 했다. 부창부수 깨달은 딱정벌레, 너는 하나만 깨달았지만 네가 나에게 일일 스승이 되었구나. 오늘도 혼자의 산행길이 또 한 아름 안겨주었다. 가슴에 안긴 것을 누구에게 돌려줄까, 주위를 돌아보는데 내 차 3m 앞에서 갑자기 뛰어드는 자가용이 시야를 어지럽힌다. 머리털도 그렇다고 곤두서서 공포심을 솔직하게 전한다.

"끼-익!"

나도 몰래 동물적인 습관에 제동을 걸었다. 입에서 튀어나오는 한마디 말이 나를 더욱 놀라게 한다. "저 자식이!" 나는 어쩌면 좋단 말인가. 딱정벌레만도 못한 미련한 자식이다. 깨물고 공격하여 미운 짓을 했어도 너그럽게 용서하고 부창부수를 깨닫는데, 나는 잠시의 놀람을 이해하지 못하고 폭언으로 답례하는가. 딱정벌레에게 배우고도 그 모양이더냐.

아직도 미물 스승을 한참 찾아다녀야겠다.

/

피 흘린 결투 현장

밤새도록 겨울비는 요란하게 소리쳐 내렸건만, 때 잃은 풀 포기는 일어설 줄을 모른다. 비는 흙먼지만 감춰 놓았을 뿐, 초겨울 마른 대지에 아무런 도움도 주지 못한다. 도움도 없고 반기는 이도 없는데 무슨 의미로 찾아오는 밤손님이었던가. 홀로 오르는 산행길을 앞서가는 청설모가 갈 길을 방해한다. 머릿속에는 발을 내디딜 곳을 정했는데 청설모는 나만 따라오란다. 하지만 방해로 생각하면 스트레스만 받으니, 나는 생각을 바꾸기로 했다. 외로움에 지친 저놈이 즐겁게 오르는 내게 한 수 배우려는 요량이리라. 여러 사람과 이야기 하며 오르는 산행도 즐겁겠지만, 사색의 공간을 마음껏 돌아치며 홀로 걷는 산행도 즐겁다. 간혹 혼자만의 사고에 빠지고 싶었으나 옆 사람이 깨버리는 것이 싫을 때가 있다. 싫어도 싫다 내색하지 않고 웃어주는 아량 또한 나의 책임인가 보다. 내 고향이 시골이라서 그럴까. 언제부터인가 조용한 것을 좋아하였다. 조용한 시골에도 시끄럽고 분주한 물새도 있는데 모두 제 취향이리라.

발걸음은 어느새 한적한 모퉁이를 돌고 있다. 길옆 이곳저곳으로 움푹 파인 곳에는 수분이 채 마르지도 않았다. 그것은 샘물이 없는 산속 짐승들에게 요긴한 생명수가 될 것이다. 그 옆 파인 곳엔 털이 뭉글뭉글 빠져있는 결투 현장이 내 눈길을 잡아끈다. 깊은 발자국이 다급하던 그때 상황을 잘 말하고 있다. 도움도 안 되고 반기는 자 없는 겨울비라 타박했더니, 반기는 친구들이 산에는 많이 있었구나. 타는 목을 축이려는데 숨어서 훔쳐보던 포식자와 사투 경쟁을 하였다. 발목까지 깊게 땅을 파며 고라니는 마지막 발악을 했었다. 현장의 흔적을 바라보는 나의 숨이 헉헉 막혀온다. 무언가 더 알고 싶어 발자국 따라 계곡으로 들어가 보니, 검붉은 피가 진흙을 온통 물들였다. 간밤에 아까운 생명이 또 서산으로 넘어갔다. 반면에 한 생명은 그만큼 생명이 연장되었겠지, 그리고 눈이 빠지도록 기다리는 새끼들은 먹은 만큼 자랐겠지.

나는 어느 편이 되어서 이 현장을 심판해야 할까. 세상 모든 일은 흑백논리로 사람을 방황하게 한다. 그래도 우선 보기에 불쌍한 약자 손을 들어줘야 내 양심이 농성을 안 할 것만 같다. 세상 모든 생명체는 약육강식 하며 살아간다. 산을 오르면서 만나는 수목들의 경쟁도 비참하다. 태양 빛을 남에게 뺏기지 않으려 다투다가, 약자는 고사하여 제풀에 쓰러지고 만다. 그렇다고 강자들 역시 안심하지는 못했다. 저들도 하체를 돌아볼 여유도 없이 위만 보고 다투다가, 한 종류의 약자는 허리가 부러지는 참극을 빚었다. 먹이사슬의 최상위에 있는 킹코브라도 작은 체구 몽구스 앞에서는 속수무책으로 먹히고 만다. 내일이라는 단어를 알지 못하는 하루살이도 먹고 먹히면서 살아가는 것이 세상이다. 이 살벌한 세상에 태어난 인간이 조물주에게 이어받은 세상 질서를 유지하려면, 오해도 얻고 판단력을 잃을 경우가 참으로 많다. 그 판단력을 되찾으려 애를 쓰건만, 대다수 사람은 그냥 자기 주관으로 세상을 살아가다 낭패를 당한다.

살벌한 결투 현장을 지나자 높다란 언덕에 귀여운 바둑이가 바위 곁에서 내 눈치를 살핀다. 제멋대로 생긴 바위가 있어서 더욱 고즈넉한 쉼터인데 이곳에서 바둑이를 본 것이 벌써 달포가 되어간다. 귀엽기는 하나 나이가 들어서 깡마른 얼굴이 동정심을 빼앗는다. 사람을 반가워하면서도 가까이 가면 피해 도망친다. 주인과 함께 왔다가 제 주인을 잃었는가보다. 아니면 늙고 병들어서 버렸을 수도 있겠다. 이를 불쌍히 여긴 등산객들이 던져준 먹이를 먹고 생명을 연명하고 있다. 어느 사람이 가져다 놓은 그릇에는 물이 반쯤 담겨 있기도 했다. 사람 기척이 나면 돌 뒤에 숨어서 주인이 아닐까 하고 살피는 것이 참으로 불쌍하다. 불쌍하게 느껴지는 것은 생명력을 잃지 않으려는 투쟁이 안쓰럽기 때문이리라. 불쌍한 눈으로만 보라면 생존경쟁 속에 살아가야 할 맹수들은 살아갈 방법이 전혀 없다. 저들이 살기 위해서라면 생존경쟁 속에서 사치스러운 동정 따위는 아기가 잡은 옷고름을 자르는 바람난 어미같이 눈을 감아야 했다.

제 주인을 기다리는 길 잃은 개의 기다림이 사람의 그것보다도 더한 개도 많다. 세상은 인정 속에서 비정하게 살아야 하고 냉정과 잔혹한 가운데서도 인정을 베풀어야 하는 얄궂은 세상 삶이다. 그런 가운데서 현실을 평화롭게 평정하려니 매우 어려운 난맥이다.

날아가던 어치 한 마리가 꼬리깃털을 떨어뜨리고 날아간다. 주어서 손에 잡으니 아직 온기가 떠나지 않았다. 비록 생존경쟁은 있어도 세상은 살만한 세상이란다. 깃털을 뽑는 아픔과 앞으로의 불편이 있을 것인데 친절을 베푸는 것 보니 따뜻한 세상이다. 어치의 그 희생은 어렵고 힘든 세상일지라도 낙심하지 않고 사노라면 좋은 날이 돌아온다고 공중에서 외침의 한 마디였다. 미련한 두뇌가 깨닫지를 못하니 세상 온갖 만물이 동원하여 깨우쳐주는구나.

두 눈에 들어오는 것만 보고서야 알 수 있는 미련을 용서해다오. 피흘린 결투 현장을 봐야만 아는 나를…

/

구두만도 못한 놈

집을 나서려 신발장에 구두를 들고 보니 뒤축이 많이 닳았다. 신고 나서기가 쑥스러울 정도다. 언제 이렇게 닳았단 말인가. 구두 뒤축을 확인할 사이도 없이 지난해를 바쁘게 살았던가. 그렇지도 않은데, 내가 구두에 무관심했나 보다. 구두는 언제나 내가 필요한 곳이라면 어디든지 업어서 인도하는 충직한 종이다. 냄새나는 곳이나 진흙탕이나 차가운 눈 속이나 미끄러운 얼음판에도, 내가 가자면 싫은 표정 없이 잘도 간다. 수년 전부터는 때도 없이 심한 악취와 땀에 흠뻑 젖으면서 등산화라고 이름만 바꿔서 온 산천을 헤매는 길잡이도 도맡아 주었다. 주인을 잘 만난 것일까, 못 만난 것일까. 한마디 내색도 없다. 그러니 불만이 있는지 고마워하는지 눈치가 없어 알 수 있겠는가. 미련하다 타박하지 말고 당연한 주인으로 알아서 가던 길 차분히 가시오.

내가 구두를 처음으로 알았던 때는 아장아장 걸음마에 재미가 붙어 갈 때였다. 어머니를 재촉하여 한동네에 있는 작은 외가로 마실 을 갔다. 당시 큰 외가와 작은 외가는 우리 집 이웃이었으니, 외가라는 의식은 전혀 없었다. 그냥 이웃이고 동무가 사는 집이었다. 어머니는 외숙모와 화롯불에 둘러앉아 나는 알 수도 없는 말을 주고받는다. 한 살 연하의 외사촌과 고구마 통가리를 돌며 숨바꼭질을 하고 있었다.

그때 "이 집에 아무도 없나."하는 소리를 앞세우고 예쁜 이모가 들어오신다. 그 이모는 딸 하나만 일찍 놓고 이모부를 하늘나라로 먼저 보내셨다. 불쌍한 이모다. 남편에게 물려받은 재산이 없던 이모는 비누, 치약, 칫솔, 실, 바늘 등 잡화 바구니를 이고 동네마다 다니며 장사를 하고 살았다.

"어제 14)도툰 갔더니, 김 서방네 아들 원영이가 이젠 발이 커서 못 신는다 해서 구두를 얻어 왔어."

그 소리에 내 귀가 쫑긋 토끼 귀가 된다. 고구마 통가리에서 다람쥐처럼 튀어나와, 이모 손에 있는 아기 구두를 빼앗으려 대롱대롱 매달렸다. 이모는 어찌할 줄을 몰라 쩔쩔맨다. 그 소동에 외사촌도 달려와 구두에 매달려 '내꺼야, 내꺼.' 하며 덩달아 운다. 그 난리에 주인장 외숙모는 호통을 친다.

"신을 주려면 애 혼자 있을 때 주던지, 왜 싸움을 붙여."

하고 화를 버럭 내니 엄마는 얼른 나를 업고 방문을 나섰다. 나는 분해서 어머니 등을 치며 '엄마 바보.'를 거듭거듭 외치면서 입이 아프

---

14) 도툰 : 충북 제천의 지명 중 하나

도록 울었다. 입이 너무 아파서 입안에 어딘가가 고장 난 줄 알았다. 구두는 이미 그 집 아이를 주려고 이모가 들고 왔으니, 앉아있어 보아야 아이들 싸움만 거세질 것을 알고 눈치 빠른 어머니는 나를 업고 나선 것이다. 가지고 싶은 구두를 뺏어주지는 않고 돌아가는 어머니가 정말 미웠다. '작은 참새가 저 하늘에 날아가는 봉황의 뜻을 어찌 알리오.' 어머니가 왜 피해 도망치는지 어린 내가 알 수가 있겠는가.

그렇게 가죽구두를 구경만 하고 신어 보지도 못하다가, 구두를 처음 신어본 것은 성인이 되어서다. 학생 때는 운동화만 신다가 군대에 가서야 군화를 신어 보았고, 도기교회로 첫 부임 되어 갈 때에 아버지가 밤색 양복과 함께 사주신 구두 한 켤레를 처음으로 신어 보았다. 풍요로운 요즘 사정에 비춰볼 때 이해가 안 되는 이야기다. 요즘에야 운동화가 구두보다 훨씬 비싼 것이 많이 있지만, 당시는 여러 켤레의 운동화 값을 주어야 구두를 살 수 있었다. 지금은 유명 브랜드 운동화는 운동화라 부르기가 민망할 정도로 비싸다. 그게 다 유행 탓이리라. 중고생들이 유명 브랜드 점퍼를 입지 않으면 따돌림을 당하고 그 여파로 이곳저곳 어린 학생들이 써서는 안 될 유서라는 글을 작성한다니, 세상은 참으로 중병을 앓고 있다. 어느 땐 구두를 꺾어 신는 유행병이 나돌았다. 그러는 것이 멋있어 보였고 부잣집 귀공자같이 보여서다. 우리도 그런 시절을 겪었으니 요즘 젊은이들만 흉볼 일은 아니다.

구두든 운동화이든 충실한 우리의 충복이다. 싫증 한 번 내지 않는 그 마음은 어디서 온 것일까. 나도 구두처럼 충실한 일꾼이 되고 싶다. 수백 년 전부터 계획하고 섭리하고 이끌어 주시는 조물주에게 충복이 되어야 함이 마땅하건만, 입술로는 쉽게 말하면서 그 환경이 닥치면 처음부터 불평만 폭발한다. 내가 충실한 종이 되지 못하는 이유는 먼저 불평하는 입을 막지 못했고, 타인 흥보는 뒷문을 막지 못했으니 시도하기도 전에 손사래부터 치는 것이야.

✝

"비판을 받지 아니하려거든 비판하지 말라 너희의 비판하는 그 비판으로 너희가 비판을 받을 것이요. 너희의 헤아리는 그 헤아림으로 너희가 헤아림을 받을 것이니라."

(마태복음 7장 1~2절)

일찍이 이렇게 일러 주셨거늘 현장에서는 망각하고 마는 나는 참으로 못난이다. 구멍 난 구두를 보면 새 구두로 바꿀 생각만 하였고 이것이 유행이던가, 저것이던가, 생각 없이 산 세월이 참으로 부끄럽다. 새 구두보다 낡은 구두가 나의 스승이고 인도자다. 지금도 울고 떼쓰고 깨닫지 못하는 것은 엄마 등 때리며 투정 때와 다름이 없구나. 이 못난이를 낡은 구두가 또 깨우쳐 주는구나. 낡은 구두만도 못한 못난이가 오늘도 배운다.

/

토굴 파는 소년들

일제는 우리 민족을 억압한 것이 생존경쟁 일부라고 말하겠지만, 우리 민족은 압박이란 말이 사치스러울 정도의 만행을 당해야만 했다. 그래야 하는 이유도 원인도 그들에게는 소통할 귀가 없었으니, 소리쳐 항쟁한들 아까운 지도자들만 희생될 뿐이었다. 일제 침략자들이 행한 만행이야 어찌 필설로 다 말할 수 있겠는가. 어린 시절 나와 동무들은 학교 운동장같이 큰 동네 운동장이 여간 고맙지가 않았다. 제천 군 소유지 공동 산 밑에 있는 그곳에서 마음껏 고무공을 차고 씨름도 하고, 명절 때에는 삼촌들이 노래자랑도 열어주어 참으로 고마운 운동장이었다. 고맙던 운동장이 어느 날부터 그곳에 가기도 싫어지고 싫증이 났다. 아버지가 들려주시는 한 토막 이야기 때문이다.

악랄한 일본 헌병들은 세금이란 명분으로 곡식을 다 빼앗고, 보리죽으로 연명하는 동네 아버지 어머니들을 동원하여 큰 운동장을 닦게 하였다. 졸라맨 허리끈이 끊어지도록 힘쓰며 마을에서 제일 큰 운동장은 쓰일 용도도 모르는 채 만들어야만 했다. 허기진 배가 더 주리게 될까 염려되어 흘리기도 아까운 땀을 흘리면서 만들어졌다. 일제는 그곳에서 마을 청년단을 조직하여 훈련 시켰다. 그 훈련은 일제가 무모하게 벌인 태평양전쟁이 점점 일제의 몰락으로 치닫자, 비상수단으로 조직하는 총알받이가 되라는 훈련이다. 훈련이 익숙하여 질 때쯤, 목소리가 유난히 카랑카랑하고 계산이 빠른 아버지에게 구령을 붙이라 압력을 가해, 마을 사람들 눈치를 봐야 하는 지경에 이르렀다. 그런 과거가 있는 운동장에 거부반응이 있을 때쯤, 친구들과 함께 운동장 부근에서 무언가 재밋거리를 만들어 보자고 했다. 의논 끝에 우리만의 본부를 만들기로 했다. 비탈진 곳을 정하여 두더지처럼 굴을 파는 것이다. 호미와 양동이를 들고, 정한 시간에 운동장으로 모여 발대식을 하였다. 개미 역사하듯 일은 잘도 추진되어갔다. 뒷산 위에 진지를 만들다 지치면 도구를 그곳에 감춰두고 밥 먹으러 흩어졌다. 그렇게 하기 한 달여 만에 앉아서 들어갈 만한 토굴을 팠다. 굴 안이 어두우면 소나무 가지를 잘라가고 남아있는 마른 관솔을 잘라다 환히 불을 비추고 일을 했다. 입구는 하나로 들어가서 둘로 갈림길을 만들어 파고 들어갔다. 참으로 훌륭한 본부 참호였다. 우리는 자주 그곳에 모여 많은 작전을 폈다. 작전이라야 더운 날은 시원한 낮잠을 자고 밤이면 참외 서리, 수박 서리가 제일 큰 작전이다. 하찮은 작전 같으나 당시 우리에게는 인천 상륙작전만큼이나 큰 작전이었다. 불행하게도 맥아더 원수처럼 빛을 보지 못해서 파이프를 문 동상은 서지지 못한 것이 안타까울 뿐이다. 만약에 그것만 이뤄졌다면 김일성보다도 베트콩보다도 먼저 땅굴작전이 세상에 알려졌을 것이다.

사람은 누구나 굴을 파면서 살아간다. 자기만이 소중한 굴을 판다. 파던 굴을 누가 간섭하고 바꾸려 들면 울화가 치밀고, 영역을 침범당한 하이에나처럼 앞뒤 분간 못 하고 공격한다. 영역을 침범당하면 죽는 줄 아는 동물처럼, 사람들은 양보와 할애의 미덕이 사라진 지 이미 오래다. 그 잃어버린 미덕을 찾으라고 곳곳에서 외치고 있다. 종교가는 종교가대로 학자는 학자대로, 과학자 철학자 정치가 모두가 그런다. 굴 파기에 몰두할 때는 내 굴이 올바른 굴인지 잘못되었는지, 또 내 어린 시절에 굴처럼 내게만 필요한 것인지 분별하지 못한다. 타인과 내게 모두 유익한 굴인지 판단하는 것은 참으로 중요할 터인데, 그곳까지 생각할 여유는 없는 것인가.

사람의 지능이나 생각과 재능은 한계가 있으니, 우리 주위에서 일어나는 질병과 치유 방법도 다 알 수는 없는 일이다.

앉은 엉덩이가 '몸살!' 하며 고함치는 소리에 놀라 콧바람 찾아 뜰 악에 내려서니 새앙 쥐가 놀라 제 굴속으로 뛰어들어간다. 저 새앙 쥐도 나 어린 시절 같이 진지를 구축하려나 보다. 저 쥐는 생명을 생산하기 위한 토굴이니 나보다 네가 영특하구나. 생명을 위한 토굴은 창조적이고 생산적이니까.

이제 나도 새로운 토굴을 파 보아야겠다. 토굴 파는 소년들과는 다른 굴을.

/

범 바위 사나이

내 고향은 제천이다. 제천의 명물이며 보물 같은 범 바위가 금성면 성내리에 있다. 충주 댐이 건설되면서 지형은 바뀌고, 지금은 아스팔트 찻길 옆에 하늘로 치솟은 모양의 범 바위가 서 있다. 겨울잠을 막 자고 깨어나 하늘을 보며 하품하는 범의 형상이다.

어린 시절 하굣길 교문을 나설 때, 성내리 사는 윤상이가 우리 집에 놀러 가자며 팔을 잡아끈다. 이웃집에 사는 친구에게 성내리 친구 집에 갔다고 전해 달라는 부탁과 함께 못 이기는 척 따라 나섰다. 나룻배를 타고 남한강을 건너 강기슭에 우람하게 버티고 앉은 가마바위를 뒤로하고 발길을 재촉했다. 학교 선생님들은 이 바위가 물에 잠기면, 그날은 임시 휴교하는 날로 자연스럽게 정했다. 학생들의 물난리 사고 때문이다. 옆에서 늙은 느티나무 할아버지가 어서 오라며 두 팔을 벌리고, 발길을 더욱 조급하게 만든다. 가쁜 호흡을 짓누르고 발길에 채찍질하며 윤상이 옆에 다가가 걸었다. 그러는 사이 발길은 평지에 이르고, 길 양쪽에 늘어서서 얼굴 흔들며 앙증맞게 반기는 코스모스가 내 마음을 확 붙잡는다.

'아서라, 귀하신 몸은 가마 타고 초대받아 가는 몸이다. 너 보기에는 황토가 묻은 새까만 운동화를 신었지만, 내겐 꽃가마 타고 시집가는 새색시란다.'

그런 꿈에 젖어 걷다 보니 기암괴석들과 얼굴을 맞대고 시냇물이 졸졸졸 합창하는 개울이 나온다. 숨을 고르며 오르는 길이 한 폭의 그림 같다. 이름도 그와 같아서 성스러운 내가 흐르는 곳 '성내리'다. 짝꿍 어머니께 인사를 드리니 어느새 허기가 진다. 조금만 기다리라는 어머니의 말씀대로 기다린 보람이 있었다. 맛난 점심을 게 눈 감추듯 했으니까.

윤상이가 동네 구경을 가자고 한다. 길모퉁이를 돌아서는데, 하늘을 찌르는 괴물의 위용에 떡 벌어진 입이 다물어 지지가 않는다. 그때는 내가 작아서였을까. 정말 높고 웅장하였다. 저 창공에 우뚝 솟은 뭉게구름이 이 땅에 내려와 우뚝 솟으면 저럴까. 아니면 태산이 깨져 옮겨 놓으면 저럴까. 그 바윗돌은 교과서에서 배운 도시의 아파트보다 높은 듯했다. 저 바윗돌을 남한강 가마바위 옆에 옮겨 놓으면 두 괴물 형제가 바둑 두는 형상이리. 그것은 내 생각일 뿐 조물주는 이곳에 두는 것이 훨씬 좋았으리. 그래서 이곳에 세워둔 것이다. 물과 돌, 그리고 산과 들을 짝꿍과 함께 아무리 동네를 살펴보아도 범 바위만큼 내 눈에 차지가 않는다. 그날 이후 잠을 자면서도 머릿속에는 범 바위가 떠나지를 않았다. 참 좋은 동네다. 온통 그 생각뿐이다. 우리 마을에는 앞산과 뒷산이 다정하게 마주 보며 내게 심어준 심오한 뜻을 자랑했건만, 친구가 사는 마을만은 못하였다. 좋은 동네 풍경을 더 알고 싶었지만, 아침 등굣길과 범 바위를 남겨두고 떠나야 했다. 참 애석하다. 그 시절 아쉬움이 오늘에야 빛을 보았을까. 오늘도 무엇인가가 마음의 손아귀에 꽉 잡혔다.

성내리 또 다른 친구의 아들 결혼 축하를 위하여 제천에서 많은 친구가 모였다. 그때 내 눈에 들어온 친구가 내 눈동자를 부동자세로 멈추게 했다. 건강미가 넘치며 잊어버린 범 바위의 꿈을 다시 되돌려준 친구였다. 그를 명명하여 '범 바위 친구'라 하자. 범 바위 친구는 친구들이 잃어버린 것을 간직한 친구였다. 모두가 문명과 출세의 바람을 타려 이곳저곳을 헤매는 동안, 그는 범 바위처럼 우람하게 제 자리를 지키고 있었다. 그동안 드문드문 범 바위 친구를 만났으나 오늘처럼 듬직해 보이지는 않았다. 모두가 새 빛깔의 바램을 타겠다고 날아다녀 보았다. 하지만 남은 것은 납덩이처럼 무거운 가슴속 부담뿐 이였다. 부담에 맞춰 살아가려니 모두 가쁜 숨소리만 몰아쉬어야 한다.

범 바위 친구는 그래서 더욱 위대하고 우직하여 보였다. 그것은 어느 무지개 색깔의 바람을 흔들지 못하였다. 무지갯빛 바램 을 타지 않았다고 범 바위 뒤에 친구가 숨지 않기 바란다. 친구들이 손뼉 치는 수많은 눈동자가 지금도 반짝이니까. 밤하늘에 별은 외롭지 않은 것이 진리다. 친구를 닮고 싶은 저 수많은 눈동자를 보아라. 때 늦은 지금에서 친구를 닮으려면 어찌하랴. 범 바위처럼 마음의 중심 잡고 버티는 방법뿐이겠지. 이미 타고 가버린 바람은 돌이킬 길이 없다. 그러나 친구의 눈동자를 보고야 많은 것을 읽었다. 친구는 나에게 영원토록 그 정신을 전해줄 것이다. 저 범 바위처럼 말이다.

/

생명 원천을 상품화하는 속물근성

동서고금 어느 곳에도 사람을 가장 안타깝게 하는 것이 성적인 문제다.

인류를 최소 사회기관으로 맺어주는 매체요, 종족 번식을 위해 조물주가 허락한 행복의 출발점이다. 축복 된 도구를 물리적 강압 때문에 노예로 절락시키는 검은손이 과히 만물의 영장이라 할 수가 있겠는가. 아무리 농성해 본들 들을만한 귀들이 스쳐 지나는 칼바람으로만 안다면 귓바퀴만 후비는 꼴이다. 그렇다고 구경만 할 수는 더욱 없는 일이 아닌가.

발해국에서는 몸서리쳐지는 성매매 같은 몹쓸 일은 없었다. 현대에도 골칫거리인 문제가 그 시대에 없었다니 믿어지지 않을 일이다. 그것은 피해자인 한 여성의 노력 때문이었다. '홍라녀'라는 여성이 바로 그 인물이다. 그의 명성은 지금도 중국 동남부 지방에서 위대한 인물로 알려졌다. 그의 남편이 거란과의 싸움에서 패하고 포로 되어 끌려 갔으니 고향 집으로 돌아오지 못했다. 아내는 가슴이 찢어질 듯 아픈 나날을 보내야 했다. 그녀는 무작정 기다릴 수만 없어서 비장한 결심을 했다. 나라를 위해 장군이 되기로 자원한 것이다. 남자들만의 세계에서 많은 어려움도 있었으나 그의 결심을 막을 자는 아무도 없었다. 이윽고 여장군이 되어 거란으로 침투하여 크게 승리하여, 남편과 포로들을 이끌고 돌아오는 쾌거를 이루었다. 그렇게 여성의 위상이 높아지면서 성매매나 창녀, 후처도 없는 일부일처제로 여성 천국을 만들었다.

무언가 하나의 뜻을 이루려면 죽음과 같은 희생을 각오할 결단이 필요하다. 우리는 살아가면서 걸림돌을 만나면서 살아간다. 그 걸림돌이 우리를 때때로 많은 것을 자포자기하게 한다. 홍라녀. 그는 결코 특별한 철인이 아니었다. 지금도 우리의 발목을 잡고 늘어지는 것은 '나는 철인이 아니다.'라는 고정관념이다. 철인이 아니라 해도 장군은 될 수 있고, 남편을 구할 수 있다는 긍정과 적극성을 부르는 사고방식으로 모든 병폐를 이길 수가 있었다. 바위 언덕 오르기를 두려워하는 자는 결코 산 정상을 오를 수가 없다. 가시가 없는 장미는 처음부터 장미 되기를 포기한 꽃이다. 장미꽃 향기보다 먼저 가시를 선택할 줄 아는 용기가 우리에게는 절대 필요하다. 이런 마음만이 또 다른 홍라녀를 만들어낼 수 있다.

우리 사람의 몸은 이해할 수 없을 만큼 신비하게 창조되었다. 그 많은 신비로움 중에 하나만 생각해 보련다. 몸은 건강하다가도 정상의

범주를 벗어나게 되면, 먼저 무지한 주인에게 신호를 보낸다. 피곤하고 아프고 체하고 혈압이 오르고 설사하며 열이 난다. 그래도 무지한 주인은 신호만을 가지고 원망하고 불평한다. 그리고 신호 자체만 고치려 애를 쓴다. 신호 뒤에 숨어있는 거대하고 중요한, 계도를 벗어난 그것을 방관하고 말이다. 그것을 바로 잡는 것이 우선이다. 더욱 심각한 것은 신호가 없는 것을 건강한 철인으로 오해하고 있다는 것이다.

'나는 쇳조각을 먹어도 위가 멀쩡해.'

'나는 말술을 먹어도 취하지 않아.'

정상적이지 않은 음식물을 먹었으면 배가 아프고 설사하는 것이 정상이다. 알코올을 마시면 혈액이 확장되어 피부 표면으로 비쳐 보이고 정신이 몽롱한 것이 건강한 사람이다. 인간 생활에서 피할 수 없는 고난, 역경의 가시는 그 인생길에서 몸의 신호가 된다. 신호를 피하면 광활한 인생길에 장벽을 만드는 것이 될 뿐이다. 슬픈 일을 보면 눈물을 흘리고 기쁜 일을 당하면 웃을 줄 아는 사람, 그 사람이 건강한 정신의 사람이다.

"가로되 우리가 너희를 향하여 피리를 불어도 너희가 춤추지 않고. 우리가 애곡하여도 너희가 가슴을 치지 아니하였다 함과 같도다."

(마태복음 11:17)

성매매 당한다는 뉴스 소리에 눈물이 두 볼을 적신다. 세상 모든 사람의 가슴 속에는 언제나 이렇게 외치는 함성이 들릴 것이다. '내가 어려운 일 당할 때 구해 주고, 슬픔을 연락하거든 눈물 흘려주고 기쁜 소식 전할 때 웃어 주오.' 세상사는 사람이라면 누구나 어려운 환경을 당할 수 있고, 또 그 길을 피하기만 바란다. 그것도 해결 방법이 될 수 있겠으나 장벽을 뛰어넘는 힘을 길러야 하겠다.

가시밭에 피어난 산나리는 가시에 찔릴수록 향기 날리고, 벌 나비도 춤추어 반기며 모여든다.

/

박새가 준 증표

바쁜 일을 핑계 삼아 오르지 않은 날짜만큼, 산을 오르는 두 귀에 요동치는 호흡 소리가 시끄럽다.

앞서 오른 사람은 나보다 더 산길을 밟지 않았나 보다. 나무 계단에 떨어진 땀방울이 채 식지도 않아, 열기가 발끝으로 전달되는 듯하다. 체온이 가시지도 않은 땀방울을 밟으려니 앞사람에게 몹쓸 짓 하는 것만 같아 죄스럽다. 그 마음을 전달받은 두 발이 윤리 균형을 잡기 위해 벌써 보폭을 줄이고 있다. 내 몸의 시스템이 잘 돌아가는 것을 보니 아직은 건강하구나, 하고 가슴도 안심한다. 건강은 건강할 때 지키려고 수많은 사람이 이토록 노력하니 노년까지 젊음을 자랑하면서 새로운 직장을 얻어 장수의 기쁨을 누릴 것이다.

먼저 정상에 오른 낯익은 얼굴들이 함박웃음을 지으며 나를 반긴다. 나를 환히 반겨 줄 만큼 가까운 사람도 아닌데, 저토록 사람들을 밝게 해 주는 것이 산이다. 산은 무슨 힘으로 사람의 마음을 밝게 해

344

줄 수가 있을까. 복잡한 도로에서 짜증도 내며 운전하고 왔을 터인데, 그 사이에 저렇게 바뀌었단 말인가. 그래서 나는 산이 더욱 좋더라. 서로 건강한 모습을 자랑이나 하듯, 각각 알맞은 운동기구에 매달려 근력 시화전을 벌인다. 비록 관람객은 없는 화랑이나 열기만은 하늘을 찌른다. 쉼의 기쁨을 만끽하려 가쁜 숨을 몰아쉬며 벤치에 몸을 맡겼다. 세상 부러울 것이 없는 한순간이다. 이런 행복한 마음도 모르고 어떤 사람은 이런 말을 한다.

"다시 내려올 산을 왜 올라가는 것이오." 하면 나는 "내려오려고 올라갑니다." 그렇게 응수하곤 했다. 오르지 않고 방 안에서 상상만 한다면 불볕더위에 소나기 같은 땀을 쏟으며 헉헉하고 열기를 토하는 산행이, 정상적인 사람의 행실로 보이지 않을 것이 일천 번 지당하다.

그러나 세상일은 몸으로 겪지 않으면 누구도 알 수 없는 일들은 참으로 많다. 산행도 그것의 일종이니 어쩌겠는가. 언제나처럼 올라오던 길이 아닌 다른 능선을 따라 우회하며 내려간다. 한참을 걷다 보니, 뒤 따라 오는 사람도 없고 앞에 오는 사람도 없다. 순간, 이전부터 차오르던 방광이 다급하게 호소를 한다. 현실로 다가오면 현실로 해결하는 것이 상식적인 작은 진리다. 길옆 나무 사이로 들어가 또 다른 쉼을 즐기는데, 뒷머리 위에서 시끄러운 외침에 서둘러 즐거움을 마감하고 위를 보니, 박새 세 쌍이 나를 보고 흉을 보면서 재잘거린다. 흉은 알만한데 재잘거림은 무엇일까. 나를 향한 조소 섞인 호통일까, 비웃음의 아침 인사일까 알 수가 없다. 서로가 목소리를 높이며 외치는 것을 보니 필시 호령이렷다.

"왜, 연한 풀 새순에다 뜨거운 독소를 퍼붓느냐."

한 마리가 외치니 두 마리가 합세해서 옳다고 나를 향해 항변하는 것이 분명하다. 어젯밤 9시 뉴스에서 노동자들이 경찰관을 쳐다보며 삿대질하고 항의하던 그림이 뒷머리를 때린다. 참으로 너희 보기에 내가 부끄럽다.

"내가 잘못했다. 박새들아."

박새들에게 용서를 빌자, 알았다는 듯 세 쌍이 똑같이 기다란 꽁지 깃털을 뽑아주고 어디론가 날아가 버린다. 참으로 영리하다. 어떻게 용서를 빌자마자 같은 꽁지에서 길이가 똑같은 꼬리 깃털을 뽑아내느냐.

이렇게 되고 보니 내가 새들과 소통하는 것만 같아 공연히 어깨가 으쓱해진다.

예전에 할머니는 그 깃털을 극진히도 아끼셨다. 그것보다 조금 큰 수탉 깃털로 막 알에서 깨어나는 새끼누에를 쓸고 모으는 일에 요긴하게 쓰셨다. 일을 마친 후에는 반드시 높은 천정에 꽂아놓았다. 나와 동생들이 부드럽다고 만지면 일정한 깃털이 갈라지기 때문이었다.

어찌해서 박새 세 쌍이 내 뒷머리 위 나뭇가지에 앉아 울부짖었고, 용서를 빌자 똑같이 비행할 때 반드시 필요한 꼬리 깃털을 하나씩 뽑아 놓고 날아간단 말인가. 아무리 생각하고 또 해봐도 박새들은 누군가의 명에 따라 움직이는 것만 같이 일정했다. 내게 약속의 증표로 준 것일까. 그것이 없으면 날아가는 데 크게 불편할 터인데. 깃털을 뽑아주지 않아도 너희의 의사는 충분히 알았고 당부도 잊지 않을 터인데, 왜 그렇게 했단 말이냐. 참으로 부끄럽고 황송하다. 꼬리 깃털 세 개를 주워 먼지를 훑고, 수첩 사이에 고이 끼워 주머니에 보관하였다. 오늘 아침에 나를 감동을 준 저 박새들은 흔히 사람들이 말하는 새 대가리만은 아니었다. 산천초목의 주인이신 그분의 전령들이었고 내게 큰 깨달음을 준 훈장님들이다.

산에서 내려오며 생각에 잠겨 되새김질해 보았다. 사물은 쓸모없이 만들어진 것은 아무것도 없다. 언제, 어디서, 무엇이든 필요 요건에 따라 창조된 것이 세상 만물이다. 저 박새들도 오늘 나를 만나려고 혹독한 추위도 더위도 견디었다. 우리는 사물 앞에서 가볍게 생각하고 생각 없이 깊은 것을 포기한다.

깃털 때문에 오늘은 온 세상이 이전보다 다르게 보였다. 그날 이후로 무슨 일이든지 손끝에 와 닿으면 박새 세 마리가 떠오른다. '이런 경우에는 박새가 무슨 말을 지져 길까.'하고 말이다.

수개월이 지난 지금도 내 서재 책과 책 사이에는 깃털 세 개가 나란히 끼워져 있다. 그리고 나를 보고 박새 세 마리를 기억하라 말한다.

지금은 어디 가서 또 어떤 미련한 자를 깨우쳐 주느냐, 박새 형제들아, 너희가 보고 싶다.

/

진흙에서 건진 배꼽 대장

길옆 민들레는 생명력이 참으로 모질다.

오가는 길손이 야박하게 밟은 곳을 또 밟아 잎 날개 허리가 부러져도, 가냘프게 피어나는 연녹색 고갱이는 고난을 극복하고 끈질기게나 보라는 듯이 피어난다. 돋은 자리에서 평생 한 뼘 옮기지 못하는생명도 저리 모진데, 동물이나 사람인들 어찌 뒤질 일인가. 우리 한국인의 자랑이 바로 그것이 아니던가. 당나라, 청나라, 몽골, 일본제국,공산당이 아무리 짓밟고 뒤틀어 문질러도, 잠시 후면 칼 찬 15)게다짝이 어디 갔나, 하고 뒤돌아 본 우리네 민족성이 아니었던가.

설날 먹던 떡국이 아직 부르트지도 않았는데 허락도 없이 날아온비보가 두 귀를 멍하게 만든다. 비보는 작은외숙모님 소식이었다. 사리

---

15) 게다짝 : 일본 사람들이 신는 나막신을 낮잡아 이르는 말

분별의 경위가 분명하시던 그분이, 수년 전 기억력이 고착되어 자녀들에게 떠밀려 입원하신 지 수년 만에 유명을 달리하셨다. 불과 수일 전에도 눈동자가 초롱초롱하시더니 연로한 건강은 건강이 아니란 말이 실감 나게 한다. 마지막 가시는 그 길에서도 자식들 걱정 덜어 주려고, 설에 모였다가 제사까지 마치고 헤어지라며 참고 견디다 오늘 가셨나 보다. 그분과 나는 핏덩이 시절부터 묘한 길가 민들레 생명의 끈으로 연결된 관계였다.

어느 날 허기진 배를 보리죽으로 채운 어미 진액을 모두 빨아먹어 아랫배가 불뚝 튀어나온 배꼽대장이 혼자 놀고 있었다. 배가 궁금했던가, 제 어미가 보이지 않자 어미 찾겠다고 발가벗은 몸으로 길을 나섰다. 잠시 숨어주지도 않는 태양 보기에 아이는 창피하지도 않았을까. 아이를 벗겨놓고 따뜻한 날씨 핑계를 댄다. 부지깽이도 뛰어다닌다는 눈코 뜰 새 없이 바쁜 늦은 봄. 일손이 모자라 빨래할 시간을 줄이기 위해 어미들은 아이들을 벗겨 놓고 키웠으리라. 막연히 길을 나선 벌거숭이 배꼽 대장 작은 머리엔, 어미가 항상 달려오는 방향이 입력되어 있었다.

밭에서 일손 놓고 식구들의 요기와 벌거숭이에게 젖 먹여 주려 달려오는 방향, 까마득하게 보이는 고갯마루가 보이는 그 길이었다. 배꼽 대장은 배짱도 좋게 재 넘어 사래 긴 밭을 혼자서 찾아가려는 것이다. 뒤뚱뒤뚱 금방 넘어질 모습으로 말이다. 그것을 멀리서 외숙모가 보았다. 위험을 직감한 외숙모는 뛰어 달려보았지만, 이미 예상했던 큰 위험이 눈앞에서 펼쳐졌다. 배꼽 대장에게 뛰어가려면 아직 50m는 남았는데, 어른 키 두 세배나 되는 길옆 뜨락 밑으로 거꾸로 떨어지는 것이다.

외숙모는 갑자기 다리가 흔들려 헛발만 놓일 뿐 달려갈 수가 없다. "사람 살려, 사람 살려!" 소리를 질렀지만, 소리는 앞서 달려가 배꼽 대장이 섰던 자리만 후벼 판다. 뒤늦게 달려와서 몸 아끼려는 마음은 온 데간데없이, 삼십 대 임신한 풍만한 여인의 몸은 두길 낭떠러지기로 구르고 또 미끄러진다. 마침 모네기를 하려고 만들어 놓은 물 논이었다. 물 논에 거꾸로 머리가 박힌 것을 본 외숙모는, 가슴 속에서 불길하고 두려운 방망이가 요동친다. 순간, 누가 시킨 것도 아닌데 발가숭이 배꼽 대장이 진흙으로 뒤범벅된 얼굴을 뽑아 올려 옆으로 쳐들어, 헉-하고 숨 들여 마시는 소리가 외숙모의 놀란 가슴을 위로했다.

그날 이후 두 살 배꼽 대장은 아무렇지도 않은데, 삼십 대 외숙모는 사흘을 누워서 앓아야 했다. 후들거리는 다리를 이끌고 평소에는 도저히 갈 수도 없는 낭떠러지에서 구르는 통증과 놀란 가슴 때문이다. 위험천만으로 다행한 일은 배꼽 대장 살리려 하다가 외사촌 동생을 잃을 뻔했지만, 건강하게 태어날 수가 있었다. 그분은 내가 어른이 된 후에도 나를 볼 때마다 하시는 말씀이

"모진 생명이 그래도 살려고 논바닥에서 고개를 빼 올려 옆으로 쳐들더니, 이렇게 컸구나." 하시면서 사실을 무용담으로 전해주시니 내가 알 수가 있지 아무리 기억력이 좋다 한들 발가벗은 배꼽 대장 시절을 어찌 알겠는가.

성장하여 모든 사실을 전해 듣고 은혜를 갚겠다고 다짐했건만, 그것 역시 생각뿐이었다. 건강하시던 얼굴에 병색이 돌 때에, 병원에 입원하심이 모두를 위해 좋을듯하다고 형님에게 충주로 모시기를 요청

하니, 동생들과 상의하여 가까운 금성 노인 요양병원으로 모셨다. 그곳에서 유명을 달리하셨다. 인간생명은 창조주가 주관하시니 그분을 의존하는 방법 외에는 아무것도 할 수 있는 게 없었다.

어린 나는 큰 빚쟁이가 되었다. 외숙모께 커다란 빚을 갚아야 했었다. 완고한 집안이라는 핑계로 전도도 하지 못하였다. 지금쯤 그 세계에서 나를 얼마나 원망하고 계실까. 한 번쯤이라도 진흙 속에서 어린 생명 구원해준 보답을 해야 하는데, 나는 빚만 지고 사는 인간이로구나. 눈물 없는 그곳에서 편히 쉬십시오.

다음 순서는 배꼽 대장이 바통을 받아 쥐리다.

/

세월의 족쇄

명절 분위기가 채 가시지도 않았는데, 충주 남산에 오르는 발길은 그 수를 헤아릴 수가 없다. 그만큼 건강을 위해 노력하는 이들이 많은 것이다. 세상을 살아가는 동안만은 건강이 육체에 가장 절박한 과제다. 의식주 문제 그 너머 어느 것도 생각할 여유가 없을 때는, 등산용품 업체들은 맹물만 마시고 살았을까. 이제는 그 물이 기름진 진수성찬이 되었다. 그만큼 일반인 모두가 등산을 즐기니 말이다.

그동안 기온이 영하하고도 두 자릿수만 오르내리더니, 입춘을 경계로 날씨는 곤줄박이 새가 벌레 찾아 나무 오르듯 한다. 엄동설한도 입춘을 호랑이 곶감 무서워하듯 하고 있으니 말이다. 내 손가락도 어느새 두꺼운 등산 재킷 지퍼를 슬며시 내려놓는다. 아침마다 보던 날카로운 식칼 닮은 서릿발이 온데간데없고, 뽀송뽀송한 황토가 갈증을 느낀단다. 추위 가신 날씨에 흥이 났을까 뒤따라오던 한 무리의 중년 남자들 목소리가 하늘을 찌른다. 이미 높아진 톤은 낮아질 줄 모르고,

이에 질세라 힘없던 솔잎이 기지개를 켠다. 그러다가 뒤따르던 한 남자의 말에 내 두 귀가 쫑긋 섰다.

"아버지, 지난 정월에 장례 집 같은데 갔다 왔어요?"

작년에 사업을 실패한 아들이 닦달하더란다. 며칠 전에 제 처와 무당집을 다녀왔는데 무당이 하는 말이, 가족 중 어느 누군가가 장례 집이나 궂은일 있는 집에서 귀신을 붙여 왔단다. 무당 말만 믿고 아버지에게 추궁하다니, 실패는 자기가 하고 애꿎은 아버지 타령이란다. 겨우내 상갓집이나 병문안 안 다녀온 사람이 누가 있을까. 무당은 눈치 살피기 위한 말이었는데, 사업에 실패한 아들 내외가 한 말에서 핑계를 찾은 것이다. 실패한 원인을 아버지에게 돌리려는 눈치를 무당은 예측하였으리라. 그 아버지가 힘없이 결론 맺은 말이 앞서 오르는 나의 심금을 또 한 번 울린다.

"아들, 며느리에게 원망 듣기 싫어서 올 정월 한 달 내내 방콕 할 거야."

결심이 애처로워 뒤돌아보니 아들, 며느리 눈치 보며 살만한 고령은 아직은 아니다. 힘겨운 비탈길도 발걸음이 가벼운데 어쩜 일인가. 혹 아내를 잃고 며느리 집에 혹이 되어 살던가, 아니면 집안에서 숨소리 죽이며 살아야 할 큰 실수를 범했을까. 나의 궁금증이 내 발길보다 먼저 정상위에 우뚝 선다. 언제부터였단 말인가, 부모가 젊은 자녀 눈치 보고 사는 것이. 그 눈치가 눈덩이 되어 자라고 자라서 '황혼 부부 동반자살' '노인 비관 자살' 등으로 신문 사회면을 장식하게 되었다. 이렇게 어른들을 압박하는 것은 고려 시대에 있던 고려장 공포심을 되가져오는 무서운 짓일 게다. 젊은이들은 여과 없이 하고 싶은 말을 뱉었지만, 눈치 보며 사는 부모는 가슴이 미어질 거다.

옛날 고려장이 성행하던 시절에 이런 이야기가 있었다.

어느 소년의 아버지가 늙으신 할아버지를 지게에 지고 산속으로 올라갔다. 소년은 아버지의 행실이 이상해서 숨어 뒤를 따랐다. 고려장을 만들고 할아버지를 그곳에 두고 내려가는 것이다. 소년은 아버지가 버린 지게를 걸머지고 아버지를 따라간다. "너 언제 왔느냐, 그 버린 지게는 왜 가져 오느냐."는 아버지 말에 "이다음에 아버지 늙으면 아버지 지고 가야 할 지게는 가져가야지요."

아들의 그 한마디에 아버지는 크게 뉘우치고, 늙으신 아버지를 다시 찾아 지게에 지고와 숨겨놓고 봉양했단다. 이것이 뒤늦게 왕에게 알려졌고 그 후로는 고려장을 하지 못하도록 법을 개정하였다. 누구나 잘 아는 이야기를 해 보았다.

옛날에는 지게가 있어 고려장의 슬픔을 알렸건만 지금은 농기계가 지게를 밀쳐냈다. 노인을 학대하며 자살 결심하게 하고도 뉘우침도 양심 아파 앓지도 않는다. 현대식 문화가 유익하고 작업능률도 높고 편리하지만 다 좋은 것만은 아닐 게다. 문화 발달로 인해 잃은 인간애는 참으로 많다. 두레, 품앗이, 울력이란 말은 국어사전을 보아야 흔적이라도 찾아볼 수가 있다.

어릴 때 이웃집에 '김 서방'이라 부르는 신체 건장한 아저씨가 있었다. 힘이 세고 일 잘하기로 소문이 났다. 독특한 성격 때문에 어느 한 집에 몸담아 머슴 되기를 거절하고, 다니면서 날품팔이를 하였다. 그 덕에 주위 집들이 바쁜 일이 밀리지 않고 계절을 좇아 농사일이 어렵지 않았다. 어느 날 김 서방이 하던 말을 지금도 잊히지 않는다.

"쓸데없는 지게는 누가 처음에 만들었는지 죽일 놈이여, 사람 등골 다 빼먹는 거 안 질 수도 없고 참."

쓸데없다던 지게가 훈장감이다. 찬란한 현대 문명이 흉악한 고려장을 현대판 고려장으로 내몰았지만, 쓸데없다는 지게는 고려장을 괴멸시켰다. 위대한 영웅이 아닌가. 누군가가 나서서 지게에 훈장을 주어야 한다고 목소리를 높여야 하는데, 그러면 정신 나간 사람 또 생겼다고 혀를 끌끌 차겠지.

내가 그 정신 나간 사람이나 되어 볼까.

/

컴퓨터와 자질이란 인격

얼마 전 한국의 귀중한 역사 자료인 왕조실록이 우리 땅에 반환되었다. 물론 일본인들은 반환이란 용어를 피하여 '기증'이란 용어로 서울대에 반환하여 자존심을 세우려 하였다. 어떤 명분이라도 국내에 들어온 것은 감사한 일이다. 우리 일반 국민들은 그렇게 귀중한 자료가 일본에 있는 것조차도 몰랐다. 그 외의 것들은 관동 대 지진 때 불탔다 말하지만, 아직도 일본에 있는 우리 문화재는 상상할 수도 없게 많다. 그것은 마치 모래사장을 뒹굴고 뛰어다니던 삽살개가 안방에 들어와 흘린 모래알 수만큼이나 될 것이다.

일제 강점기 시절, 도굴 전문가 '가루베 교수'의 문화재 도굴은 유명하다. 백제 25대 무령왕 능과 송산리 6호분 등, 일본 가루베가 도굴하여 싣고 간 문화재만도 수십 트럭이 된다. 일제 강점기 기간에 일 년에 평균 백 개의 고분을 도굴해서, 약 1,000여 개의 고분을 도굴했다. 가루베는 대학교수이면서도 백제 왕가를 연구하고 도굴하기 위해, 공주 고등보통학교에 말단 교사로 위장 취업하였다. 도굴할 때마다 개를 먼저 고분 속으로 들여보내 개의 냄새를 맡아서 유물 성격을 파악하고 치밀하게 도굴하였다.

오랫동안 감추어졌던 왕조실록은 온 세계인의 눈길을 잡아끌었는데, 세계인들이 한국에 집중하게 된 것은 컴퓨터 IT 강국이 되었기 때문이다. 이때에 우리는 심사숙고해야 할 일이 있다. 왕조실록이 반환됨으로써 우리 역사가 세계에 알려진 것과 컴퓨터로 인해서 세계인들의 눈이 집중된 이런 기회를 허송세월로 보내지 말아야 한다. 이 기회에 우리 한글의 우수성을 세계에 알려야 한다. 우수성이 인정되면 영어와 같이 한글도 세계 공통 문자가 될 수 있다. 그런데 정작 한국에서는 그 좋은 매체 컴퓨터에다 국적도 없는 한글을 쓰면서 한글의 우수성을 스스로 추락시키고 있다. 이게 무슨 쥐가 고양이를 키우는 행동이란 말인가. 이제는 일반화되어서 알 수도 없는 인터넷 용어를 쓰지 않으면 컴퓨터 맹인 취급을 받는 지경에 이르렀다. 이것을 나라와 언론 기관에서 해결하여야 할 터인데, 오히려 알 수 없는 인터넷 용어를 선전하고 있으니 바보상자라는 오명을 벗을 길이 없다.

이름도 없고 유명 인사도 아닌 내가 고함쳐 본들 저 논바닥에서 외치는 개구리 소리로만 들린다는 사실을 잘 안다. 그러나 세계적으로 유명한 우리 한글을 미개한 글자로 만드는 행동에 대해서 침묵하기에는, 너무 가슴이 답답하다. 심장이 머무르고 있는 양복 왼쪽 속주머니 속에 있는 지폐에서 세종대왕 눈물이 보이지 않는가. 그 눈물이 벌써 핏빛으로 변해가고 있다. 국적 없는 글이 컴퓨터에 더 깊숙이 자리 잡기 전에 대한민국 국민 모두, 내가 먼저 시작해서 한글의 우수성을 세계에 알려야겠다. 아니, 벌써 깊이 자리 잡은 악귀의 뿌리를 도려내야 한다. 해외여행을 한 사람이라면 누구나 다 느끼는 일이다. 지인들에게 받은 사랑을 잊지 못해 작은 선물이라도 하려고 선물코너를 찾으면, 어디서나 값보다 터무니없이 유치한 상품을 보게 된다. 이곳저곳을 배회하다가, 결국 국내로 들어와 선물을 구매해서 전해준 경험이 누구나 있을 것이다. 물고기는 물에 대해 고마움을 알지 못하고, 공기를 마음대로 마시는 사람이나 산속 짐승은 공기에 대한 우수성을 전혀 모른다. 밀렵자들에게 잡혀 캄캄한 지하에 감금되고서야 청정지역의 달콤한 공기 냄새가 그리워진다. 그러나 이미 고마움을 만끽하기에는 때를 훨씬 지나쳐 버렸다.

우리가 내 나라 글을 마음껏 쓰고 말할 수 있는 것은 이제 겨우 칠십 여년이다. 얼마나 그립던 우리의 글이고 말이었던가. 그리움에 사무쳐 자신도 몰래 입에서 튀어나오면 거반 죽도록 매질을 당해야 하던 시절을, 벌써 잊어서는 안 된다. 모든 국민이 내 마음대로 편리하자고 변형시킨다면, 세종대왕의 기본 틀을 벗어나기는 시간문제다. 한글을 국적 없이 미개한 글로 변형시키는 행동은, 컴퓨터 애용할 자질을 의심받게 한다. 벌써 많이 길들어서 고치기가 힘들고 어색하겠지만, 그럴 때 고치지 않으면 영영 고칠 수 없게 굳어진다.

IT 강국의 면모를 지켜서 우리의 한글을 널리 보급하는 데 온 힘을 기울입시다.

'한글은 우리 자랑, 문화의 터전. 이 글로 이 나라를 길이 빛내자.'

/

찢어진 러닝셔츠

파란 하늘은 온통 세계 나라 국기로 뒤덮였었다. 내가 저 만국기 나라들을 몇 나라나 가볼 수가 있을까. 이런 생각을 했었다. 초등학교 입학 후 처음으로 맞은 운동회 날이다. 운동회가 어떤 날인지 아직도 내 머리엔 잡혀 지지가 않는데, 부모님과 온 마을 사람들이 모여 잔칫날이라는 즐거움만 가슴을 설레게 한다. 운동회에는 반드시 뜀박질이 있다는 정도는 나도 충분히 알 수 있었다. 뜀박질이라면 잘할 줄 모르는데 어찌할까. 이럴 줄 알았으면 학교에 오가며 충분한 연습을 하여 두는 것인데 큰 아쉬움이 나를 반쯤 울게 한다. 그렇다고 지금 울어봐야 걱정을 덜어줄 아무런 능력이 눈물에는 없을 것이다. 눈물을 흘려보지도 않고 결정한 내가 더 큰 잘못인지는 모르겠다. 우리 반 100m 트랙 달리기 시간이다. 두근거리는 가슴을 진정시키며 차례를 기다리고 출발지에 섰는데, 누군가가 어깨를 툭툭 두드린다. 돌아보니 이미 경험이 있는 2학년 경인이다. 나는 근심이 마려워 막 쌀 지경인데, 너는 왜 또 귀찮게 하느냐는 표정으로 뒤돌아보았다.

"내가 코치해 줄 테니까 이리와 봐."

고마워서 얼른 달려갔다. 아무런 경험도 없고, 학교를 오며 가며 신작로에서 뛰어보면 늘 꼴찌 하는 나를 코치하여 준다니, 얼마나 고마운가. 운동회가 끝나면 수업료는 없을 것이라 믿고 경인이를 따라갔다. 저 아이는 우리 집 뒤에 사는 아이니 실망하게 하지는 않겠지, 하는 기대로 말이다.

"출발 총소리 나면 선 옆으로 뛰어가다가, 첫 번째 커브를 만나면 앞에 달리는 사람을 탁 채란 말이야."

"그래, 알았어. 탁 채면 꼭 이길 수 있는 거지. "

그렇게 하겠다고 약속을 하고 친구들 사이로 내 줄을 찾아 뛰어갔다. 우리 분단 차례다. '차렷, 탕!' 고막 찢는 소리가 화약 냄새에 뒤섞여 나를 어리벙벙하게 만든다. 정신을 차리고 뛰다 보니 모두가 나보다 앞섰다. 얼마를 달리다 보니 정말 구부러지는 커브가 나왔다. '이때다!' 하고 앞에 뛰어가는 건식이 옆구리를 잡아채었다. 분명히 채는 것은 앞사람을 잡아당기는 기술이리라. 그러나 이것을 어찌한단 말인가. 대나무 찢어지는 소리를 내며 앞에 뛰는 건식이 러닝셔츠가 허리에서 목까지 짝 찢어졌다.

"너, 이 새끼 끝나면 죽을 줄 알아."

건식이의 협박에 장단을 맞추는 것인가. 아니면 내가 채는 순발력에 힘을 실어주는 응원의 함성 인가. 옆에서 구경하던 수많은 학부형이 웃음소리와 함께 괴성을 지른다. 그 소리에 힘을 얻은 나는 한 마리의 수탉이 되었다. 어저께 닭싸움 붙였을 때였다. 목에 깃털을 세우고 싸우다 힘을 잃었을 때, 주인인 내가 옆에서 응원하니 힘을 얻어 이겼던 기억이 떠올랐다. 친구네 수탉에게 이겼던 이유는, 고추장에 보리밥 비벼 준 것과 순전히 내 응원 덕이었다. 나도 응원 소리에 힘을 얻어 달려가는데, 건식이 러닝셔츠는 흰 깃발이 되어 휘날리고 있었다. 흰 깃발을 보니 갑자기 겁이 덜컥 났다. 건식이도 분명히 나와 같이 운동회라고 검은 팬티와 흰 러닝셔츠를 유니폼으로 장만한 것일 터인데, 그것을 깃발로 만들어 응원하는 학부형들을 거꾸로 응원했으니 얼마나 속상할까. 아니, 그 동정심은 나중에 가질 일이고 지금 더 급한 문제가 있지 않은가. 나보다 힘이 세고 키 큰 건식이 주먹을 달리기가 끝난 후에 어떻게 감당할 것인가.

내 가슴은 출발 전에 뛰던 가슴보다 더 요란하게 요동친다. 건식이도 나도 등수에 들지 못하고 1학년 응원석으로 달려가야만 했다. 그런데 이상하다. 건식이가 운동회에 도취 되었는가. 달리기가 끝나면 때린다고 하더니 아무런 일이 없다. 벼르고 있다가 내일 때리려나. 이튿날은 토요일인데 피곤하니 쉬란다. 다음 날은 공휴일이다. 월요일 등교하여 건식이가 나를 보고도 아무렇지 않게 본다. 건식이는 그렇게 너그럽지 않은 친구인데 웬일일까. 생각이 이어달리기 바통처럼 오간다.

'아하, 그렇다. 자기는 용기가 없어 만들지 못한 러닝깃발을 내가 만들어 주었으니, 그것이 좋았던 것이야.'

나의 1학년 첫 번째 운동회는 그런 추억을 만들어 놓고 끝이 났다.

누구나 지난 추억은 그리워한다. 되돌아갈 수 없는 곳이니 더욱 그렇다. 고향이 남한에 있어서 부모님 손길을 언제나 느끼고 어머니 냄새를 맡을 수 있다면, 고향을 찾지 못했어도 그리움에 젖어 몸부림치지는 않는다. 그러나 고향산천을 공산당에게 빼앗겨 갈 수 없는 이산 가족의 마음은 전혀 다르다. 하루하루 그리움에 젖어 허공을 걷는 듯 안정감이 없을 것이다. 명절 때마다 휴전선에서 제사하는 모습을 보면, 사무치는 그리움을 보는 사람도 짠하게 읽을 수가 있다.

'수구초심首丘初心'이라 했던가. 여우도 제 죽을 때가 되면 자란 산을 향해 머리를 두고 죽는다고 한다. 사람은 저마다의 육체적, 정신적 고향이 있다. 일정한 종교를 선택하지 않았다 해도 이미 주어진 정신적 세계를 살아왔다. 이제 육체적 세계와 정신적 세계를 조용히 더듬어 보자. 세월은 내 몸을 언제까지나 담아주지를 않는다. 굼벵이가 시원한 땅속에서 칠 년 동안이나 껍질과 정이 들었다 해도 지상에 나오면 더 이상은 안아주지 않는다. 껍질이 볼 때는 배신당하는 것같이 버려지는 것이고, 변하는 굼벵이가 보는 시각은 이제는 답답하고 고통스러운 어둠 속에서 살지 않아도 된다는 기쁨이다. 온 세상 하늘을 마음껏 날아다니는 꿈같은 새로운 세상이 펼쳐지는 기쁜 순간이다. 하늘로 곧 날아갈 매미의 벅찬 마음을 짚어 보자.

"그때에 임금이 그 오른편에 있는 자들에게 이르시되, 내 아버지께 복 받을 자들이여. 나아와 창세로부터 너희를 위하여 예비된 나라를 상속하라."

(마태복음 25장 34절)

/

요리치를 고민한 소년

음악에는 음치, 박치, 몸매에는 몸치라는 말을 사람들은 세금 없다고 잘 애용한다. 나도 감히 여기에 '요리치'라는 말을 덧붙이고 싶다. 그 말을 쓴다고 어느 요리 전문가가 귀싸대기 올리지는 않을 것이라 믿고서 말이다.

초등학교 저학년 시절 부모님과 함께 자주 식사하러 갔던 친구 집이 있었는데, 우리보다 살림도 좀 넉넉하였다. 그래서 부모님을 종종 초대하였나 보다. 그럴 때면 나는 친구 집이라고 따라가곤 했었다. 그러다가 어느 날부터인가 식사 시간에 가는 것이 큰 고통이 되었다. 그 이유는 친구 집 음식 맛이 입에 맞지 않았다. 친구 어머니는 음식 맛을 독특하게 낸다. 내가 어머니 요리 맛에 익숙하여서만은 아니다. 열무김치를 먹으면 풋내가 코를 찌르고, 다른 반찬에도 비릿한 이상한 맛이 코를 찔렀다. 우리 집에서 먹을 때는 천연 조미료를 넣지 않아도 구수한 된장찌개 맛이었는데, 그 집에서는 왜 떫고 식초 맛은 아닌데 그것과 비슷한 것이 숟가락이 반기지를 않을까. 모든 반찬이 그런 맛이다. 그 집에만 가면 나는 언제나 젓가락으로 허공을 휘젓고 돌아왔다. 그래도 어른들은 잘도 드신다.

"어머니, 나는 그 친구 집에 가서 밥 먹기 싫어, 풋내가 너무 나고 맛이 이상하단 말이야."

"그것은 열무를 도마에 비벼서 그래. 그래도 맛있다 가자."

나를 그토록 질색하게 한 것은 정작 따로 있었다. 어느 날 그 집 어른 생신이었다. 내 그릇에 있는 닭 요리에 모이주머니가 들어 있었는데, 별다른 생각 없이 먹었다. 그 속에서 소화도 안 된 보리 알갱이가 몇 개 씹힌 것이다. 닭의 위장을 제대로 씻지도 않은 것이잖아? 차마 그 이야기는 어른들에게 하지를 못했다. 그 후 그 친구 집에서 밥을 먹지 못했다. 그리고 작은 소년인 나에게 큰 고민이 하나 생겼다.

'어른이 되면 나도 결혼할 터인데, 부인이 요리 솜씨가 없어서 먹을 수가 없으면 어쩌나.'

친구 집같이 오랜만에 가서 먹는 집이라면 먹지 않으면 되겠지만, 한집에 살면서 어찌 안 먹을 수가 있겠는가. 생각이 여기까지 미치자 그 고민을 떨쳐낼 수가 없었다. 심지어는 그 고민에 빠져 잠이 오지 않는 때도 있었다. 어느 날 한 권의 책에서 해결책을 찾았다. 호텔이나 유명한 음식점에 일류 요리사는 전부 남자라는 사실을 알게 되었다. 이렇게 반가울 수가 있는가. 내 고민은 한꺼번에 해결이 되었다. 일류 요리사가 되어서 아내에게 요리를 가르쳐주면 된다 생각하니 날아 갈 듯 마음이 가벼웠다. 내 고민은 해결되었으나, 요리사가 되는 길을 알 수도 없고 이끌어 주는 사람도 없다. 대책 없는 해결이 된 꼴이다. 고민과 해결이 한판 씨름을 한다. 해결된 듯 기쁨의 맛만 보이고 새로운 늪에 또 빠트린다.

사람에게 가장 큰 병은 마음의 병으로 고민하고 두려움에 사로잡히는 것이 아닌가. 바라는 소망이 다소 해결되지 않아도 좋다. 정신건강을 병들게 하는 두려움을 해결할 수 있는 큰 소망만 있으면 되는 것이다. 오랜 세월이 지난 지금, 나의 아내는 내 입맛을 잘도 알아서 맞춰 준다. 그래서 식사 시간이 가장 즐겁고 행복하다. 제아무리 소문난 요리사라 할지라도 음식 먹어주는 사람들이 볼멘소리나 하고 그들의 입맛을 맞춰주지 못한다면, 요리사의 자격은 이미 상실한 사람이다. 반대로 무명의 사람이라도 그 요리사의 음식을 먹어주는 사람들이 맛나게 먹어 준다면, 이미 유명한 요리사가 된 것이다. 인생도 맛을 내야 한다. 절대로 인생 요리치가 되어서는 안 될 것이다. 음식 맛은 누군가에게 배워 좋은 맛을 내지만, 인생의 맛은 누구에게 배워서 될 일이 아니다. 스스로 깨닫고 갈고 닦은 인내 속에서 인생 연륜이 말해 줄 것이다. 이제 한 우물을 판 세월도 여러 번 강산이 변하여서 찬 서리 나린 초가지붕을 이고 산다. 지금도 젊은 때처럼 배고픈 것은 요리사를 잘 만난 덕분일까 아니면 먹어 주는 내가 남겨놓지 않음일까. 오늘도 식도락가들은 요릿집을 찾아 헤맨다. 인생의 맛도 찾아 헤맬까?

고려 시대 왕 광종은 민정을 살피기 위해 민가를 종종 순행하였다. 어느 날은 해가 져서 한 민가를 찾았다. 길가는 과객인데 하룻밤 신세 좀 집시다. 젊은 선비가 냉정하게 하는 말이, 우리 집은 방도 보리쌀도 없으니 조금 내려가면 객주 집이 있소. 하며 거기서 머무르란다. 광종은 그 말보다 그 집 문 위에 이상한 글을 보고 궁금하였다. '유야무야

인생지한有耶無耶人生至恨' 왕 되기까지는 책을 많이 읽었는데도 그 뜻을 알 수가 없었다. 객주 집에 가서 그 집에 어떤 사람이 사느냐고 하니 "그 양반은 천재인데 어찌 된 일인지 과거 시험만 보면 낙방하니 영문을 알 수가 없소." 한다.

다시 그 집을 찾아가서 처마 밑이라도 좋으니 묵어가자고 떼를 써서 머물렀다. 그리고 넌지시 한문의 뜻을 물으니 답하기를 '꾀꼬리와 까마귀가 노래시합을 했지. 감독은 왜가리요, 꾀꼬리는 노래연습을 열심히 하는데 까마귀는 노래 연습은 안하고 매일같이 개구리만 잡고 있었지요. 그 개구리를 몰래 왜가리에게 뇌물을 주는 것이요. 그래서 시합 때마다 번번이 이겼소. 그같이 나는 과거 때마다 정답을 자신 있게 썼는데 번번이 낙방만 했소. 그래서 나는 더러운 세상을 등지려고 결심한 글이 저것이라오.' 그 말을 들은 광종 왕은 "여보시오, 앞으로 한 달 후에 예정에도 없는 특별 과거시험이 있소. 그때 꼭 오시오." 그리고 궁궐로 돌아와 긴급 과거시험 영을 내렸다. 문제는 '유야무야인생지한'의 뜻을 쓰라는 것이다. 정답자는 한 사람뿐이었다. 그 사람이 고려 시대 유명한 학자 이규보다.

지식은 이렇게 생명의 양식이 되지만 본연의 길을 벗어나면 인재를 죽이기도 한다. 숱한 정치가들이 남의 눈길을 피해가며 먹은 뇌물문제로, 악전고투하여 잡은 자리를 속절없이 내어 준다. 그런 모습을 두 눈으로 보면서도 사라지지 않는 먹음의 사건은 끝이 어디일까. 소년이 걱정한 요리치는 오히려 무탈한 인생길을 보장하는 인생 보약이었다. 그때 괜한 걱정이 지금의 머리 민둥산을 만들었나. 요리치를 걱정하는 소년아 이제는 머리를 편히 쉬어라.

/

은밀한 곳이 시원한데 왜 말려

'어처구니없다.' 이 말은 생뚱맞게도 맷돌에서 어원을 찾을 수가 있다.

무거운 맷돌을 돌리기 위해 손잡이로 쓰는 나무가 어처구니다. 그런데 많은 사람이 어처구니와는 상관도 없는 곳에서 이 말을 쓰고 있다. 맷돌은 석수장이들이 정으로 돌을 일일이 쪼아서 완제품을 만들었다. 그러니 돌 제품이 비싸지 않을 수가 없다. 비싸고 귀한 맷돌을 마구 돌리다가 깨어지기라도 하면 낭패를 본다. 아예 어처구니가 없어서 우리 맷돌은 쓸 수가 없다고 말하는 것이 편했을 것이다. 그 말에 울화가 치민 사람들은 어이가 없을 때마다 "어처구니없어서, 참." 이라는 말이 입에 젖었으리라.

내가 맷돌과 처음으로 인연을 맺은 것은 발가숭이로 다녀도 부끄럽지 않던 때였다. 어린 시절 외가댁은 마당 끝 개울 건너편에 있어서,

언제나 다정다감한 외할머니가 곶감을 감춰두었다가 주시던 곳이었다. 세상에서 가장 가까운 이웃이다. 그 집에는 나와 나이는 같으나 생일이 1년 가까이 늦어, 촌수는 외사촌 동생인 친구가 있어서 매일 놀러 갔었다. 어떻게 해서 이웃집이 외가가 되었을까. 동갑내기였던 작은 외숙모와 큰어머니가 007작전을 성공해서 어머니 아버지의 연을 맺어 주셨단다. 외가댁은 살림이 넉넉하여 일꾼들이 늘 붐비었고 부엌일도 많았었다. 어머니는 종종 친정 일을 보아 주셨는데, 그날도 발가벗은 나를 업고 부엌일을 하셨다. 며칠 후에 있을 외사촌 형님 잔치 준비 때문이다. 어머니는 높은 뜰 위 마루에 나를 내려놓고, 무슨 일인지 일손이 매우 분주하다.

울다 지친 나는 둥근 돌 위에 올라앉았다. 발가벗은 엉덩이가 시원하여 울고 싶은 마음이 사라졌다. 엉덩이는 시원한데 엉덩이 밑에 무엇인가가 자꾸 찌른다. 등잔 같은 두 눈을 크게 뜨고 살펴보니, 돌에 하얀 못이 박혀 있었다. 그것이 엉덩이를 찌른 것이야, 어떻게 하랴. 이리저리 피하며 앉다 보니 못이 은밀한 곳으로 쏙 들어가 아주 편했다. 그뿐인가 은밀한 곳 속살까지 시원하여 기분이 매우 좋았다. 이렇게 좋은 걸 모르고 이곳저곳 찔리며 아프게 고생을 했네. 그동안 뜨거운 엄마 등에서 고생했던 것이 억울하기까지 했다.

기분 좋은 이것을 누군가에게 자랑하고 싶은데, 모두가 분주하게 일하니 누구에게 자랑할까. 그때 마침 어머니가 마루 위로 올라왔다.

"엄마, 엄마, 똥구멍에 못이 들어가니까 참 시원해."

"뭐라고, 얘가 큰일 나겠네."

싫다고 우는 나를 번쩍 들어 옮겨놓고, 맷돌을 먼 곳에 옮겨 사랑하는 맷돌과 영영 생이별을 시킨다. 어머니가 그렇게 미울 수가 없었다. '이럴 줄 알았으면 은밀한 곳이 시원하고 쾌감이 있어도 말하지 말것을.' 울어도 소용이 없고 악을 써 봐도 내게 돌아오는 것은 어른들의 조롱뿐이다. 어릴 때 기억을 어떻게 아느냐고 말하겠지만 발가벗은 것과 항문 속에서 시원하게 느껴오는 쇠못의 쾌감은 지금도 생생하다. 그 일 후 지금까지 궁금한 것이 하나 있는데 형님 잔치에 쓸 두부콩 갈 때에 맷돌은 씻었을까.

나는 그 나이에 벌써 사랑하는 연인과 헤어지면 슬프고 가슴 아프다는 사실을 절실히 체험했다. 내가 조숙해서 사랑은 눈물의 씨앗이라는 사실을 체험한 것일까, 아니면 말 못하는 돌과 짝사랑을 한 것일까. 그 덕분에 자라면서 '이 여자는 내 사람이다.'고 느껴지기 전에는 절대로 깊은 마음을 주지 않았다. 맷돌에게 배운 아픈 강의 덕이었다. 강의 주제가 '사랑의 마음 다스리는 법'이라 하던가 뭐라던가. 가물가물하다. 이 말은 신빙성이 없겠지만, 그날 이후로 즐겁고 기쁜 것은 남들에게 절대 알리지 않으려 결심을 했는데, 어찌 된 일인가, 평생 기쁜 소식을 전하며 사는 목사가 되었으니 이것은 맷돌한테 받은 영향은 절대로 아니리라 믿는다.

영하 40도를 오르내리는 남극에는 외롭고 추운 남극을 달궈주는 신사가 있으니, 황제펭귄이다. 황제펭귄은 반드시 알을 하나씩 낳는데 거기에는 그럴만한 충분한 이유가 있다. 차가운 얼음 위에서 두 개 이상은 부화시키지 못하고, 부화를 시킨다 해도 키울 수가 없다. 암컷은 알을 놓자마자 수놈에게 알을 넘겨주고는, 먹이를 찾아 바다로 떠난다. 수놈은 알을 발등 위에 올려놓고 부화가 되도록 64일을 품고 기다린다. 그때까지 한시도 발등 위에서 내려놓지를 않는다. 참으로 눈물겨운 부성애가 아닌가. 암컷이 돌아오지 않으면 수놈도 새끼도 굶어 죽을 수밖에 없다. 어미가 돌아오면 서로 임무교대를 하고, 새끼를 발 등 위에 올려놓아 추위에 떨지 않게 한다. 암수가 이렇게 소중한데, 바다에서 범고래나 바다사자에게 먹히는 날이면 일가족 모두가 남극에서 영원히 사라진다. 바다사자가 펭귄의 이러한 사정을 안다면 펭귄으로 배를 채울까. 하지만 바다사자도 배를 채우지 않으면 제 새끼가 죽어야 하니 어떡하겠는가. 황제펭귄과 같은 귀중한 사랑을 가르쳐 주려고 조물주는 내게 어린 발가숭이 적부터 맷돌을 교재 삼아 사랑을 가르쳤던가 보다.

어린 시절 내게 그렇게도 아름다운 사랑을 주었던 맷돌인데, 이제는 골동품점이나 넓은 정원이 있는 집에 디딤돌로 사용하고 있다. 소낙비를 맞으며 엎드려 주인 발을 떠받쳐주어야 하는 너를 보니 가슴이 아프다. 어떤 사람은 어린 시절부터 호의호식하며 귀하게 자라다가 느지막이 집과 동기간도 다 잃고 하늘을 지붕 삼고 살더니, 네가 바로 그렇구나. 정신 바싹 차리고 살아야 할 세상이다. 참으로 어처구니없는 세상이로다.

/

목사의 가정불화

내 고향은 제천이다. 제천에서도 옛 고적이 가장 많고 맑은 바람이 흐른다는 청풍이다. 안타깝게 지금은 충주 댐 건설로 인해 옛 청풍의 모습은 간 곳이 없다. 지금 이주한 곳에 있는 고적들도 옛 모습이 아니다. 이주하기 직전 72년, 대 홍수로 인해 많은 옛 고적들이 형체도 없이 떠내려갔다. 지금 복원된 건물들은 실물과는 많은 차이가 있다. 고향을 찾을 때마다 잃어버린 문화재가 마음을 아프게 한다.

옛 고향교회에 새로 부임해 온 전도사님은 아직 아기가 없는 신혼이었다. 당시 일 년 전에 결혼한 삼촌 친구들의 말을 빌려 보자면, 결혼 초에는 깨가 쏟아지는 시절이라는 것을 초등학생인 나도 알 수가 있었다. 그런데 나를 혼동하게 만드는 사건이 계속 일어나는 것이었다. 어느 날 아랫마을 친구 집에서 즐겁게 놀다 늦은 밤에 집으로 돌아오고 있었다. 손도 없는 둥근 달이 키다리 수양버들 가지 같은 거인을 그리며 뒤따라 올 때였다. 앙칼진 여자 목소리가 길옆 교회사택 들창을 뛰쳐나와 길가는 소년의 발목을 건다. 어린 내가 감히 사모님 왜 그러세요, 하고 들어가기에는 무서운 앙탈이다. 예쁜 여자 얼굴 같은 전도사님은 감히 대꾸할 여력이 없는지 아무런 소리가 없었다. 키 큰 사모님이 무서워서일까. 나도 다음에 결혼할 때면 키 큰 여자와는 결혼하지 말아야 할까, 별의별 생각이 다 들었다.

얼굴이 예쁜 전도사님은 나를 특별히 좋아하셨다. 그러니 나도 전도사님이 참 좋았다. 그분은 예쁜 여자와 같은 외모지만, 설교와 기도 소리는 부흥회를 인도하는 목사님과 같았다. 그래서 그분이 더욱 좋았다. 좋아하는 분이니 궁금한 것도 더하게 된다. 전도사님이 어찌 되셨을까. 하는 궁금증은 며칠 동안 이어졌다. 모든 궁금증을 잊어버렸던 어느 날 밤, 단잠을 맛있게 자고 있는데 꿈속에서 들려오는 소리일까.

"야 금봉아, 일어나라. 나하고 갈 때가 있다."

"아버지, 아직 학교 갈 시간도 아니잖아요."

떠 지지 않는 눈을 비비며 시계를 보았다. 12시다. "너 다니는 교회 전도사가 사모님과 싸우고 보따리 싸서 산으로 간다."고 말씀하신다. 교회 출석을 안 하는 아버지가 젊은 전도사 부부싸움을 말리려니 겸연쩍어, 교회 다니는 나를 데려가려는 것이다. 바삐 재촉하는 아버지를 따라 산으로 올라갔다. 한참을 올라가도 사람은 보이지가 않는다. 아버지는 언제나 이웃 누구든지 싸움하고 원수지면 꼭 화해를 시키고야 마는 별난 분이셨다. 그런 아버지에게 전도사님이 걸려들었으니, 한밤중에 산속을 헤매는 일쯤은 일도 아니다. 어두운 밤중에 산 위를 오르니, 마치 어느 책에선가 읽은 몽유병 환자가 된듯하다.

저 멀리 계곡으로 내려가는 사람의 형체가 희미한 달빛에 비친다. 빠른 걸음으로 내려가서 만날 수가 있었다. 전도사님은 계곡 깊은 곳 움집 같은 곳으로 들어갔다. 오래전부터 싸움하며 전도사님 짐을 이곳에 옮겨 놓았나 보다 생각하며 들어가 보니, 그곳은 기도 굴이었다. 가정불화의 이유가 무엇 때문인지 어린 나도 알 수가 있겠다. 지금은 신혼이니 사모님을 외롭게 해서는 안 된다며, 아버지가 설득하여 겨우 집으로 데려오셨다. 어린 내게 그 당시의 그림이 생생하게 그려졌으며, 지금까지도 그 전도사님의 얼굴과 이름을 정확하게 기억하고 있다.

그때 사모님이 조금만 마음을 넓혀서 전도사님의 열정적인 믿음을 이해하였다면, 훌륭한 목자가 되었을 것이다. 전도사님 역시 새 새댁의 허전한 마음을 읽었다면 오점 있는 과거는 없었을 것인데, 지금쯤은 어느 곳에서 훌륭한 목회를 하고 있으리라. 그런데 목회를 시작할 때부터 그분의 성함은 감리교단 목회자 주소록이나 기독교 통합 목회자 주소록에서 찾을 수가 없다. 성함은 조○○인데. 전도사님은 그런 사건이 있고 얼마 지나지 않아서 이사하셨다. 학교에서 돌아오다가 온 교우들이 모여 있어서 불길한 생각에 들어가 보니 이사를 하셨다.

나는 그날 처음으로 목자 잃은 양의 마음을 느껴 보았고 울어도 보았다. 어른들이 미웠다. 왜 붙잡지 못하였던가. 훗날 나도 그 길을 가면서 그때 겪은 일이 많은 공부가 되었다. 아버지는 장차 내가 그 길을 갈 줄 아시고 나를 데려가셨을까. 전능자가 아버지를 감동하게 해서 나를 데려가신 것이 분명하다. '산기도'라는 것을 그때 처음으로 알았고 그것을 사모하는 마음도 함께 생겼다. 다행히 지금까지도 그때 배운 산 기도를 매우 즐긴다. 또 결혼하면 어느 한쪽에만 집착하지 말아야 함도 지킬 수 있었다. 내게 소중하였던 그분을 그날 이후로는 만날 수도 없고 소식조차 알 수가 없다. 목사 안수받기도 전에 다른 직업 따라간 것일까. 사람에겐 누구나 만나고 싶은 사람이 있고, 기억하기조차 싫은 사람도 있다. 나는 세상 많은 사람에게 어떻게 기억되는 사람일까. 그것을 스스로 판단할 수 없으니 답답하다. 아니야, 답답할 필요가 없어. 내 현실에 주어진 일에 충실하면 그것으로 만족한 것을 왜 답답하단 표현을 할까.

오래전부터 목회생활에서 힘들고 어려운 일이 있으면, 그 전도사님의 성함이 조용하게 더듬거려진다. 내게 말없이 고마운 교육을 주셔서 고맙다는 말과 함께.

예쁜 전도사님, 지금 어디에 계셔요. 뵙고 싶어요.

/

내 생명의 은인은 사다리

어린 시절은 참으로 부산스러웠다.

어머니는 언제나 나를 살얼음판에 내어놓은 아기같이 생각하셨다. 초등학교 저학년인 말썽꾸러기는, 그 날도 좋은 사건을 안겨 주겠다는 해님의 박수갈채를 받으며 대문을 나섰다. 그런데 해님의 언질과는 다르게, 모험심을 안고 집 안과 밖을 쏘다녀 보아도 재미있을 만한 묘책이 떠오르지 않는다. 측간에서의 부름에 목마른 강아지처럼 끙끙거리며 다니는 것을 보고, 어머니는 벌써 무엇인가 감지한 듯 부엌에서 일하시면서 힐끔힐끔 나를 살폈다. 간간이 하시는 말씀이

"내 간 졸이는 일은 하지 마라."

내가 일류 요리사나 된 듯이 추켜세우는 어머니가 밉지는 않았다.

마음 졸이는 어머니의 마음은 아랑곳없다는 듯 소년은 금맥을 찾는 광부의 눈동자 그것이다. 그런 눈동자를 본 어머니의 마음은 더욱 초조한듯하다. 궁둥이 붙이고 얌전하게 앉아 있으라고 말하는 어머니

의 눈동자를 피하여, 나는 뒤꼍으로 돌아갔다. 뒤꼍에는 무엇인가가 있을 듯했기 때문이다. 그곳에는 수십 년이 될 성싶은 먹감나무 두 그루가 버티고, 우리 집을 고즈넉한 풍광으로 만들어 주었다. 어느 분이 심으셨나, 큰절이라도 하고 싶었다. 바로 그 정든 감나무에 좋은 일이 있을 것만 같았다.

나는 누가 부르는 듯이 커다란 창고 속으로 뛰어가, 내 힘으로는 들기도 힘든 사다리 한쪽을 들고 질질 끌면서 뒤꼍으로 갔다.

"아직 너 먹을 홍시는 안 만들어졌어."

'어머니는 내 마음속에 들어갔다 나왔을까. 어떻게 내 생각을 잘도 아신다.'

혼잣말로 뇌까리며 사다리를 먹감나무에 세우려 하였지만, 될 턱이 없다. 옛날에 할아버지가 쌓으셨을까 돌담에 돋아있는 푸른 이끼가 하는 말이, 내 나이가 얼마인데 햇병아리 같은 네가 도전하느냐며 퇴색된 모습으로 나를 조롱한다. 나도 질 수 없어서 온갖 힘을 다해 사다리를 돌담 위로 끌어 올리는 데 성공을 했다.

한고비는 넘겼으나 악전고투의 난관은 또 나를 기다린다. 먹감나무 고목에 커다란 사다리를 어떻게 세울 것인가. 다시 온 힘을 다해 먹감나무에 기대어 세우는데, 2차로 성공했다. 혼자의 힘으로 세웠다는 흡족한 마음이 나를 기쁘게 한다. 그때 벌써 나는 자립심을 배웠을까.

이제는 목표를 이룰 일만 남았다. 어머니는 아직 홍시가 없다고 하였지만, 나는 나뭇잎 사이로 연분홍빛으로 익은 감이 아침 햇살을 받고 황금색으로 수줍어하는 것을 보았다. 한 계단 한 계단 천국 길을 오르듯 올라갔다. 세 살 위의 형이 보지나 않을까 두리번거리며 오른다. 형이 보면 틀림없이 홍시를 빼앗기고 만다는 것을 잘 알기 때문이다. 사다리 끝을 지나 나뭇가지를 밟으며 올라섰다. 까치발을 세우며 홍시를 겨우 잡았다. 손끝의 감촉이 정말로 좋다. 수년 전에 비릿한 냄새를 맡으며 어머니 품속에서 느끼던 그 감촉이다. 어머니의 젖가슴을 움켜쥐고 놀던 그림이 눈앞에 어른거린다. 금방 터져 손을 적실 듯한 보석을 기어코 땄다. 해냈다는 성취감에 싸여 마음이 흡족하다. 형이 볼까 얼른 한입에 넣었다. 아, 퉤 퉤 퉤. 그것은 홍시가 아니었다. 벌레 똥이 가득 들어있는 벌레 궁전이다. 속에 검은 벌레 똥을 가득 감춰두고 겉만 분홍빛으로 나를 유혹한 것이다. 이렇게 속은 것을 생각하니 분하기 짝이 없다. 그때, 이게 무슨 소리야.

"지지 직. 후두두둑. 쾅!"

갑자기 천지가 개벽하는가. 나무에서 거꾸로 떨어지면서, 사다리 계단을 머리를 선두에 두고 미끄럼틀같이 흘러내린 것까지는 기억이 나지만, 그다음에는 기억이 없다. 정신을 잃은 것이다. 눈을 떠보니 안방이고, 어머니와 가족들이 빙 둘러앉아 걱정하는 눈으로 바라보고 있었다. 벌레집 감을 씹고 놀라, 발을 딛고 서 있던 가지가 작은 가지인 것을 까마득히 잊고 힘을 준 것이 거꾸로 떨어진 원인이 되었다.

형이 볼까 봐 나만 먹겠다고 욕심을 부린 것이 큰 잘못이다. 그것은 산전수전 다 겪은 먹감나무가 내게 주는 채찍이었다. 요즘에는 학교에서도 회초리를 들지 않는다는데, 먹감나무는 어린 나에게 혹독하게 매질을 하였다. 그런데 한없이 감사한 것은 사다리의 미끄럼을 타지 않고 그냥 석축에 떨어졌다면, 장애인이 되었든지 즉사할 수도 있었다. 사다리가 내 생명을 구했다. 생명의 은인이 된 것이야, 사람이 아닌 사다리가 생명의 은인이 된 사람이 나 말고 누가 또 있을까. 어려서 부산스럽던 경력에 사다리가 부조하였다. 그 빚은 또 언제 갚을까. 나는 늘 빚만 지고 산다. 조물주의 빚으로부터 이웃사람, 친구, 교회식구들 모두에게 어떻게 그것을 갚으려나.

"피차 사랑의 빚 외에는 아무에게든지 아무 빚도 지지 말라. 남을 사랑하는 자는 율법을 다 이루었느니라."

(로마서 13장 8절)

이제는 어느 누가 비겁하게 벌레 똥을 감추고 나를 유혹한다 해도, 욕심과 흥분하지 말아야겠다. 그렇게 다짐을 하고 또 하였다. 그것이 내가 진 빚을 갚는 길이다. 인간은 누구라도 자기에게 속아 낭패를 경험한다. 분별할 수 있는 능력이란 미미한데도 나는 또 이렇게 착각한다. '나의 분별력은 뛰어나다.'고 올해는 감나무 마다 흉년이다. 감이 흉년이면 사다리에서 떨어질 일도 없겠다.

엉성한 감나무 열매를 바라보니 그때가 생각난다.

/

나를 유혹하는 하늘하늘한 치마

새벽기도를 마친 후 남산을 올랐다. 많은 사람이 벌써 어둑어둑한 길을 오르고 있다. 힘겹다는 약간의 부담을 안고 오르는 산에는 언제나 상쾌하고 활력이 넘치는 영양가를 삼태기째로 받을 수 있다. 이곳 저곳 소나무 참나무를 참견하며 묵혀 쌓인 침묵을 토로하다 보니, 벌써 정상이 나를 반긴다. 산은 언제나 낯이 익은 얼굴이나 낯선 얼굴을 가리지 않고, 여전히 반겨 주었다. 하산하는 길에 우연히 길옆 숲 속을 보니 한 줄기 희망이 싹텄다. 저곳에서 커다란 행복을 얻을 수 있을 것만 같았다. 가느다란 희망의 싹을 치켜세우며 찾아간 그곳에선, 나의 기대를 외면하지는 않았다. 이래서 내 직감도 꽤 쓸 만하구나, 하는 자화자찬이 머리 한쪽에서 요란을 떤다. 어느새 이웃인 가슴 저 밑에서도 함성이 들린다. 그곳에는 으름덩굴이 우거져 아침을 더욱 어둡게 하고 있다. 살피기를 한동안, 지루하여 머리를 들고 위를 보니 나무 줄기 높은 꼭대기에 먹음직한 으름이 입을 딱 벌리고 나를 유혹한다.

많은 사람이 찾아온 흔적은 여기저기 있는데, 위험하여 오르지 않은 것이다. 낮은 곳에는 포식자들이 이미 다 따가고 가는 나무줄기를 휘감고 5~6m 올라간 곳에는, 커다란 으름 뭉치가 여기저기 늘어져 입을 벌리고 단맛이 흐르는 노래를 부르고 있다. 가느다란 나무줄기로 오를 생각하니 조금은 겁이 났다. 방법이 없을까 살펴보니 위험하기는 해도 오를듯하다. 가느다란 나무줄기를 무성한 으름덩굴이 휘감고 있으니, 부러져도 바닥에 떨어지지는 않을 것이다. 만약에 떨어진다면 바닥은 온통 너럭바위로 이뤄진 돌밭이니 크게 다칠 것은 자명한 일이다. 그래도 으름을 모르는 아내에게 달콤한 맛을 보인다 생각하니 힘이 솟는다. 길에서 발을 동동 구르며 올라가지 말라는 아내 말을 뒤로하고 올라갔다. 내 생각은 적중하였다. 나무가 활 같이 휘어져도 부러지지는 않는다. 으름덩굴이 부러짐을 막아주기 때문이다. 아슬아슬한 줄타기 모습을 사람들이 힐금힐금 쳐다보며 오르고 내려간다. 문득 생각하니 내 나이가 지금 몇인데 사람들이 손에 땀을 쥐게 하는 일을 할까 웃음이 절로 난다. 이러다가 교회 성도들이 등산하다 보면 어쩔까 등 많은 생각이 두뇌를 어지럽힌다. 그러나 오직 아내에게 맛보인다 생각하니 모든 상상이 즐겁기만 하다. 악전고투 끝에 이윽고 으름이 있는 곳에 손이 닿았다. 세 개 네 개씩 달린 으름 송이를 잡는 기쁨이란 말로 형용할 수가 없다. 아래서 가슴을 조이며 쳐다볼 아내를 생각하니, 그 기쁨은 갑절로 또 갑절로 아메바같이 증식한다. 양쪽 주머니 가득 채우고 내려오는 만선의 기쁨을 만끽했다. 전리품을 가득 싣고 고향으로 가는 장군의 기쁨이 이럴까? 내려오면서 머리로는 벌써 기도를 하고 있다. 하나님, 감사합니다. 이 나이에 이런 긴장감을 맛볼 수 있는 건강을 주셔서 감사합니다.

그때 지금까지 나를 유혹과 경멸, 어린 눈으로 쳐다보던 하늘하늘한 치마 입은 여인이 고함을 지른다.

"왜, 내 허락도 없이 남의 보물을 가져가는 거요!"

전리품을 얻기 위해 흐트러진 마음을 가다듬고 바라보니, 가느다란 미풍에도 한들한들 나부끼는 푸른 치마 입은 자태가 어느 남자라도 떡 벌어지는 입술을 억제하지 못하겠다. "당신은 누구요." 간드러진 목소리로 대답한다. "나는 우아한 자태를 자랑하는 으름 넝쿨 잎이오."

그제야 긴장된 마음을 가다듬을 수가 있었다. 보잘것없이 평범한 사물 속에 이렇게 큰 행복이 꼭꼭 머리를 감추고 숨어 있었다니, 나를 포함한 숱한 등산객들이 외면했던 하늘하늘한 치마폭과 그곳에 싸인 보화, 그 덩굴줄기에 희미하게 걸려있는 이런 글을 건성으로 보았던 내가 참으로 부끄럽다.

✝

"마른 떡 한 조각만 있고도 화목 하는 것이 육선이 집에 가득
하고 다투는 것보다 나으니라."   (잠언 17장 1절)

아내는 기쁘면서도 공연히 행복한 투정을 한다. 다음에 또 그러면 '목사가 나무에 올라간대요.' 하고 소리를 지른다.

오늘은 행복한 하루가 이미 시작되었고 내일도 또 그렇게 될 것만 같다.

/

방황하는 도시의 잠자리

서산에 저무는 붉은 너울 빛을 바라보며 집으로 향하는 나의 두 어깨에서 진한 땀 냄새가 향기와도 같다. 매일같이 12㎞의 고단한 등하굣길을 걸어야 하는 우리에게는 불평 같은 마음이 일어날 생각조차 못 한다. 요즘 세상과 같은 교통 문화 혜택을 받아본 일이 없으니, 길이 잘 들은 새끼 코끼리 같이 묵묵히 걸어갈 뿐이었다. 집 가까이 들어서니 아득히 보이는 비덕재 위에, 아버지가 농부의 고단한 하루 일을 마치고 석양 해를 받으며 오신다.

가물가물하게 먼 곳인데도 한눈에 알아볼 수 있는 비밀은 무엇일까. 신체적인 조건이 특별한 것도 아닌데 어린 내가 어떻게 알았을까. 등에 진 소 꼴 짐 때문일까, 긴 목을 늘어뜨리고 앞서 걸어오는 누렁이 암소 덕일까. 딱히 '이것이다' 한마디로 말하기는 어려우나 느낌으로 충분히 알 수가 있었다. 책가방을 집 앞마당 옆에 던지고 누렁 암소 받으러 뛰어갔다. 아버지는 헉헉대며 마중 오는 내 모습에서 힘 받은 것을 한눈에 알 수가 있다. 등에 진 억새 풀꽃이 힘차게 춤을 추기 때문이다. 조금 전 억센 농부의 손아귀에 의해 생을 마감한 생명을 되찾기나 한 것일까. 춤추는 솜씨가 생을 마감한 춤사위는 아닌 듯하다. 고삐 줄을 받아드니, 앞서가는 암소는 종일 열심히 일했다고 자랑하며 춤추듯 뛰어간다. 그 마음을 응원하는 것일까. 빨간 고추잠자리가 뿔 위에 앉을까 말까 망설이다가, 앉을 기회를 주지 않으니 화가 나서 하늘 높이 날아오른다. 어디선가 나타난 수많은 고추잠자리가 시샘하며 하늘 높이 나른다. 하늘은 온통 빨갛게 익은 고추밭이 되었다. 한 번도 보지 못한 농부가 고추농사도 잘 지었다. 그 농부는 지난 공일날 예배당에서 배운 옥토에 씨 뿌리는 농부가 틀림없다.

옛 추억을 더듬으며 내려오니, 아쉬움을 남긴 붉은 고추잠자리 떼가 발목을 잡는다. 아쉬움도 무시하고 차에 올랐다. 앞차 지붕 위에는 사랑에 빠진 한 쌍의 고추잠자리가 한데 엉켜 구불텅하게 날고 있다. 암컷 목덜미를 물고 있는 한 쌍이 내 차를 시냇물로 알고 알을 놓는다. 흉내만 내는가 하고 내려서 확인해보니, 안타깝게도 따스한 유리 위에는 쉬파리 알 같은 알을 벌써 여러 개 낳았다.

한두 번 시도해 보면 물 아닌 것을 알았을 터인데, 제 새끼를 어찌 뜨거운 불판 위에다 야멸차게 버린단 말인가. 아까운 생명이 피어보지도 못한 채 죽어가야만 했다. 도시에는 시냇물이 없으니 살란 관을 밀고 나오는 알들을 추단할 길이 없었구나. 내 마음이 짠한 것은 냇물로 안 착각이 아니라 안타까운 모성애였다. 저들의 고향은 분명히 산골 개울이었을 터인데, 연어처럼 고향을 찾지 못하고 방황하는 잠자리만 탓할 일은 아니다. 저들인들 모성애가 없어 버리고 싶어 버리겠는가.

383

도시에는 개울이 없는 것을 어찌하랴.

도시 사람들도 저 잠자리와 같다. 비단옷을 입고 금의환향하며 고향 찾고 싶었으나, 배움도, 직장도, 결혼 생활 모두가 내 뜻대로 되지 않으니, 괴로운 마음에서 찾는 것은 술과 담배 마약뿐, 억제할 수 없었던 것이 병과 폐인의 습성만 낳았다. 그것을 잠자리 알 같이 이 거리 저 골목에 빠뜨려 놓으니, 돌아오는 건 비난과 조롱뿐이다. 그들은 도시의 잠자리, 뜨거운 불판 위에 자식을 포기한 것처럼, 욕을 들으면서 이곳저곳에 버려야 하는 안타까운 자존심과 인격이 불쌍하다. 뒤늦게라도 제길 찾은 도시 잠자리는 수고로운 날갯짓을 해서 한강 물을 찾지만, 일찍부터 수고로움을 포기한 도시의 잠자리는 안면 있던 세상과도 단절하며 살아간다.

도시의 잠자리가 되길 원하는 자 누가 있겠는가. 경쟁적으로 변한 자본국가의 산물인 것을 누구를 탓하랴. 이런 때 국가적인 발상의 전환이라도 있어야 하겠는데, 사색당쟁四色黨爭 늪 속에 빠진 어르신네들은 제 밥그릇만 쳐다보는 눈매에 불꽃만 튄다. 양복 깃에 꽂은 금빛 찬란한 그것이 사람을 바꾸어 놓는다. 4년마다 돌아오는 결선의 날에는 도시 잠자리될까 공포에 싸인 저들에게 어깨 펴는 날이 되었소만, 금배지 단 주인공은 신변이 바뀌어도 변함이 없으니 저들은 불신의 온상이 되고야 만다. 이제라도 도시의 잠자리 공포를 해결할 길은 오직 한길뿐이다. 누구를 의존하려 말고 내 날개를 든든하게 연마하고, 꼬리에 힘을 기르는 방법뿐이다.

날개에 힘 받은 잠자리가 되면, 해풍이 귓불 때리는 섬마을이나 산골 솔밭 사이라도 적재적소로 알고 찾아가리라. 그러려면 창공 하늘을 맘껏 나르는 따뜻한 날씨에만 힘을 기를 수 있는 것이 자연의 이치다. 힘을 길러야 할 산골 솔밭에는 젊은 피는 찾을 수 없고, 곳곳마다 네 천자로 깊이 주름진 밭고랑에 땀방울만 흥건하다. 젊은 피를 보면 그 나라 장래를 알 수 있다 했던가. 펄펄 끓는 젊은 피 소리 들어본 지 까마득한 세상, 나에게도 큰 책임은 있다. 자연 산천에 후대 양성을 위해 무엇을 했단 말인가. 젊은 피 빨아먹는 흡혈박쥐만 면해도 고마운 일이다. 대국의 나라 중국에서는 박쥐 똥도 귀한 대접을 받는다는데, 우리 동네는 눈을 씻고 찾아보아도 찾는 이가 아무도 없다.

도시의 잠자리들이 마음껏 쉬며 알 낳을 운하를 파달라고, 때늦은 상소라도 올려 볼까나.

/

생명을 위협한 산딸기

사람의 생명은 모질게 질기다고 누가 말했던가. 그러나 어떤 사람은 전혀 절망적인 상황이 아닌데도 쉽게 목숨이 끊어지고, 어떤 이는 수십 번 시도해도 끝까지 살아서 여러 사람을 놀라게 한다. 쉽게는 알수 없는 의문이다. 1960년대에는 전쟁의 잿더미 위에서 겨우 일어선 시국이어서, 의식주 문제를 해결하지 못해 많은 고통이 국민들을 괴롭혔다. 이 시기에 나라를 건설하고 먹고사는 문제를 해결하기 위해, 박정희 전 대통령은 한 가지 대안을 내세웠다. 퇴비증산이다. 농작물에는 퇴비가 최고이고 농작물이 잘 자라야 풍년은 오고, 풍년만이 나라가 부강해지는 지름길이 되기 때문이다. 풍년의 지름길은 퇴비뿐이라고 생각한 정부는, 어린 학생들까지 그 운동에 동참시켰다.

등교할 때에 6㎞의 등굣길에 풀을 등에 메고 갔었고, 방학이 되면 동네 향우 반별로 풀베기하여 퇴비를 모았다. 내가 3학년 때였다. 3살위의 형은 6학년 향우 반장으로, 풀베기에 합격하면 향우 반 학생들의 목에 건 카드에 붓 뚜껑으로 도장을 찍어 주었다. 그날도 아침 햇볕이 따가운 날이었다. 산에 올라가 정한 양의 풀을 베어와 도장을 받고 집으로 돌아가는 길에 나 혼자서 샛길로 내려갔다. 풀베기하면서 보아둔 보석 때문이었다. 이른 아침부터 풀베기로 산과 들로 뛰어다닌 공덕은 오히려 주린 배만 선물로 받았다. 주린 배를 움켜쥐고 빨간 보석 덩이 앞으로 갔다. 그것은 빨갛게 잘 익은 멍석딸기다. 일반 산딸기는 다년생 나무줄기에 달리지만, 멍석딸기는 가시가 달린 작은 풀줄기에 달리고 열매는 산딸기보다 크고 맛있다. 아침 햇볕을 받아 영롱한 빛을 내며, 내게 어서 오라 손짓 한다. 이렇게 탐스럽고 많은 딸기가 어찌 내게 올 수가 있단 말인가. 손을 대려니 아까운 마음이 든다. 그렇다고 주린 배의 욕망을 외면할 수는 없는 일이다. 허겁지겁 배부르리만큼 먹고 나니 부러울 것이 없다. 집으로 돌아가는 길은 어느 곳으로 갈까 잠시 망설이다 먼 길을 돌아가기로 했다. 딸기가 있는 밭에서 바로 가면 쉽고 가깝게 갈 수 있으나, 밭 주인이 어제 맡아 놓은 딸기 따 먹었다 꾸중 들을듯하여, 먼 길로 택했다. 길 위에 올라서는 순간 어쩐 일인가, 나도 몰래 길바닥에 쓰러졌다.

"아이고 배야, 나 죽네. 나 좀 살려주오."

갑자기 창자가 찢어지는 듯 아프다. 그리고 정신을 잃었다. 무슨 소리가 들리는듯하지만 알 수 없는 소리뿐, 눈에 보이는 것은 아무것도 없다. 정신은 없는데 입으로 무언가 꾸역꾸역 올라오고 있다는 것을 느꼈다. 이곳이 세상일까 꿈속일까. 알 수 없는 몽롱한 정신으로 한동안 지난 듯했다. 눈을 떠 보니 많은 사람이 나를 내려다보고 있다. 무슨 일이란 말인가. 나중에 어머니에게 들은 말에 의하면 딸기가 있던 그 옆 잎담배 밭에는 어제 오후에 진딧물 약을 뿌렸다는 것이다. 배가 아픈 이유는 바람에 날아온 농약 묻은 딸기를 먹었기 때문이었다.

당시 담배에 기생하는 진딧물은 살충제를 뿌려도 죽지 않아서, 독일에서 직수입한 해골 그림의 독극물 마크가 있는 농약을 뿌려야만 죽었다. 농약 원액을 20리터 통에 몇 방울 넣어 희석하여 뿌려서 진딧물을 잡았다. 그 원액을 아버지가 작은 페니실린 병으로 나누어, 담배 농가 모두에게 나눠 주시는 것을 여러 번 보았다. 그것을 먹은 것이다. 배가 등에 붙어 있으니 농약도 보약이거늘 하고 먹었을까. 농약도 보약이 되는 줄 알았는데 목숨을 빼앗는 위협을 당했다. 정신을 잃었을 때 입으로 올라온 그것이 나를 살린 것이야, 보기 좋고 향기로운 것만 아름다운 것이 아니다. 냄새나는 그것은 나의 보배였다. 보석같이 영롱하고 탐스럽게 나를 유혹한 멍석딸기는 내 생명을 위협했고, 냄새나고 뭉그러진 오물은 토해서 내 생명을 구해 주었다. 다 같은 농약 묻은 딸기인데 그것이 내 생명이 오고 가는 기로를 갈라놓았다.

어떤 사람은 미녀로 인해 행복하고, 어떤 사람은 미녀 때문에 불행하여 생명까지 잃는다. 독사에 물리면 사람도 죽는다. 그러나 독사에 물린 사람을 살리는 해독제는 뱀독으로 만든다. 세상 죄악이 무조건 악한 것만은 아니다. 악한 죄는 선을 아름답게 하고, 많은 사람에게 본보기를 찾게 한다. 우리는 선도 악도 모두 소화할 줄 알아야겠다. 사람들은 봄, 여름, 가을, 겨울을 취사선택하여 좋아한다. 그러나 나무는 봄은 봄대로 활용하여 자라고 여름은 여름대로 녹음을 이루고, 가을은 자기만의 아름다운 색깔을 만들고 겨울은 내실을 단단하게 굳힌다. 겨울에 만들어진 얇은 나이테가 나무를 단단하게 만들어 준다.

그래서 나무는 한 번의 불평도 없다.

우리도 계절의 고통 속에서 인내를 배우고, 열매 맺는 때를 위해서 오늘의 아픔을 즐기자.

이제 한 장 남은 달력이 인생무상을 외치건만, 우리는 새해 둥근 태양을 볼 줄 알고 내일의 소망을 바라보자. 그러노라면 쓸쓸한 계절에도 열매를 딴다. 남산 위에 흰 눈은 쌓였는데 어느새 발길은 칼바람 부는 정상으로 재촉한다. 내가 가서 건강의 열매를 땀과 함께 따오리다.

/

참외 순치기 인생

그해 여름은 참으로 더웠다.

양지가 있으면 음지도 있는 법이다. 뜨거운 지표면을 식히는 비가 내리던 여름날이었다.

"어허, 친구 참 잘 왔네."

아버지와 나는 아저씨의 환대를 받으면서 참외 원두막으로 들어섰다. 같은 동네 같은 학년 여자 친구 아버지가 농사하는 참외밭이다. 신작로 귀퉁이에 참외밭을 지키는 원두막을 지어놓고, 오가는 길손을 상대로 참외를 팔았다. 아버지 친구는 오래전부터 자랑하길 처음으로 참외를 심었는데 참으로 잘 되어서 장사하는 재미가 쏠쏠하다며 아버지를 초청했었다. 그렇지만 농사일에 바빠서 찾지 못하다가, 아침부터 내리는 비를 핑계 삼아 찾은 것이다.

"허허, 그런데 오자마자 원두막을 맡기고 갈 곳이 있네. 참외 순은 비 오는 날 쳐야 하니 말이야."

친구 아버지는 비옷을 입고 곁에 세워 둔 뽕나무 회초리를 들고 나선다. '참외 순을 치는데 왜 회초리를 들고 가세요.' 하고 묻자 궁금하면 우산 쓰고 따라오란다.

나는 구경거리에 굶주린 아이들이 잔칫집 돼지 잡는 구경 하듯 비닐우산을 들고 뒤따라 뛰어갔다. 원두막에 서서 보아도 충분할 것인데 따라가서 자세하게 보자는 심산이었다. 따라가지 못하면 좋은 구경거리라도 놓치는 듯이 말이다.

좋은 구경거리에 목말랐던 어린 시절에는 단연 잔칫집이 빠질 수가 없었다. 동네 사람 중에 결혼하거나 환갑 등, 잔칫날이 가까이 오면 잔치 전날 어른들은 모여서 검은 돼지를 잡았다. 돼지 멱따는 소리가 날 때는 무서워 닭장 뒤에 숨었다가, 소리가 들리지 않으면 뛰어 나왔었다.

가마솥에서 끓는 물을 붓고 털을 뽑아 배를 가르면, 평생 볼 수 없는 내 뱃속 구경이나 하듯 아이들은 우르르 모여들어 호기심 어린 눈망울을 굴린다. 칼질하는 일손을 방해한다고 몰아치면 도망가는 척하다 다시 모여들기를 반복해, 짜증 날 때쯤이면 아이들을 쫓아 보내는 방법을 어른들은 잘 알고 있었다. 돼지 오줌보를 던져주자 함성을 지르면서 일제히 떠난다. 경험 많은 형이 나무 태운 재에 발로 문질러 수분과 기름을 말끔히 닦아내고, 밀짚으로 바람을 불어넣고 닥나무 껍질로 입구를 묶으니 훌륭한 축구공이 되었다. 내가 그런 훈련을 쌓았는데 어찌 차범근에게 등 번호를 빼앗겼을까 아무리 생각해도 이해할 수 없는 이변이 아닌가.

참외밭에 도착한 아저씨는 허리를 구부리더니, 회초리로 참외 순을 향해 휘두른다. 우뚝 서서 시원한 비를 맘껏 마시던 참외 순이 화려하고도 멀쩡한데, 목이 떨어지는 동백꽃같이 아니, 그건 고상하다. 단두대 앞에 떨어지는 목이 되었다.

처음 보는 것이었으니 신기하기도 하고 생각도 참 잘했다 싶다. 햇볕이 뜨거운 날 누워있는 참외 순을 손으로 따려면 종일해도 못 할 것인데, 비 오는 날 회초리로 순을 치니 잠깐이면 마칠 수가 있었다. 이래서 어른들이 농사는 머리로 짓는다는 말이 실감이 났다. 저런 생각을 어떻게 했을까. 그날 참외 순치는 구경은 달콤한 참외 깎아 먹는 것보다 더 달고 맛이 좋았다.

'이 맛을 친구들은 아무도 모를 것이야.' 하면서 어깨를 으쓱대었다.

사회에는 참으로 똑똑하고 유능한 사람들이 많다. 그래서 나 같은 사람도 편하게 문화혜택을 받으면서 살아갈 수가 있다. 유능한 자들이 없었더라면 아직도 나는 참외 순을 손으로 따려 들것이다. 실력자라서 유능한 사람이 있지만, 유능을 위한 유능한 사람도 많다. 자신이 실력 있고 능력 있는 사람이라고, 몸으로 보이지 못하고 말로만 능력을 선전하는 사람들 말이다. 이런 마음이 사회 곳곳에서 머리를 세우고 있다. 사람들은 그들을 잘도 알아본다. 알아보았기에 뽕나무 회초리를 사정없이 휘두르고 있다. 그것에 맞는 사람은 야속하고 원망스럽다 할 뿐 어떤 이유에서 맞는지조차 알지도 못한다. 그들은 어디에서나 머리를 높이 든 모습이 참외 순과 같다. 그런 참외 순을 교만이라 하던데.

✝

"사람의 마음의 교만은 멸망의 선봉이요, 겸손은 존귀의 앞잡이니라."

(잠언 18장 12절)

이제는 참외 순 치는 모습도 원두막도 볼 수가 없으니 어디 가서 낮은 자세를 배울까.

자신을 낮추고 겸허한 마음은 실속이 있다는 사실을 내 뱃속은 어느새 알았다고, 회초리 맞은 참외가 먹고 싶단다.

/

도둑 심정을 면케 한 방망이

 희미한 벽지 무늬가 퇴색한 벽에서 달력 한 장이 달랑거리며 춤을 춘다. 한 장 걸린 달력을 보니 한 살 더 나이 들어가는 현실을 직감한다. 깊어가는 겨울 날씨를 접하자니 더욱 어린 시절의 그때가 그리워진다. 지난 세월은 다시 돌이킬 수 없기에 더 그럴 것이다. 어린 시절로 다시 돌이킬 수 있다면 그리워할 필요도 없고 그립지도 않다. 고향은 갈 수 없을 때 그리운 것이지, 언제나 갈 수 있다면 고향의 그리움은 꿈속에서나 볼 수 있는 맛이 될 것이다.

 장차 꿈의 소원이 수도 없이 바뀌던 초등학교 6학년 시절이었다. 날씨는 겨울이 무색하게 따뜻했다. 친구들과 같이 동네 마당에 모여 자치기를 하였다. 한참 재미있게 자치기를 하다 보니, 동네 어른들이 모두 모여 박지성의 축구 리그전이나 되는 듯 구경 한다. 농한기 철이라 사랑방만 찾던 엉덩이가 싫증이 난 참에, 재미있게 놀이하는 모습이 보기에 좋았나 보다. 내 차례가 되었다. 나만의 전용 방망이를 잡았다.

그때는 같은 나이 또래들보다 조금은 컸다. 지금은 그렇지 못하니 어쩐 일일까. 출발선에서만 빨랐고 계속 뒤떨어져 게으름을 피운 것이다. 지루했던 어른들 눈이 호기심 어린 눈으로 나를 쳐다본다. 다른 아이들보다 덩치가 크니 결과를 기대하면서 보는 것이다. 그 눈빛에 나는 조금 긴장을 했다. 어른들의 기대에 따라 한 번에 끝장을 내야 한다는 생각으로 약간의 부담이 되었고, 아들 못 낳는 며느리를 끌고 절간에 간 시어머니의 눈치를 본 것이다.

벼 이삭이 통통하게 무르익은 들판에서 살찐 메뚜기가 뛰어오르듯, 뛰어오르는 자치기를 있는 힘을 다해 때렸다. 그러나 메뚜기 닮은 자치기는 제자리에 떨어지고 내 손에서 방망이는 사라지고 말았다. 동물원을 청소하던 사육사 눈을 피해 도망치는 원숭이처럼, 손아귀에서 방망이가 빠져 간 것이다. "어! 어!" 둘러선 많은 사람이 놀라며 방망이 날아가는 방향으로 눈을 돌린다. 그 모습과 함께 와당 탕탕하며 방망이는 왼쪽으로 10m 떨어진 담벼락 밑에서 두 동강 내면서 빙그르 팽이 되어 돈다. 어른들과 나를 더 놀라게 한 것은, 부러진 방망이 바로 옆에서 영문도 모르고 있는 2.3세 된 여자아이가 멍하니 서 있었다. 많은 사람의 눈길이 자기를 향하는 이유가 궁금해서 이 사람, 저 사람을 번갈아 본다. 순식간에 일어난 일을 소녀는 전혀 모르고 말방울 눈을 뜨고 있다. 철창에 갇힌 원숭이는 사람들이 구경거리다. 순진하고 꾸밈이 없는 저 눈동자에 그늘을 만들어 줄 뻔하였다 생각하니 현기증이 난다.

방망이에 맞아 움푹 파인 토담과 소녀의 얼굴 간격은 불과 한두 뼘 차이였다. 그것을 보고 나는 다리에 힘이 풀리고 나도 몰래 주저앉았다. 소녀는 자치기 하던 마당이 있는 집 딸이다. 하마터면 평생 죄인 되어 종의 심정으로 사죄하며 살았을 것이다. 그러면 나는 엄이도종掩耳盜鐘 하며 살아야 하리라.

예전 중국에서 소리가 매우 듣기 좋은 종이 있었다. 그 종을 어느 도둑이 훔치러 몰래 들어갔다. 그러나 종은 너무나 커서 가져갈 수가 없었다. 잠시 생각하던 도둑은 종을 두 동강 내어 가져가려고 힘껏 때렸다. 그 소리가 요란하여 붙잡힐 것만 같았다. 도둑은 묘책을 생각했으니, 들리지 않으면 발각되지 않으리라는 생각에 제 두 귀를 꽉 막았다. 제 귀에 안 들리면 만사는 해결될 것인가, 참으로 어리석은 행동이었다. 저 아이가 다쳤다면 세인들은 두고두고 나를 탓할 것이고, 나는 그 소리가 듣기 싫어 내 귀를 틀어막을 것이다. 이쯤 생각하니 몸서리가 또 한 번 쳐진다. 과연 나는 엄이도종 체질이 아닌 것이 분명하다.

그 후 부터 소녀를 친 동생 같이 보살펴 주었다. 먹을 것이 생기면 주머니에 넣었다가 만나면 주었다. 다치지 않은 것이 하늘같이 고마웠기 때문이다. 고마운 마음은 소녀에게 전달되었고, 소녀도 친오빠처럼 따랐다. 그러나 그 소녀는 왜 사탕을 주는지 알지 못했다. 지금도 겨울 햇볕을 쬘 때마다 그 시절에 놀란 느낌이 나를 가끔 놀라게 한다.

/

50년 전 운동장 구경하기

나이 탓일까. 무료한 마음이 콧등 앞을 가로막는 횟수가 점점 많아진다. 나이가 들어가면 갈수록 바쁘고 분주해 가는 것이 당연할 터인데, 무료하다는 말을 입에 담는 것을 보니 내가 인생을 낭비하고 있는가보다. 낭비를 생각하니 겁이 덜컥 난다. 무엇인가 크게 게으름을 피우고 있기 때문이리라.

수 십 년 전 기억의 콧바람이라도 쏘일 요량으로 초가집 문 앞을 나섰다. 발길은 어느새 청풍에서 유명한 시영대이 재를 넘어가고 있다. 이곳이 그 유명한 재라면서, 봉홧불 연기처럼 우뚝 선 느티나무가 수백 년 동안 서서 재를 지킨다. 속 뿌리를 자랑삼아 보이면서 부끄러운 줄도 모르고 측간에 인분 몽둥이처럼 서 있다. 꼬마 아이들은 느티나무의 마음을 알기나 하듯, 매달려 턱걸이도 하고 팔 힘자랑도 한다. 개구쟁이의 반질반질한 콧물 때 묻은 손등이 무서워, 나무 꼭대기로 올라가는 매미가 안쓰럽던 어느 날이다.

아침 해에 느티나무 그림자가 끝나는 곳에서 작은 길로 내려가려니, 길이 좁아 헛발 내디딜 것 같아 산천초목 구경도 못 하겠다. 한참을 내려가다 보니 깊은 계곡의 협곡이 나오는데, 발끝에 밟히는 돌이 모두 고기비늘이 떨어진 것 같아 작고도 얇다. 어떤 아이는 이런 말을 했다. 아주 먼 옛날에 이곳에서 전쟁이 치열했는데 그때 많은 장수가 죽었대, 장수갑옷에서 떨어진 쇳조각과 비늘이 혼이 되어 이곳에 쌓여있다고 했다. 자기 엄마에게 들었단다. 그 비늘 조각을 주워, 내 윗저고리에 맞춰보았다. 그럴 듯 어울린다. '그래. 나도 충분히 장수가 될 수 있다. 이제부터는 장수답게 살아야지.' 장수다운 눈을 뜨고 앞을 보니 어떤 아저씨가 잎담배 짐을 지고 무겁게 걸어간다. 그래. 장수답게 살아가려면 남의 고통을 해결해 줄줄 알아야 한다. 빠른 걸음으로 뒤에 가서 외쳤다.

"아저씨, 고생하십니다. 장수의 기질을 가진 내가 아저씨 짐을 덜어드리지요. 내가 지고 갈게요."

내 소리가 반가웠나 보다. 아저씨는 지게를 내려 세워놓았다. 옳거니. 장수의 기질을 발휘할 때가 되었구나, 하고 앞으로 갔다. 이 자식 어른을 놀려 하는 소리와 함께 눈에서 번갯불이 번쩍한다. '내 비장한 각오를 놀림으로 아는 수준 낮은 사람은 어쩔 수가 없어.'하고 한마디를 더하니, 이번에는 왼쪽 눈에서 불이 번쩍한다. 두 번째 번갯불에 깜짝 놀라 주위를 살펴보니 나는 꿈속에서 오십 년 전 등굣길을 걸어가고 있었다. 휴우. 한숨 소리는 따귀를 맞지 않아 다행이란 것일까, 장수의 꿈이 깨진 것의 아쉬움일까.

봄날 낮잠 자다 꿈에서 깨어나 몽롱할 때는 머리만 베개에 다이면 또 꿈이 연속된다. 몽롱한 기분으로 땅만 쳐다보고 걷다가, 소스라치게 놀랐다. 길옆으로 붉은 피가 작은 냇물을 이루며 흘러간다. 어느 집 암소가 또 도살되었다. 그러면 내일이 청풍 장날이로구나. 심술궂은 머슴이 힘껏 눌러 박은 쟁기를 평생 땀 흘리며 끌었는데, 주인은 알맹이는 빼먹고 빈 콩깍지나 볏짚만 얻어먹다가 오늘에야 유명을 달리했다. 이웃집 황소 총각에게 두근거리는 마음을 고백하려 했는데, 난데없이 소 장수 놈이 나타나 중간다리 놓아서 팔려와 백정이 휘두르는 도끼에 맞아 피를 흘렸다. 불쌍하다 암소야.

한 맺힌 암소 마음이 붉은 원혼으로 변해 흘러가는 개울 따라 걷다 보니, 벌써 네모난 시멘트 기둥의 학교 교문이 나를 반긴다. 삼 년 동안 아침저녁으로 배웅해 주었으니 참으로 많은 정이 쌓였는데, 그냥 지나치려니 뒤통수가 간지럽다. 저 앞에서 지도부 안장 찬 3학년 선배는 얼마나 많은 후배에게 공포를 심어 주었던가. 쌓인 공포가 교문과 맺은 정을 한순간에 빼앗아 간다. 사연도 많은 교문을 뒤로하고 학교 운동장에 들어서니, 황량하기 그지없다. 넓은 운동장 가장자리에서 수양버들 할아버지들만 긴 낚싯대를 드리우고, 남한강 참붕어를 부른다.

고즈넉한 풍광을 그리던 수양버들 청년이 언제 저렇게 할아버지가 되었던가. 수양버들 할아버지들이 어느새 현수막을 들고 나를 반긴다. 그곳에는 이런 글귀가 있다.

"천하에 범사가 기한이 있고 모든 목적이 이룰 때가 있나니.

날 때가 있고 죽을 때가 있으며, 심을 때가 있고 심은 것을 뽑을 때가 있으며, 죽일 때가 있고 치료시킬 때가 있으며 헐 때가 있고 세울 때가 있으며…"

(전도서 3장 1절-3절)

글귀에 정신 팔려 동화되다 보니 머리가 서늘하다. 나도 모르게 두 손으로 머리를 감싸보니 어느새 민둥산이 되었다. 재에서 이곳까지 오는 세월이 민둥산을 만들었나, 아니면 위 현수막을 읽는 세월이 민둥산으로 바꿔 놓았을까. 세월은 저 남한강에 흘러가는 여울처럼 빠르게 흘러간다. 이제 해가 서산에서 긴 그림자를 그려주니 나는 영원한 고향 집을 향해 걸어야겠다. 그 영원한 고향 집까지 가는 세월은 이제 얼 마련가. 그것은 수양버들 할아버지도 모르고 나도 모른다. 저 기우는 서산 해는 아귀다툼하는 인간이 보기 싫어서 넘어갈까, 서산이 끌어당겨서 끌려갈까 나도 알 수가 없다.

아서라, 인간 두뇌로서 알 수 없는 것들은 알려 들지마라.

인생길 내리막에 서서……